# 沈从文

## 现代文学名家名作文库

### 经典作品选

沈从文
经典作品选
边城
传奇不奇

当代世界出版社

**责任编辑:** 高玉琪
**封面设计:** 蒋宏工作室

**图书在版编目(CIP)数据**

沈从文经典作品/沈从文著. —北京:当代世界出版社,2007.9
ISBN 978-7-80115-712-6-01

Ⅰ.沈… Ⅱ.沈… Ⅲ.①中篇小说–中国–现代②短篇小说–作品集–中国–现代③散文–作品集–中国–现代 Ⅳ.I216.2

中国版本图书馆 CIP 数据核字(2003)第 124504 号

---

| | |
|---|---|
| 出版发行 | 当代世界出版社 |
| 地　　址 | 北京市复兴路4号(100860) |
| 网　　址 | http://www.worldpress.com.cn |
| 编务电话 | (010) 83907528 |
| 发行电话 | (010) 83908410 (传真) |
| | (010) 83908408 |
| | (010) 83908409 |
| 经　　销 | 全国新华书店 |
| 印　　刷 | 北京才智印刷厂印刷 |
| 印　　张 | 20 |
| 字　　数 | 310千字 |
| 版　　次 | 2007年9月第2版 |
| 印　　次 | 2010年1月第3次 |
| 书　　号 | ISBN 978-7-80115-712-6-01/I·126 |
| 定　　价 | 23.80元 |

如发现印装质量问题,请与承印厂联系调换。
版权所有,翻印必究,未经许可,不得转载!

# 目　录

边城 …………………………………………………………（1）
湘西苗族的艺术 ……………………………………………（62）
塔户剪纸花样 ………………………………………………（66）
凤凰观景山 …………………………………………………（70）
自我评述 ……………………………………………………（73）
往事 …………………………………………………………（74）
传奇不奇 ……………………………………………………（77）
道师与道场 …………………………………………………（92）
雪晴 …………………………………………………………（102）
元宵 …………………………………………………………（107）
古代人的穿衣打扮 …………………………………………（134）
谈瓷器艺术 …………………………………………………（139）
生存 …………………………………………………………（142）
夜渔 …………………………………………………………（148）
一个戴水獭皮帽子的朋友 …………………………………（152）
桃源与沅州 …………………………………………………（158）
鸭窠围的夜 …………………………………………………（164）
一九三四年一月十八 ………………………………………（170）
一个多情水手与一个多情妇人 ……………………………（175）
辰河小船上的水手 …………………………………………（183）
箱子岩 ………………………………………………………（190）
五个军官与一个煤矿工人 …………………………………（195）

老伴 ……………………………………………………（200）
虎雏再遇记 ………………………………………（205）
一个爱惜鼻子的朋友 ……………………………（211）
滕回生堂的今昔 …………………………………（219）
凤凰 ………………………………………………（224）
贵生 ………………………………………………（235）
船上岸上 …………………………………………（252）
我的教育 …………………………………………（259）
旅店 ………………………………………………（280）
夫妇 ………………………………………………（286）
古代镜子的艺术 …………………………………（293）
灯 …………………………………………………（300）

# 边 城

## 一

　　由四川过湖南去，靠东有一条官路。这官路将近湘西边境到了一个地方名为"茶峒"的小山城时，有一小溪，溪边有座白色小塔，塔下住了一户单独的人家。这人家只一个老人，一个女孩子，一只黄狗。

　　小溪流下去，绕山岨流，约三里便汇入茶峒的大河，人若过溪越小山走去，则只一里路就到了茶峒城边。溪流如弓背，山路如弓弦，故远近有了小小差异。小溪宽约廿丈，河床为大片石头作成。静静的水即或深到一篙不能落底，却依然清澈透明，河中游鱼来去皆可以计数。小溪既为川湘来往孔道，限于财力不能搭桥，就安排了一只方头渡船，一次连人带马，约可以载二十位，人数多时则反复来去。渡船头竖了一支小小竹竿，挂着一个可以活动的铁环，溪岸两端水面牵了一段废缆，有人过渡时，把铁环挂在废缆上，船上人则引手攀缘那横缆，慢慢的牵船过对岸去。船将拢岸了，管理这渡船的，一面口中嚷着"慢点慢点"，自己霍的跃上了岸，拉着铁环，于是人货牛马全上了岸，翻过小山不见了。渡头为公家所有，故过渡人不必出钱，有人心中不安，抓了一把钱掷到船板上时，管渡船的必为一一拾起，仍然塞到那人手心里去，俨然吵嘴时的认真神气："我有了口量，三斗米，七百钱，够了！谁要这个？！"

　　但不成，不管如何还是有人把钱的。管船人也为了心安起见，便把这些钱托人到茶峒去买茶叶和草烟，将茶峒出产的上等草烟，挂在自己腰带边，过渡的谁需要这东西皆慷慨奉赠，估计那远路人对于身边草烟引起了相当的注意时，便把一小束草烟扎到那人包袱上去，一面说，"不吸这个吗，这好的，这妙的，送人也很合式！"茶叶则在六月里放进大缸里去，用开水泡好，给过路人解渴。

　　管理这渡船的，就是住在塔下的那个老人。活了七十年，从二十岁起便守在这小溪边，五十年来不知把船来去渡了若干人。年纪虽那么老了，本来应当休息了，但天不许他休息，他仿佛便不能够同这一分生活离开。他从不思索自己的职务对于本人的意义，只是静静的很忠实的在那里活下去。代替了天，使他在日头升起时，感到生活的力量，当日头落下时，又不至于思量与日头同时死去的，是那个伴在他身旁的女孩子。他唯一的朋友为一只渡船与一只黄狗，唯一的亲人便只那个女孩子。

女孩子的母亲，老船夫的独生女，十五年前同一个茶峒军人，很秘密的背着那忠厚爸爸发生了暧昧关系。有了小孩子后，这屯戍军士便想约了她一同向下游逃去。但从逃走的行为上看来，一个违悖了军人的责任，一个却必得离开孤独的父亲。经过一番考虑后，军人见她无远走勇气，自己也不便毁去作军人的名誉，就心想：一同去生既无法聚首，一同去死当无人可以阻拦，首先服了毒。事情业已为作渡船夫的父亲知道，父亲却不加上一个有分量的字眼儿，只作为并不听到过这事情一样，仍然把日子很平静的过下去。女儿一面怀了羞惭一面却怀了怜悯，仍守在父亲身边，待到腹中小孩生下后，却到溪边吃了许多冷水死去了。在一种奇迹中这遗孤居然已长大成人，一转眼间便十三岁了。为了住处两山多篁竹，翠色逼人而来，老船夫随便为这可怜的孤雏，拾取了一个近身的名字，叫作"翠翠"。

翠翠在风日里长养着，故把皮肤变得黑黑的，触目为青山绿水，故眸子清明如水晶。自然既长养她且教育她，故天真活泼，处处俨然如一只小兽物。人又那么乖，如山头黄麂一样，从不想到残忍事情，从不发愁，从不动气。平时在渡船上遇陌生人对她有所注意时，便把光光的眼睛瞅着那陌生人，作成随时皆可举步逃入深山的神气，但明白了人无机心后，就又从从容容的在水边玩耍了。

老船夫不论晴雨，皆守在船头，有人过渡时，便略弯着腰，两手缘引了竹缆，把船横渡过小溪。有时疲倦了，躺在临溪大石上睡着了，人在隔岸招手喊过渡，翠翠不让祖父起身，就跳下船去，很敏捷的替祖父把路人渡过溪，一切皆溜刷在行，从不误事。有时又与祖父黄狗一同在船上，过渡时与祖父一同动手，船将近岸边，祖父正向客人招呼："慢点，慢点"时，那只黄狗便口衔绳子，最先一跃而上，且俨然懂得如何方为尽职似的，把船绳紧衔着拖船拢岸。

风日清和的天气，无人过渡，镇日长闲，祖父同翠翠便坐在门前大岩石上晒太阳，或把一段木头从高处向水中抛去，嗾身边黄狗自岩石高处跃下，把木头衔回来。或翠翠与黄狗皆张着耳朵，听祖父说些城中多年以前的战争故事。或祖父同翠翠两人，各把小竹作成的竖笛，逗在嘴边吹着迎亲送女的曲子，过渡人来了，老船夫放下了竹管，独自跟到船边去，横溪渡人，在岩上的一个，见船开动时，于是锐声喊着：

"爷爷，爷爷，你听我吹——你唱！"

爷爷到溪中央便很快乐的唱起来，哑哑的声音同竹管声，振荡在寂静空气里，溪中仿佛也热闹了一些。（实则歌声的来复，反而使一切更寂静一些了。）

有时过渡的是从川东过茶峒的小牛，是羊群，是新娘子的花轿，翠翠必争着作渡船夫，站在船头，懒懒的攀引缆索，让船缓缓的过去，牛羊花轿上岸后，翠翠必跟着走，站到小山头，目送这些东西走去很远了，方回转船上，把船牵靠近家的岸边。且独自低低的学小羊叫着，学母牛叫着，或采一把野花缚在头上，独自装扮新娘子。

茶峒山城只隔渡头一里路，买油买盐时，逢年过节祖父得喝一杯酒时，祖父不上城，黄狗就伴同翠翠入城里去备办东西。到了买杂货的铺子里，有大把的粉条，大缸的白糖，有炮仗，有红蜡烛，莫不给翠翠一种很深的印象，回到祖父身边，总把这些东西说个半天。那里河边还有许多船，比起渡船来全大得多，有趣味得多，翠翠也不容易忘记。

## 二

茶峒地方凭水依山筑城，近山的一面，城墙如一条长蛇，缘山爬去。临水一面则在城外河边留出余地设码头，湾泊小小篷船，船下行时运桐油青盐，染色的桎子。上行则运棉花，棉纱，以及布匹杂货同海味。贯串各个码头有一条河街，人家房子多一半着陆，一半在水，因为余地有限，那些房子莫不设吊脚楼。河中涨了春水，到水进街后，河街上人家，便各用长长的梯子，一端搭在屋檐口，一端搭在城墙上，人人皆骂着嚷着，带了包袱，铺盖，米缸，从梯子上进城里去，水退时，方又从城门口出城。水若特别猛一些，沿河吊脚楼，必有一处两处为水冲去，大家皆在城上头呆望，受损失的也同样呆望着，对于所受的损失仿佛无话可说，与在自然安排下，眼见其他无可挽救的不幸来时相似。涨水时在城上还可望着骤然展宽的河面，流水浩浩荡荡，随同山水从上流浮沉而来的有房子、牛、羊、大树。于是在水势较缓处，税关趸船前面，便常常有人驾了小舢板，一见河心浮沉而来的是一匹牲畜，一段小木，或一只空船；船上有一个妇人或一个小孩哭喊的声音，便急急的把船桨去，在下游一些迎着了那个目的物，把它用长绳系定，再向岸边桨去。这些勇敢的人，也爱利，也仗义，同一般当地人相似。不拘救人救物，却同样在一种愉快冒险行为中，做得十分敏捷勇敢，使人见及不能不为之喝彩。

那条河水便是历史上知名的酉水，新名字叫作白河。白河到辰州与沅水汇流后，便略显浑浊，有出山泉水的意思。若溯流而上，则三丈五丈的深潭皆清澈见底。深潭中为白日所映照，河底小小白石子，有花纹的玛瑙石子，皆看得明明白白。水中游鱼来去，皆如浮在空气里。两岸多高山，山中多可以造纸的细竹，长年作深翠颜色，逼人眼目。近水人家多在桃杏花里，春天时只需注意，凡有桃花处必有人家，凡有人家处必可沽酒。夏天则晒晾在日光下耀目的紫花布衣裤，可以作为人家所在的旗帜。秋冬来时，房屋在悬崖上的，滨水的，无不朗然入目，黄泥的墙，乌黑的瓦，位置则永远那么妥贴，且与四围环境极其调和，使人迎面得到的印象，非常愉快。一个对于诗歌图画稍有兴味的旅客，在这小河中，蜷伏于一只小船上，作三十天的旅行，必不至于感到厌烦，正因为处处有奇迹，自然的大胆处与精巧处，无一处不使人神往倾心。

白河的源流，从四川边境而来，故凡从白河上行的小船，春水发时可以直达川属的秀山。但属于湖南境界的，则茶峒为最后一个水码头。这条河水的河面，在茶峒时虽宽约半里，当秋冬之际水落时，河床流水处还不到二十丈，其余皆一滩青石，小船到此后，既无从上行，故凡川东的进出口货物，皆由这地方落水起岸。出口货物俱由脚夫用杉木扁担压在肩膊上挑抬而来，入口货物也莫不从这地方成束成担的用人力搬去。

这地方城中只驻扎一营由昔年绿营屯丁改编而成的戍兵，及五百家左右的住户。（这些住户中，除了一部分拥有了些山田同油坊，或放账屯油、屯米、屯棉纱的小资本家外，其余多数皆为当年屯戍来此有军籍的人家。）地方还有个厘金局，办事机关在城外河街下面小庙里，局长则住在城中。一营兵士驻在老参将衙门，除了号兵每天上城吹号玩，使人知道这里驻有军队以外，兵士皆仿佛并不存在。冬天的白日里，到城里去，便只见各处人家门前皆晾晒有衣服同青菜。红薯多带藤悬挂在屋檐下。用棕衣作成的口袋，装满了栗子榛子，也多悬挂在檐口下。各处有大小鸡叫着玩着。间或有什么男子，占据在自己屋前门限上锯木，或用斧头劈树，把劈好的柴堆到敞坪里去如宝塔。又或可以见到几个妇人，穿了浆洗得极硬的蓝布衣裳，胸前挂有白布围裙，躬着腰在日光下一面说话一面作事。一切总永远那么静寂，所有人民每个日子皆在这种寂寞里过去。一分安静增加了人对于"人事"的思索力，增加了梦，在这小城中生存的，各人也一定皆各在分定一份日子里，怀了对于人事爱憎必然的期待。但这些人想些什么？谁知道。住在城中较高处，门前一站便可以眺望对河以及河中的景致，船来时，远远的就从对河滩上看著无数纤夫。那些纤夫也有从下游地方，带了细点心洋糖之类，拢岸时却拿进城中来换钱的。船来时，小孩子的想象，当在那些拉船人方面。大人呢，孵一窠小鸡，养两只猪，托下行船夫带两丈官青布，或一坛好酱油，一个双料的美孚灯罩回来，便占去了大部分作主妇的心了。

这小城里虽那么安静和平，但地方既为川东商业交易接头处，故城外小小河街，却不同了一点。也有商人落脚的客店，坐镇不动的理发馆。此外饭店，杂货铺，油行，盐栈，花衣庄，莫不各有一种地位，装点了这条河街。还有卖船上檀木活车竹缆与罐锅铺子，介绍水手职业吃码头饭的人家。小饭店门前，常有煎得焦黄的鲤鱼豆腐，身上装饰了红辣椒丝，卧在浅口钵头里，钵旁大竹筒中插着大把红筷子，不拘谁个愿意花点钱，这人就可以傍了门前长案坐下来，抽出一双筷子到手上，那边一个眉毛扯得极细脸上擦了白粉的妇人，就走过来问："要甜酒？要烧酒？"男子火焰高一点的，谐趣的，对内掌柜有点意思的，必装成生气似的说："吃甜酒？又不是小孩，还问人吃甜酒！"那么，酽冽的烧酒，从大瓮里用木滤子舀出，倒进土碗里，即刻就来到身边案桌上了。杂货铺卖美孚油，及点美孚油的洋灯，与香烛纸张。油行屯桐油。盐栈堆火井出的青盐。花衣庄则有白棉纱，大布，棉花，以及包头的黑绉绸出卖。卖船上用物的，百物罗列，无所不备，且间或有重至百斤以外的铁锚，搁在门外路旁，等候主顾问价。专以介绍水手为事业，吃水码头饭的，则在河街的家中，终日大门敞开着，常有穿青羽缎马褂的船主与毛手毛脚的水手进出，地方像茶馆却不卖茶，不是烟馆又可以抽烟。来到这里的，虽说所谈的是船上生意经，然而船只的上下，划船拉纤人大都有一定规矩，不必作数目上的讨论。他们来到这里大多数倒是在"联欢"。以"龙头管事"作中心，谈论点本地时事，两省商务上情形，以及下游的"新事"。邀会的，集款时大多数皆在此地，爬骰子看点数多少轮作会首时，也常常在此举行。真真成为他们生意经的，有两件事：买卖船只，买卖媳妇。

大都市随了商务发达而产生的某种寄食者，因为商人的需要，水手的需要，这小小边城的河街，也居然有那么一群人，聚集在一些有吊脚楼的人家。这种妇人不是从附近乡下弄来，便是随同川军来湘流落后的妇人，穿了假洋绸的衣服，印花标布的裤子，把眉毛扯得成一条细线，大大的发髻上敷了香味极浓俗的油类，白日里无事，皆坐在门口做鞋子，在鞋尖上用红绿丝线挑绣双凤，或靠在临河窗口上看水手起货，听水手爬桅子唱歌。到了晚间，则轮流的接待商人同水手，切切实实尽一个妓女应尽的义务。

由于边地的风俗淳朴，便是作妓女，也永远那么浑厚，遇不相熟的人，做生意时得先交钱，再关门撒野，人既相熟后，钱便在可有可无之间了。妓女多靠四川商人维持生活，但恩情所结，则多在水手方面。感情好的，互相咬着嘴唇咬着颈脖发了誓，约好了"分手后各人皆不许胡闹"，四十天或五十天，在船上浮着的那一个，同在岸上蹲着的这一个，便皆呆着打发这一堆日子，尽把自己的心紧紧缚定远远的一个人。尤其是妇人，痴到无可形容，男子过了约定时间不回来，做梦时，就总常常梦船拢了岸，一个人摇摇荡荡的从船跳板到了岸上，直向身边跑来。或日中有了疑心，则梦里必见男子在桅上向另一方面唱歌，却不理会自己。性格弱一点儿的，接着就在梦里投河吞鸦片烟，强一点儿的便手执菜刀，直向那水手奔去。他们生活虽那么同一般社会疏远，但是眼泪与欢乐，在一种爱憎得失间，揉进了这些人生活里时，也便同另外一片土地另外一些人相似，全个身心为那点爱憎所浸透，见寒作热，忘了一切。若有多少不同处，不过是这些人更真切一点，也更近于胡涂一点罢了。短期的包定，长期的嫁娶，一时间的关门，这些关于一个女人身体上的交易，由于民情的淳朴，身当其事的不觉得如何下流可耻，旁观者也就从不用读书人的观念，加以指摘与轻视。这些人既重义轻利，又能守信自约，即便是娼妓，也常常较之知羞耻的城市中人还更可信任。

掌水码头的名叫顺顺，一个前清时便在营伍中混过日子来的人物，革命时在著名的陆军四十九标做个什长。同样做什长的，有因革命成了伟人名人的，有杀头碎尸的，他却带着少年喜事得来的脚疯痛，回到了家乡，把所积蓄的一点钱，买了一条六桨白木船，租给一个穷船主，代人装货在茶峒与辰州之间来往。气运好，半年之内船皆不坏事，于是他从所赚的钱上，又讨了一个略有产业的白脸黑发小寡妇。数年后，在这条河上，他就有了八只船，一个妻子，两个儿子了。

但这个大方洒脱的人，事业虽十分顺手，却因欢喜交朋结友，慷慨而又能济人之急，便不能同贩油商人一样大大发作起来。自己既在粮子里混过日子，明白出门人的甘苦，理解失意人的心情，故凡因船失事破产的船家，过路的退伍兵士，游学文人，凡到了这个地方，闻名求助的莫不尽力帮助。一面从水上赚来钱，一面就这样洒脱散去。这人虽然脚上有点小毛病，还能泅水，走路难得其平，为人却那么公正无私。水面上各事原本极其简单，一切皆为一个习惯所支配，谁个船碰了头，谁个船妨害了别一个人别一只船的利益，皆照例有习惯方法来解决。惟运用这种习惯规矩排调一切的，必需一个高年硕德的中心人物。某年秋天，那原来一个人死去了，顺顺作了这样一个代替者。那时他还只五十岁，明事明理，为人既正直和平，又不爱财，故无人对他年龄怀疑。

到如今，他的儿子大的已十六岁，小的已十四岁。两个年青人皆结实如小公牛，能驾船，能泅水，能走长路。凡从小乡城里出身的年青人所能够作的事，他们无一不作，作去无一不精。年纪较长的，如他们爸爸一样，豪放豁达，不拘常套小节，年幼的则气质近于那个白脸黑发的母亲，不爱说话，眼眉却秀拔出群，一望即知其为人聪明而又富于感情。

两兄弟既年已长大，必需在各一种生活上来训练他们的人格，作父亲的就轮流派遣两个小孩子各处旅行；向下行船时，多随了自己的船只充伙计，甘苦与人相共。荡桨时选最重的一把，背纤时拉头纤二纤，吃的是干鱼，辣子，臭酸菜，睡的是硬帮帮的舱板。向上行从旱路走去，则跟了川东客货，过秀山龙潭酉阳作生意，不论寒暑雨雪，必穿了草鞋按站赶路。且佩了短刀，遇不得已必需动手，便霍的把刀抽出，站到空阔处去，等候对面的一个，继着就同这个人用肉搏来解决。帮里的风气,既为"对付仇敌必需用刀,联结朋友也必需要用刀",故需要刀时,他们也就从不让它失去那点机会。学贸易,学应酬,学习到一个新地方去生活,且学习用刀保护身体同名誉,教育的目的,似乎在使两个孩子学得做人的勇气与义气。一分教育的结果,弄得两个人皆结实如老虎,却又和气亲人,不骄惰,不浮华,故父子三人在茶峒边境上,为人所提及时,人人对这个名姓无不加以一种尊敬。

作父亲的当两个儿子很小时,就明白大儿子一切与自己相似,却稍稍见得溺爱那第二个儿子。由于这点不自觉的私心,他把长子取名天保,次子取名傩送。天保佑的在人事上或不免有龃龉处,至于傩神所送来的,照当地习气,人便不能稍加轻视了。傩送美丽得很,茶峒船家人拙于赞扬这种美丽,只知道为他取出一个诨名为"岳云"。虽无什么人亲眼看到过岳云,一般的印象,却从戏台上小生岳云,得来一个相近的神气。

## 三

两省接壤处,十余年来主持地方军事的,注重在安辑保守,处置极其得法,并无变故发生。水陆商务既不至于受战争停顿,也不至于为土匪影响,一切莫不极有秩序,人民也莫不安分乐生。这些人,除了家中死了牛,翻了船,或发生别的死亡大变,为一种不幸所绊倒,觉得十分伤心外,中国其他地方正在如何不幸挣扎中的情形,似乎就永远不会为这边城人民所感到。

边城所在一年中最热闹的日子,是端午,中秋,与过年。三个节日过去三五十年前,如何兴奋了这地方人,直到现在,还毫无什么变化,仍能成为那地方居民最有意义的几个日子。

端午日,当地妇女小孩子,莫不穿了新衣,额角上用雄黄蘸酒画了个王字。任何人家到了这天必皆可以吃鱼吃肉。大约上午十一点钟左右,全茶峒人就皆吃了午饭,把饭吃过后,在城里住家的,莫不倒锁了门,全家出城到河边看划船。河街有熟人的,可到河街吊脚楼门口边看,不然就站在税关门口与各个码头上看。河中龙船以长潭某处作起点,税关前作终点,因为这一天军官税官以及当地有身分的人,莫不在税关前看热闹。划船的事各人在数天以前就早有了准备,分组分帮各自选出了若干身体结实手脚伶俐的小伙子,在潭中练习进退，船只的形式，与平常木船皆不相同，形体一律又长又狭，两头高高翘起，船身绘着朱红颜色长线，平常时节多搁在河边干燥洞穴里，要用它时，拖下水去。每只船可坐十二个到十八个桨手，一个带头的，一个鼓手，一个锣手。桨手每人持一支短桨，随了鼓声缓促为节拍，把船向前划去。坐在船头上，头上缠裹着红布包头，手上拿两支小令旗，左右挥动，指挥船只的进退。擂鼓打锣的，多坐在船只的中部，船一划动便即刻蓬蓬镗镗把锣鼓很单纯的敲打起来，为划桨水手调理下桨节拍。一船快慢既不得不靠鼓声，故每当两船竞赛到剧烈时，鼓声如雷鸣，加上两岸人呐喊助威，便使人想起梁红玉老鹳河时水战擂鼓，牛皋水擒杨么时也是水战擂鼓。凡把船划到前面一点的，必可在税关前领赏，一疋红，一块小银牌，不拘缠挂到船上某一个人头上去，皆显出这一船合作的光荣。好事的军人，且当每次某一只船胜利时，必在水边放些表示胜利庆祝的五百响鞭炮。

赛船过后，城中的戍军长官，为了与民同乐，增加这节日的愉快起见，便把绿头长颈大雄鸭，颈脖上缚了红布条子，放入河中，尽善于泅水的军民人等，下水追赶鸭子。不拘谁把鸭子捉到，谁就成为这鸭子的主人。于是长潭换了新的花样，水面各处是鸭子，各处有追赶鸭子的人。

船与船的竞赛，人与鸭子的竞赛，直到天晚方能完事。

掌水码头的龙头大哥顺顺，年青时节便是一个泅水的高手，入水中去追逐鸭子，在任何情形下总不落空。但一到次子傩送年过十二岁时，已能入水闭气氽着到鸭子身边，再忽然从水中冒水而出，把鸭子捉到，这作爸爸的便解嘲似的说："好，这种事有你们来作，我不必再下水了。"于是当真就不下水与人来竞争捉鸭子。但下水救人呢，当作别论。凡帮助人远离患难，便是入火，人到八十岁，也还是成为这个人一种不可逃避的责任！

天保傩送两人皆是当地泅水划船好选手。

端午又快来了，初五划船，河街上初一开会，就决定了属于河街的那只船当天入水。天保恰好在那天应向上行，随了陆路商人过川东龙潭送节货，故参加的就只傩送。十六个结实如牛犊的小伙子，带了香、灯、鞭炮、同一个用生牛皮蒙好绘有朱红太极图的高脚鼓，到了搁船的河上游山洞边，烧了香灯，把船拖入水后，各人上了船，燃着鞭炮，擂着鼓，这船便如一支箭似的，很迅速的向下游长潭射去。

那时节还是上午，到了午后，对河渔人的龙船也下了水，两只龙船就开始预习种种竞赛的方法。水面上第一次听到了鼓声，许多人从这鼓声中，感到了节日临近的欢悦。住临河吊脚楼有所盼望的，也莫不因鼓声想到远人。在这个节日里，必然有许多船只可以赶回，也有许多船只合在半路过节，这之间，便有些眼目所难见的人事哀乐，在这小山城河街间，让一些人嬉喜，也让一些人皱眉！

蓬蓬鼓声掠水越山到了渡船头那里时，最先注意到的是那只黄狗。那黄狗汪汪的吠着，受了惊似的绕屋乱走，有人过渡时，便随船渡过河东岸去，且跑到那小山头向城里一方面大吠。

翠翠正坐在门外大石上用棕叶编蚱蜢蜈蚣玩，见黄狗先在太阳下睡着，忽然醒来便发疯似的乱跑，过了河又回来，就问它骂它：

"狗，狗，你做什么！不许这样子！"

可是一会儿那声音被她发现了，她于是也绕屋跑着，且同黄狗一块儿渡过了小溪，站在小山头听了许久，让那点迷人的鼓声，把自己带到一个过去的节日里去。

## 四

还是两年前的事。五月端阳，渡船头祖父找人作了代替，便带了黄狗同翠翠进城，过大河边去看划船。河边站满了人，四只朱色长船在潭中滑着，龙船水刚刚涨过，河中水皆豆绿色，天气又那么明朗，鼓声蓬蓬响着，翠翠抿着嘴一句话不说，心中充满了不可言说的快乐。河边人太多了一点，各人皆尽张着眼睛望河中，不多久，黄狗还在身边，祖父却挤得不见了。

翠翠一面注意划船，一面心想"过不久祖父总会找来的"。但过了许久，祖父还不来，翠翠便稍稍有点儿着慌了。先是两人同黄狗进城前一天，祖父就问翠翠："明天城里划船，倘若一个人去看，人多怕不怕？"翠翠就说："人多我不怕，但自己只是一个人可不好玩。"于是祖父想了半天，方想起一个住在城中的老熟人，赶夜里到城里去商量，请那老人来看一天渡船，自己却陪翠翠进城玩一天。且因为那人比渡船老人更孤单，身边无一个亲人，也无一只狗，因此便约好了那人早上过家中来吃饭，喝一杯雄黄酒。第二天那人来了，吃了饭，把职务委托那人以后，翠翠等便进了城。到路上时，祖父想起什么似的，又问翠翠，"翠翠，翠翠，人那么多，好热闹，你一个人敢到河边看龙船吗？"翠翠说："怎么不敢？可是一个人有什么意思。"到了河边后，长潭里的四只红船，把翠翠的注意力完全占去了，身边祖父似乎也可有可无了。祖父心想："时间还早，到收场时，至少还得三个时刻。溪边的那个朋友，也应当来看看年青人的热闹，回去一趟，换换地位还赶得及。"因此就告翠翠，"人太多了，站在这里看，不要动，我到别处去有事情，无论如何总赶得回来伴你回家。"翠翠正为两只竞速并进的船迷着，祖父说的话毫不思索皆答应了。祖父知道黄狗在翠翠身边，也许比他自己在她身边还稳当，于是便回家看船去了。

祖父到了那渡船处时，见代替他的老朋友，正站在白塔下注意听远处鼓声。

祖父喊他，请他把船拉过来，两人渡过小溪仍然站到白塔下去。那人问老船夫为什么又跑回来，祖父就说想替他一会儿故把翠翠留在河边，自己赶回来，好让他也过河边去看看热闹，且说，"看得好，就不必再回来，只须见了翠翠告她一声，翠翠到时自会回家的，小丫头不敢回家，你就伴她走走！"但那替手对于看龙船已无什么兴味，却愿意同老船夫在这溪边大石上各自再喝两杯烧酒。老船夫十分高兴，把酒葫芦取出，推给城中来的那一个。两人一面谈些端午旧事，一面喝酒，不到一会，那人却在岩石上为烧酒醉倒了。

人既醉倒了，无从入城，祖父为了责任又不便与渡船离开，留在河边的翠翠便不能不著急了。

河中划船的决了最后胜负后，城里军官已派人驾小船在潭中放了一群鸭子，祖父还不见来。翠翠恐怕祖父也正在什么地方等著她，因此带了黄狗各处丛中挤著去找寻祖父，结果还是不得祖父的踪迹。后来看看天快要黑了，军人抗了长凳出城看热闹的，皆已陆续抗了那凳子回家。潭中的鸭子只剩下三五只，捉鸭人也渐渐的少了。落日向上游翠翠家中那一方落去，黄昏把河面装饰了一层薄雾。翠翠望到这个景致，忽然起了一个怕人的想头，她想："假若爷爷死了？"

她记起祖父嘱咐她不要离开原来地方那一句话，便又为自己解释这想头的错误，以为祖父不来必是进城去或到什么熟人处去，被人拉著喝酒，故一时不能来的。正因为这也是可能的事,她又不愿在天未断黑以前,同黄狗赶回家去,只好站在那石码头边等候祖父。

再过一会,对河那两只长船已泊到对河小溪里去不见了,看龙船的人也差不多全散了。吊脚楼有娼妓的人家,已上了灯,且有人敲小斑鼓弹月琴唱曲子。另外一些人家,又有划拳行酒的吵嚷声音。同时泊在吊脚楼下的一些船只,上面也有人在摆酒炒菜,把青菜萝卜之类,倒进滚热油锅里去时发出吵——的声音。河面已濛濛眬眬,看去好像只有一只白鸭在潭中浮著,也只剩一个人追著这只鸭子。

翠翠还是不离开码头,总相信祖父会来找她,同她一起回家。

吊脚楼上唱曲子声音热闹了一些,只听到下面船上有人说话,一个水手说:"金亭,你听你那婊子陪川东庄客喝酒唱曲子,我赌个手指,说这是她的声音!"另一个水手就说:"她陪他们喝酒唱曲子,心里可想我。她知道我在船上!"先前那一个又说:"身体让别人玩着,心还想着你;你有什么凭据?"另一个说:"有凭据。"于是这水手吹着嗳哨,作出一个古怪的记号,一会儿,楼上歌声便停止了。歌声停止后,两个水手皆笑了。两人接着便说了些关于那个女人的一切,使用了不少粗鄙字眼,翠翠很不习惯把这种话听下去,但又不能走开。且听水手之一说楼上妇人的爸爸是被人杀死的,一共杀了十七刀,翠翠心中那个古怪的想头,"爷爷死了呢?"便仍然占据到心里有一忽儿。

两个水手还正在谈话,潭中那只白鸭慢慢的向翠翠所在的码头边游来,翠翠想:"再过来些我就捉住你!"于是静静的等着,但那鸭子将近岸边三丈远近时,却有个人笑着,喊那船上水手。原来水中还有个人,那人已把鸭子捉到手,却慢慢的"踹水"游近岸边的。船上人听到水面的喊声,在隐约里也喊道:"二老,二老,你真能干,你今天得了五只罢。"那水上人说:"这家伙狡滑得很,现在可归我了。""你这时捉鸭子,将来捉女人,一定有同样的本领。"水上那一个不再说什么,手脚并用的拍着水傍了码头。湿淋淋的爬上岸时,翠翠身旁的黄狗,仿佛警告水中人似的,汪汪的叫了几声,那人方注意到翠翠。码头上已无别的人,那人问:

"是谁人?"

"是翠翠!"

"翠翠又是谁?"

"是碧溪岨撑渡船的孙女。"

"你在这儿做什么?"

"我等我爷爷。我等他来。"

"等他来他可不会来,你爷爷一定到城里军营里喝了酒,醉倒后被人抬回去了!"

"他不会这样子,他答应来找我,他就一定会来的。"

"这里等也不成,到我家里去,到那边点了灯的楼上去,等爷爷来找你好不好?"

翠翠误会邀他进屋里去那个人的好意,正记着水手说的妇人丑事,她以为那男子就是要她上有女人唱歌的楼上去,本来从不骂人,这时正因等候祖父太久了,心中焦急得很,听人要她上去,以为欺侮了她,就轻轻的说:

"悖时砍脑壳的!"

话虽轻轻的,那男的却听得出,且从声音上听得出翠翠年纪,便带笑说:"怎么,你骂人!你不愿意上去,要耽在这儿,回头水里大鱼来咬了你,可不要叫喊!"

翠翠说:"鱼咬了我也不管你的事。"

那黄狗好像明白翠翠被人欺侮了,又汪汪的吠起来,那男子把手中白鸭举起,向黄狗吓了一下,便走上河街去了。黄狗为了自己被欺还想追过去,翠翠便喊:"狗,狗,你叫人也看人叫!"翠翠意思仿佛只在告给狗"那轻薄男子还不值得叫",但男子听去的却是另外一种好意,放肆的笑着,不见了。

又过了一阵,有人从河街拿了一个废缆做成的火炬,喊叫着翠翠的名字来找寻她,到身边时翠翠却不认识那个人。那人说:老船夫回到家中,不能来接她,故搭了过渡以口信来告翠翠要她即刻就回去。翠翠听说是祖父派来的,就同那人一起回家,让打火把的在前引路,黄狗时前时后,一同沿了城墙向渡口走去。翠翠一面走一面问那拿火把的人,是谁告他就知道她在河边。那人说这是二老告他的,他是二老家里的伙计,送翠翠回家后还得回转河街。

翠翠说:"二老他怎么知道我在河边?"

那人便笑着说:"他从河里捉鸭子回来,在码头上见你,他说好意请你上家里坐坐,等候你爷爷,你还骂过他!"

翠翠带了点儿惊讶轻轻的问:"二老是谁?"

那人也带了点儿惊讶说:"二老你还不知道?!就是傩送二老!就是岳云!他要我送你回去!"

傩送二老在茶峒地方不是一个生疏的名字!

翠翠想起自己先前骂人那句话,心里又吃惊又害羞,再也不说什么,默默的随了那火把走去。

翻过了小山岨,望得见对溪家中火光时,那一方面也看见了翠翠方面的火把,老船夫即刻把船拉过来,一面拉船一面哑声儿喊问:"翠翠,翠翠,是不是你?"翠翠不理会祖父,口中却轻轻的说:"不是翠翠,不是翠翠,翠翠早被大河里鲤鱼吃去了。"翠翠上了船,二老派来的人,打著火把走了,祖父牵着船问:"翠翠,你怎么不答应我,生我的气了吗?"

翠翠站在船头还是不作声。翠翠对祖父那一点儿埋怨,等到把船拉过了溪,一到了家中,看明白了醉倒的另一个老人后,就完事了。但另一件事,属于自己不关祖父的,却使翠翠沉默了一个夜晚。

## 五

两年日子过去了。

这两年来两个中秋节,恰好皆无月亮可看,凡在这边城地方,因看月而起整夜男女唱歌的故事,皆不能如期举行,故两个中秋留给翠翠的印象,极其平淡无奇。两个新年虽照例可以看到军营里与各乡来的狮子龙灯,在小教场迎春,锣鼓喧阗很热闹,到了十五夜晚,城中舞龙耍狮子的镇筸兵士,还各自赤裸着肩膊,往各处去欢迎炮仗烟火。城中军营里,税关局长公馆,河街上一些大字号,莫不预先截老毛竹筒,或镂空棕榈树根株,用洞硝拌和矿炭钢砂,一千捶八百捶把烟火做好。好勇取乐的光身军士,玩着灯打着鼓来了,小鞭炮如落雨的样子,从悬到长竿尖端的空中落到玩灯的肩背上,锣鼓催动急促的拍子,大家皆为这事情十分兴奋。鞭炮放过一阵后,用长凳绑着的大筒灯火,在敞坪一端燃起了引线,先是嗞嗞的流泻白光,慢慢的这白光便吼啸起来,作出如雷如虎惊人的声音,白光向上空冲去,高至二十丈,下落时便洒散着满天花雨。玩灯的兵士,在火花中绕着圈子,俨然毫不在意的样子。翠翠同他的祖父,也看过这样的热闹,留下一个热闹的印象,但这印象不知为什么原因，总不如那个端午所经过的事情甜而美。

翠翠为了不能忘记那件事，上年一个端午又同祖父到城边河街去看了半天船，一切玩得正好时，忽然落了行雨，无人衣衫不被雨湿透，为了避雨，祖孙二人同那只黄狗，走到顺顺吊脚楼上去，挤在一个角隅里。有人抗凳子从身边过去，翠翠认得那人是去年打了火把送她回家的人，就告给祖父：

"爷爷，那个人去年送我回家，他拿了火把走路时，真像个喽啰！"

祖父当时不作声，等到那人回头又走过面前时，就一把抓住那个人，笑嘻嘻说：

"嗨嗨，你这个人！要你到我家喝一杯也不成，还怕酒里有毒，把你这个真命天子毒死！"

那人一看是守渡船的，且看到了翠翠，就笑了。"翠翠，你大长了！二老说你在河边大鱼会吃你，我们这里河中的鱼，现在可吞不下你了。"

翠翠一句话不说，只是抿起嘴唇笑着。

这一次虽在这喽啰长年口中听到个"二老"名字，却不曾见及这个人。从祖父与那长年谈话里，翠翠听明白了二老是在下游六百里外青浪滩过端午的。但这次不见二老却认识了"大老"，且见着了那个一地出名的顺顺。大老把河中的鸭子捉回家里后，因为守渡船的老家伙称赞了那只肥鸭两次，顺顺就要大老把鸭子给翠翠。且知道祖孙二人所过的日子，十分拮据，节日里自己不能包粽子，又送了许多三角粽子。

那水上名人同祖父谈话时，翠翠虽装作眺望河中景致，耳朵却把每一句话听得清清楚楚。那人向祖父说翠翠长得很美，问过翠翠年纪，又问有不有人家。祖父则很快乐的夸奖了翠翠不少，且似乎不许别人来关心翠翠的婚事，故一到这件事便闭口不谈。

回家时，祖父抱了那只白鸭子同别的东西，翠翠打火把引路。两人沿城墙走去，一面是城，一面是水。祖父说："顺顺是好人，大方得很。大老也很好。这一家人都好！"翠翠说："一家人都好，你认识他们一家人吗？"祖父不明白这句话的意思所在，因为今天太高兴一点，便笑着说："翠翠，假若大老要你做媳妇，请人来做媒，你答应不答应？"翠翠就说："爷爷，你疯了！再说我就生你的气！"

祖父话虽不说了，心中却很显然的还转着这些不好的可笑的念头。翠翠着了恼,把火炬向路两旁乱晃着,向前快快的走去了。

"翠翠,莫闹,我摔到河里去,鸭子会走脱的!"

"谁也不希罕那只鸭子!"

祖父明白翠翠为什么事不高兴,祖父便唱起摇橹人驶船下滩时催橹的歌声,声音虽然哑沙沙的,字眼儿却稳稳当当毫不含糊。翠翠一面听着一面向前走去,忽然停住了发问:

"爷爷,你的船是不是正在下青浪滩呢?"

祖父不说什么,还是唱着,两人皆记顺顺家二老的船正在青浪滩过节,但谁也不明白另外一个人的记忆所止处。祖孙二人便沉默的一直走还家中。到了渡口,那代理看船的,正把船泊在岸边等候他们。几人渡过溪到了家中,剥粽子吃,到后那人要进城去,翠翠赶即为那人点上火把,让他有火把照路。人过了小溪上小山时,翠翠同祖父在船上望着,翠翠说:

"爷爷,看喽罗上山了啊!"

祖父把手攀引着横缆,注目溪面的薄雾,仿佛看到了什么东西,轻轻的吁了一口气。祖父静静的拉船过对岸家边时,要翠翠先上岸去,自己却守在船边,因为过节,明白一定有乡下人从城里看龙船,还得乘黑赶回家乡。

# 六

白日里,老船夫正在渡船上,同个卖皮纸的过渡人有所争持。一个不能接受所给的钱,一个却非把钱送给老人不可。正似乎因为那个过渡人送钱气派,使老船夫受了点压迫,这撑渡船人就俨然生气似的,迫着那人把钱收回,使这人不得不把钱捏在手里,但船拢岸时,那人跳上了码头,一手铜钱向船舱里一撒,却笑迷迷的匆匆忙忙走了。老船夫手还得拉着船让别一个人上岸,无法去追赶那个人,就喊小山头的孙女:

"翠翠,翠翠,为我拉着那个卖皮纸的小伙子,不许他走!"

翠翠不知道是怎么会事,当真便同黄狗去拦着那第一个下山人。那人笑着说:

"不要拦我!……"

正说着,第二个商人赶来了,就告给翠翠是什么事情。翠翠明白了,更拉着卖纸人衣服不放,只说:"不许走!不许走!"黄狗为了表示同主人的意见一致,也便在翠翠身边汪汪汪的吠着。其余商人皆笑着,一时不能走路。祖父气呼呼的赶来了,把钱强迫塞到那人手心里,且搭了一大束草烟到那商人担子上去,搓着两手笑着说:"走呀!你们上路走!"那些人于是全笑着走了。

翠翠说:"爷爷,我还以为那人偷你东西同你打架!"

祖父就说:

"他送我好些钱,我才不要这些钱!告他不要钱,他还同我吵,不讲道理!"

翠翠说:"全还给他了吗?"

祖父抿着嘴把头摇摇,装成狡猾得意神气笑着,把扎在腰带上留下的那枚单铜子取出,送给翠翠。且说:

"他得了我们那把烟叶,可以吃到镇筸城!"

远处鼓声又蓬蓬的响起来了,黄狗张着两个耳朵听着。翠翠问祖父,听不听到什么声音。祖父一注意,知道是什么声音了,便说:

"翠翠,端午又来了。你记不记得去年天保大老送你那只肥鸭子。早上大老同一群人上川东去,过渡时还问你。你一定忘记那次落的行雨。我们这次若去,又得打火把回家;你记不记得我们两人用火把照路回家?"

翠翠还正想起两年前的端午一切事情哪。但祖父一问,翠翠却微带点儿恼着的神气,把头摇摇,故意说:"我记不得,我记不得。"其实她那意思就是"我怎么记不得?!"

祖父明白那话里意思,又说:"前年还更有趣,你一个人在河边等我,差点儿不知道回来,我还以为大鱼会吃掉你!"

提起旧事翠翠嗤的笑了。

"爷爷,你还以为大鱼会吃掉我?!是别人家说我,我告给你!你那天只是恨不得让城中的那个爷爷把装酒的葫芦吃掉!你这种记性!"

"我人老了,记性也坏透了。翠翠,现在你也人大了,一个人一定敢上城看船不怕鱼吃掉你了。"

"人大了就应当守船呢。"

"人老了才当守船。"

"人老了应当歇憩！"

"你爷爷还可以打老虎，人不老！"祖父说着，于是，把膀子弯曲起来，努力使筋肉在局束中显得又有力又年青，且说："翠翠，你不信，你咬。"

翠翠睨着腰背微驼的祖父，不说什么话。远处有吹哨哪的声音，她知道那是什么事情，且知道哨哪方向。要祖父同她下了船，把船拉过家中那边岸旁去。为了想早早的看到那迎婚送亲的喜轿，翠翠还爬到屋后塔下去眺望。过不久，那一伙人来了，两个吹哨哪的，四个强壮乡下汉子，一顶空花轿，一个穿新衣的团总儿子模样的青年，另外还有两只羊；一个牵羊的孩子，一坛酒，一盒糍粑；一个担礼物的人。一伙人上了渡船后，翠翠同祖父也上了渡船，祖父拉船，翠翠却傍花轿站定，去欣赏每一个人的脸色与花轿上的流苏。拢岸后，团总儿子模样的人，从扣花抱肚里掏出了一个小红纸包封，递给老船夫。这是规矩，祖父再不能说不接收了。但得了钱祖父却说话了，问那个人，新娘是什么地方人，明白了，又问姓什么，明白了，又问多大年纪，一起皆弄明白了，吹哨哪的一上岸后又把哨哪呜呜喇喇吹起来，一行人便翻山走了。祖父同翠翠留在船上，感情仿佛皆追着那哨哪声音走去，走了很远的路方回到自己身边来。

祖父掂着那红纸包封的分量说："翠翠，宋家堡子里新嫁娘只十五岁。"

翠翠明白祖父这句话的意思所在，不作理会，静静的把船拉动起来。

到了家边，翠翠跑还家中去取小小竹子做的双管哨哪，请祖父坐在船头吹"娘送女"曲子给她听，她却同黄狗躺到门前大岩石上荫处看天上的云。白日渐长，不知什么时节，祖父睡着了，翠翠同黄狗睡着了。

## 七

到了端午。祖父同翠翠在三天前业已预先约好，祖父守船，翠翠同黄狗过顺顺吊脚楼去看热闹。翠翠先不答应，后来答应了。但过了一天，翠翠又翻悔回来，以为要看两人去看，要守船两人守船。祖父明白那个意思，是翠翠玩心与爱心相战争的结果。为了祖父的牵绊，应当玩的也无法去玩，这不成！祖父含笑说："翠翠，你这是为什么？说定了的又翻悔，同茶峒人平素品德不相称。我们应当说一是一，不许三心二意。我记性并不坏到这样子，把你答应了我的即刻忘掉！"祖父虽那么说，很显然的事，祖父对于翠翠的打算是同意的。但人太乖了，祖父有点愀然不乐了。见祖父不再说话，翠翠就说："我走了，谁陪你？"

祖父说："你走了，船陪我。"

翠翠把眉毛皱拢去苦笑着，"船陪你，嗨，嗨，船陪你。"

祖父心想："你总有一天会要走的。"但不敢提这件事。祖父一时无话可说，于是走过屋后塔下小圃里去看葱，翠翠跟过去。

"爷爷，我决定不去，要去让船去，我替船陪你！"

"好，翠翠，你不去我去，我还得戴了朵红花，装老太婆去见识面！"

两人皆为这句话笑了许久。

祖父理葱，翠翠却摘了一根大葱吹着，有人在东岸喊过渡，翠翠不让祖父占先，便忙着跑下去，跳上了渡船，援着横溪缆子拉船过溪去接人。一面拉船一面喊祖父：

"爷爷，你唱，你唱！"

祖父不唱，却只站在高岩上望翠翠，把手摇着，一句话不说。

祖父有点心事。

翠翠一天比一天大了，无意中提到什么时，会红脸了。时间在成长她，似乎正催促她，使她在另外一件事情上负点儿责。她欢喜看扑粉满脸的新嫁娘，欢喜说到关于新嫁娘的故事，欢喜把野花戴到头上去，还欢喜听人唱歌。茶峒人的歌声，缠绵处她已领略得出。她有时仿佛孤独了一点，爱坐在岩石上去，向天空一片云一颗星凝眸。祖父若问："翠翠，想什么，"她便带著点儿害羞情绪，轻轻的说："翠翠不想什么。"但在心里却同时又自问："翠翠，你想什么？"同是自己也在心里答着："我想的很远，很多。可是我不知想些什么！"她的确在想，又的确连自己也不知在想些什么。这女孩子身体既发育得很完全，在本身上因年龄自然而来的一件"奇事"，也使她多了些思索。

祖父明白这类事情对于一个女子的影响，祖父心情也变了些。祖父是一个在自然里活了七十年的人，但在人事上的自然现象，就有了些不能安排处。因为翠翠的长成，使祖父记起了些旧事，从掩埋在一大堆时间里的故事中，重新找回了些东西。

翠翠的母亲，某一时节原同翠翠一个样子。眉毛长，眼睛大，皮肤红红的。也乖得使人怜爱——也懂在一些小处，使家中长辈快乐。也仿佛永远不会同家中这一个分开。但一点不幸来了，她认识了那个兵。这些事从老船夫说来谁也无罪过，只应"天"去负责。翠翠的祖父口中不怨天，心却不能完全同意这种不幸的安排。到底还像年青人，说是放下了，也正是不能放下的莫可奈何容忍到的一件事！

并且那时还有个翠翠。如今假若翠翠又同妈妈一样，老船夫的年龄，还能把小雏儿再抚育下去吗？人愿意神却不同意！人太老了，应当休息了，凡是一个良善的乡下人，所应得到的劳苦与不幸，全得到了。假若另外高处有一个上帝，这上帝且有一双手支配一切，很明显的事，十分公道的办法，是应把祖父先收回去，再来让那个年青的在新的生活上得到应分接受那一分的。

可是祖父不那么想。他为翠翠担心。他有时便躺到门外岩石上，对着星子想他的心事。他以为死是应当快到了的，正因为翠翠人已长大了，证明自己也真正老了。无论如何，得让翠翠有个著落。翠翠既是她那可怜母亲交把他的，翠翠大了，他也得把翠翠交给一个人，他的事才算完结！交给谁？必需什么样的方不委屈她？

前几天顺顺家天保大老过溪时，同祖父谈话，这心直口快的青年人，第一句话就说：

"老伯伯，你翠翠长得真标致，再过两年，若我有闲空能留在茶峒照料事情，不必像老鸦到处飞，我一定每夜到这溪边来为翠翠唱歌。"

祖父用微笑奖励这种自白。一面把船拉动，一面把那双小眼睛瞅着大老。

于是大老又说：

"翠翠太娇了，我担心她只宜于听点茶峒人的歌声，不能作茶峒女子做媳妇的一切正经事。我要个能听我唱歌的情人，却更不能缺少个照料家务的媳妇。'又要马儿不吃草，又要马儿走得好，'唉，这两句话说是古人为我说的！"

祖父慢条斯理把船转了头，让船尾傍岸，就说：

"大老，也有这种事儿！你瞧着吧。"

那青年走去后，祖父温习著那些出于一个男子口中的真话，实在又愁又喜。翠翠若应当交把一个人，这个人是不是适宜于照料翠翠？当真交把了他，翠翠是不是愿意？

## 八

　　初五大清早落了点毛毛雨，上游且涨点了"龙船水"，河水已作豆绿色。祖父上城买办过节的东西，戴了个棕粑叶"斗篷"，携带了一个蓝子，一个装酒的大葫芦，肩头上挂了个褡裢，其中放了一吊六百钱就走了。因为是节日，这一天从小村小寨带了铜钱担了货物上城去办货掉货的极多，这些人起身也极早，故祖父走后，黄狗就伴同翠翠守船。翠翠头上戴了一个崭新的斗篷，把过渡人一趟一趟的送来送去。黄狗坐在船头，每当船拢岸时必先跳上岸边去衔绳头，引起每个过渡人的兴味。有些过渡乡下人也携了狗上城，照例如俗话说的，"狗离不得屋"，一离了自己的家，即或傍着主人，也变得非常老实了，到过渡时，翠翠的狗必走过去嗅嗅，从翠翠方面讨取了一个眼色，似乎明白翠翠的意思，就不敢有什么举动。直到上岸后，把拉绳子的事情作完，眼见到那只陌生的狗上小山去了，也必跟着追去。或者向狗主人轻轻吠着，或者逐着那陌生的狗，必得翠翠带点儿嗔恼的嚷着："狗，狗，你狂什么？还有事情做，你就跑呀！"于是这黄狗赶快跑回船上来，且依然满船闻嗅不已。翠翠说："这算什么轻狂举动！跟谁学得的！还不好好蹲到那边去！"狗俨然极其懂事，便即刻到它自己原来地方去，只间或又想象起什么似的，轻轻的吠几声。

　　雨落个不止，溪面一片烟，翠翠在船上无事可作时，便算着老船夫的行程。她知道他这一去应到什么地方碰到什么人，谈些什么话，这一天城门边应当是些什么情形，河街上应当是些什么情形，"心中一本册"，她完全如同眼见到的那么明明白白。她又知道祖父的脾气，一见城中相熟粮子上人物，不管是马夫火夫[①]，总会把过节时应有的颂祝说出。这边说，"副爷，你过节吃饱喝饱！"那一个便也将说，"划船的，你吃饱喝饱！"这边若说着如上的话，那边人说，"有什么可以吃饱喝饱？四两肉，两碗酒，既不会饱也不会醉！"那么，祖父必很诚实邀请这熟人过碧溪岨喝个够量。倘若有人当时就想喝一口祖父葫芦中的酒，这老船夫也从不吝啬，必很快的就把葫芦递过去。

---

[①] 火夫，现为伙夫。

酒喝过了，那兵营中人卷舌子舐着嘴唇，称赞酒好，于是又必被勒迫着喝第二口。酒在这种情形下少起来了，就又跑到原来铺上去，加满为止。翠翠且知道祖父还会到码头上去同刚拢岸一天两天的上水船水手谈谈话，问问下河的米价盐价，有时且弯着腰钻进那带有海带鱿鱼味，以及其他油味、醋味、柴烟味的船舱里去，水手们从小坛中抓出一把红枣，递给老船夫，过一阵，等到祖父回家被翠翠埋怨时，这红枣便成为祖父与翠翠和解的工具。祖父一到河街上，且一定有许多铺子上商人送他粽子与其他东西，作为对这个忠于职守的划船人一点敬意，祖父虽嚷著"我带了那么一大堆，回去会把老骨头压断"，可是不管如何，这些东西多少总得领点情。走到卖肉案桌边去，他想"买肉"人家却不愿接钱，屠户若不接钱，他却宁可到另外一家去，决不想沾那点便宜。那屠户说，"爷爷，你为人那么硬算什么？又不是要你去做犁口耕田！"但不行，他以为这是血钱，不比别的事情，你不收钱他会把钱预先算好，猛的把钱掷到大而长的钱筒里去，攫了肉就走去的。卖肉的明白他那种性情，到他称肉时总选取最好的一处，且把分量故意加多，他见及时却将说："喂喂，大老板，我不要你那些好处！腿上的肉是城里人炒鱿鱼肉丝用的肉，莫同我开玩笑！我要夹项肉，我要浓的糯的，我是个划船人，我要拿去炖葫萝卜喝酒的！"得了肉，把钱交过手时，自己先数一次，又嘱咐屠户再数，屠户却照例不理会他，把一手钱哗的向长竹筒口丢去，他于是简直是妩媚的微笑著走了。屠户与其他买肉人，见到他这种神气，必笑个不止。……

翠翠还知道祖父必到河街上顺顺家里去。

翠翠温习着两次过节两个日子所见所闻的一切，心中很快乐，好像目前有一个东西，同早间在床上闭了眼睛所看到那种捉摸不定的黄葵花一样，这东西仿佛很明朗的在眼前，却看不准，抓不住。

翠翠想："白鸡关真出老虎吗？"她不知道为什么忽然想起白鸡关。

于是又想："三十二个人摇六匹橹，上水走风时张起个大篷，一百幅白布拼成的一片东西，先在这样大船上过洞庭湖，多可笑……"她不明白洞庭湖有多大，也就从不见过这种大船，更可笑的，还是她自己也不知道为什么却想到这个问题！

一群过渡人来了，有担子，有跑差模样的人物，另外还有母女二人。母亲穿了新浆洗得硬朗的蓝布衣服，女孩子脸上涂着两饼红色，穿了新衣，上城到亲戚家中去拜节看龙船的。等待众人上船稳定后，翠翠一面望着那小女孩，一面把船拉过溪去。那小孩从翠翠估来年纪也将十岁了。神气却很娇，似乎从不能离开过母亲。脚下穿得是一双尖头新油过的钉鞋，上面沾污了些黄泥。裤子是那种翻紫的葱绿布做的。见翠翠尽是望她，她也便看着翠翠，眼睛光光的如同两粒水晶球。那母亲模样的妇人便问翠翠，年纪有几岁。翠翠笑着，不高兴答应，却反问小女孩今年几岁。听那母亲说十二岁时，翠翠忍不着笑了。那母女显然是财主人家的妻女，从神气上就可看出。翠翠注视那女孩，发现了女孩子手上还带得有一副麻花铰的银手镯，闪着白白的亮光，心中有点儿爱慕。船傍岸后，人陆续的上了岸，妇人从身上摸出一铜子，塞到翠翠手中，就走了，翠翠当时竟忘了祖父的规矩了，也不说道谢，也不把钱退还，只望着这一行人中那个女孩子身后发痴，一行人正将翻过小山时，翠翠忽又忙匆匆的追上去，在山头上把钱还给那妇人。那妇人说："这是送你的！"翠翠不说什么，只微笑把头尽摇，且不等妇人来得及说第二句话，就很快的向自己渡船边跑去了。

　　到了渡船上，溪那边又有人喊过渡，翠翠把船又拉回去。第二次过渡是七个人，又有两个女孩子，也同样因为看龙船特意换了干净衣服，像貌却并不如何美观，因此使翠翠更不能忘记先前那一个。

　　今天过渡的人特别多，其中女孩子比平时更多，翠翠既在船上拉缆子摆渡，故见到什么好看的，极古怪的，人乖的，眼睛眶子红红的，莫不在记忆中留下个印象。无人过渡时，等着祖父祖父又不来，便尽只反复温习这些女孩子的神气。且轻轻的无所谓的唱着：

　　"白鸡关山老虎咬人，不咬别人，团总的小姐派第一。……大姐戴副金簪子，二姐戴副银钏子，只有我三妹莫得什么戴，耳朵上长年戴条豆芽菜。"

　　城中有人下乡的，在河街上一个酒店前面，曾见及那个撑渡船的老头子，把葫芦嘴推让给一个年青水手，请水手喝他新买的白烧酒，翠翠问及时，那城中人就告给她所见到的事情。翠翠笑祖父的慷慨不是时候，不是地方。过渡人走了，翠翠就在船上又轻轻的哼着巫师迎神的歌玩。

　　那首歌声音既极柔和，快乐中又微带忧，歌调末尾说：

　　"福禄绵绵是神恩，

和风和雨神好心,
好酒好饭当前陈,
肥猪肥羊火上烹,
…………
洪秀全,李鸿章,
你们在生是霸王,
杀人放火尽节全忠各有道,
今来坐席又何妨!
…………
慢慢吃,慢慢喝,
月白风清好过河!
醉时携手同归去,
我当为你再唱歌!"

唱完了这歌,翠翠觉得有一丝儿凄凉。她想起秋末还愿时田坪中的火燎同鼓角。

远处鼓声已起来了,她知道绘有朱红长线的龙船这时节已下河了,细雨还依然落个不止,溪面一片烟。

# 九

祖父回家时,大约已将近平常吃早饭时节了,肩上手上皆是东西,一上小山头便喊翠翠,要翠翠拉船过小溪来迎接他。翠翠眼看到多少人皆进了城,正在船上急得莫可奈何,听到祖父的声音,神旺了,锐声答着:"爷爷,爷爷,我来了!"老船夫从码头边上了渡船后,把肩上手上的东西皆搁到船头上,一面帮着翠翠拉船,一面向翠翠笑着,如同一个小孩子,神气充满了谦虚与羞怯。"你急坏了,是不是?"翠翠本应埋怨祖父的,但她却回答说:"爷爷,我知道你在河街上劝人喝酒,好玩得很。"翠翠还知道祖父极高兴到河街上去玩,但如此说来,将更使祖父害羞乱嚷了,故不提出。

翠翠把搁在船头的东西——估记在眼里,不见了酒葫芦。翠翠嗤的笑了。

"爷爷，你倒大方，请副爷同船上人吃酒，连葫芦也吃到肚里去了！"

祖父笑着：

"那里，那里，我那葫芦被顺顺大哥，扣下了，他见我在河街上请人喝酒，就说：'喂，喂，摆渡的张横，这不成的。你不开糟坊，如何这样子。把你那个放下来，请我全喝了罢。'他当真那么说，请我全喝了罢。我把葫芦放下了。但我猜想他是同我闹着玩的。他家里还少热酒吗？翠翠，你说，……"

"爷爷，你以为人家真想喝你的酒，便是同你开玩笑吗？"

"那是怎么的？"

"你放心，人家一定因为你请客不是地方，故扣下你的葫芦，等等就会为你送来的，你还不明白，真是！——"

"唉，当真会是这样的！"

说着船已拢了岸，翠翠抢先为祖父搬东西，但结果却只拿了那尾鱼，那个花裕裢；裕裢中钱已用光了，却有一包白糖，一包小饼子。

两人刚把新买的东西搬运到家中，对溪就有人喊过渡，祖父要翠翠看着肉菜免得被野猫拖去，争着下溪去做事，一会儿，便同那个过渡人嚷着到家中来了。原来这人便是送酒葫芦的。只听到祖父说："翠翠，你猜对了。人家当真把酒葫芦送来了！"

翠翠来不及向灶边走去，祖父同一个年纪青青的脸黑肩膊宽的人物，便进到屋里了。

翠翠同客人皆笑着，让祖父把话说下去。客人又望着翠翠笑，翠翠仿佛明白为什么被人望着，有点不好意思起来，走到灶边烧火去了。溪边又有人喊过渡，翠翠赶忙跑出门外船上去，把人渡过了溪。恰好又有人过溪。天虽落小雨，过渡人却分外多，一连三次。翠翠在船上一面作事一面想起祖父的趣处。不知怎的，从城里被人打发来送酒葫芦的，她觉得好像是个熟人。可是眼睛里像是熟人，却不明白在什么地方见过面。但也正像是不肯把这人想到某方面去，方猜不着这来人的身分。

祖父在岩坎上边喊："翠翠，翠翠，你上来歇歇，陪陪客！"本来无人过渡便想上岸去烧火，但经祖父一喊，反而不上岸了。

来客问祖父"进不进城看船"，老渡船夫就说"应当看守渡船"。两人又谈了些别的话。到后来客方言归正传：

"伯伯，你翠翠像个大人了，长得很好看！"

撑渡船的笑了。"口气同哥哥一样，倒爽快呢。"这样想着，却那么说："二老，这地方配受人称赞的只有你，人家都说你好看！'八面山的豹子，地地溪的锦鸡，'全是特为颂扬你这个人好处的警句！"

"但是，这很不公平。"

"很公平的！我听船上人说，你上次押船，船到三门下面白鸡关滩出了事，从急浪中你援救过三个人，你们在滩上过夜，被村子里女人见着了，人家在你棚子边唱歌一夜，是不是真事？"

"不是女人唱歌一夜，是狼嗥。那地方著名多狼，只想得机会吃我们！"

老船夫笑了，"那更妙！人家说的话还是很对的。狼是只吃姑娘，吃小孩，吃标致青年，像我这种老骨头，它不会要的！"

那二老说："伯伯，你到这里见过两万个日头，别人家全说我们这个地方风水好，出大人，不知为什么原因，如今还不出大人？"

"你是不是说风水好应出有大名头的人？我以为这种人，不生在我们这个小地方，也不碍事。我们有聪明，正直，勇敢，耐劳的年青人，就够了。像你们父子兄弟，为本地也增光！"

"伯伯，你说得好，我也是那么想。地方不出坏人出好人，如伯伯那么样子，人虽老了，还硬朗得同棵楠木树一样，稳稳当当的活到这块地面，又正经，又大方，难得的咧。"

"我是老骨头了，还说什么。日头，雨水，走长路，挑分量沉重的担子，大吃大喝，挨饿受寒，自己分上的皆拿过了，不久就会躺到这冰凉土地上喂蛆吃的。这世界有得是你们小伙子分上的一切，好好的干，日头不辜负你们，你们也莫辜负日头！"

"伯伯，看你那么勤快，我们年青人不敢辜负日头！"

说了一阵，二老想走了，老船夫便站在门口去喊叫翠翠，要她到屋里来烧水煮饭，掉换他自己看船。翠翠不肯上岸，客人却已下船了，翠翠把船拉动时，祖父故意装作埋怨神气说：

"翠翠，你不上来，难道要我在家里做媳妇煮饭吗？"

翠翠斜睨了客人一眼，见客人正盯着她，便把脸背过去，抿着嘴儿，很自负的拉着那条横缆，船慢慢拉过对岸了。客人站在船头同翠翠说话：

"翠翠,吃了饭,同你爷爷去看划船吧?"

翠翠不好意思不说话,便说:"爷爷说不去,去了无人守这个船!"

"你呢?"

"爷爷不去我也不去。"

"你也守船吗?"

"我陪我爷爷。"

"我要一个人来替你们守渡船,好不好?"

砰的一下船头已撞到岸边土坎上了,船拢岸了。二老向岸上一跃,站在岸上说:

"翠翠,难为你!……我回去就要人来替你们,你们快吃饭,一同到我家里去看船,今天人多咧。"

翠翠不明白这陌生人的好意,不懂得为什么一定要到他家中去看船,抿着小嘴笑笑,就把船拉回去了。到了家中一边溪岸后,只见那个人还正在对溪小山上。翠翠回转家中,到灶口边去烧火,一面把带点湿气的草塞进灶里去,一面向正在把客人带回的那一葫芦酒试着的祖父询问:

"爷爷,那人说回去就要人来替你,要我们两人去看船,你去不去?"

"你高兴去吗?"

"两人同去我高兴。那个人很好,我像认得他,他是谁?"

祖父心想:"这倒对了,人家也觉得你好!"祖父笑着说:"翠翠,你不记得你以前在大河边时,有个人说要让大鱼咬你吗?"

翠翠明白了,却仍然装不明白问:"他是谁?"

"顺顺船总家的二老,他认识你你不认识他啊!"他抿了一口酒,像赞美这个酒又像赞美另一个人,低低的说:"好的,妙的,这是难得的。"

过渡的人在门外坎下叫唤着,老祖父口中还是"好的,妙的,……"匆匆的下船做事去了。

# 十

吃饭时隔溪有人喊过渡,翠翠抢着下船,到了那边,方知道原来过渡的人,便是船总顺顺家派来作替手的水手,一见翠翠就说道:"二老要你们一吃了饭就去,他已下河了。"见了祖父又说:"二老要你们吃了饭就去,他已下河了。"

张耳听听,便可听出远处鼓声已较密,从鼓声里使人想到那些极狭的船,在长潭中笔直前进时,水面上画着如何美丽的长长的线路!

新来的人茶也不吃,便在船头站妥了,翠翠同祖父吃饭时,邀他喝一杯,只是摇头推辞。祖父说:

"翠翠,我不去,你同小狗去好不好?"

"要不去我也不想去!"

"我去呢?"

"我本来也不想去,但我愿意陪你去。"

祖父微笑着,"翠翠,翠翠,你陪我去,好的,你陪我去!"

…………

祖父同翠翠到城里大河边时河边早站满了人。细雨已经停止,地面还是湿湿的,祖父要翠翠过河街船总家吊脚楼上去看船,翠翠却以为站在河边较好。两人虽在河边站定,不多久,顺顺便派人把他们请去了。吊脚楼上也有了很多的人。早上过渡时,为翠翠所注意的乡绅妻女,受顺顺的款待,占据了最好窗口,一见到翠翠,那女孩子就说:"你来,你来!"翠翠带著点儿羞怯走去,坐在他们身边后,祖父便走开了。

祖父并不看龙船竞渡,却为一个熟人拉到河上游半里路远近,过一个新碾坊看水碾子去了。老船夫对于水碾子原来就极有兴味的。倚山滨水来一座小小茅屋,屋中有那么一个圆石片子,固定在一个横轴上,斜斜的搁在石糟里,当水闸门抽去时,流水冲激地下的暗轮,上面的石片便飞转起来。作主人的管理这个东西,把毛谷倒进石糟中去,把碾好的米弄出放在屋角隅筛子里,再筛去糠灰。地下全是糠灰,自己头上包著块白布帕子,头上肩上也全是糠灰。天气好时就在碾坊前后隙地里种些萝卜青菜大蒜四季葱。水沟坏了,就把裤子脱去,到河里去堆砌石头修理泄水处。管理一个碾坊比管理一只渡船有趣味,一看也就明白了。但一个撑渡船的想有座碾坊,那是不可能的妄想,凡碾坊照例是属于当地小财主的。那熟人把老船夫带到碾坊边时,就告给他这碾坊业主为谁。两人一面各处视察一面说话。

那熟人用脚踢着新碾盘说:

"中寨人自己坐在高山上，却欢喜来到这大河边置产业；这是中寨王团总的，大钱七百吊！"

老船夫转着那双小眼睛，很羡慕的去看一切，把头点着，且对于碾坊中物件一一加以很得体的批评。后来两人就坐到那还未完功的白木条凳上去，熟人又说到这碾坊的将来，似乎是团总女儿陪嫁的妆奁。那人于是想起了翠翠，且记起大老托过他的事情来了，便问道：

"伯伯，你翠翠今年十几岁？"

"十四岁。"老船夫说过这句话后，便接着在心中计算过去的年月。

"十四岁多能干！将来谁得她真有福气！"

"有什么福气？又无碾坊陪嫁，一个光人。"

"别说一个光人，两只手敌得五座碾坊！洛阳桥也是鲁般两只手造的！……"这样那样的说着，那人笑了。

老船夫也笑了，心想："翠翠将来也去造洛阳桥吧，新鲜事！"

那人过了一会又说：

"茶峒人年青男子眼睛光，选媳妇也极在行。伯伯，你若不多我的心时，我就说个笑话给你听。"

老船夫问："是什么笑话。"

那人说："伯伯你若不多心时，这笑话也可以当真话去听咧。"

接着说的下去就是顺顺家大老如何在人家赞美翠翠，且如何托他来探听老船夫口气那么一件事。末了同老船夫来转述另一回会话的情形。"我问他：'大老，大老，你是说真话还是说笑话？'他就说：'你为我去探听探听那老的，我欢喜翠翠，想要翠翠，是真话呀！'我说：'我这口钝得很，说出了口老的一巴掌打来呢？'他说：'你怕打，你先当笑话去说，不会挨打的！'所以，伯伯，我就把这件真事情当笑话来同你说了。你试想想，他初九从川东回来见我时，我应当如何回答他？"

老船夫记前一次大老亲口所说的话，知道大老的意思很真，且知道顺顺也欢喜翠翠，故心里很高兴。但这件事照规矩得这个人带封点心亲自到碧溪岨家中去说，方见得慎重其事，老船夫就说："等他来时你说：老家伙听过了笑话后，自己也说了个笑话，他说，'车是车路，马是马路，大老走的是车路，应当由大老爹爹作主，请了媒人来同我说，走的是马路，应当自己作主，站在渡口对溪高崖上,为翠翠唱三年六个月的歌。'"

"伯伯,若唱三年六个月的歌动得翠翠的心,我赶明天就自己来唱歌了。"

"你以为翠翠肯了我还会不肯吗?"

"不咧,人家以为你肯了翠翠便无有不肯呢!"

"不能那么说,这是她的事呵!"

"便是她的事,人家也仍然以为在日头月光下唱三年六个月的歌,还不如得伯伯说一句话好!"

"那么,我说,我们就这样办,等他从川东回来时要他同顺顺去说明白,我呢,我也先问问翠翠;若以为听了三年六个月的歌再跟那唱歌人走去有意思些,我就请你劝大老走他那弯弯曲曲的马路。"

"那好的。见了他我就说:'笑话吗,我已说过了,真话呢,看你自己的命运去了。'当真看他的命运去了,不过我明白他的命运,还是在你老人家手上捏着的。"

"不是那么说!我若捏得定这件事,我马上就答应了。"

这里两人把话说妥后,就过另一处看一只顺顺新近买来的三舱船去了,河街上顺顺吊脚楼方面,却有了如下事情。

翠翠虽被那乡绅女人喊到身边去坐,地位非常之好,从窗口望出去,河中一切朗然在望,然而心中可不安宁。挤在其他几个窗口看热闹的人,似乎皆常常把眼光从河中景物挪到这边几个人身上来。还有些人故意装成有别的事情样子,从楼这边走过那一边,事实上却全为得是好仔细看看翠翠这方面几个人。翠翠心中老不自在,只想藉故跑去。一会儿河下的炮声响了,几只从对河取齐的船只直向这方面划来,先是四条船皆相去不远,如四支箭在水面射着,到了一半,已有两只船占先了些,再过一会子,那两只船中间便又有一只超过了并进的船只而前,看看船到了税局门前时,第二次炮声又响,那船便胜利了。这时节胜利的已判明属于河街人听划的一只,各处便皆响著庆祝的小鞭炮。那船于是沿了河街吊脚楼划去,鼓声蓬蓬作响,河边与吊脚楼各处,皆呐喊表示快乐的祝贺。翠翠眼见在船头站定摇动小旗指挥进退头上包著红布的那个年青人,便是送酒葫芦到碧溪岨的二老,心中便印着三年前的旧事,"大鱼吃掉你!""吃掉不吃掉,不用你管!""好的,我不管!""狗,狗,你也看人叫!"想起狗,翠翠才注意到自己身边那只黄狗,已不知跑到什么地方去，便离了坐位，在楼上各处找寻她的黄狗，把船头人忘掉了。

她一面在人丛里找寻黄狗，一面听人家正说些什么话。

一个大脸妇人问："是谁家的人，坐到顺顺家当中窗口前的那块好地方？"

一个妇人就说："是王乡绅大姑娘，今天说是自己来看船，其实来看人，同时也让人看！人家有本领坐那好地方！"

"看谁人，被谁看？"

"那乡绅想同顺顺成为一对亲家呢。"

"是大老，还是二老呢？"

"是二老呀，等等你们看这岳云，就会上楼来看他丈母娘的！"

另有一个便插嘴说："事弄同了，好得很呢，人家有一座崭新碾坊陪嫁，比十个长年还好一些。"

有人问："二老怎么样？"

有人就轻轻的说："二老已说过了，这不必看，第一件事我就不想作那个碾坊的主人！"

"你听岳云二老说吗？"

"我听别人说的。还说二老欢喜一个撑渡船的。"

"他不要碾坊，要渡船吗？"

"那谁知道。横顺人是'牛肉炒韭菜，只看各人心里爱什么就吃什么。'渡船不会不如碾坊！"

当时各人眼睛对着河里，口中说着这些话，却无一个人回头来注意到身后边的翠翠。

翠翠脸发火烧走到另外一处去，又听有两个人提及这件事。且说："一切早安排好了，只须要二老一句话。"又说："只看二老今天那么一股劲儿，就可以猜想得出这劲儿是岸上一个黄花姑娘给他的！"

谁是激动二老的黄花姑娘？

翠翠人矮了些，在人背后已望不见河中情形，只听到敲鼓声渐近渐激越，岸上呐喊声自远而近，便知道二老的船正经过楼下。楼上人也大喊着，杂夹叫着二老的名字，乡绅太太那方面，且有人放小百子鞭炮。忽然又用另外一种惊讶声音喊着，且同时便见许多人出门向河下走去。翠翠不知出了什么事，心中有点迷乱，正不知走回原来座位边去好，还是依然站在人背后好。只见那边正有人拿了个托盘，装了一大盘粽子同细点心，在请乡绅太太小姐用点心，不好意思再过那边去，便想也挤出大门外到河下去看看。从河街一个盐店旁边甬道下河时，正在一排吊脚楼的梁柱间，迎面碰头一群人，拥着那个头包红布的二老来了。原来二老因失足落水，已从水中爬起来了。路太窄了一些，翠翠虽闪过一旁，仍然得肘子触着肘子。二老一见翠翠就说：

"翠翠，你来了，爷爷也来了吗？"

翠翠脸还发着烧不便作声，心想："黄狗跑到什么地方去了呢？"

二老又说：

"怎不到我家楼上去看呢？我已要人替你弄了个好位子。"

翠翠心想："碾坊陪嫁，希奇事情咧。"

二老不能逼迫翠翠回去，到后便各自走开了。翠翠到河下时，心中充满了一种说不分明的东西。是烦恼吧，不是！是忧愁吧，不是！是快乐吧，不，有什么事情使这个女孩子快乐呢？是生气了吧，——是的，她当真仿佛觉得自己是在生一个人的气。河边人太多了，码头边浅水中，船桅船篷上，以至于吊脚楼的柱子上，也莫不有人。翠翠自言自语说："人那么多，有什么可看的？"先还以为可以在什么船上发现她的祖父，但搜寻了一阵，各处却无祖父的影子。她挤到水边去，一眼便看到了自己家中那条黄狗，同顺顺家一个长年，正在去岸数丈一只空船上看热闹。翠翠锐声叫喊，黄狗张着耳叶昂头四面一望，便猛的扑下水中，向翠翠方面泅来了。到了身边时狗身上已全是水，把水抖着且跳跃不已，翠翠便说"得了，你又不翻船，谁要你落水呢？"

翠翠同黄狗找祖父去，在河街上一个木行前恰好遇着了祖父。

老船夫说："翠翠，我看了个好碾坊，碾盘是新的，水车是新的，屋上稻草也是新的！水坝管着一绺水，抽水闸时水车转得如陀螺。"

翠翠带着点做作问："是谁的？"

"是谁的？住在山上的王团总的。我听人说是那中寨人为女儿作嫁妆的东西，好不阔气，包工就是七百吊大制钱，还不管风车，不管家什！"

"谁讨那个人家的女儿？"

祖父望着翠翠干笑着，"翠翠，大鱼咬你，大鱼咬你。"

翠翠因为对于这件事心中有了个数目，便仍然装着全不明白，只询问祖父，"谁个人得到那个碾坊？"

"岳云二老!"祖父说了又自言自语的说:"有人羡慕二老得到碾坊,也有人羡慕碾坊得到二老!"

"谁羡慕呢,祖父?"

"我羡慕。"祖父说着便又笑了。

翠翠说:"爷爷,你醉了。"

"可是二老还称赞你长得美呢。"

翠翠:"爷爷,你疯了。"

祖父说:"爷爷不醉不疯,……去,我们看他们放鸭子去。"他还想说,"二老捉得鸭子,一定又会送给我们的。"话不及说,二老来了,站在翠翠面前笑着。

于是三个人回到吊脚楼上去。

# 十一

有人带了礼物到碧溪岨,掌水码头的顺顺,当真请了媒人为儿子向渡船的认亲戚来了。老船夫慌慌张张把这个人渡过溪口,一同到家里去。翠翠正在屋门前剥豌豆,来了客并不如何注意。但一听到客人进门说"贺喜贺喜",心中有事,不敢再蹲在屋门边,就装作追赶菜园地的鸡,拿了竹响篙唰唰的摇着,一面口中轻轻喝着,向屋后白塔跑去了。

来人说了些闲话,言归正传转述到顺顺的意见时,老船夫不知如何回答,只是很惊惶的搓著两只茧结的大手,且神气中则只像在说:

"那好的,那妙的,"其实这老头子却不曾说过一句话。

来人把话说完后,就问作祖父的意见怎么样。老船夫笑著把头点著说:"大老想走车路,这个很好。可是我得问问翠翠,看她自己主张怎么样。"来人被打发走后,祖父在船头叫翠翠下河边来说话。

翠翠拿了一簸箕豌豆下到溪边,上了船,娇娇的问他的祖父:"爷爷,你有什么事?"祖父笑著不说什么,只看翠翠。看了许久。翠翠坐到船头,低下头去剥豌豆,耳中听著远处竹篁里的黄鸟叫。翠翠想:"日子长咧,爷爷话也长了。"翠翠心跳著。

过了一会祖父说:"翠翠,翠翠,先前那个人来作什么,你知道不知道。"

翠翠说："我不知道，"说后脸同颈脖全红了。

祖父看看那种情景，明白翠翠的心事了，便把眼睛向远处望去，在空雾里望见了十五年前翠翠的母亲，老船夫心中异常柔和了。轻轻的自言自语说："每一只船总要有个码头，每一只雀儿得有个窠。"他同时想起那个可怜的母亲过去的事情，心中有了一点隐痛，却勉强笑著。

翠翠呢，正从山中黄鸟杜鹃叫声里，以及伐竹人咔咔一下一下的砍伐竹声音里，想到许多事情。老虎咬人的故事，与人对骂时四句头的山歌，造纸作坊中的方坑，溶铁炉里泄出的铁汁，耳朵听来的，眼睛看到的，她似乎皆去温习它。她其所以这样作，又似乎全只为了希望掉眼前的一桩事而起。但她实在有点误会了。

祖父说："翠翠，船总顺顺家里请人来为大老作媒，讨你作媳，问我愿不愿。我呢，人老了。再过三年两载会过去的，我没有不愿的事情。这是你自己的事，你自己想想，自己来说。愿意，就成了；不愿意，也好。"

翠翠弄明白了，人来做媒的大老，不曾把头抬起，心忡忡的跳着，脸烧得厉害，仍然剥她的豌豆，且随手把空豆荚抛到水中去，望着它们在流水中从从容容的流去，自己也俨然从容了许多。

见翠翠总不作声，祖父于是笑了，且说："翠翠，想几天不碍事。洛阳桥并不是一个晚上弄得好的，要日子咧。前次那人来的就向我说到这件事，我已经就告过他：车是车路，马是马路，想爸爸作主，请媒人正正经经来说是车路；要自己作主，站到对溪高崖竹林里为你唱三年六个月的歌是马路，——你若欢喜走马路，我相信人家会为你在日头下唱热情的歌，在月光下唱温柔的歌，一直唱到吐血喉咙烂！"

翠翠不作声，心中只想哭，可是也无理由可哭。祖父是再说下去，便引到死过了的母亲来了。说了一阵，沉默了。翠翠悄悄把头撂过一些，祖父眼中业已酿了一汪眼泪。翠翠又惊又怕怯生生的说："爷爷，你怎么的？"祖父不作声，用大手掌擦着眼睛，小孩子似的咕咕笑着，跳上岸跑回家中去了。

翠翠想赶去却不赶去。

雨后放晴的天气，日头炙到人肩上背上已有了点儿力量。溪边芦苇水杨柳，菜园中菜蔬，莫不繁荣滋茂，带着一分有野性的生气。草丛里绿色蚱蜢各处飞着，翅膀搏动空气时皆习习作声。枝头新蝉声音已渐渐宏大。两山深翠逼人竹篁中，有黄鸟与竹雀杜鹃鸣叫。翠翠感觉着，望着，听着，同时也思索着：

"爷爷今年七十岁……三年六个月的歌——谁送那只白鸭子呢？……得碾子的好运气，碾子得谁更是好运气？……"

痴着，忽地站起，半簸箕豌豆便倾倒到水中去了。伸手把那簸箕从水中捞起时，隔溪有人喊过渡。

## 十二

翠翠第二天第二次在白塔下菜园地里，被祖父询问到自己主张时，仍然心儿憧憧的跳着，把头低下不作理会，只顾用手去掏葱。祖父笑着，心想："还是等等看，再说下去这一坪葱会全掏掉了。"同时似乎又觉得这其间有点古怪处，不好再说下去，便自己按捺到言语，用一个做作的笑话，把问题引到另外一件事情上去了。

天气渐渐的越来越热了。近六月时，天气热了些，老船夫把一个满是灰尘的黑缸子，从屋角隅里搬出，自己还匀出闲工夫，拼了几方木板，作成一个圆盖，锯木头作成一个架子，且削刮了个大竹筒，用葛藤系定，放在缸边作为舀茶的家具。自从这茶缸移到屋门溪边后，每早上翠翠就烧一大锅开水，倒进那缸子里去。有时缸里加些茶叶，有时却只放下一些用火烧焦的锅巴，乘那东西还燃着时便抛进缸里去。老船夫且照例准备了些发痧肚痛治疱疮疡子的草根木皮，把这些药搁在家中当眼处，一见过渡人神气不对，就忙匆匆的把药取来，善意的勒迫这过路人使用他的药方，且告人这许多救急丹方的来源，（这些丹方自然全是他从城中军医同巫师学来的。）他终日裸着两只膀子，在溪中方头船上站定，头上还常常是光光的，一头短短白发，在日光下如银子。翠翠依然是个快乐人，屋前屋后跑着唱着，不走动时就坐在门前高崖树荫下，吹小竹管儿玩。爷爷仿佛把大老提婚的事早已忘掉，翠翠自然也早忘掉这件事情了。

可是那做媒的不久又来探口气了，依然是同从前一样，祖父把事情成否全推到翠翠身上去，打发了媒人上路。回头又同翠翠谈了一次，也依然不得结果。

老船夫猜不透这事情在这什么方面有个疙瘩,解除不去,夜里躺在床上便常常陷入一种沉思里去,隐隐约约体会到一件事情,便是……想到了这里时,他笑了,为了害怕而勉强笑了。其实他有点忧愁,因为他忽然觉得翠翠一切全像那个母亲,而且隐隐约约便感觉到这母女二人共通的命运。一堆过去的事情蜂拥而来,不能再睡下去了,一个人便跑出门外,到那临溪高崖上去,望天上的星辰,听河边纺织娘以及一切虫类如雨的声音,许久许久还不睡觉。

这件事翠翠是毫不注意的,这小女孩子日里尽管玩着,工作着,也同时为一些很神秘的东西驰骋她那颗心,但一到夜里,却甜甜的睡眠了。

不过一切皆得在一份时间中变化。这一家安静平凡的生活,也因了一堆接连而来的日子,在人事上把那安静空气完全打破了。

船总顺顺家中一方面,则天保大老的事已被二老知道了,傩送二老同时也让他哥哥知道了弟弟的心事。这一对难兄难弟原来皆爱上了那个撑渡船的外孙女。这事情在茶峒人并不希奇,茶峒人的俗话说:"火是各处可烧的,水是各处可流的,日月是各处可照的,爱情是各处可到的。"有钱船总儿子,爱上一个弄渡船的穷人家女儿,不能成为希罕的新闻,有一点困难处,只是这两兄弟到了谁应取得这个女人作媳妇时,是不是也还得照茶峒人规矩,来一次流血的挣扎?

兄弟两人在这方面是不至于动刀的,但也不作兴有"情人奉让"如大都市懦怯男子爱与仇对面时作出的可笑行为。

那哥哥同弟弟在河上游一个造船的地方看他家中那一只新船,在新船旁把一切心事全告给了弟弟,且附带说明,这点爱还是两年前植下根基的。弟弟微笑着,把话听下去。两人从造船处沿了河岸又走到王乡绅新碾坊去,那大哥就说:

"二老,你倒好,有座碾坊,我呢,若把事情弄好了,我应当划渡船了。我欢喜这个事情,我还想把碧溪岨两个山头买过来在界线上种大南竹,围着这一条小溪作为我的砦子!"

那二老仍然的听着,把手中拿的一把弯月形镰刀随意斫削路旁的草木,到了碾坊时,却站住了向他哥哥说:

"大老,你信不信这女子早已有了个人?"

"我不信。"

"大老，你信不信这碾坊将来归我？"

"我不信。"

两人进了碾坊。

二老说："你不必——大老，我再问你假若我不想得这座碾坊，却打量要那只渡船，而且这念头还三年前的事你信不信呢？"

那大哥真着了一惊，望了一下坐在碾盘横轴上的傩送二老，知道二老不是说谎，于是站近了一点，伸手在二老肩上拍打了一下，且想把二老拉下来。他明白了这件事，他笑了。他说，"我相信的，你说的是真话！"

二老把眼睛望着他的哥哥，很诚实的说：

"大老，相信我，这是真事。我早就那么打算到了。家中不答应，那边若答应了，我当真预备去弄渡船的！——你告我，你呢？"

"爸爸已听了我的话，为我要城里的杨马兵做保山，向划渡船说亲去了！"大老说到这个求亲手续时，好像知道二老要笑他，又解释要保山去的用意，只是"因为老的说车有车路，马有马路，我就走了车路。"

"结果呢？"

"得不到什么结果。"

"马路呢？"

"马路呢，那老的说若走马路，得在碧溪岨对溪高崖上唱三年六个月的歌。"

"这并不是个坏主张！"

"是呀，一个结巴人话说不出还唱得出。可是这件事轮不到我了，我不是竹雀，不会唱歌。鬼知道那老的存心是要把孙女儿嫁个会唱歌的水车，还是预备规规矩矩嫁个人！"

"那你怎么样？"

"我想告那老的，要他说句实在话。只一句话。不成，我跟船下桃源去了；成呢，便是要我撑渡船，我也答应了他。"

"唱歌呢？"

"这是你的拿手好戏，你要去做竹雀你就去罢，我不会捡马粪塞你嘴巴的。"

二老看到哥哥那种样子,便知道为这件事哥哥感到的是一种如何烦恼了。他明白他哥哥的性情,代表了茶峒人粗卤爽直一面,弄得好,掏出心子来给人也很慷慨作去,弄不好,亲舅舅也必一是一二是二。大老何尝不想在车路上失败时走马路;但他一听到二老的坦白陈述后,他就知道马路只二老有分,他自己的事不能提了。因此他有点气恼,有点愤慨,自然是无从掩饰的。

二老想出了个主意,就是两兄弟月夜里同过碧溪岨去唱歌,莫让人知道是弟兄两个,两人轮流唱下去,谁得到回答,谁便继续用那张唱歌胜利的嘴唇,服侍那划渡船的外孙女。大老不善于唱歌,轮到大老时也仍然由二老代替。两人凭命运来决定自己的幸福,这么办可说是极公平了。提议时,那大老还以为他自己不会唱,也不想请二老替他作竹雀。但二老那种诗人性格,却使他很固持的要哥哥实行这个办法。二老说必需这样作,一切方公平一点。

大老把弟弟提议想想,作了一个苦笑。"×娘的,自己不是竹雀,还请老弟做竹雀?好,就是这样子,我们各人轮流唱,我也不要你帮忙,一切我自己来吧。树林子里的猫头鹰,声音不动听,要老婆时,也仍然是自己叫下去,不请人帮忙的!"

两人把事情说妥当后,算算日子,今天十四,明天十五,后天十六,接连而来的三个日子,正是有大月亮天气。气候既到了中夏,半夜里不冷不热,穿了自家机布汗褂,到那些月光照及的高崖上去,遵照当地的习惯,很诚实与坦白去为一个"初生之犊"的黄花女唱歌。露水降了,歌声涩了,到应当回家了时,就趁残月赶回家去。或过那些熟识的整夜工作不息的碾坊里去,躺到温暖的谷仓里小睡,等候天明。一切安排皆极其自然,结果是什么,两人虽不明白,但也看得极其自然,两人便决定了从当夜起始,来作这种为当地习惯所认可的竞争。

## 十三

黄昏来时翠翠坐在家中屋后白塔下,看天空为夕阳烘成桃花色的薄云。十四中寨逢场,城中生意人过中寨收买山货的很多,过渡人也特别多,祖父在溪中渡船上,忙个不息。天快夜了,别的雀子皆似乎在休息了,只杜鹃叫个不息。石头泥土为白日晒了一整天,草木为白日晒了一整天,到这时节皆放散一种热气。空气中有泥土气味，有草木气味，且有甲虫类气味。翠翠看着天上的红云，听着渡口飘乡生意人的杂乱声音，心中有些儿薄薄的凄凉。

黄昏照样的温柔，美丽，平静。但一个人若体念到这个当前一切时，也就照样的在这黄昏中会有点儿薄薄的凄凉。于是，这日子成为痛苦的东西了。翠翠觉得好像缺少了什么。好像眼见到这个日子过去了，想在一件新的人事上攀住它，但不成。好像生活太平凡了，忍受不住。

"我要坐船下桃源县过洞庭湖，让爷爷满城打锣去叫我，点了灯笼火把去找我。"

她便同祖父故意生气似的，很放肆的去想到这样一件事，她且想象祖父用各种方法寻觅她皆无结果，到后如何躺在渡船上。

"人家喊，'过渡，过渡，老伯伯，你怎么的！''怎么的！翠翠走了，下桃源县了！''那你怎的？''怎么的吗？拿了把刀，放在包袱里，搭下水船去杀了她！'……"

翠翠仿佛听着这种对话，吓怕起来了，一面锐声喊着她的祖父，一面从坎上跑向溪边渡口去。见到了祖父正把船拉在溪中心，船上人嗫嗫说着话，小小心子还依然跳跃不已。

"爷爷，爷爷，你拉回来呀！"

那老船夫不明白她的意思，还以为是翠翠要为他代劳了，就说：

"翠翠，等一等，我就回来！"

"你不拉回来了吗？"

"我就回来！"

翠翠坐在溪边，望着溪面为暮色所笼罩的一切，且望到那只渡船上一群过渡人，其中有个吸旱烟的打着火镰吸烟，且把烟杆在船边剥剥的敲着烟灰，忽然哭起来了。

祖父把船拉回来时，见翠翠痴痴的坐在岸边，问她是什么事，翠翠不作声。祖父要她去烧火煮饭，想了一会儿，觉得自己哭得可笑，一个人便回到屋中去。坐在黑黝黝的灶边把火烧燃后，她又走到门外高崖上去，喊叫她的祖父，要他回家里来，在职务上毫不儿戏的老船夫，因为明白过渡人皆是赶回城中吃晚饭的人，来一个就渡一个，不便要人站在那岸边呆等，故不上岸来。只站在船头告翠翠，且让他做点事，把人渡完事后，就会回家里来吃饭。

翠翠第二次请求祖父祖父不理会，她坐在悬崖上，很觉得悲伤。

天夜了，有一匹大萤火虫尾上闪着蓝光，很迅速的从翠翠身旁飞过去，翠翠想，"看你飞得多远！"便把眼睛随着那萤火虫的明光追去。杜鹃又叫了。

"爷爷，为什么不上来？我要你！"

在船上的祖父听到这种带着娇有点儿埋怨的声音，一面粗声粗气的答道："翠翠，我就来，我就来！"一面心中却自言自语："翠翠，爷爷不在了，你将怎么样？"

老船夫回到家中时，见家中还黑黝黝的，只灶间有火光，见翠翠坐在灶边矮条凳上，用手蒙着眼睛。

走过去才晓得翠翠已哭了许久。祖父一个下半天来，皆弯着个腰在船上拉来拉去，歇歇时手也酸了，腰也酸了，照规矩，一到家里就会嗅到锅中所焖瓜菜的味道，且可见到翠翠安排晚饭在灯光下跑来跑去的影子。

祖父说："翠翠，我来慢了，你就哭，这还成吗？我死了呢？"

翠翠不作声。

祖父又说："不许哭，做一个大人，不管有什么事皆不许哭，要硬扎一点，结实一点，方配活到这块土地上！"

翠翠把手从眼睛边移开，靠近了祖父身边去，"我不哭了。"

两人作饭时，祖父为翠翠说到一些有趣味的故事。因此提到了死去了的翠翠的母亲。两人在豆油灯下把饭吃过后，老船夫因为工作疲倦，喝了半碗白酒，故饭后兴致极好，又同翠翠到门外高崖上月光下去说故事。说了些那个可怜母亲的乖巧处，同时且说到那可怜母亲性格强硬处，使翠翠听来神往倾心。

翠翠抱膝坐在月光下，傍着祖父身边，问了许多关于那个可怜母亲的故事。间或吁一口气，似乎心中压上了些分量沉重的东西，想挪移得远一点，才吁着这种气，可是却无从把东西挪开。

月光如银子，无处不可照及，山上篁竹在月光下皆成为黑色。身边虫声繁密如落雨。间或不知道从什么地方，忽然会有一只草莺"嗒嗒嗒嗒嘘！"啭着她的喉咙，不久之间，这小鸟儿又好像明白这是半夜，便仍然闭着那小小眼儿安睡了。

祖父夜来兴致很好，为翠翠把故事说下去，就提到了本城人二十年前唱歌的风气，如何驰名于川黔边地。翠翠的父亲，便是唱歌的第一手，能用各种比喻解释爱与憎的结子，这些事也说到了。翠翠母亲如何爱唱歌，且如何同父亲在未认识以前在白日里对歌，一个在半山上竹篁里砍竹子，一个在溪面渡船上拉船，这些事也说到了。

翠翠问："后来怎么样？"

祖父说："后来的事长得很，最重要的事情，就是这种歌唱出了你。"

## 十四

老船夫做事累了睡了，翠翠哭倦了也睡了。翠翠不能忘记祖父所说的事情，梦中灵魂为一种美妙歌声浮起来了，仿佛轻轻的各处飘着，上了白塔，下了菜园，到了船上，又复飞窜过悬崖半腰——去作什么呢？摘虎耳草！白日里拉船时，她仰头望着崖上那些肥大虎耳草已极熟习。

一切皆像是祖父说的故事，翠翠只迷迷胡胡的躺在粗麻布帐子里草荐上，以为这梦做得顶美顶甜。祖父却在床上醒着张起个耳朵听对溪高崖上大唱了半夜的歌。他知道那是谁唱的，他知道是河街上天保大老走马路的第一著，又忧愁又快乐的听下去。翠翠因为日里哭倦了，睡得正好，他就不去惊动她。

第二天，天一亮翠翠就同祖父起身了，用溪水洗了脸，把早上说梦的忌讳去掉了，翠翠赶忙同祖父去说昨晚上所梦的事情。

"爷爷，你说唱歌，我昨天就在梦里听到一种歌声，又软又缠绵，我像跟了这声音各处飞，飞到对溪悬崖半腰，摘了一大把虎耳草，得到了虎耳草，我可不知道把这个东西交给谁去了。我睡得真好，梦的真有趣！"

祖父温和悲悯的笑着，并不告给翠翠昨晚上的事实。

祖父心里想："做梦一辈子更好，还有人在梦里作宰相咧。"

昨晚上唱歌的，老船夫还以为是天保大老，日来便要翠翠守船，藉故到城里去送药，在河街见到了大老，就一把拉住那小伙子，很快乐的说：

"大老，你这个人，又走车路又走马路，是怎样一个狡滑东西！"

但老船夫却作错了一件事情，把昨晚唱歌人"张冠李戴"了。这两弟兄昨晚上同时到碧溪岨去，为了作哥哥的走车路占了先，无论如何也不肯先开腔唱歌，一定得让那弟弟先唱。弟弟一开口，哥哥却因为明知不是敌手，更不能开口了。翠翠同她祖父晚上听到的歌声，便全是那个傩送二老所唱的。大老伴弟弟回家时，就决定了同茶峒地方离开，驾家中那只新油船下驶，好忘却了上面的一切。这时正想下河去看新船装货。老船夫见他冷冷的，不明白他的意思，就用眉眼做了一个可笑的记号，表示他明白大老的冷淡处是装成的，表示他有消息可以奉告。

他拍了大老一下，轻轻的说：

"你唱得很好，别人在梦里听着你那个歌，为那个歌带得很远，走了不少的路！"

大老望着弄渡船的老船夫涎皮的老脸，轻轻的说：

"算了吧，你把宝贝女儿送给了竹雀吧。"

这句话使老船夫完全弄不明白它的意思。大老从一个吊脚楼甬道走下河去了，老船夫也跟着下去，到了河边，见那只新船正在装货，许多油篓子搁到岸边，一个水手正在用茅草扎成长束，备作船舷上挡浪用的茅把，还有人在河边用脂油擦桨板。老船夫问那个坐在大太阳下扎茅把的水手，这船什么日子下行，谁押船。那水手把手指着大老。老船夫搓着手说：

"大老，听我说句正经话，你那件事走车路，不对；走马路，你有分的！"

那大老把手指着窗口说："伯伯，你看那边，你要竹雀做孙女婿，竹雀在那里啊！"

老船夫抬头望到二老，正在窗口整理一个鱼网。

回碧溪岨到渡船上时，翠翠问：

"爷爷，你同谁吵了架，面色那样难看！"

祖父莞尔而笑，他到城里的事情，不告给翠翠一个字。

## 十五

大老坐了那只新油船向下河走去了，留下傩送二老在家。老船夫方面还以为上次歌声既归二老唱的，在此后几个日子里，自然还会听到那种歌声。一到了晚间就故意从别样事情上，促翠翠注意夜晚的歌声。两人吃完饭坐在屋里，因屋前滨水，长脚蚊子一到黄昏就嗡嗡的叫着，翠翠便把蒿艾束成的烟包点燃，向屋中角隅各处晃着驱逐蚊子。晃了一阵，估计全屋子里皆为蒿艾烟气熏透了，方搁到床前地上去，再坐在小板凳上来听祖父说话。从一些故事上慢慢的谈到了唱歌，祖父话说得很妙。祖父到后发问道：

"翠翠，梦里的歌可以使你爬上高崖去摘那虎耳草，若当真有谁来在对溪高崖上为你唱歌，你怎么样？"祖父把话当笑话说着的。

翠翠便也当笑话答道："有人唱歌我就听下去，他唱多久我也听多久！"

"唱三年六个月呢？"

"唱得好听，我听三年六个月。"

"这不公平吧。"

"怎么不公平？为我唱歌的人，不是极愿意我长远听他的歌吗？"

"照理说：炒菜要人吃，唱歌要人听。可是人家为你唱，是要你懂他歌中的意思！"

"爷爷，懂歌中什么意思？"

"自然是他那颗想同你要好的真心！不懂那点心事，不是同听竹雀唱歌一样了吗？"

"我懂了他的心又怎么样？"

祖父用拳头把自己腿重重的捶着，且笑着："翠翠，你人乖，爷爷笨得很，话也不说得温柔，莫生气。我信口开河，说个笑话给你听。应当当笑话听。河街天保大老走车路，请保山来提亲，我告给过你这件事了，你那神气不愿意，是不是？可是，假若那个人还有个兄弟，走马路，为你来唱歌，向你求婚，你将怎么说？"

翠翠吃了一惊，低下头去。因为她不明白这笑话有几分真，又不清楚这笑话是谁诌的。

翠翠便微笑着轻轻的带点儿恳求的神气说：

"爷爷莫说这个笑话吧。"翠翠站起身了。

"我说的若是真话呢？"

"爷爷你真是个……"翠翠说着走出去了。

祖父说："我说的是笑话，你生我的气吗？"

翠翠不敢生祖父的气，走近门限边时，就把话引到另外一件事情上去："爷爷看天上的月亮，那么大！"说着，出了屋外，便在那一派清光的露天中站定。站了一忽儿，祖父也从屋中出到外边来了。翠翠于是坐到那白日里为强烈阳光晒热的岩石上去，石头正散发日间所储的余热。祖父就说：

"翠翠，莫坐热石头，免得生坐板疮。"

但自己用手摸摸后，自己便也坐到那岩石上了。

月光极其柔和，溪面浮着一层薄薄白雾，这时节对溪若有人唱歌，隔溪应和，实在太美丽了。翠翠还记着先前祖父说的笑话。耳朵又不聋，祖父的话说得极分明，一个兄弟走马路，唱歌来打发这样的晚上，算是怎么回事？她似乎为了等着这样的歌声，沉默了许久。

她在月光下坐了一阵，心里却当真愿意听一个人来唱歌。久之，对溪除了一片草虫的清音复奏以外别无所有。翠翠走回家里去，在房门边摸着了那个芦管，拿出来在月光下自己吹着。觉吹得不好，又递给祖父要祖父吹。老船夫把那个芦管竖在嘴边，吹了个长长的曲子，翠翠的心被吹柔软了。

翠翠依傍祖父坐着，问祖父：

"爷爷，谁是第一个做这个小管子的人？"

"一定是个最快乐的人作的，因为他分给人的也是许多快乐；可又像是个最不快乐的人作的，因为他同时也可以引起人不快乐！"

"爷爷，你不快乐了吗？生我的气了吗？"

"我不生你的气。你在我身边，我很快乐。"

"我万一跑了呢？"

"你不会离开爷爷的。"

"万一有这种事，爷爷你怎么样？"

"万一有这种事，我就驾了这只渡船去找你。"

翠翠嗤的笑了。"凤滩茨滩不为凶，下面还有绕鸡笼；绕鸡笼也容易下，青浪滩浪如屋大。爷爷你渡船也能下凤滩茨滩青浪滩吗？那些地方的水，你不说过像疯子吗？"

祖父说："翠翠，我到那时可真像疯子，还怕大水大浪？"

翠翠俨然极认真的想了一下，就说："祖父，我一定不走，可是，你会不会走？你会不会被一个人抓到别处去？"

祖父不作声了，他想到被死亡抓走那一类事情。

老船夫打量着自己被死亡抓走以后的情形，痴痴的看望天南角上一颗星子，心想："七月八月天上方有流星，人也会在七月八月死去吧？"又想起白日在河街上同大老谈话的经过，想起中寨人陪嫁的那座碾坊，想起二老！想起一大堆事情，心中有点儿乱。

翠翠忽然说："爷爷，你唱个歌给我听听，好不好？"

祖父唱了十个歌，翠翠傍在祖父身边，闭着眼睛听下去，等到祖父不作声时，翠翠自言自语说："我又摘了一把虎耳草了。"

祖父所唱的歌便是那晚上听来的歌。

## 十六

二老有机会唱歌却从此不再到碧溪岨唱歌。十五过去了，十六也过去了，到了十七，老船夫忍不住了，进城往河街去找寻那个年青小伙子，到城门边正预备入河街时，就遇着上次为大老作保山的杨马兵，正牵了一匹骡马预备出城，一见老船夫，就拉住了他：

"伯伯，我正有事情告你，碰巧你就来城里！"

"什么事？"

"天保大老坐下水船到茨滩出了事，闪不知这个人掉到滩下漩水里就淹坏了。早上顺顺家里得到这个信，听说二老一早就赶去了。"

这消息同有力巴掌一样重重的捆了他那么一下，他不相信这是当真的消息。他故作从容的说：

"天保大老淹坏了吗？从不闻有水鸭子被水淹坏的！"

"可是那只水鸭子仍然有那么一次被淹坏了……。我赞成你的卓见，不让那小子走车路十分顺手。"

从马兵言语上，老船夫还十分怀疑这个新闻，但从马兵神气上注意，老船夫却看清楚这是个真的消息了。他惨惨的说：

"我有什么卓见可言？这是天意！……"老船夫说时心中充满了感情。

特为证明那马兵所说的话，有多少可靠处，老船夫同马兵分手后，于是匆匆赶到河街上去。到了顺顺家门前，正有人烧纸钱，许多人围在一处说话。挽加进去听听，所说的便是杨马兵提到的那件事。但一到有人发现了身后的老船夫时，大家便把话语转了方向，故意来谈下河油价涨落情形了。老船夫心中很不安，正想找一个比较要好的水手谈谈。

一会船总顺顺从外面回来了，样子沉沉的，这豪爽正直的中年人，正似乎为不幸打倒，努力想挣扎爬起的神气，一见到老船夫就说：

"老伯伯，我们谈的那件事情吹了吧。天保大老已经坏了，你知道了吧。"

老船夫两只眼睛红红的，把手搓着，"怎么的，这是真事！是昨天，是前天？"

另一个像是赶路同来报信的，插嘴说道："十六中上，船搁到石包子上，船头进了水，大老想把篙撇着，人就弹到水中去了。"

老船夫说："你眼见他下水吗？"

"我还与他同时下水！"

"他说什么？"

"什么都来不及说！这几天来他都不说话！"

老船夫把头摇摇，向顺顺那么溜了一眼。船总顺顺像知道他的心中不安处，说："伯伯，一切是天，算了吧。我这里有大兴场送来的好烧酒，你拿一点去喝罢。"一个伙计用竹筒上了一筒酒，用新桐木叶蒙著筒口，交给了老船夫。

老船夫把酒拿走，到了河街后，低头向河码头走去，到河边天保大前天上船处去看看。杨马兵还在那里放马到沙地上打滚，自己坐在柳树荫下乘凉，老船夫就走过去请马兵试试那大兴场的烧酒，两人兴致似乎皆好些了，老船夫告给杨马兵，十四夜里二老两兄过碧溪岨唱歌那件事情。

那马兵听到后便说：

"伯伯，你是不是以为翠翠愿意二老应该派归二老……"

话不说完，傩送二老却从河街下来了。这年青人正像要远行的样子，一见了老船夫就回头走去。杨马兵就喊他说："二老，二老，你来，有话同你说呀！"

二老站定了，问马兵"有什么话说"。马兵望望老船夫，就向二老说："你来，有话说！"

"什么话？"

"我听人说你已经走了，——你过来我同你说，我不会吃掉你！"

那黑脸宽肩膊，样子虎虎有生气的傩送二老，勉强似的笑著，到了柳荫下时，老船夫指著河上游远处那座新碾坊说："二老，听人说那碾坊将来是归你的！归了你，派我来守碾子，行不行？"

二老仿佛听不惯这个询问的用意，便不作声。杨马兵看风头有点儿僵，便说："二老，你怎么的，预备下去吗？"那年青人把头点点，就走开了。

老船夫讨了个没趣，赶回碧溪岨去，到了渡船上时，就装作把事情看得极随便似的，告给翠翠。

"翠翠，城里出了件新鲜事情，天保大老驾油船下辰州，掉到茨滩淹坏了。"

翠翠因为听不懂，对于这个报告最先好像全不在意，祖父又说：

"翠翠，这是真事，上次来到这里做保山的杨马兵，还说我早不答应亲事极有见识！"

翠翠瞥了祖父一眼，见他眼睛红红的，知道他喝了酒，且有了点事情不高兴，心中想："谁撩你生气？"船到家边时，祖父不自然的笑着向家中走去，翠翠守船，半天不闻祖父声息，赶回家去看看，见祖父正坐在门槛上编草鞋耳子。

翠翠见祖父神气极不对，就蹲到他身前去。

"爷爷，你怎么的？"

"天保当真死了！二老生了我们的气，以为他家中出这件事情是我们分派的！"

有人在溪边大喊渡船过渡，祖父匆匆出去了。翠翠坐在那屋角隅稻草上，心中极乱，等等还不见祖父回来，就哭起来了。

## 十七

祖父似乎生谁的气，脸上笑容减少了，对于翠翠方面也不大注意了。翠翠像知道祖父已不很疼她，但又像不明白它的原因。但这并不是很久的事，日子一过去，也就好了。两人仍然划船过日子，一切依旧，惟对于生活，却仿佛什么地方有了个看不见的缺口，无法填补起来。祖父过河街去仍然可以得到船总顺顺的款待，但很明显的事，那船总却并不忘掉死去者死亡的原因。二老出北河下辰州走了六百里，沿河找寻那个可怜哥哥的尸骸，毫无结果，在各处税关上贴下招字，返回茶峒来了。过不久，他又过川东去办货，过渡时见到老船夫。老船夫看看那小伙子，好像已完全忘掉了从前的事情，就同他说话。

"二老，大六月日头毒人，又上川东去？"

"要饭吃，头上是火也得上路！"

"要吃饭！二老家还少饭吃！"

"有饭吃，爹爹说年青人也不应该在家中白吃不作事！"

"你爹爹好吗？"

"吃得做得，有什么不好。"

"你哥哥坏了，我看你爹爹为这件事情也好像萎悴多了！"

二老听到这句话，不作声了，眼睛望着老船夫屋后那个白塔。他似乎想起了过去那个晚上，那件旧事，心中十分惆怅。

老船夫怯怯的望了年青人一眼，一个微笑在脸上漾开。

"二老，我家里翠翠说，五月里有天晚上，做了个梦，……"说时他又望望二老，见二老并不惊讶，也不厌烦，又接著说，"她梦得古怪，说在梦中被一个人的歌声浮起来，上悬岩摘了一把虎耳草！"

二老把头偏过一旁去作了一个苦笑，心中想到"老头子倒会做作。"这点意思在那个苦笑上，仿佛同样泄露出来，仍然被老船夫看到了，老船夫就说："二老，你不信吗？"

那年青人说："我怎么不相信？因为我做傻子在那边岩上唱过一晚的歌！"

老船夫被一句料想不到的老实话窘住了，口中结结巴巴的说："这是真的……这是假的……"

老船夫的做作处，原意只是想把事情弄明白一点，但一起始自己叙述这段事情时，方法上就有了错处，故反而被二老误会了。他这时正想把那夜的情形好好说出来，船已到了岸边。二老一跃上了岸，就想走去。老船夫在船上显得有点忙乱的样子说：

"二老，二老，你等等我有话同你说，你先前不是说到那个——你做傻子的事情吗？你并不傻，别人方当真为你那歌弄成傻像！"

那年青人虽站定了，口中却轻轻的说："得了够了，不要说了。"

老船夫说："二老，我听人说你不要碾子要渡船，这是杨马兵说的，不是真的吧？"

那年青人说:"要渡船又怎样?"

老船夫看看二老的神气,心中忽然高兴起来了,就情不自禁的高声叫着翠翠,要她下溪边来。不知翠翠是故意不从屋里出来,是到别处去了,许久还不见到翠翠的影子,也不闻这个女孩子的声音。二老等了一会看看老船夫那副神气,一句话不说,便微笑着,大踏步同一个挑担粉条白糖货物的脚夫走去了。

过了碧溪岨小山,两人应沿着一条曲曲折折的竹林走去,那个脚夫这时节开了口:

"傩送二老,看那弄渡船的神气,很欢喜你!"

二老不作声,那人就又说道:

"二老,他问你要碾坊还是要渡船,你当真预备做他的孙女婿,接替他那只渡船吗?"

二老笑了,那人又说:

"二老,若这件事派给我,我要那座碾坊。一座碾坊的出息,每天可收七升米,三斗糠。"

二老说:"我回来时向我爹爹去说,为你向中寨人做媒,让你得到这座碾坊吧。至于我呢,我想弄渡船是很好的。只是老家伙坏,大老是他弄死的。"

老船夫见二老那么走去了,翠翠还不出来,心中很不快乐,走回家去看看,原来翠翠并不在家。过一会,翠翠提了个篮子从小山后回来了,方知道大清早翠翠已出门掘竹鞭笋去了。

"翠翠,我喊了你好久,你不听到!"

"做什么?"

"一个过渡,……一个熟人,我们谈起你,……我喊你你可不答应!"

"是谁?"

"你猜,翠翠。不是陌生人,……你认识他!"

翠翠想起适间从竹林里无意中听来的话,脸红了,半天不说话。

老船夫问:"翠翠,你得了多少鞭笋?"

翠翠把竹篮向地下一倒,除了十来根小小鞭笋外,只是一把大的虎耳草。

老船夫望了翠翠一眼,翠翠两颊绯红跑了。

## 十八

　　日子平平的过了一个月，一切人心上的病痛，似乎皆在那么份长长的白日下医治好了。天气特别热，各人皆只忙着流汗，用凉水淘江米酒吃，不用什么心事，心事在人生活中，也就留不住了。翠翠每天皆到白塔下背太阳的一面去午睡，高处既极凉快，两山竹篁里叫得使人发松的竹雀，与其他鸟类，又如此之多，致使她在睡梦里尽为山鸟歌声所浮着，做的梦也便常是顶荒唐的梦。

　　·这不是人的罪过。诗人们会在一件小事上写出一整本整部的诗，雕刻家在一块石头上雕得出骨血如生的人像，画家一撇儿绿，一撇儿红，一撇儿灰，画得出一幅一幅带有魔力的彩画，谁不是为了惦着一个微笑的影子，或是一个皱眉的记号，方弄出那么些古怪成绩？翠翠不能用文字，不能用石头，不能用颜色，把那点心头上的爱憎移到别一件东西上去，却只让她的心，在一切顶荒唐事情上驰骋。她从这分隐秘里，常常得到又惊又喜的兴奋。一点儿不可知的未来，摇撼她的极厉害，她无从完全把那种痴处不让祖父知道。

　　祖父呢，可以说一切都知道了的。但事实上他又却是个一无所知的人。他明白翠翠不讨厌那个二老，却不明白那小伙子二老怎么样。他从船总处与二老处，皆碰过了钉子，但他并不灰心。

　　"要安排得对一点，方合道理，"他那么想着，就更显得好事多磨起来了。睁着眼睛时，他做的梦比那个外孙女翠翠便更荒唐更寥阔。

　　他向各个过渡本地人打听二老父子的生活，关切他们如同自己家中一样。但也古怪，因此他却怕见到那个船总同二老了。一见他们他就不知说些什么，只是老脾气把两只手搓来搓去，从容处完全失去了。二老父子方面皆明白他的意思，但那个死去的人，却用一个凄凉的印象，镶嵌到父子心中，两人便对于老船夫的意思，俨然全不明白似的，一同把日子打发下去。

　　明明白白夜来并不作梦，早晨同翠翠说话时，那作祖父的会说：

　　"翠翠，翠翠，我做了个好不怕人的梦！"

　　翠翠问："什么怕人的梦？"

　　就装作思索梦境似的，一面细看翠翠小脸长眉毛，一面说出他另一时张着眼睛所做的好梦。不消说,那些梦并不是当真怎样使人吓怕的。

一切河流皆得归海,话起始说得纵极远,到头来总仍然是归到使翠翠红脸那件事情上去。待到翠翠显得不大高兴,神气上露出受了点小窘时,这老船夫又才像有了一点儿吓怕,忙着解释,用闲话来遮掩自己所说到那问题的原意。

"翠翠,我不是那么说,我不是那么说。爷爷老了,糊涂了,笑话多咧。"

但有时翠翠却静静的把祖父那些笑话糊涂话听下去,一直听到后来还抿着嘴儿微笑。

翠翠也会忽然说道:

"爷爷,你真是有一点儿糊涂!"

祖父听过了不再作声,他将说,"我有一大堆心事,"但来不及说,恰好就被过渡人喊走了。

天气热了,过渡人从远处走来,肩上挑得是七十斤担子,到了溪边,贪凉快不即走路,必蹲在岩石下茶缸边喝凉茶,与同伴交换吹吹棒烟管,且一面与弄渡船的攀谈。许多子虚乌有的话皆从此说出口来,给老船夫听到了。过渡人有时还因溪水清洁,就溪边洗脚抹澡的,坐得更久话也就更多。祖父把些话转说给翠翠,翠翠也就学懂了许多事情。货物的价钱涨落呀,坐轿搭船的用费呀,放木筏的人把他那个木筏从滩上流下时,十来把大招子如何活动呀,在小烟船上吃荤烟,大脚娘如何烧烟呀,……无一不备。

傩送二老从川东押物回到了茶峒。时间已近黄昏了,溪面很寂寞,祖父同翠翠在菜园地里看萝葡秧子,翠翠白日中觉睡久了些,觉得有点寂寞,好像听人嘶声喊过渡,就争先走下溪边去,下坎时,见两个人站在码头边,斜阳影里背身看得极分明,正是傩送二老同他家中的长年!翠翠大吃一惊,同小兽物见到猎人一样,回头便向山竹林里跑掉了。但那两个在溪边的人,听到脚步响时,一转身,也就看明白这件事情了。等了一下再也不见人来,那长年又嘶声音喊叫过渡。

老船夫听得清清楚楚,却仍然蹲在萝葡秧地上数菜,心里觉得好笑。他已见到翠翠走去,他知道必是翠翠看明白了过渡人是谁,故蹲在那高岩上不理会。翠翠人小不管事,过渡人求她不干,奈何她不得,故只好嘶着个喉咙叫过渡了。那长年叫了几声,见无人来,就停了,同二老说:"这是什么玩意

边　城

51

儿，难道老的害病弄翻了，只剩下翠翠一个人了吗？"二老说："等等看，不算什么！"就等了一阵。因为这边在静静的等着，园地上老船夫却在心里想："难道是二老吗？"他仿佛担心搅恼了翠翠似的，就仍然蹲着不动。

但再过一阵，溪边又喊起过渡来了，声音不同了一点，这才真是二老的声音。生气了吧？等久了吧？吵嘴了吧？老船夫一面胡乱估着一面跑到溪边去。到了溪边，见两个人业已上了船，其中之一正是二老。老船夫惊讶的喊叫：

"呀，二老，你回来了！"

年青人很不高兴似的，"回来了，——你们这渡船是怎么的，等了半天也不来个人！"

"我以为——"老船夫四处一望，并不见翠翠的影子，只见黄狗从山上竹林里跑来，知道翠翠上山了，便改口说，"我以为你们过了渡。"

"过了渡！不得你上船，谁敢开船？"那长年说着，一只水鸟掠着水面飞去，"翠鸟儿归窠了，我们还得赶回家去吃饭！"

"早咧，到河街早咧，"说着，老船夫已跳上了船，且在心中一面说着，"你不是想承继这只渡船吗！"一面把船索拉动，船便离岸了。

"二老，路上累得很！……"

老船夫说着，二老不置可否不动感情听下去，船拢了岸，那年青小伙子同家中长年挑担子翻山走了。那点淡漠印象留在老船夫心上，老船夫于是在两个人身后，捏紧拳头威吓了三下，轻轻的吼着，把船拉回去了。

# 十九

翠翠向竹林里跑去，老船夫半天还不下船，这件事从傩送二老看来，前途显然有点不利。虽老船夫言词之间，无一句话不在说明"这事有边，"但那畏畏缩缩的说明，极不得体，二老想起他的哥哥，便把这件事曲解了。他有一点愤愤不平，有一点儿气恼，回到家里第三天，中寨有人来探口风，在河街顺顺家中住下，把话问及顺顺，想明白二老的心中，是不是还有意接受那座新碾坊，顺顺就转问二老自己意见怎么样。

二老说："爸爸，你以为这事为你，家中多座碾坊多个人，便可以快活，你就答应了。若果为得是我,我要好好去想一下,过些日子再说它吧。我尚不知道我应当得座碾坊,还应当得一只渡船,因为我命里或只许我撑个渡船!"

探口风的人把话记住,回中寨去报命,到碧溪岨过渡时,见到了老船夫,想起二老说的话,不由得不迷迷的笑着。老船夫问明白了他是中寨人,就又问他过茶峒作些什么事。

那心中有分寸的中寨人说:

"什么事也不作,只是过河街船总顺顺家里坐了一会儿。"

"坐了一定就有话说!"

"话倒说了几句。"

"说了些什么话?"那人不再说了。老船夫却问道:

"听说你们中寨人想把大河边一座碾坊连同家中闺女儿送给河街上顺顺,这事情有不有了点眉目?"

那中寨人笑了,"事情同了,我问过顺顺,顺顺很愿意同中寨人结亲家,又问过那小伙子,……"

"小伙子意思怎么样?"

"他说:我眼前有座碾坊,有条渡船,我本想要渡船,现在就决定要碾坊了。渡船是活动的,不如碾坊固定,这小子会打算盘呢。"

中寨人是个米场经纪人,话说得极有斤两,他明知道"渡船"指得是什么意思,但他可并不说穿。他看到老船夫口唇蠕动,想要说话,中寨人便又抢着说道:

"一切皆是命,可怜顺顺家那个大老,相貌一表堂堂,会淹死在水里!"

老船夫被这句话在心上戳了一下,把想问的话咽住了。中寨人上岸走去后,老船夫闷闷的立在船头,痴了许久。又把二老日前过渡时落漠神气温习一番,心中大不快乐。

翠翠在塔下玩得极高兴,走到溪边高岩上想要祖父唱唱歌,见祖父不理会她,一路埋怨赶下溪边去,到了溪边方见到祖父神气十分沮丧,不明白为什么原因。翠翠来了,祖父看看翠翠的快活黑脸儿,粗卤的笑笑。对溪有扛货物过渡的,便不说什么,沉默的把船拉过溪南,到了中心却大声唱起歌来了。把人渡了过溪,祖父跳上码头走近翠翠身边来,还是那么粗卤的笑着,把手抚着头额。

翠翠说：

"爷爷怎么的，你发痧了？你躺到荫下去，我来管船！"

"你来管船，好的妙的，这只船归你管！"

老船夫似乎当真发了痧，心头发闷，虽当着翠翠还显出硬扎样子，独自走回屋里后，找寻得到一些碎磁片，在自己臂上腿上扎了几下，放出了些乌血，就躺到床上睡了。

翠翠自己守船，心中却古怪的快乐，心想："爷爷不为我唱歌，我自己会唱！"

她唱了许多歌，老船夫躺在床上闭着眼睛，一句一句听下去。心中极乱，但他知道这不是能够把他打倒的大病，他明天就仍然会爬起来的。他想明天进城，到河街去看看，又想起许多旁的事情。

但到了第二天，人虽起了床，头还沉沉的。祖父当真已病了，翠翠显得懂事了些，为祖父煎了一罐大发药，逼着祖父喝，又为过屋后菜园地里摘取蒜苗泡在米汤里作酸蒜苗。一面照料船只，一面还时时刻刻抽空赶回家里来看祖父，问这样那样。祖父可不说什么，只是为一个秘密痛苦着。躺了三天，人居然好了。屋前屋后走动了一下，骨头还硬硬的，心中惦念到一件事情，便预备进城过河街去。翠翠看不出祖父有什么要紧事情，必须当天入城，请求他莫去。

老船夫把手搓着，估量到是不是应说出那个理由。翠翠一张黑黑的瓜子脸，一双水汪汪的眼睛，使他吁了一口气。

他说："我有要紧事情，得今天去！"

翠翠苦笑着说："有多大要紧事情，还不是……"

老船夫知道翠翠脾气，听翠翠口气已有点不高兴，不再说要走了，把预备带走的竹筒，同扣花褡裢搁到长机上后，带点儿谄媚笑着说："不去吧，你担心我会把自己摔死，我就不去吧。我以为天气早上不很热，到城里把事办完了就回来，……不去也得，我明天去！"

翠翠轻声的温柔的说："你明天去也好，你腿还软！"

老船夫似乎心中还不甘服，洒着两手走出去，在门限边一个打草鞋的棒槌，差点儿把他绊了一大跤。稳住了时翠翠苦笑着说："爷爷，你瞧，还不服气!"老船夫拾起那棒槌,向屋角隅摔去,说道:"爷爷老了!过几天打豹子给你看!"

到了午后,落了一阵行雨,老船夫却同翠翠好好商量,仍然进了城。翠翠不能陪祖父进城,就要黄狗跟去。老船夫在城里被一个熟人拉着谈了许久的盐价米价,又过守备衙门看了一会新买的骡马,方到河街顺顺家里去。到了那里见到顺顺正同三个人打纸牌,不便谈话,就站在身后看了一阵牌,后来顺顺请他喝酒,借口病刚好点不敢喝酒推辞了。牌既不散场,老船夫又不想即走,顺顺似乎并不明白他等着有何话说,却只注意手中的牌。后来老船夫的神气倒为另外一个人看出了,就问他是不是有什么事情。老船夫方忸忸怩怩照老方子搓着他那两只大手,说别的事没有,只想同船总说两句话。

那船总方明白在看牌半天的理由,回头对老船夫笑将起来。

"怎不早说?你不说,我还以为你在看我牌学张子!"

"没有什么,只是三五句话,我不便扫兴,不敢说出!"

船总把牌向桌上一撒,笑着向后房走去了,老船夫跟在身后。

"什么事?"船总问着,神气似乎先就明白了他来此要说的话,显得略微有点儿怜悯的样子。

"我听一个中寨人说你预备同中寨团总打亲家,是不是真事?"

船总见老船夫的眼睛盯着他的脸,想得一个满意的回答,就说:"有这事情。"那么答应,意思却是:"有了你怎么样?"

老船夫说:"真的吗?"

那一个很自然的说:"真的。"意思却依旧包含了"真的又怎么样?"一个疑问。

老船夫装得很从容的问:"二老呢?"

船总说:"二老坐船下桃源好些日子了!"

二老下桃源的事,原来还同他爸爸吵了一阵方走的。船总性情虽异常豪爽,可不愿意间接把第一个儿子弄死的女孩子,又来作第二个儿子的媳妇。若照当地风气,这些事认为只是小孩子的事,大人管不着,二老当真欢喜翠翠,翠翠又爱二老,他也并不反对这种爱怨纠缠的婚姻。但不知怎的,老船夫的关心处,使二老父子对于老船夫皆有了一点误会了。船总想起家庭间的近事,以为全与这老而好事的船夫有关。

船总不让老船夫再开口了，就语气略粗的说道：

"伯伯，算了吧，我们的口只应当喝酒了，莫再只想替儿女唱歌！你的意思我全明白，你是好意。可是我也求你明白我的意思，我以为我们只应当谈点自己分上的事情，不适宜于想那些年青人的门路了。"

老船夫被一个闷拳打倒后，还想说两句话，但船总却不让他再有说话机会，把他拉出到牌桌边去。

老船夫无话可说，看看船总时，船总虽还笑着谈到许多笑话，心中却似乎很沉郁，把牌用力掷到桌上去，老船夫不说什么，戴起他那个斗笠，自己走了。

天气还早，老船夫心中很不高兴，又进城去找杨马兵。那马兵正在喝酒，老船夫虽推病，也免不了喝个三五杯。回到碧溪岨，走得热了一点，又用溪水去抹身子。觉得很疲倦，就要翠翠守船，自己回家睡去了。

黄昏时天气十分郁闷，溪面各处飞着红蜻蜓。天上已起了云，热风把两山竹篁吹得声音极大，看样子到晚上必落大雨。翠翠守在渡船上，看着那些溪面飞来飞去的蜻蜓，心也极乱。看祖父脸上颜色惨惨的，放心不下，便又赶回家中去。先以为祖父一定早睡了，谁知还坐在门限上打草鞋！

"爷爷，你要多少双草鞋，床头上不是还有十四双吗？怎么不好好的躺一躺？"

老船夫不作声，却站起身来昂头向天空望着，轻轻的说："翠翠，今晚上要落大雨响大雷的！回头把我们的船系到岩下去，这雨大哩。"

翠翠说："爷爷，我真吓怕！"翠翠怕的似乎并不是晚上要来的雷雨。

老船夫似乎也懂得那个意思，就说："怕什么？一切要来的都得来，不必怕！"

# 二十

夜间果然落了大雨，挟以吓人的雷声。电光从屋脊上掠过时，接着就是訇的一个炸电。翠翠在暗中抖着，祖父也醒了，知道她害怕，且担心她招凉，还起身来把一条布单搭到她身上去。祖父说：

"翠翠，不要怕！"

翠翠说："我不怕!"说了还想说："爷爷你在这里我不怕!"

訇的一个大雷,接着是一种超越雨声而上的洪大倾圮声。两人皆以为一定是溪岸悬崖崩落了;担心到那只渡船,会早已压在崖石上面去了。

祖孙两人便默默的躺在床上听雨声雷声。

但无论如何大雨,过不久,翠翠却仍然就睡着了。醒来时天已亮了,雨不知在何时业已止息,醒来只听到溪两岸山沟里注水入溪的声音,翠翠爬起身来看看祖父还似乎睡得很好,开了门走出去,门前已成为一个水沟,一股水便从塔后哗哗的流来,从前面悬崖直堕而下。并且各处皆是那么一种临时的水道。屋旁菜园地已为山水冲乱了,菜秧皆掩在粗砂泥里了。再走过前面去看看溪里一切,才知道溪中也涨了大水,已满过了码头,水脚快到茶缸边了。下到码头去的那条路,正同一条小河一样,哗哗的泄着黄泥水。过渡的那一条横溪牵定的缆绳,已被水淹去了,泊在岸下的渡船,已不见了。

翠翠看看屋前悬崖并不崩坍,故当时还不注意渡船的失去。但再过一阵,她上下搜索不到这东西,无意中回头一看,屋后白塔已不见了,一惊非同小可。赶忙向屋后跑去,才知道白塔业已坍倒,大堆砖石极凌乱的摊在那儿,翠翠吓慌得不知所措,只锐声叫她的祖父。祖父不起身,也不答应,就赶回家里去,到得祖父床边摇了祖父许久,祖父还不作声。原来这个老年人在雷雨将息时已死去了。

翠翠于是大哭起来。

过一阵,有从茶峒过川东跑差事的人,到了溪边,隔溪喊过渡,翠翠正在灶边一面哭着一面烧水预备为死去的祖父抹澡。

那人以为老船夫一家还不醒,急于过河,喊叫不应,就抛掷小石头过溪,打到屋顶上。翠翠鼻涕眼泪成一片的走出来,跑到溪边高崖前站定。

"喂,不早了!把船划过来!"

"船跑了!"

"你爷爷做什么事情去了呢?他管船!"

"他管船,管五十年的船——他死了啊!"

翠翠一面向隔溪人说着一面大哭起来。那人知道老船夫死了,得进城去报信,就说:

"真死了吗?我回去告他们,要他们弄条船带东西来!"

那人回到茶峒城边时,一见熟人就报告这件事,不多久,全茶峒城里外便皆知道这个消息了。河街上船总顺顺,派人找了一只空船,带了副白木匣子,即刻向碧溪岨撑去。城中杨马兵却同一个老军人,赶到碧溪岨去,砍了几十根大毛竹,用葛藤编作筏子,作为来往过渡的临时渡船。筏子编好后,撑了那个东西,到翠翠家中那一边岸下,留老兵守竹筏来往渡人,自己跑到翠翠家去看那个死者,眼泪湿莹莹的,摸了一会躺在床上硬僵僵的老友,又赶忙着做些应做的事情。到后帮忙的人来了,从大河船上运的棺木也来了,住在城中的老道士,还带了法宝,提了一只公鸡,来尽义务办理念经起水诸事,也从筏上渡过来了。家中人出出进进,翠翠只坐在灶边矮凳上呜呜的哭着。

到了中午,船总顺顺也来了,还跟着一个人扛了一口袋米,一坛酒,火腿猪肉。见了翠翠就说:

"翠翠,爷爷死了我知道了,老年人是必需死的,不要发愁,一切有我!"

各方面看看,就回去了。到了下午入了殓,一些帮忙的回的回家去了,晚上便只剩下了那老道士,杨马兵,同顺顺家派来两个年青长年。黄昏以前老道士用红绿纸剪了一些花朵,用黄泥作了一些烛台。天断黑后,棺木前小桌上点起黄色九品蜡,燃了香,棺木周围也点了小蜡烛,老道士披上那件蓝麻布道服,开始了丧事中绕棺仪式。老道士在前拿着纸幡引路,孝子第二,马兵殿后,绕着那寂寞棺木慢慢转着圈子,两个长年则站在灶边空处,胡乱的打着锣钵。老道士一面闭了眼睛走去,一面且唱且哼,安慰亡灵。提到关于亡魂所到西方极乐世界花香四季时,老马兵就把木盘里的纸花,向棺木上高高撒去。

到了半夜,事情办完了,放过爆竹,蜡烛也快熄灭了,翠翠眼泪婆婆的,赶忙又到灶边去烧火,为帮忙的人办消夜。吃了消夜,老道士歪到死人床上睡着了。剩下几个人还得照规矩在棺木前守夜,老马兵为大家唱丧堂歌取乐,用个空的量米木升子,当作小鼓,把手剥剥剥的一面敲着一面唱下去——唱《王祥卧冰》的事情,唱《黄香扇枕》的事情。

翠翠哭了一整天,也同时忙了一整天,到这时已倦极,把头靠在棺前迷着了。两长年同马兵精神还虎虎的,便轮流把丧堂歌唱下去。但只一会儿,翠翠又醒了,仿佛梦到什么,惊醒后明白祖父已死,于是又幽幽的干哭起来。

"翠翠，翠翠，不要哭啦，人死了哭不回来的！"

老马兵接着就说了一个做新嫁娘的人哭泣的笑话，话语中夹杂了三个粗野字眼儿，因此引起两个长年咕咕的笑了许久。黄狗在屋外吠着，翠翠开了大门，到外面去站了一下，耳听到各处是虫声，天上月色极好，大星子嵌进透蓝天空里，非常沉静温柔。翠翠想：

"这是真事吗？爷爷当真死了吗？"

老马兵原来跟在她的后边，因为他知道女孩子心门儿窄，说不定一炉火闷在灰里，痕迹不露，见祖父去了，自己一切皆已无望，跳崖悬梁，想跟着祖父一块儿去，也说不定！故随时小心监视到翠翠。

老马兵见翠翠痴痴的站着，时间过了许久还不回头，就打着咳叫翠翠说：

"翠翠，露落了，不冷么？"

"不冷。"

"天气好得很！"

"呀……"一颗大流星使翠翠轻轻的喊了一声。

接着南方又是一颗流星划空而下。对溪有猫头鹰叫。

"翠翠，"老马兵业已同翠翠并排一块儿站定了，很温和的说，"你进屋里去了吧，不要胡思乱想！"

翠翠默默的回到祖父棺木前面，坐在地上又呜咽起来。守在屋中两个长年已睡着了。

那一个马兵便幽幽的说道："不要哭了！不要哭了！你爷爷也难过咧。眼睛哭胀喉咙哭嘶有何好处。听我说，爷爷的心事我全都知道，一切有我；我会把一切安排得好好的，对得起你爷爷。我会安排，什么事都会。我要一个爷爷欢喜你也欢喜的人来接收这渡船！不能如我们的意，我老虽老，还能拿镰刀同他们拼命。翠翠，你放心，一切有我！……"

远处不知什么地方鸡叫了，老道士在那边床上胡胡涂涂的自言自语："天亮了吗？早咧！"

# 二十一

大清早，帮忙的人从城里拿了绳索杠子赶来了。

老船夫的白木小棺材，为六个人抬着到那个倾圮了的塔后山岨上去埋葬时，船总顺顺，马兵，翠翠，老道士，黄狗，皆跟在后面。到了预先掘就的方阱边，老道士照规矩先跳下去，把一点朱砂颗粒同白米，安置到阱中四隅及中央，又烧了一点纸钱，爬出阱时就要抬棺木的人动手下椟，翠翠哑着喉咙干号，伏在棺木上不起身。经马兵用力把她拉开，方能移动棺木。一会儿，那棺木便被新土掩盖了，翠翠还坐在地上呜咽。老道士要回城，去替人做斋，过渡走了。船总把一切事托给老马兵，也赶回城去了。帮忙的皆到溪边去洗手，家中各人还有各人的事，且知道这家人的情形，不便再叨扰，也皆不再惊动主人，过渡回家去了。于是碧溪岨便只剩下三个人，一个是翠翠，一个是老马兵，一个是由船总家派来暂时帮忙照料渡船的秃头陈四四。黄狗因被那秃头打了一石头，对于那秃头仿佛很不高兴，尽是轻轻的吠着。

　　到了下午，翠翠同老马兵商量，要老马兵回城去把马托给营里人照料，再回碧溪岨来陪她。老马兵回转碧溪岨时，秃头陈四四被打发回城去了。

　　翠翠仍然自己同黄狗来弄渡船，让老马兵坐在溪岸高崖上玩，或嘶着个老喉咙唱歌给她听。

　　过三天后船总来商量接翠翠过家里去住，翠翠却想看守祖父的坟山，不愿即刻进城。只请船总过城里衙门去为说句话，许杨马兵暂时同她住住，船总顺顺答应了这件事，就走了。

　　杨马兵既是个上五十岁了的人，说故事的本领比翠翠祖父高一筹，加之凡事特别关心，做事又勤快又干净，故同翠翠住下来，使翠翠仿佛去了一个祖父，却新得了一个伯父。过渡时有人问及可怜的祖父，黄昏时想起祖父，皆使翠翠心酸，觉得十分凄凉。但这分凄凉日子过久一点，也就渐渐淡薄些了。两人每日在黄昏中同晚上，坐在门前溪边高崖上，谈点那个躺在湿土里可怜祖父的旧事，有许多是翠翠先前所不知道的，说来便更使翠翠心中柔和。又说到翠翠的父亲，那个又要爱情又惜名誉的军人，在当时按照绿营军勇的装束，如何使女孩子动心。又说到翠翠的母亲，如何善于唱歌，而且所唱的那些歌在当时如何流行。

　　时候变了，一切也自然不同了，皇帝已不再坐江山，平常人还消说?!杨马兵想起自己年青作马夫时，牵了马匹到碧溪岨来对翠翠母亲唱歌，翠翠母亲不理会，到如今这自己却成为这孤雏的唯一靠山唯一信托人，不由得不苦笑!

　　因为两人每个黄昏必谈祖父,以及这一家有关系的事情,后来便说到了老船夫死前的一切,翠翠因此明白了祖父活时所不提到的许多事。二老的唱歌,顺顺大儿子的死,顺顺父子对于祖父的冷淡,中寨人用碾坊作陪嫁妆奁,诱惑傩送二老,二老既记忆着哥哥的死亡,且因得不到翠翠理会,又被家中逼着接受那座碾坊,意思还在渡船,因此赌气下行,祖父的死因,又如何与翠翠有关……凡是翠翠不明白的事,如今可全明白了。翠翠把事弄明白后,哭了一个夜晚。

　　过了四七,船总顺顺派人来请马兵进城去,商量把翠翠接到他家中去,作为二老的媳妇。但二老人既在辰州,先就莫提这件事,且搬过河街去住,等二老回来时再看二老意思。马兵以为这件事得问翠翠。回来时,把顺顺的意思向翠翠说过后,又为翠翠出主张,以为名分既不定妥,到一个生人家里去不好,还是不如在碧溪岨等,等到二老驾船回来时,再看二老意思。

　　这办法决定后,老马兵以为二老不久必可回来的,就依然把马匹托营上人照料,在碧溪岨为翠翠作伴,把一个一个日子过下去。

　　碧溪岨的白塔,与茶峒风水有关系,塔圮坍了,不重新作一个自然不成。除了城中营管,税局,以及各商号各平民捐了些钱以外,各大寨子也有人拿册子去捐钱。为了这塔成就并不是给谁一个人的好处,应尽每个人来积德造福,尽每个人皆有捐钱的机会,因此在渡船上也放了个两头有节的大竹筒,中部锯了一口尽过渡人自由把钱投进去,竹筒满了马兵就捎进城中首事人处去,另外又带了个竹筒回来。过渡人一看老船夫不见了,翠翠辫子上扎了白线,就明白那老的已作完了自己分上的工作,安安静静躺到土坑里给小蛆吃掉了,必一面用同情的眼色瞧着翠翠,一面就摸出钱来塞到竹筒中去。"天保佑你,死了的到西方去,活下的永保平安。"翠翠明白那些捐钱人的意思,心里酸酸的,忙把身子背过去拉船。

　　可是到了冬天,那个圮坍了的白塔,又重新修好了,那个在月下唱歌,使翠翠在睡梦里为歌声把灵魂轻轻浮起的年青人,还不曾回到茶峒来。

　　…………

　　这个人也许永远不回来了,也许"明天"回来!

# 湘西苗族的艺术

你歌没有我歌多,我歌共有三只牛毛多,
唱了三年六个月,刚刚唱完一只牛耳朵。

这是我家乡看牛孩子唱歌比赛时一首四句头山歌,健康、快乐、还有点谐趣,唱时听来真是彼此开心。原来作者是苗族还是汉人,可无从知道,因为同样的好山歌,流行在苗族自治州十县实在太多了。

凡是到过中南兄弟民族地区住过一阵的人,对于当地人民最容易保留到印象中的有两件事:即爱美和热情。

爱美表现于妇女的装束方面特别显著。使用的材料,尽管不过是一般木机深色的土布,或格子花,或墨蓝浅绿,袖口裤脚多采用几道杂彩美丽的边缘,有的是别出心裁的刺绣,有的只是用普通印花布零料剪裁拼凑,加上个别有风格的绣花围裙,一条手织花腰带,穿上身就给人一种健康、朴素、异常动人的印象。再配上些飘乡银匠打造的首饰,在色彩配合上和整体效果上,真是和谐优美。并且还让人感觉到,它反映的不仅是个人爱美的情操,还是这个民族一种深厚悠久的文化。

这个区域居住的三十多万苗族,除部分已习用汉文,本族还无文字。热情多表现于歌声中。任何一个山中地区,凡是有村落或开垦过的田土地方,有人居住或生产劳作的处所,不论早晚都可听到各种美妙有情的歌声。当地按照季节敬祖祭神必唱各种神歌,婚丧大事必唱庆贺悼慰的歌,生产劳作更分门别类,随时随事唱着各种悦耳开心的歌曲。至于青年男女恋爱,更有唱不完听不尽的万万千千好听山歌。即或是行路人,彼此漠不相识,有的问路攀谈,也是用唱歌方式进行的。许多山村农民和陌生人说话时,或由于羞涩,或由于窘迫,口中常疙疙瘩瘩,辞难达意。如果换个方法,用歌词来叙述,就即物起兴,出口成章,简直是个天生诗人。每个人似乎都有一种天赋,一开口就押韵合腔。刺绣挑花艺术限于女人,唱歌却不拘男女,本领都高明在行。

　　这种好歌手,通常必然还是个在本村本乡出力得用的人。不论是推磨打豆腐,或是箍桶、作簟子的木匠篾匠,手艺也必然十分出色。他们的天才,在当地所起的作用,是使得彼此情感流注,生命丰富润泽,更加鼓舞人热爱生活和工作。即或有些歌近于谐趣和讽刺,本质依然是十分健康的。这还只是指一般会唱歌的人和所唱的歌而言。

　　至于当地一村一乡特别著名的歌手,和多少年来被公众承认的歌师傅,那唱歌的本领,自然就更加出色惊人!

　　一九五六年冬天十二月里,我回到家乡,在自治州首府吉首,就过了三个离奇而且值得永远记忆的晚上。那时恰巧中央民族音乐研究所有个专家工作组共同到了自治州,做苗歌录音记谱工作,自治州龙副州长,特别为邀了四位苗族会唱歌的高手到州上来。天寒地冻,各处都结了冰,院外空气也仿佛冻结了,我们却共同在自治州新办公大楼会议室,烧了两盆大火,围在火盆边,试唱各种各样的歌,一直唱到夜深还不休息。其中两位男的,一个是年过七十的老师傅,一脑子的好歌,真像是个宝库,数量还不止三只牛毛多,即唱三年六个月,也不过刚刚唱完一只牛耳朵。一个年过五十的小学校长,除唱歌外还懂得许多苗族动人传说故事。真是"洞河的水永远流不完,歌师傅的歌永远唱不完"。两个女的年纪都极轻:一个二十岁,又会唱歌又会打鼓,一个只十七岁,喉咙脆脆的,唱时还夹杂些童音。歌声中总永远夹着笑声,微笑时却如同在轻轻唱歌。

　　大家围坐在两个炭火熊熊的火盆边,把各种好听的歌轮流唱下去,一面解释一面唱。副州长是个年纪刚过三十的苗族知识分子,州政协秘书长,也是个苗族知识分子,都懂歌也会唱歌,陪我们坐在火盆旁边,一面为大家剥拳头大的橘子,一面作翻译。解释到某一句时,照例必一面摇头一面笑着说:"这怎么办!简直没有办法译,意思全是双关的,又巧又妙,本事再好也译不出!"小学校长试译了一下,也说有些实在译不出。"正如同小时候看到天上雨后出虹,多好看,可说不出!古时候考状元也一定比这个还方便!"说得大家笑个不止。

　　虽然很多歌中的神韵味道都难译,我们从反复解释出的和那些又温柔、又激情、又愉快的歌声中,享受的已够多了。那个年纪已过七十的歌师傅,用一种低沉的，略带一点鼻音的腔调，充满了一种不可言说的深厚感情，唱着苗族举行刺牛典礼时迎神送神的歌词，随即由那个十七岁的女孩子接着用一种清朗朗的调子和歌时，真是一种稀有少见杰作。即或我们一句原词听不懂，又缺少机会眼见那个祀事庄严热闹场面，彼此生命间却仿佛为一种共通的庄严中微带抑郁的情感流注浸润。让我想象到似乎就正是二千多年前伟大诗人屈原到湘西来所听到的那个歌声。照历史记载，屈原著名的九歌，原本就是从那种古代酬神歌曲衍化出来的。本来的神曲，却依旧还保留在这地区老歌师和年青女歌手的口头传述中，各有千秋。

年纪较长的女歌手，打鼓跳舞极出色。年纪极轻的叫龙莹秀，脸白白的，眉毛又细又长，长得秀气而健康，一双手大大的，证明从不脱离生产劳动。初来时还有些害羞，老把一双手插在绣花围腰裙的里边。不拘说话或唱歌，总是天真无邪的笑着。像是一树映山红一样，在细雨阳光下开放。在她面前世界一切都是美好的，值得含笑相对，不拘唱什么，总是出口成章。偶然押韵错了字，不合规矩，给老师傅或同伴指点纠正时，她自己就快乐得大笑，声音清脆又透明，如同大小几个银铃子一齐摇着，又像是个琉璃盘装满翠玉珠子滚动不止。事实上我这种比拟形容是十分拙劣很不相称的。因为任何一种比方，都难于形容充满青春生命健康愉快的歌声和笑！只有好诗歌和好音乐有时还能勉强保留一个相似的形象，可是我却既不会写诗又不会作曲！

这时，我回想起四十多年前作小孩时，在家乡山坡间听来的几首本地山歌，那歌是：

　　　　天上起云云起花，包谷林里种豆荚，
　　　　豆荚缠坏包谷树，娇妹缠坏后生家。

　　　　娇家门前一重坡，别人走少郎走多，
　　　　铁打草鞋穿烂了，不是为你为哪个？

当时我也还像个看牛娃儿，只跟着砍柴拾菌子的信口唱下去。知道是年青小伙子逗那些上山割草砍柴拾菌子的年青苗族姑娘"老弥"、"代帕"唱的，可并不懂得其中深意。可是那些胸脯高眉毛长眼睛光亮的年青女人，经过了四十多年，我却还记忆得十分清楚。现在才明白产生这种好山歌实有原因。如没有一种适当的对象和特殊环境作为土壤，这些好歌不会生长的，这些歌也不会那么素朴、真挚而美妙感人的。这些歌是苗汉杂居区汉族牧童口中唱出的，比起许多优秀苗歌来，还应当说是次等的次等。

苗族男女的歌声中反映的情感内容，在语言转译上受了一定限制，因之不容易传达过来。但是他们另外一种艺术上的天赋，反映到和生活密切关联的编织刺绣，却比较容易欣赏理解。他们的刺绣图案组织的活泼生动，而又充满了一种创造性的大胆和天真，显然和山歌一样，是共同从一个古老传统人民艺术的土壤里发育长成的。这些花样虽完成于十九世纪，却和二千多年前楚文化中反映到彩绘漆器上和青铜镜子的主题图案一脉相通。同样有青春生命的希望和欢乐情感在飞跃，在旋舞，并且充满一种明确而强烈的韵律节奏感。可见它的产生存在都不是偶然的，实源远流长而永远新鲜，是祖国人民共同文化遗产一部分，不仅在过去丰富了当地人民生活的内容，在未来，还必然会和年青生命结合，作出各种不同的有光辉的新发展。

## 塔户剪纸花样

湘西农村绣花的样子（见下图），在刊物上介绍，我们常把它当做一种美术图案看待，但是在另外一些地方，许多年以来，是用作绣花底稿，配上颜色美丽的丝线，使用各种不同的技法，反映在百十万农村青年妇女身上，装点着她们青春的生命，因之丰富了当地广大人民生活情感的！

**湘西剪纸花样图**

这种花样向例是人民自己的创作。应用范围广，要求多，而且要求好，才从手巧心灵的群众中，产生专业性的技术。并且在某些区域，还逐渐发展形成一种小规模的特种手工业生产。以湘西地区而言，由浦市赴凤凰的老驿路上，就有这么一个小村子，名叫塔户，地方属沅水中流泸溪县管辖，距湘西苗族自治州的首府吉首不多远，住上约三十户人家。他们数十年如一日，把生产品分散到各县大乡小镇上去，丰富了周围百馀里苗汉两族年青妇女的生活。它的全盛时期，一部分生产品还由飘乡货郎转贩行销到川黔邻近几县乡村里去，得到普遍的欢迎。

这种花样北方人通名"剪纸"或"窗花"，湘西人照习惯只叫它做"扎花"或"锉纸"，制作方法有的用小剪子铰成，有的先把纸张钉固在一片木板上，再用小锉刀仔细戳镂而成。两种作法都得经过另外一道加工手续，用细针在纸面上刻扎许多针孔线路，提示绣法和重点，才算完功，应用既和人民日常生活关系密切，因此多是民间熟习的传统图案。反映青年男女爱情的，有"鸳鸯戏荷"、"丹凤朝阳"、"鱼水相怜"。反映家庭幸福愿望和生产发展的，有"喜鹊噪梅"、"宜男多子"、"五谷丰登"、"瓜瓞绵绵"。反映故事传说的，有"和合二仙"、"刘海戏蟾"。植物中常用的是荷花、牡丹、梅、兰、竹、菊、萱草、百合，以及象征多子的石榴，象征长寿的桃子。动物除常见的喜鹊、凤凰、蝴蝶、蜜蜂、猫儿、兔子，还有宋朝和明朝一直流传下来的狮子滚球和麒麟送子。主题虽常有雷同，内容变化可极多。花式多健康而活泼，大部分具有人民艺术特征。在华北，一般剪纸窗花都近于年画，还保留古代"人日华胜"的本来用意。如用小说故事人物作主题，又和灯影子戏发生联系。湘西花纸以四十年前而言，从"华胜"发展而成的，名叫"神福喜钱"，每到年下，一般人家的门楣灶头，猪圈毛房①，无处不贴到。此外船上、货担、犁锄上也贴到。普通用红纸，讲究的用洒金红或明金纸，有丧事人家用粉蓝纸。这种"喜钱"和"历书"及木板彩印的"门神"，西游三国章回小说上的故事画，早已共同形成一种有季节性的商品，每到十一月前后，就由宝庆纸客从常德沅陵大生产单位贩运而来。至于纸花，它的作用和古壁画的粉本，印花布用的皮板片，反而有些相通，都只是完成某种艺术设计的稿子。这种花样的需要量虽然相当大，一年到头经常有主顾，不过由于单价低，分散面又广，始终不能形成城市商品的条件，因此生产也始终在乡村里，情形还恰好和其他小手工业商品相反。当塔户花样流行时，三厅城中的针线铺为便利主顾，争做生意，还得从飘乡货郎手中批买塔户花样，连同发售。这种花纸既然吸收了乡村妇女大部分的剩余劳动力，也就增进了她们的爱美情感，并且还和当地人民实际生活发生联系，论作用，自然远比年画和窗花意义重要得多，也复杂得多。

　　塔户花样有代表性的，是妇女围裙上角当胸部分，衣袖和裤脚，鞋帮和枕头，男子装钱钞用的抱肚和小褡裢，小孩的口水搭和兜兜帽。它能够成为一件艺术品，不仅必须和妇女的剩余劳动力相结合，还必须和她们的青春情感愿望相结合。围裙、衣袖和裤脚，是每个乡村女子衣饰中不可少的，有了它，生产劳动，逢年过节，送亲吃喜酒，到处都显得花花朵朵，光景热闹了许多。青年情感活泼起来，于是随同这种热闹欢乐情景，当地很多好听的山歌，都从年青男子口中唱出来了。因此作它时，就必然怀着种种快乐的愿望。

---

① 毛房，即茅房。

抱肚褡裢却是在另外一种情形下，绣来赠给丈夫或情人的。一针一缕的彩线，绣到材料上面时，必然同时也交织了她们的爱情。等到小孩子出世，满了周岁，快要独立走路了，正需要一顶小小花帽和一个口水搭，于是作母亲的，又用人间共有的伟大母性的慈爱，连同各种彩色的丝线，对于孩子将来的幸福希望，一同织到花朵中去。这样来认识理会这些刺绣品的产生过程和意义，我们才会明白，西南各地的刺绣蜡染，能够如此精美，原来是由那些具有高度艺术创造热情的劳动人民培育起来的。

花样最有性格的是围裙当胸部分。照本地风俗习惯，不论生产劳动，或是出门做客，都常在衣上罩一条围裙。用意本来是便于洗濯，不至于把衣服弄脏。但是一个年青人，对于美观色彩有天然爱好，过于素朴总不合式。求两全其美，于是一般围裙都加上一点花。技术上处理可以分作两大类：凡使用挑花法的，多在料子一定部位间，作几何纹放射式图案，通常都不需要底稿，作法图样不是从亲戚邻里妇女中相互传习，就是趁乡村市集，到场头上去请卖花样子人帮忙，临时在布料上用粉线弹出个大样，拿回家中创作。既不必受底稿严格拘束，可在一定部位上发挥，年青人想象力旺盛，又手巧心细，大胆好强，自然容易出奇制胜，花样翻新，产生种种健康美丽的作品。特别是配合色彩，或大红大绿，或单纯素朴，各随性情爱好，各见长处。挑花法更宜于表现放射式的方圆图案，和带子式连续图案，作时可简可繁，又不必限定时间，工馀饭后，随时随处，一面谈天一面都可以拈上手来戳它几针。一个好事同伴，也可抢过手来在空处加点小花。因此留下的作品，不是别有风趣，就是格外精美。单色挑绣又不怕洗濯。即或用的是单色挑绣，图案也十分好看。这种完全出自人民手中创造的美术品，遗留在西南各省乡村中，比任何其他一种民间艺术，还更有丰富内容，值得艺术工作者和文物工作者注意留心。

挑绣法也有用到比较大件布料上的，如像裙子、帐檐、床围和被面，如采用的底样是大折枝花，改用挑绣法来作时，有的就把整部分花朵，用径寸大的连续方胜格子锦纹拼合完成。在处理技术上，显得格外巧妙，它的本来，还是从宋式"纳锦绣"发展而成（这种作法，也流行于四川，有作得极精美的。现代生产外销大型挑花床单桌单，还值得参考取法）。

塔户花样主要是供给乡村绣花使用。绣花和挑花比，形式上似乎简单，其实技术复杂。写生、折枝、配色有一定规矩,掰线有种种手续,针分大小,绣法更是多种多样。有了好底稿还不济事,必需通过好针脚。但是照乡村爱美习惯,生色折枝花鸟,实在比挑花图案更符合多数人对于美的要求。同时潜伏在农村青年妇女情感中的艺术表现欲和克服困难的毅力,都十分强烈旺盛,因此总是不怕麻烦,一代又一代继续有所创造。塔户花样能够流行数十年,原因就是底样格外精美,能满足农村需要。此外在各地乡村中,也有非职业性的巧手打样的人,平时得到尊重,逐渐转成职业,长年背了个竹篾箱笼,四乡走动,靠此为生的。这种人如会作种种大样,每到逢场日期,场头市尾小摊子边,必围绕着好一片人群。我们试设想用家庭手工业生产的土染月蓝布来做围裙,绣花线料用的是三红、二蓝和豆绿、栀子黄丝线,采用分段铺绒法处理枝叶,结子琐丝法处理花朵,完成后再在领扣间安上一个径寸大小白亮亮的捶银蝴蝶,系腰部分用的不是手指粗麻花铰银丝链,也是一条油绿色斑花鸡肠带,两角间缀上一双银鱼铃,这么一件好看的围裙,围在一个二十上下年纪的健康快乐年青女子的胸前,全部的艺术效果,应当是不用说也容易明白。这种民间艺术的成就,是剪花样子的人、飘乡银匠和绣花的妇女共同的劳动成就。健康美观的形象,华丽调合的色彩,一定会使善于学习的设计民族歌舞服装的朋友得到很多启发。

## 凤凰观景山①

　　我不懂艺术，又不会作画，可是从小生长在湘西苗区一个小小山城中，周围数十里全是山重山，只临到城边时，西边一点才有一坝平田出现，城东南还是群峰罗列。一年四季随同节令的变换，山上草木岩石也不断变换颜色，形成不同画面，浸入我的印象中，留下种种不同的记忆，六七十年后，还极其鲜明动人，即或乐意忘记也总是忘不了。特别是靠城东南边那个观景山，因为山上原本是个山砦，下边有座本地人迷信集中的天王庙，山砦实际控制着全县城，上面原住了一排属于辰沅永靖兵备道的绿营战兵。站在山砦石头垒成的碉楼上，远望西边可及平田尽头的雷草坡一带，远处山坡动静，和那些二百年前设立在近郊远近山头的碉堡安危情况，近则城北大河，及对河苗乡一切，也遥遥在望。城南地势逐渐上升，约二里后直达一个山口，设有重兵把守，名叫"茶叶坡"。我还记得我极小时，听父亲说过，祖父沈毛狗和叔祖父，从七十里出朱砂的大峒岔逃荒到县城时，已及黄昏，走长路太累，坐在关前歇歇，觉得极冷，用手摸摸，才明白路旁全是人头，比我在辛亥前夕所见，显然更多百十倍。不到三千户人家的小山城，一个兵备道管辖下，就有三千多战守兵设防，主要作用就是杀造反的人！

　　观景山在我作顽童时代，看来已失去了它的作用，但是照旧还设立有几户守兵，专管晚上全城治安，有老兵轮流在上面打更司柝。城里照习惯，每街都设有栅栏门，到二更后就断绝行人。由本街居民出钱，雇有专人打更守夜。换班换点，多凭山上的更点作准，才不至于误时。或城中某街失火走水②，山上守兵就擂梆子告警。一切还保留百年前一点旧制度、旧习惯，让人体会到这地方在前一世纪原本是个大军营。定下许多维持治安的办法，直到辛亥以后才取消。

---

① 这是沈从文一篇未完成的遗作，估计写于1982年或1983年春。
② 走水也是失火意。

这个观景山近城一面被一片树木包围着，上面有大几百株三四人才能合抱的皂角木、枫香树、香楠树及灯笼花古树，树高可能达二十余丈，各自亭亭上耸天半。有落叶乔木，也有四季常青的乔木。初春发荣时，树干必先湿湿的，随后树上才各自呈现各种不同程度的嫩绿色，或白茸茸一片灰芽，多竞秀争荣，且常常在树上就分出等级来。再不多久，能开花的就依次开花，使得小山城满城都浸在一种香气馥郁中。

　　先是冬晴天气中，每个人家两侧上耸高墙和屋脊上①，必有成群结伙的八哥鸟，自得其乐的在上面歌唱聒吵，有时还会摹仿各种其他雀鸟的鸣声。到春天来时，即转向郊外平田飞去，跟着犁田的水牛身后吃蚯蚓，或停在耕牛背上或额角间休息。人家屋脊上已换了郭公鸟，天明不久就孤独地郭公郭公叫个不停。后来才知道是古书上的"戴胜"。春雷响后，春雨来时，郭公也不见了。观景山则已成一片不同绿色，作成丰丰茸茸的大画屏。有千百鸣声清脆的野画眉，在春光中巧转舌头。随后是鸣声高亢急促，尖锐悲哀的杜鹃，日夜间歇不停的××②，尤其是在春雨连绵的深夜里，这种有情怪鸟鸣声特别动人。住在城中半夜里，唯一可听到远处杜鹃凄惨的叫声，时间可延长到夏初。早上则住城内的最多是燕子，由衔泥砌窠到生子"告翅"，呢呢喃喃迎来了春夏。

　　至于出城，山上鸟雀之多可就无从计数了。我的故乡是出锦鸡的地方，一身毛色奇美，叫声××③。

　　大型鸟类，则数一身明黄的青鸟，在寂静中一声"勾嘟亢当"，极容易引人到一种梦境清寂中去。各种啄木鸟声，于夏初树林中，也是一种有趣的声音。这类鸟虽不会叫，形状却十分别致，总是用两只爪子抓定面前树干，许多人家都畜养在笼中，供孩子们取乐。直到抗战时期，每只市价还不过一元中央票。（山上）还多"金不换"鸟，比锦鸡小些，也宜于笼养。最善反复自呼其名，④有的能延续到三十次以上，才乐意休息。

　　我倒欢喜那些不受豢养的鸟类，如夏天傍晚时在田禾深处咕咕咕咕直啼

---

① 凤凰民房的山墙多高过屋顶和屋脊，起防火作用，称风火墙。
② 作者未想好恰当的拟音字，整理时未便擅作填补。
③ 作者未想好恰当的拟音字，整理时未便擅作填补。
④ 这种鸟鸣叫声像"金不换，金不换"，故得此名。

唤的秧鸡，全身乌黑，行动飞快，声音虽极单纯，调子可极特别，若当大白天则一声不响。大白天多的是竹林中的画眉鸟，或锐声长呼"婆婆酒醉"，"婆婆酒醉归"，等到人逼近时，才一哄飞散，可是在另外竹林中，又复重新放歌。这种画眉本地人或叫竹雀，或叫洋画眉。

另外还有种土鹦歌，形象极不美观，一身毛色也只灰扑扑的，且显得野性习惯，顽劣无以复加。乡下人设套捉来时，放竹笼中，初初不吃不喝，拒绝饮食，且必碰笼，直到头部茸毛脱尽仍不屈服。可是懂它的脾气的乡下人，总尽它生气，碰得个毛血淋漓精疲力尽，又渴又饥时，才再给它一点水喝，和米头子吃。过十天半月，就慢慢的转变了。平时声音还是哑嘶嘶的，且极单纯，再过一阵，你才会发现它的聪明天赋。特别是善于摹仿别的鸟声，以至于猫儿声音、小孩子哭声，远比真正红嘴绿色鹦哥或八哥还伶俐懂事，领会别的生物声音能力还强，学来更逼真。一到和人表示亲善后，就特别亲人。本城里多的是军人，在镇道两衙署当公差的军人，真正公事并不多，却善于栽花养鸟。我还记得和我近邻那个滕老四，家中养得有八哥和土鹦哥，滕老四上街时，经常就提了个竹丝鸟笼，那只土鹦哥却在他肩头上站立，有时又远远飞去，等待主人。

# 自我评述

我出生在湖南西部边远地区一个汉苗杂处的小小山城。小时因顽劣爱逃学，小学刚毕业，就被送到土著军队中当兵，在一条沅水和它的支流各城镇游荡了五年。那时正是中国最黑暗的军阀当权时代，我同士兵、农民、小手工业者以及其他形形色色社会底层人们生活在一起，亲身体会到他们悲惨的生活，亲眼看到军队砍下无辜苗民和农民的人头无数，过了五年不易设想的痛苦怕人生活，认识了中国一小角隅的好坏人事。一九二二年"五四"运动余波到达湘西，我受到新书报影响，苦苦思索了四天，决心要自己掌握命运。一九二三年毅然离开湘西，只身来到完全陌生的北京，从此就如我在《从文自传》中所说，进到一个永远无从毕业的学校，来学习那课永远学不尽的"人生"了。

我人来到城市五、六十年，始终还是个乡下人，不习惯城市生活，苦苦怀念我家乡那条沅水和水边的人们，我感情同他们不可分。虽然也写都市生活，写城市各阶层人，但对我自己作品，我比较喜爱的还是那些描写我家乡水边人的哀乐故事。因此我被称为乡土作家。

# 往事

　　这事说来又是十多年了。

　　算来我是六岁。因为第二次我见到长子四叔时，他那条有趣的辫子就不见了。

　　那是夏天秋天之间。我仿佛还没有上过学。妈因怕我到外面同瑞龙他们玩时又打架，或是乱吃东西，每天都要靠到她身边坐着，除了吃晚饭后洗完澡同大哥各人拿五个小钱到道门口① 去买士元的凉粉外，剩下便都不准出去了！至于为甚又能吃凉粉？那大概是妈知道士元凉粉是玫瑰糖，不至吃后生病吧。本来那时的时疫也真凶，听瑞龙妈说，杨老六一家四口人，从十五得病，不到三天便都死了！

　　我们是在堂屋背后那小天井内席子上坐着的。妈为我从一个小黑洋铁箱子内取出一束一束方块儿字来念，她便膝头上搁着一个麻篮绩麻。弄子里跑来的风又凉又软，很易引人瞌睡，当我倒在席子上时，妈总每每停了她的工作，为我拿蒲扇来赶那些专爱停留在人脸上的饭蚊子。间或有个时候妈也会睡觉，必到大哥从学校夹着书包回来嚷肚子饿时才醒，那末，夜饭必定便又要晚一点了！

　　爹好像到乡下江家坪老屋去了好久了，有天忽然要四叔来接我们。接的意思四叔也不大清楚，大概也就是闻到城里时疫的事情吧。妈也不说什么，她知道大姐二姐都在乡里，我自然有她们料理。只嘱咐了四叔不准大哥到乡下溪里去洗澡。因大哥前几天回来略晚，妈摩他小辫子还湿漉漉的，知他必是同几个同学到大河里洗过澡了，还重重的打了他一顿呢。四叔是一个长子，人又不大肥，但很精壮。妈常说这是会走路的人。铜仁到我凤凰是一百二十里蛮路，他能扛六十斤担子一早动身，不抹黑就到了，这怎么不算狠！他到了家时，便忙自去厨房烧水洗脚。那夜我们吃的夜饭菜是南瓜炒牛肉。

　　妈捡菜劝他时，他又选出无辣子的牛肉放到我碗里。真是好四叔呵！

---

① 道门口：清代辰沅永靖兵备道道台衙门外空坪处。与沈家隔得很近。

那时人真小，我同大哥还是各人坐在一只箩筐里为四叔担去的！大哥虽大我五六岁，但在四叔肩上似乎并不什么不匀称。乡下隔城有四十多里，妈怕太阳把我们晒出病来，所以我们天刚一发白就动身，到行有一半的唐峒山时，太阳还才红红的。到了山顶，四叔把我们抱出来各人放了一泡尿，我们便都坐在一株大刺栎树下歇憩。那树的枒桠上搁了无数小石头，树左边又有一个石头堆成的小屋子。四叔为我们解说，小屋子是山神土地，为赶山打野猪人设的；树上石头是寄倦的：凡是走长路的人，只要放一个石头到树上，便不倦了。但大哥问他为甚不也放一个石子时，他却不做声。

他那条辫子细而长正同他身子一样。本来是挽放头上后再加上草帽的，不知是那辫子长了呢还是他太随意，总是动不动又掉下来，当我是在他背后那头时，辫子梢梢便时时在我头上晃。

"芸儿，莫闹！扯着我不好走！"

我伸出手扯着他辫子只是拽，他总是和和气气这样说。

"四满①，到了？"大哥很着急的这么问。

"快了，快了，快了！芸弟都不急，你怎么这样慌？你看我跑！"他略略把脚步放快一点，大哥便又嚷摇的头痛了。

他一路笑大哥不济。

到时，爹正同姨婆五叔四婶他们在院中土坪上各坐在一条小凳上说话。姨婆有两年不见我了，抱了我亲了又亲。爹又问我们饿了不曾，其实我们到路上吃甜酒、米豆腐已吃胀了。上灯时，方见大姐二姐大姑满姑② 各人手上提了一捆地萝卜进来。

我夜里便同大姐等到姨婆房里睡。

乡里有趣多了！既不什么很热，夜里蚊子也很少。大姐到久一点，似乎各样事情都熟习，第二天一早便引我去羊栏边看睡着比猫还小的白羊，牛栏里正歪起颈项在吃奶的牛儿。我们又到竹园中去看竹子。那时觉得竹子实在是一种很奇怪的东西。本来城里的竹子，通常大到屠桌边卖肉做钱筒的已算出奇了！但后园里那些南竹，大姐教我去试抱一下时，两手竟不能相搀。满姑又为偷偷的到园坎上摘了十多个桃子。接着我们便跑到大门外溪沟边上拾

---

① 乡人呼叔叔为满满。
② 满姑乃最小之姑母。

得一衣兜花蚌壳。

事事都感到新奇：譬如五叔喂的那十多只白鸭子，它们会一翅从塘坎上飞过溪沟。夜里四叔他们到溪里去照鱼时，却不用什么网，单拿个火把，拿把镰刀。姨婆喂有七八只野鸡，能飞上屋，也能上树，却不飞去；并且，只要你拿一捧包谷米在手，口中略略一逗，它们便争先恐后的到你身边来了。什么事情都有味。我们白天便跑到附近村子里去玩，晚上总是同坐在院中听姨婆学打野猪打獾子的故事。姨婆真好，我们上床时，她还每每为从大油坛里取出炒米、栗子同脆酥酥的豆子给我们吃！

后园坎上那桃子已透熟了，满姑一天总为我们去偷几次。爹又不大出来，四叔五叔又从不说话，间或碰到姨婆见了时，也不过笑笑的说：

"小娥，你又忘记嚷肚子痛了！真不听讲——芸儿，莫听你满姑的话，吃多了要坏肚子！拿把我，不然晚上又吃不得鸡膊腿了！"

乡里去有场集的地方似乎并不很近，而小小村中除每五天逢一六赶场外通常都无肉卖。因此，我们几乎天天吃鸡，惟我一人年小，鸡的大腿便时时归我。

我们最爱看又怕看的是溪南头那坝上小碾房的磨石同自动的水车；碾房是五叔在料理。那圆圆的磨石，固定在一株木桩上只是转只是转。五叔像个卖灰的人，满身是糠皮，只是在旋转不息的磨石间拿扫把扫那跑出碾槽外的谷米。他似乎并不着一点忙，磨石走到他跟前时一跳又让过磨石了。我们为他着急又佩服他胆子大。水车也有味，是一些七长八短的竹篙子扎成的。它的用处就是在灌水到比溪身还高的田面。大的有些比屋子还大，小的也还有一床晒簟大小。它们接接连连竖立在大路近旁，为溪沟里急水冲着快快地转动，有些还咿哩咿哩发出怪难听的喊声，由车旁竹筒中运水倒到悬空的枧①上去。它的怕人就是筒子里水间或溢出枧外时，那水便砰的倒到路上了，你稍不措意，衣服便打得透湿。我们远远的立着看行路人抱着头冲过去时那样子好笑。满姑虽只大我四岁，但看惯了，她却敢在下面走来走去。大姐同大姑，则知道那个车子溢出后便是那一个接脚，不消说是不怕水淋了！只我同大哥二姐，却无论如何不敢去尝试。

---

① 剜木以引水之物。

# 传奇不奇

满老太太从油坊到碾坊。溪水入冬枯落，碾槽停了工，水车不再转动，上面挂了些绿丝藻已泛白，石头上还有些白鸟粪。一看即可知气候入冬，一切活动都近于停止状态，得有个较长休息。不过一落了春雪，似乎即带来了点春天信息。连日融雪，汇集在坝上长潭的融雪水，已上涨到闸口，工人来报说水量已经可转动碾盘。照习惯，过年时，每个人家作糍粑很要几挑糯小米和大米。新媳妇拜年走亲戚，也少不了糍粑和甜酒，都需要糯谷米。老太太因此来看看，帮同守碾坊的工人，用长柄扫帚打扫清理一下墙角和碾盘上蛛网蟢线，在横轴上钢圈上倒了点油，挂好了搁在墙角隅的长摇筛，一面便吩咐家中长工，挑一箩糯谷来试试槽，看看得不得用。

工人回去后，老太太把搁在旁边一个细篾烘笼提到手中，一面烘手一面走出碾坊，到坝上去看看。打量等待试过槽后，再顺便过村头去看看杨家冬生的妈。孩子送客人送了三天，还不曾转身，算是新事情。二三十里路并不算远，平时又无豺狼虎豹，路上一坦平，夜间摸黑也不会迷路。难道真是眼睛上有毛毛虫，掉到路旁"陷眼""地窟窿"（死去万年的火山口）里去了？还是追麂子兔子，闪不知走到雪里滚入洴泥田，拔脚不出惨遭灭顶？（这在雪地上总还有个踪迹消息！）此外只有一个原因，即早先已定下了主意，要学薛仁贵，投军奔前程，深怕寡母眼泪浸软了心，临时脱身不得，因此趁便走去。可是在局里当差，已经是在乡兵员，想考学校，哪还有更方便事情？照乡村习惯，少年子弟背井离乡的事情虽常有，照例是要因点外事刺激才会发生：受了什么人的气丢失面子，赌输了钱无法交代，和什么女子有过情分，难善终始，不易长此厮守下去，到后方不免有此一着，不是同走就是独行，努力把自己拔出家乡拔出苦恼，取得个转机。就冬生说，这些问题都不成问题。局里师爷到庄子上去提供报告时，就证明薛仁贵投军事不大可信。只有一点点可疑处，即是不是因为巧秀走失，半个月还无消息，冬生孩子心实，心里有些包瞒着的事，说不出口，所以要告奋勇去把巧秀找寻回来。说不定事前还许愿发过誓，找不到决不回乡，所以就失了踪。这自然只是局里师爷的猜想，无凭无据。不过由此出发，村子里却发生了些以讹传讹的谣言：冬生到红岩口，看见了满家逃亡的巧秀，知道是和吹唢呐中寨人想要逃下常德府，凑巧碰了头。两口子怕冬生小孩子口松出事，就把他一索子捆上，抛到江口大河里去了。事情虽没见证，话语却传到了老太太耳边。老太太心中难过，半信半疑，想去看看冬生的娘，安慰安慰这个妇人。临时还用小篮子装了二十个大鸡蛋。

高枧地方二百多户人家，除了杨家段家，满姓算是大族，老太太家里，又是这一族中门面户。近村子田地山坡产业，有一部分属于这个人家。此外属于族中共有的，还有油坊、碾坊等等产业，三年一换，轮流管理。五里场外集上又开了个小小官盐杂货铺，生产不多，只作为家中人赶场落脚地方。当家的男主人四十岁左右就过世了，目前接手管业的，是年过六十还精神矍铄的老太太。丈夫已死去快二十多年。生有二男二女：女的都已出嫁，身边只两个男孩，大的就是刚婚娶不久的地方团防局大队队长，小的进城上中学，在县里还只读初中二。两弟兄平时为人都还本分，大的只读过三年私学，对于"子曰"影响不多。按照一个乡下有产业子弟的兴趣和保家需要，不免欢喜玩枪弄棒。家中有长工，有猎狗，有枪支，而且来了客人，于是一个冬天，都用于鸳子所谓"捕虎逐麋"游猎工作上消磨了。

老太太穷人出身，素朴而勤俭。家产是承袭累代勤俭而来，所以门庭保留一点传统规矩。自己一身的穿着，照例是到处补丁上眼，却永远异常清洁。内外衣通用米汤浆洗得硬挺挺的，穿上身整整齐齐，且略有点米浆酸味和干草香味。头脚都拾掇得周周整整，不仅可见出老辈身分，还可见出一点旧式农村妇女性格。一切行为都若与书本无关，然而却处处合乎古人所悬想，尤其是属于性情一方面。明白财富聚散之理，平时赡亲恤邻，从不至于太吝啬。散去了财产一部分，就保持了更多部分。一村子非亲即友，遇什么人家出了丧事喜事，月毛毛丢了生了，儿子害了长病，和这家女主人谈及时，照例要陪陪悲喜。事后还悄悄的派人送几升米或两斤片糖去，尽一尽心。一切作来都十分自然。

一家人都并无一定宗教信仰，屋当中神位，供了个天地君亲师牌位，另外还供有太岁和土地神，灶屋有灶神，猪圈、牛栏、仓房也各有鬼神做主。

每早晚必由老太太洗手亲自去作揖上香。逢月初一十五，还得吃吃观音斋，感谢并祝愿一家人畜平安。一年四季必按节令举行各种敬神仪式，或吃斋净心，或杀猪还愿，不问如何，一个凡事从俗。十二月过年时，有门户处和猪圈牛栏都贴上金箔喜钱和吉祥对联庆贺丰节。并一面预备了些钱米分送亲邻。有羞羞怯怯来告贷的，数目不多，照例必能如愿以偿。

一家财产既相当富有，照料经管需人，家中除担任团防局保卫一村治安的丁壮外，长年还雇有三四个长工，和一个近亲管事。油坊碾坊都有副产物，用之不竭，因此经常养了四只膘壮大牯牛，一栏肥猪，十来头山羊，三五十只鸡鸭，十多窝鸽子，几只看家狗。大院中心有一株大胡桃树，竹笼中还喂有两只锦鸡，一对大耳朵洋兔子，宅后竹园尚有几箱蜜蜂。对外商务经济，虽由管事族中子弟经手，内外收支，和往来亲戚礼数往还以及债务数目，却有一本"无字经"记在老太太心中，一提起，能道出源源本本。

老太太对日常家事是个现实主义者，对精神生活是个象征主义者，对儿女却又是个理想主义者；一面承认当前，一面却寄托了些希望于明天。大儿子有点实力可以保家，还有精力能生二男二女，她还来得及为几个孙子商定亲事，城里看一房亲，乡里看一房亲。两孙女儿也一城一乡许给人家。至于第二儿子的事呢，照老太太意思，既读了书，就照省城里规矩，自由自由，找一个城里女学生，让她来家族中小学教教书，玩风琴唱歌也好，小夫妇留在城中教小学也好，只要二儿子欢喜都可照办。二儿子却说还待十年再结婚不迟。……冬生呢，这个小孩子她想也要帮帮忙，到成年讨媳妇时，送三五亩山地给他自己管业。

老太太的梦在当地当时说来，相当健康也相当渺茫。因为中了俗话说的"人有千算，天有一算"，一切合理建筑起来的楼阁，到天那一算出现时，就会一齐塌圮成为一堆碎雪破冰，随同这个小溪流的融雪水，漫过石坝，钻过桥梁，带入大河，终于完事。因为这个小小社会的基础是建立在更大的那个社会基础上的。农村经济在崩溃中，县里省里的经济，大部分靠鸦片烟的过境税收维持。高枧村子里一个团防总局，三十支老式自卫枪支，团上的开销，大部分也靠的是在所属范围内，护送小规模烟贩走私，每挑烟土十元的过境保护税。照习惯，只是派个引路人拿个名片送过境就尽了责任。下一段路就归另外地区团上负责了。

老太太见长工挑着两半箩谷子从庄子里走出，直向碾坊走来，后面跟了两个人，一个面生的，另一个就是正想去看看的冬生的妈。还不及招呼，却发现了杨大娘狼狈焦急神气，赶忙迎接上去，"大姨，大姨，你冬生回来了吗？我正想去看你！"

杨大娘两脚全是雪泥，萎悴悴的，虚怯怯的，身子似乎比平时缩小了许多，轻轻咒了自己一句，"菩萨，我真背时！"

老太太从神气估出了一点点谱，问那陌生乡下人，"大哥，你可是新场人？"

挑谷子长工忙说，"鸡冒老表，这是队长老太太，你说说你那个，不要包瞒不要怕。"

老太太把一众让进碾房里去，明白事情严重。

那人又冷又急，口中打结似的，说了两三遍，才理畅了喉，说明来意。从来人口中方知道失踪三天的冬生，和护送的那两挑烟土，原来在十里外红岩口，被寨子上田家两兄弟和一小帮人马拦路抢劫了。因为首先押到鸡冒老表在山脚开的小饭铺烤火，随后即一同上了山，不知向什么地方走了。鸡冒认得冬生，看冬生还笑眯眯的，以为不是什么大事。昨天赶场听人说冬生久不回村子，队长还放口信找冬生，打听下落，才知道冬生是和烟帮一起被劫回不来。那群人除了田家庄子两兄弟面熟，还有个大家都叫他作五哥，很像是会吹唢呐的中寨人，才二十来岁一个好后生，身上背了他那个唢呐，另外还背个盒子炮，威风凛凛。冬生还对他笑也对鸡冒老表笑，意思可不明白。来人一再请求老太太，不要张扬说这事是他打的报告，因为他怕田家兄弟明天烧房子报仇。他又怕不来报告，将来保上会有人扳他连坐，以为这一行人曾到他店铺里烤过火。两个土客的逃回，更证实了前后经过万确千真。

下半天，这件事情即传遍了高枧。对队长说，这是丢面子的大事。所以即刻在团防局召集村保紧急会议，商量这事是进行私和，还是打公禀报告县里。当场有个年少气盛的满家人说："红岩口地方本在大队长治安范围内，田家人这种行为，近于有意不认满家的账。若私和，照规矩必这方面派人出面去接洽，商量个数目，满家出笔钱方能把人货赎出。这事情已有点丢面子。凡事破例不得，一让步示弱，就保不定有第二回故事发生。并且一伙中还有个拐带巧秀逃走的中寨人，拐了人家黄花女，还敢露面欺人，更近于把唾沫向高枧人脸上吐。"话也不是没有道理。大队长和师爷一衡量轻重，都主张一面召集丁壮，一面禀告县里剿匪。大队长并亲自上县城呈报这件事，请县长带队伍下乡督促，惩一警百。县长是个少壮军人转业的，和大队长谈得来，年青喜事，正想下乡打打猎，到队长家中去住住。于是第二早即带了一排警备队，乘了个三顶拐新轿子，和队长下乡。到了高枧，县长就住在大队长家中，三十个县警队都住在药王宫团防局楼下。一村中顿时显得热闹起来。

县长出巡清乡，到了高枧，消息一传出后，大队长派过红岩口八里田家寨的土侦探，回来禀报，一早上，田家兄弟带了四支枪和几挑货物，五六挑糍粑，三石米，一桶油，十多人还扛了二十来件刀刀叉叉，一共三十来个人，一齐上了老虎洞。冬生和巧秀和吹唢呐那个中寨人也在队伍里。冬生萎萎悴悴，光赤着一只脚板。田家兄弟还说笑话，壮村子里乡下人的胆，"县长就亲自来，也不用怕。我们守住上下洞，天兵天将都只好仰着个脖子看。看累了，把附近村子里的肥母鸡吃光了，县太爷还是只有坐轿子回县里去，莫奈我田老六何。"

县长早明白接近边境矿区人民蛮悍有问题，不易用兵威统治。本意只是利用人民怕父母官心理，名义上出巡剿匪，事实上倒是来到这个区域几个当地乡绅家住住，大吃大喝几顿，开开会，商量出个办法。于是那出事的一区负责人，即可将案中人货作好作歹交出，或随便提个把倒霉乡下人（或三五年前犯过案或只是穷而从不作坏事的）糊涂割下头来，挂在场集上一示众。另一面又即开会各村各保摊筹一笔清乡子弹费、慰劳费、公宴费、草鞋费，并把乡绅家的腊肉香肠敛个一两担，肥母鸡大阉鸡捉个三五十只，又作为治太太心气痛，要个"白花、阴干浆子货"百八十两，鲜红如血的箭头砂收罗个三五十两，于是吹着得胜军号，排队打道回衙。派秘书一面写新闻稿送省里拿津贴的报馆，宣称县座某日出巡，某日归来，亲自率队深入匪区击毙悍匪"赛宋江"和"彭咬脐"。一面又将这事当作一件真事情禀报给省政府，用卑职称呼同样宣传一番。花样再多一些，还可用某乡民众代表名义登个报，一注三下，又省事又热闹，落得个名利双收。机会好，官运好，说不定因此不久还将升作专员。

田家兄弟并不傻，对这种种心中有数。可是，虽看准了县座平时心理，却忽略了县长和大队长这时要面子争面子的情绪状态。

得到报告五点钟后，高枧属百余壮丁，奉命令集中，带了自卫武器和粮食，围剿老虎洞巨匪，县长并亲自督战。因为县长的驾临，已把一村子人和队长忙而兴奋到无可比拟情形。就中两个妇人格外担心害怕，又十分忧愁，不知如何是好，沉默无语，一同躲在碾坊里，心抖抖的从矮围墙缺口看队伍出发。一个是冬生的老母，只担心被迫随同逃入老虎洞里的冬生，在混乱中会玉石俱焚，和那一伙强人同归于尽，自己命根子和一切希望从而割断。还有一个就是大队长的老母亲，以为为这件小事，和田家人结怨结仇，实在不是办法。与其兴师动众，让那些城里吃闲饭的警备队来大吃大喝办招待，把一村子人闹得个人心惶惶，鸡飞狗走，还不如派熟人办交涉，花点钱了事省心。两人身边还有那个新媳妇，脸上尚带着腼腆光辉，不知说什么好想什么好。大队长虽已骑上了那匹白骡子，斜佩了支子弹上膛的盒子炮，追随县长身后出发，像忽然体会到了寡母的柔弱爱情和有见识远虑，忙回头跑到碾坊里来。

"妈唉，妈唉，你不要为我担心，我们人多，不会吃亏的！"

可是一看到满老太太和杨大娘两双皱纹四锁湿莹莹的小小眼睛，和新媳妇一双害怕担心黑眼睛，就明白家中老一辈担心的还有更深一层意义，不免显得稍稍慌张失措，结结凝凝的说："娘，你放心！我们不会随便杀死人的。都是家边人，无冤无仇。县长也说过，这回事只要肯交出冬生和……罚一点款，就可了结。我不会做蠢事杀一个人，让后代结仇结恨，缠个不休！"

老太太说："你千万小心，不要出事！你不比县官，天大的祸都惹得起。惹了祸，一跑了事。你是本地人，背贴着土，你爷爷老子坟都埋在这里，可不能做错事！这一闹我心都疼破了，求你老子保佑你，菩萨保佑你，我为你许了愿杀两只猪！但愿平安无事！"

新媳妇年纪轻不甚懂事，只觉得大队长格外威武英俊。

一行人众向老虎洞出发时，村中妇孺长老，都一同站在门前田塍上和药王宫前面敞坪中看热闹。这个乱杂杂的队伍和雪后乡村的安静，恰恰形成一个对比，给人印象异常鲜明。都不像在进行一件不必要的战争，只像是一种及时行乐的田猎。

老虎洞位置在高枧偏东二十里，差二里许路即和县属第九保区接壤。田姓在九保原是大姓，先数代曾出过一个贡生，一个参将，入民国又出过一个营长。有一房还管过两年猴子坪的水银矿。这点小小功名权势，在乡下是有相当意义的。影响到这一族的，是一部分子弟从庄稼汉转入县里中学读书，另外一部分子弟，又由田里转上山寨，保留个对泥田砚田均无兴趣不耕而获的幻想。先还只是用镰刀收获他人的庄稼，随同民国长期内战社会堕落的发展，到后即学会用火器收获他人的财物。有一些不肖子弟，在本村留不住脚后，方转入高枧属刨荒山。高枧属最富腴的土地原在满家住的村子，那一坝冬水田和四山茶桐梓漆，再加上去本村五里官路上的那个大市集，每逢三六九把附近五十里货物集中交易，即以山货杂物盐布茶漆的集散，也影响到许多人经济生活，得天独厚处，已够使得其他村保人民羡慕。加上满姓大户势力集中，自然更易为别的村保感到不平。老虎洞在高枧属算极荒瘠，地在乌巢河下游，入冬水源小，满河滩全是青石和杂草。夹岸是青苍苍两列悬崖，有些生长黄杨树杂木，有些却壁立如削，草木不生。老虎洞分上下二洞，都在距河滩百丈悬崖上，位置天生奇险，上不及天而下不及泉，却恰好有一道山缝罅可以上攀。一洞干涸，里面铺满白沙。一洞有天生井泉，冬夏不竭，向外直流成一道细小悬瀑。两洞面积大约可容上千人左右，平时只有十月后乡下人来熬洞硝，作土炮火药或烟火爆竹用，到兵荒马乱年头，乡下人被迫非逃难不可时，两属村子里妇孺，才带了粮食和炊具，一齐逃到洞中避难，待危险期过后再回村中。后来有逃难人在洞中生育过孩子，孩子长大成了事业，因此在干洞中修了个娘娘庙，乡下求子的就爬上洞中来求子，把庙中泥塑木雕女菩萨穿上丝绸绣花袍子，打扮得粉都都的。地方既常有香火供奉，也就不少人踪。只是究竟太险，地方虽美好实荒凉，站在洞口向下望，向远望，有时但见一片烟岚笼罩树木岩石，泉水淙淙，怪鸟一鸣，令人生绝俗离世感。

两个洞既为田家人预先占据，把路一堵住，便成绝地。除附近小小山缝还生长些细藤杂树，鼯鼠猿猱可以攀援，任何人想上下都不可能。

做案的田家人，本意不过是把土货夺过手，放冬生回去传话，估量满家有钱怕事，可以换两三支枪。事情并不打量扩大。凑巧冬生和拐巧秀逃到田家寨子吹唢呐的一位迎面碰头，于是把冬生暂时扣下，且俟派人接头换得了枪，大家向贵州边上逃奔时再释放冬生。不意吴用孔明算左了计，把握不住现实。大队长为面子计，竟大张声势邀县长出巡剿匪。这一来，因激生变，不能瓮中捉鳖，让人暗算，大伙儿只好一齐逃入老虎洞，以逸待劳，把个大队长拖软整融再办交涉。

当地人民武力集中在河下悬崖两头，预备用封锁方式围困田家人时，洞中一伙当真即以逸待劳，毫不在意，每天在上面打鼓打锣叫嚷笑闹。一切都若有恃无恐，要持久战下去。且算定持久下去，官方和高枧一村子人，都必然在疲劳饥饿下自认失败。地势既有利于洞中一伙，下面新火器不仅无从使用，且得从草丛石罅间找寻掩蔽，防备上面用火器或石卵瞄准。好些情形都和荷马史诗上所叙战事方法相差不多。今古不同处，即在这种情形下，纵再有个聪明人想得出用大木马装载武士，也无法接近洞口，趁隙入洞。

县长先是远远的停在一个大石堆后，指挥这个攻势。打了百十枪后，不意上面锣鼓声更加热闹。天已入暮，山谷中夜风转紧，只好停止进攻，派兵士砍松树就僻处搭棚，升火造饭，大家过夜。

第二天想出了主意，调三十名县警队从三里外红岩口爬上对山，伏在对山悬崖上向洞中取准，把锣鼓打息了一会儿，随后却忽然发现洞中三尊穿红缎袍子的塑像，直逼洞口，锣鼓又重新自洞中传出。枪弹虽打中洞口目标，实无从伤着那些混和野性与顽劣作成的嘲侮表现。洞中当真有新式武器，洞口还击了十来响枪，大队长从枪声中分辨得出有当时著名的春田、小口紧和盒子炮，而且一共有五支枪，比侦探报告还多一支。

大队长虽杀羊宰猪作犒劳，还为县长预备腊肉野味和茅台酒，又派人从家中带了虎皮狸子皮褥垫行军床过野外生活。到了第四天，县长的打猎趣味已索然兴尽，剿匪兴奋则真如田家兄弟说的，完全用疲倦代替，借故说县里还要开清乡会议，得赶回去主持。又说洞中匪徒，已成瓮中之鳖，迟早终必授首，只要派少数人把住山脚路口，再好好计划守住岩壁两端和红岩口村子大路，匪徒纵再顽狠，不久也依然会授首成擒！于是召集高枧人民，训话一个半钟头，指挥了一大套战略，还零零碎碎称引了许多似可解不可解《孙子兵法》上的话语，证实武德武学两臻善美外，县长于是上了轿，押着三十个缩缩瑟瑟的土制队伍，和几担队长贡献的土特产，一大坛米酒，一大坛菌子油，以及一笔来自人民的犒劳，把个一百四十斤的肥官官肉砣砣，压在三个轿夫背上，摇摇荡荡回返县城去了。

大队长作了督战官，采用了"军师吴用"的意见，用《孙子兵法》上成语，稳住了自己失败意识，继续包围下去。

到了第七天，高枧属其他村子里的自卫队，带来的粮食大半已吃光了，又已快到过年时节，各有事做，不能不请求回家。大队长的意见，天气那么冷，全部回家也极自然。可是县长却于这时节来了个极严厉命令，"限旬日攻克，不得迁延支吾，致干未便"。末尾一句话，好像是把大队长腰上重重踢了一脚，不免闷昏昏的，又急又气。真真是小不忍则乱大谋，深悔事先不和母亲商量，结果弄得个骑虎难下。

局中师爷和我各背了个被卷，去红岩口老虎洞观战。先是到河下看了许久，又爬上对山去，欣赏一番。一切情景都像只宜于一个风景画家取材而预备的，不是为流血而预备的。可是事实两个山洞中却正有三十来个生气活跃的人在被围困中。倘若一直围下去，总有一天洞中人会全体饿死的。然而这时节山洞中却日夜可闻锣鼓欢呼声。师爷即景生情，想出了个新主意，以为从后面必可爬上山岩。若爬得上去，估计顶上距洞口不会到一百五十步。村子中有的是石匠，为什么不调遣两个到老虎洞顶上去，慢慢的从岩缝打条小路下达洞口，从上面作个攻势？不及到洞口，我们就可以派个人去办交涉，和里面掌舵的谈谈条件，看看是不是可以谈得开。

两个石匠当真就着手工作，打了七八天，到得峰壁顶上时，方知道山夹缝石头错落，还可攀藤附葛勉强上下。因此同时在山顶上也派了人防守，免得从这条路逃脱。仅仅九天，那悬崖路已开到离上洞不及三丈远近，已可听得洞中人谈话。大队长从顶上攀着绳子溜到那个石嘴上去，招呼洞里人开谈判。只要允许把人货枪三者一齐交出，即可保障一伙人生命安全。洞中人却答应还人还货，可不缴枪。为的是缴了枪，目前虽可以一切无事，此后几个人安全可就无多大把握。尤其是首谋的田家兄弟，和那个拐巧秀逃走吹唢呐的中寨人，在洞中称五哥管事的，怕大队长饶放不过。若不缴枪呢，大队长一方面又不免担心。因为乡下人习性他摸得熟，事本来即从"不服气"挑起，这次不成功，从口中抠出了肉团团，气咽不下，还会闪不知作出更严重的举动，再向三十里边上一跑了事。到后又由局里师爷和那中寨人商讨办法，问题依然僵持，不能解决。不过却因此知道巧秀的确藏在洞中做押寨夫人，师爷叫她时她不则声。

最后一着是冬生的妈杨大娘，腰上系着一条粗麻绳，带了两件新衣，一双鞋，两斤糍粑，攀藤援葛慢慢下到洞口上边绝壁路尽处，来作活招魂。

"冬生，冬生，你还在吗？"

只听到洞里有个人传话："冬生，冬生，有人叫你！你妈来了！"

被扣留的冬生，一会会也爬到了洞口边，仰着头又怯又快乐的叫他的娘，"妈唉，妈唉，我还活着，不冷不饿，你不用担心！"脆弱声音充满了感情。

杨大娘泪眼婆娑的半哭半嘶："冬生，你还活着，你可把人活活急死！你老子前三世作了什么孽，报应到你头上来！你求求他们放你出来啊！"一面悲不自胜一面招呼巧秀和田家兄弟，"田老大老二，我杨家和你又无冤无仇，杨家香火只有这一苗苗，为什么不积点德放他出来？巧秀，巧秀，你个害人精！你也做点好事，说句好话！满家养了你十六年，待你如亲生儿女一样，你还不长翅就想远走高飞！"

巧秀害了羞不便回嘴，洞口田老二却说："杨大娘，要你大队长网开一面就好！大家都是家乡人，何必下毒手一网打尽？大队长说要饿死我们。我不相信，再拖半年我们也饿不死的。我们说话算话，冤有头债有主，不会错认人。满家人仗势逞强要县长来红岩口清乡，把一村子里鸡鸭清掉，不成功，坐了三顶拐轿子打道回衙门了。我们田家有一个人死了，要他满家赔一双。我们能逃也不逃，看他拖得到多久。"

"这是你们自己的账，管我姓杨的娃娃什么事？"

"杨大娘你放心，你冬生在这里，我们不会动他一根毫毛。你问问他是不是挨饿受寒。解铃还是系铃人，事情要看队长怎么办！"

杨大娘无可奈何，把带来的一点吃用东西抛下去，只好伤心绝望离开了那个地方。这地方不久就换上了几个乡下憨子，带了大毛竹作成夹有辣子末的烟火，绑缚在长竹杆一端，点燃后悬垂下到洞口边，一会会，就只见有毒烟火吼着向洞口冒烟喷火，使得两山夹谷连续着奇怪怕人回声。洞里人却想出办法，把一个临时缚成的木叉抵住竹杆向旁边挪移。烟火爆裂时更响得山谷震动。可是很显然，这一切发明实无济于事，完全近于儿戏。

攻守两方都用尽了乡下人头脑，充满了古典浪漫气氛，把农村庄稼人由于万千年渔猎耕耘聚集得来的智慧知识用尽后，两方面都还不服输，终不让步。熬到第十七天后，洞中因人数不足，轮流防守过于饥疲，一个大雾早上，终于被几个高枧乡下壮汉，充满狩猎勇敢兴奋，攻占了干洞口。守洞的十四个人，来不及向上面水洞逃走，不能不向里面退去，虽走绝路还是不肯缴械投降。因为攻打这个洞口，高枧人有一个受伤死去，高枧的石匠于是在洞里较窄处砌上一堵石墙，封住了出路，几个人轮班守住。一面从山下附近人家抬了个车谷子的木风驴上山来，在石墙间开了个孔道，预备了二三十斤辣子，十来斤硫磺，用炭火慢慢燃起有毒浓烟来，就摇转木风驴，把毒烟逼扇入洞口。一切设计还依然从渔猎时取得经验，且充满了渔猎基本兴奋。这个洞里既无水可得，那十四个乡下人半天后就被闷死了。过了三天毒烟散尽后，团队上有人入洞里去检察，才知道十四个人都已伏地断气多时，还同时发现了二十多只大白耗子，每头都有十多斤重，肥墩墩的和小猪一样。队上人把十四个人的手都齐腕砍下，连同那些大耗子，挑了一担手，四担耗子，运到高枧团防局，把那些白手一串一串挂到局门前胡桃树下示众。一村子妇女小孩们都又吓怕又好奇，远远的站在田埂上瞧看这个陈列。第二天大清早，副队长就把这个东西押上县城报功去了。

干洞攻下第五天，水洞口也被几个乡下猛人攻入，逼得剩余的一群，不能不向洞中深处逃去。但这一回情势可不大相同，攻守双方都十分明白。这个洞的形势十分特别，一进去不到五丈，即有一道高及丈许的岩门，必向上爬丈多高方能深入。里面井泉四时不竭，洞里还温暖干燥，非常宜于居住。且里面高大宏敞，漆黑异常，看洞口却居高临下，十分清楚。里边人便溺随水流出，占据洞口的人饮料就大成问题，得从山下取水。冬生和巧秀都在洞中，前一回办法显然已不宜用也不中用，还得用坐困方法等待变化。因此在洞里近岩壁处，依然砌了一道墙，把内外封锁。大队长和十多个人就守住洞口，也用个以逸待劳方法等待下去。

杨大娘又来回跑四十里路，爬上悬岩洞口为冬生办了一次交涉，不能成功，虚虚怯怯带着碎心的忧苦回转村子里去了。局里师爷愿意告奋勇进洞，用生命担当彼此平安，也商量不出结果。洞外为表示从容，大队长派人从家中搬了留声机来唱戏，慰劳团队族人。里面为对抗这种刺激，在锣鼓声中还加上一个呜呜咽咽的唢呐，吹了一遍《山坡羊》又吹一遍《风雪满江山》，原来中寨人带了巧秀上路时，并不忘记他的祖传乐器，还保留得上好。

但彼此强弱之势已渐分，加上县长又派了个小队长来视察了一回，并带了个命令来，认为除恶务尽，悍匪不容漏网，并奖励了几句空话，使得大队长更不能不做个斩草除根之计。洞里一面知道事已绝望,情绪越来越凝固激越。田家兄弟一再要把冬生处分出气,想用手叉住孩子喉管时,总亏得巧秀解围,请求不要把他人出气,好汉作事好汉当,才像个男子。冬生终得幸而免。

先是上下两洞未陷落,山顶未封锁时,大家要逃走还来得及,本可抛下重器悄悄沿山缝逃走。不过既有言在先,说要拖个一年半载,把高枧人满家累倒,这一走未免损失田家体面,将来见不得人。加上个自以为占据天险,有恃无恐,所以这次胆大轻敌,不免小觑了对方。到半月后经过一回会议分析检讨,结果有十六个少壮,揣带一腰带烟土,半夜里爬山沿山缝小路逃走,预备向下河去掉换几支短枪,再返回来找机会打救援。其余人都刺手指吃了血酒,盟神发誓,有福同享,有祸同当,至死不离本位。下洞既已失陷,生力军牺牲大半,上洞中连同巧秀和冬生,已经只余八个人。虽说洞口已砌了墙,隔绝内外,还是不能不防备万一,六个人分成两班,分班轮流坐在洞里崖壁高处放哨。巧秀和冬生却不分派职务,可以各处走动。

冬生和巧秀原本极熟,一个月来患难中同在一处,因此谈起了许多事情。冬生和她谈起逃走后一村子里的种种,从满家事情谈起,直到他自己离开药王宫那天下午为止。加上这一个月来洞中生活,从巧秀看来,真好像是整本《梁山泊》、《天雨花》,却更比那些传奇唱本故事离奇动人。把这一月经过的日子和以前十七年岁月对比,一切都简直像在梦里,更分不清目前究竟是真是梦。

巧秀听过后吁了吁气说:"冬生,我们都落了难,是命里注定,不会有人来搭救了!"

冬生福至心灵,忽然触着了机关,从石罅间看出一线光明,"巧秀,人不来打救我们要自寻生路。我们悄悄的去和五哥说,大家不要在这里同归于尽,死了无益!只有这一着棋是生路!"

"他们都吃了血酒,赌过咒,同生共死,你一说出口,刀子会窝心扎进去!"

"你和他有床头恩爱情分,去说说好!他们做他们的英雄,我们做我们的爬爬虫,悄悄的爬了出去吧。"

当巧秀趁空向吹唢呐解闷的中寨人诉说心意时,中寨人愣愣的不则一声。

巧秀说，"你要杀我你就杀了我，我哼也不哼一声。我愿意和你在这洞里同生共死，血流在一块。不想我死，你也不愿死，做做好事，放冬生一条生路，杨大娘家只有这一个命根根，人做好事有好报应，天有眼睛的！"

中寨人心想："冬生十五岁，你十七岁，我二十一岁，都不应当死！可是命里注定，谁也脱不了！"

巧秀说："五哥，你拿定主意再说吧。要死我俩一块死，想活我陪你活。"

中寨人低低叹了口气："我要活，人不让我们活，天不让我们活！"

谈话于此就结束了。思索却继续在这个二十一岁青春生命中作各种挣扎燃烧。

到了晚上，派定五哥和另外两个人守哨。大家都已经一个月不见阳光，生活在你死我亡紧张中苦撑，吃的又越来越坏，所以都疲乏万分。两个人不免都睡着了。只中寨人反复嚼着和巧秀白天说的话，兴奋未眠。在洞中生活过了很久，原来还有一盏马灯，大半桶煤油，到后来为节省煤油，在灯下也无事可作，就不再用灯，只凭轻微呼吸即可感觉分别各人的距离和某一人。守哨的去洞口较近，休息的在里边，两者相去有二三十丈。中寨人从呼吸上辨别得出巧秀和冬生都在近旁，轻轻的爬到他们身边去，摇醒了两个人。

"冬生，冬生，你赶快和你嫂子溜下崖去，带她出去，凭良心和队长说句好话，不要磨折她！这回事情是田家兄弟和我起的意，别人全不相干！我们吃过了血酒，不能卖朋友，要死一齐死在这个洞里了。巧秀还年青，肚子里有了毛毛，让她活下来，帮我留个种。你应当帮她说句话，不要昧良心！"

大队长在洞口拥着一条獾子皮的毯子，正迷蒙入睡，忽然警觉，听到洞里窸窣作响，好像有人在急促的爬动。随即听到一个充满了惶急恐怖脆弱低低呼喊："大队长，大队长，赶快移开石头，救我的命！赶快些，要救命！"

大队长一面知会其他队兵，一面低声招唤，"冬生，是你吗？你是鬼是人？你还活着吗？"

"你赶快！是我！我鼻子眼睛都好，全胡全尾的！"末一句原是乡下顽童玩蟋蟀的术语，说得几人都急里迸笑。

石墙撤去一道小口，把人拖出后，看看原来先出的是巧秀，前后离开了高枧不到五十天的巧秀。冬生出来后还来不及说话，就只听到里面狂呼，且像是随即发生了疯狂传染。很明显，冬生巧秀逃脱事已被人发觉，中寨人作了卖客，洞中同伙发生了火并。中寨人似乎随即带着长嗥，被什么重东西扭着毁了。二十一岁的生命，完了。夜既深静，洞中还反复传送回音，十分凄冽怕人。几人紧张十分的忙把墙缺口封上，静听着那个火并的继续，许久许久才闻及一片毒咒混在呻吟中从洞穴深处喊出，虽微弱却十分清楚："姓满的，姓满的，你要记着，有一天要你认得我家田老九！"

　　第二天，发觉洞中流出的泉水已全是红色。两个乡丁冒险进洞去侦察，才发现剩下几个人果然都在昨晚上一种疯狂痉挛中火并，相互用短兵刺得奄奄垂毙了。田家老大似乎在受了重伤后方发觉在暗黑中和他搏斗的是他亲兄弟，自己匕首扎进心窝子死了。那弟弟受伤后还爬到近旁井泉边去喝水，也伏在泉边死了。到处找寻巧秀的情人，那个吹唢呐的中寨人，许久才知道他是坠入洞壁左侧石缝中死去的。大队长押了从洞中清扫得来的几担杂物，剩余烟土和十只人手，两个从洞中夺回死里逃生的生口，不成人形的巧秀和冬生。冬生手上还提着那个唢呐。封了洞穴，率队回转高枧，预备第二天再带领这十只惨白的手和两个与案情有关的生口，上县城报功，过堂。

　　当那一串人手依旧悬挂在团防局门前胡桃树下，全村子里妇女老幼都围住附近看热闹时，冬生和巧秀，都在满家大庄子侧屋烤火。各已换了干净衣裳，坐在大火盆边，受老太太、杨大娘、师爷、大队长，二少爷和作客人的我作种种盘问。冬生虽身体憔悴，一切挫折似乎还不曾把青春的火焰弄熄，还一面微笑，一面叙述前前后后事情。一瞥忽发现杨大娘对他痴痴的看定，热泪直流，赶忙站起来走了两步，"娘，你看我不是全胡全尾的回来了吗？"

　　"你全胡全尾，可知道田家人死了多少？作了些什么孽要这样子！"

　　巧秀想起吹唢呐的中寨人，想起自己将来，低了头去哭了。

　　满老太太说："巧秀，不要哭，一切有我！你明天和大队长上县里去，过一过堂，大队长就会作保，领你回来，帮我看碾坊。这两天溪里融雪，水已上了一半堤坝，要碾米过年！冤仇宜解不宜结，我明年要做七天水陆道场，超度这些冤枉死了的人，也超度那个中寨人。——"

　　当我和师爷和大队长过团防局去时，听到大队长轻轻的和师爷说，"他家老九子走了，上下洞都找不到。"又只听到师爷安慰大队长说，"冤家宜解不宜结，老太太还说要做七天七夜道场超度，得饶人处且饶人！"

…………

快过年了，我从药王宫迁回满家去，又住在原来那个房间里。依然是巧秀抱了有干草干果香味的新被絮，一声不响跟随老太太身后，进到房中。房中大铜火盆依然炭火熊熊爆着快乐火星，旁边有个小茶罐咝咝作响。我依然有意如上一次那么站到火盆边烘手，游目四瞩，看她一声不响的为我整理床铺，想起一个月以前第一回来到这房中作客情景，因此故意照前一回那么说，"老太太，谢谢你！我一来就忙坏了你们，忙坏了这位大姐！……"不知为什么，喉头就为一种沉甸甸的悲哀所扼住，想说也说不下去了。我起始发现了这房中的变迁，上一回正当老太太接儿媳妇婚事进行中，巧秀逃亡准备中，两人心中都浸透了对于当时的兴奋和明日的希望，四十天来的倏忽变化，却俨然把面前两人浸入一种无可形容的悲恻里，且无可挽回亦无可补救的直将带入坟墓。虽然从外表看来，这房中前后的变迁，只不过是老太太头上那朵大红绒花已失去，巧秀大发辫上却多了一小绺白绒绳。

巧秀的妈被人逼迫在颈脖上悬个磨石，沉潭只十六年，巧秀的腹中又有了小毛毛。而拐了她同逃的那个吹唢呐的中寨人，才二十一岁，活跳跳的生命即已不再活在世界上，却用另外一种意义更深刻的活在十七岁巧秀的生命里，以及活在这一家此后的荣枯兴败关系中。

我还不曾看过什么"传奇"，比我这一阵子亲身参加的更荒谬更离奇，也想不出还有什么"人生"，比我遇到的更自然更近乎人的本性——一切都若不得已。

满家庄子在新年里，村子中有人牵羊担酒送匾，把大门原有的那块"乐善好施"移入二门，新换上的是"安良除暴"。上匾这一天，满老太太却借故吃斋，和巧秀守在碾坊里碾米。

# 道师与道场

鸦拉营的消灾道场是完了。锣鼓打了三天，檀香烧了四五斤，素面吃了十来顿，街头街尾竖桅子的地方散了钱，水陆施了食，一切行礼如仪，三天过了，道场做完，师傅还留在小客店里不走，是因为还有一些不打锣不吹角属于个人消灾纳福的事情还未了销的原故。道场属于个人，两人中，年长一点的师兄，自然是无分了。

这师兄，在一面极其不高兴收拾法宝一面为连日疲倦所困打哈欠的情形中，等候了同伴一天。到了第二天清早，睡足了，一个人老早爬起走到街头去，认识这位师兄，见过这人曾穿过红衣在火堆边跳舞娱神的本地人，就问干吗两位师傅还留到这里不走。这问话是没有别的用意的，不过是稍稍奇怪罢了。因为人人都知道新寨初十的道场也是这两人的。他不好怎样答应别人，其他人就想起这必定还有道场要做了。有道场则人人又可以借水陆施食时抢给鬼的粑粑，所以无人不欢喜。师兄看得出本地人意思，心上好笑。"另外还有道场"，他就那么含含糊糊的告给本地方人，但他不说这属于个人的道场是如何做法，却说"有施食，""有热闹看。"若果听这话的人明白这师兄话中的恶意，这两人以后不会再有机会来到这里了。他们也很有理由用石头同棍子把这两个做道场的有法力的人赶走，或者用绳子把人在桅上高吊起来——就是那悬幡的高桅——把荆条竹扫帚相款待。但是，除了王贵为做道场那个人，其余却没有一个本地人能知道这第二次道场是如何起头煞尾。

那第二种道场上没分的师兄，在街上打了一个转，看到大街上数日来燃放的爆竹红纸壳铺满地上，看到每家大门上高贴的黄纸朱书符咒，又看到街头街尾那还不曾撤去的高桅，就满肚子懊恼。他心想，道场是完全白做了，一镇上人的十天吃斋与檀香蜡烛黄花耳子也完全白费了，就又觉得行香那几日来，小乡绅身穿崭新的青羽绫马褂，蓝宁绸袍子，跟到身后磕头为可笑的事情。

但是这个话，他能不能向谁去说明白？这罪过，或者说，这使人消灾纳福的道场，所得的在神一方面的结果，还是不可知，但在人一方面，实在的保佑的程度，他能不能向同伴去追问？凡是本地人，既然不能明白这一次道场究竟用了多少粒胡椒，自然谁也不明白这时这师傅的心上涌着的东西是些什么了。

在路上，他见到一些老妇人向他道谢，就生怒，几几乎真要大声的向这些人说这道场是完全糟蹋精力同金钱的事了。他又想把每家门上那些纸符扯去免得因这一次道场在这地方留下一点可笑的东西。他又想打碎了那些响器，仿佛锣，角，铙钹，都因为另一时那么大声的不顾忌的在人神前响过，这时却对于同伴的事沉默，也有理由被摔的样子。

使这人生气的原由也不尽是因为另外的事与自己无分，就迁怒及一切事物，多耽搁一天，他可以多吃多喝不必走路也不必做事。这多吃多喝不走不做于一个以做道场为生活的人，是应当说再舒服也没有的事了。忙着走，忙着离开这里到另一地方去，也不过就是"念经""上表""吃饭""睡觉"几种事消磨这日子罢了，他何尝是呆子呢？然而见到这地方的每一个人对神的虔诚，见到这地方人对道师的尊敬，见到符，见到……他不由不生气了。

他知道所谓报应是怎样辽远的不准数的一种空话。他又明白在什么情形下做的事比念经上表为有意义。然而不离这地方，他是不能忍受的。不觉得同伴这时当真是在造什么孽。只是说不分明总以为走了就好。他也许作兴同这同伴上了路以后，还会把这自己无分的道场来谈论，引为长途消遣的方法，可是他如今留到这里，决不能忍受的就正是这一件事情。事情是对谁也没有损失，对本人则不消说简直是一件功果，这个人，似乎是良心为这地方的素筵蔬席款待，变得比平常特别变好，如今就正是在那里执行良心分派下来的义务了。

心中有懊恼，他就满街走。

时候不早了。凡是走长路的人，赶场的人，下河挑水的人，全已上道多久了。这个有良心的人，他在街前走了一会，下了决心，向神发誓，无论如何不再在这地方吃一顿早饭了，就赶回到那小客栈去。同伴在楼上店主的房中还同主人的女儿在一个床上，似乎还有许多还未了结的事情要做。这师兄，就在楼梯边用粗大的喉咙叫喊。

上面没有声息。

他想楼上总不至于无一个人，也总不至于死，就爬上楼梯。然而一到楼口又旋即倒退下来了，不知看到了什么，只摇头。

楼上有人说话了。楼上师弟王贵的声音说道：

"师兄，天气还早咧，你为什么不多睡一会。"

"我为什么不多睡，你为什么不少睡呢？"

楼上王贵就笑。过一会，又说道：

"师兄，哥，昨天我答应请你吃那个酒，我并不忘记。"

"我并不要你请。"

"不要我请，可是答应了人的事我总不会忘记。"

"但是，你把我们应当在初十到新寨的事情全忘了。"

"谁说我记不到。今天才六号。让我算，有四天呀！有人过新寨赶场，托带一个口信，说这里你我有一件功果没完了，慢点也行。哥，我说你性子是太急了。这极不合卫生。哥，你应当保养，我看你近来越加消瘦了。"

听到说是越加消瘦，显着仿佛非常关心的调子，楼下的师兄的心有点扰乱了。他右手还扶着梯子的边沿，就用这手抚到自己的瘦颊，且轻轻扯着颊上凌乱无章的长毛。颊边是太疏于整理了，同伴的话就像一面镜，照得他局促不安。

他想着，手上的感觉影响到心上，他记起街南一个小理发馆了。那里刚才转身，就接着有好些人坐在那里，披了白布，一头的白沫，待诏师傅① 手上的刀沙沙的在这些圆头上作响，于是疤子出现了，发就跌到小四方盘子中：盘是描金画有寿星图的盘，又有木盘，上面是很龌龊，全是腻垢。他还记得一个头上有十多个大疤子的人，一边被剃一边打盹的神气。这里看得出人的呆处。

本来是不打量理发的，因为肚中闷气无处可泄，就借理发，他不再与楼上的人说话，匆匆的到街南去了。到了理发馆门前时节，他是还用着因生气而转移成为热与力的莽撞声势，走到这一家铺子里面，毅然坐到那小横凳上去的。

不到一会，于是他也就变成那种呆子了。听到刀在头顶上各处走动，这

---

① 待诏师傅：理发匠。

人气已经稍平了,且很愿意躺在什么凉爽干净地方睡一觉。睡是做不到的,但也像旁人一样,有点打盹的式样了。可是事有凑巧,理发人是施食那时从大花道服前认得到这位主顾是道师的,就按照各处地方理发师的本分与本能,来同他谈话。剃头匠不管主顾这时所想到的是些什么事,就开口问道:

"师傅,这七月是你们忙的七月呀。"

"我倒不很忙!"他意思是作师兄的不一定忙,忙是看人来的。

那剃头匠见话不起劲,就专心一致用刀刮了他一只耳朵,又把刀向系在柱头上一个油光的布条上荡了一阵,换方向说道:

"师傅,燃天蜡真是一个大举呀。"

"比这个更费事累人的也还有。"他意思是——

剃头匠先是刮左耳,这时右耳又被他捉着了,听到比燃天蜡还有更累人的法事,就不放手,不下刀,脸上做出相信不过的神气,要把这个意思弄明白仿佛才愿意再刮那一只耳朵。

本来是要说,"你去问王贵师傅就可明白,"可是这时耳朵被拉得很痛,他就说:"朋友,你剃发和我被剃,好像都比燃天蜡做道场还费事。"说这个时耳朵还是被拉的,听到这话的剃头匠,才憬然觉悟自己谈话的趣味已超过了工作的趣味,应当思量所以"补过"的办法了,就大声的笑,把刀拈在手上,全不节制自己的气力,做着他那应做的事。

这一来,他无福分打盹了。他一面担心耳朵会被割破,一面就想到一个人在卤莽的剃头匠处治下应有的小小灾难或者是命运中注定的事,因为他三个月前已经就碰到类乎今天的一个剃头匠了。

耳朵刮过了,便刮脸。人躺到剃头匠的大腿上,依稀可以嗅到一种不好闻的气味,尤其是那剃头匠把嘴接近脸旁时,气味就更浓。他只把眼闭着,一切不看,正如投降了佛以后的悟空,听凭处治。他虽闭着两眼,却仿佛仍然看得出面前的人说话比作事还有兴味的神情,就只希望赶紧完事。

理发馆门前,写得有口号两句,是"清水洗头""向阳取耳"。头是先就洗了的。待把脸一刮,果然就要向阳取耳了,他告了饶。他说:

"我这耳朵不要看。"

"师傅,这是有趣味的事。"

"有趣味下次来吧。我要有事,算了。"

说是算了下次来吧，也仍然不能开释，还有捶背。一切的近于麻烦的手续，都仿佛是还特意为这有身分的道师而举行的，他要走也不行。在捶打中他就想，若是凭空把一个人也仍然这样好意的来打他一顿，可不知这好意得来的结果是些什么。他又想剃头倒不是很寂寞的事，一面用刀那么随意的刮；或捏拳随意的打，一面还可以随意谈话学故事，在剃头匠生活中，每一个人都像是在一种很从容的情形下把日子打发走了。他又想，……想到这些的他，是完全把还在客栈中的王贵忘记了的。

被打够他才回到店中。

"哥，你喝这一杯。"王贵把师兄的酒杯又筛满了，近于赎罪，只劝请。被劝请的不大好意思，喝了有好几杯了。

但酒量不高的师兄，有了三杯到肚就显露矜持了，劝也不能再喝，劝者仍然劝，还是口上蜜甜甜的说："哥，你喝一杯。"

被劝了，喝既不能，说话又像近于白费，师兄就摇头。这就是上半日在南街上被人用刀刮过，左边脑顶有小疤两处的那颗头。因为摇头，见出师兄凛然不可干犯的神气了。王贵向站在身旁的女人说话。这师弟，近于打趣的说道：

"瞧，我师兄今天看了日子，把头脸修整了。"

女人轻轻的笑。望到这新用刀刮过的白色起黑芝麻点的光头，很有趣味的注意。

于是师弟王贵又说道：

"我师兄许多人都说他年纪比我还轻，完全不像是四十岁的人。"

师兄不说话，看了王贵一眼，喝了一口酒。把酒喝了，又看了女人一眼。望到女人时女人又笑。

女人把壶拿起，想加酒到师兄的杯里去。王贵抢杯子，要女人酌酒，自己献上，表示这恭敬，一切事有肯求师兄包容的必需。

师兄说话了。他有气。他不忘记离开这里是必须办到的一件事。

"酒是喝了，什么时候动身呢？"

"哥，你欢喜什么时候就什么时候，我是听你调度的。"

"你听我调度，这话是从前的话。"

"如今仍然一个样子，你是师兄，我一切照你的吩咐。"

"我们晚上走，赶二十里路歇廖家桥。"

"那不如明天多走二十里。"

"……"话不说出，拍的把杯子放到桌上了。

"哥，你怎么了？不要生气，话可以说明白的。"

"我不生气。我们是做道场的人，我们有……"

"哥，留到这里也是做道场，并不是儿戏！"

女人听到这里，轻轻打了王贵一掌，就借故走出房去，房中只剩下两人了。

"好道场！他们知道了真感谢你这个人！"

"哥，并不是要他们感谢我来做这事。为什么神许可苗人杀猪杀牛祀天作流血的行为，却不许可我念经读表以外使一个女人快乐？"

"经上并不说到这些。"

"经上却说过女人是脏东西，不可接近。但是，哥，你看，她是脏是干净？"

"女人的脏是看得出吗？"

"不是看就是吃，我也不承认，"说到吃，王贵记起了喝酒，就干了一杯。再筛酒，壶空了。喊，"来，来，小翠，吃的！"

女人又进到房中了。抢了酒壶，将往外窜，被王贵拉着了手往怀里带。

"哥，你瞧。什么地方是不干净？我不明白经上的话的意思。我要你相信我的话，真愿意哥你也得这样一个人，在一种方便中好好的来看一看，吃一吃，把经上的谎话证明。"

师兄无话可说，就只摇头。然而他并无怒意。因为看到女人红红白白的脸，看到在女人胸前坟起的东西，似乎不相信经上的话也不相信王贵的话。

"哥，你年青得很！要小翠为你找一个，明天再住一天，看看我说的话对不对。雷公不打吃饭人，我们做的事同吃饭一样，正正经经，神是不见责的。"

还是摇头。他本应当在心上承认这提议了。因为心忽然又转了方向，他记得经太多了。

"经上不是说……？"王贵也知道师兄是多念了廿年经的人，就引经上的话。

"经上只说佛如何被魔试炼,佛如何打了胜仗。"

"那你为什么不敢试来被炼一次?"

"活该入拔舌地狱。"

"不会有的,舌子不会在亲嘴另外一事上有被拔去危险。"

"……"这师兄,不说话,却喝酒。

酒喝急了,呛了喉,连声的咳,王贵就用眼示意,要女人为其捶背。

女人走到这道师身边去捏拳打,一旁嗤嗤的笑,被打的师兄还是无所动心,因为被打同时记起的是刚才到理发铺被打的情形。同是被打,同是使他一无所得,他太缺少世界上男子对女人抽象的性的发泄的智慧了。

说是目不旁视的君子吧,他也不到这样道学的。不过无论何时这师兄他总觉得他自己是自己,女人是女人,完全为两样东西,所以这时虽然女人在身边,还做着近于所谓放肆的事情,他也不怎样难过。

顽固的心是只有一件事可以战胜的,除了用事实征服无办法。王贵就采用这方法了。他把女人抱起,用口哺女人的酒。他咬女人的耳朵,鼻子,头发,复用手作成一根带子,围在女人的身上。他当到这顽固的师兄作着师兄所不熟习的事情,不像步斗踏星,不像念咒咬诀,开着怕人的玩笑,应知道的是师兄已经有了一些酒到肚中,这个人渐渐的觉得自己心是年青人的心了。

他不知不觉感到要多喝几杯了。

在另一方面的人,却不理会师兄,仿佛除在两人外没有旁人在身边的样子,他们笑着吃酒,交换着拿杯子,交换着,做着顶顽皮顶孩子气的各样行为。

他们还互相谈着有一半是很暧昧字言的话语,使他只能从这些因言语而来的笑声中领悟到一小部分所谈是什么事。然又正因所能领悟的一小部分可以把他苦恼,他就不顾一切的喝酒。一壶酒是小翠新由外面柜上取来,这师兄,全不客气的喝,行为真到另一时自己想起也非吃惊不可的放荡行为了。他把头低下。不望别人的行为,耳朵却听到如下面的话。

听到王贵说:"小翠,你为什么不像我说那个办?……你量小,又饿。吃够了即刻又放手。……你不那样怎么行?"

听到女人笑了又笑,才在笑声中说:"我以为你只会念经。"

师弟又说:"师兄吗?别看他那样子。……"

女人又说:"你总说你师兄是英雄。"

师弟又说:"你看他那鼻子。"

女人又说:"我拧你鼻子。"

师弟似乎被拧了,噫噫作声。这师兄,实在已九分醉了,抬起头来,却不曾见师弟脸边有一只手。他神色惨沮的笑着,全身不自然的动着,想站起身到客房去睡觉。

那师弟,面前无一物,却还是继续噫噫作声。"鼻子"有灾难,这师兄,忽然悟出这意义了,把头缓缓的左右摇摆,哑声的说道:

"明天也不走了。后天也不走了。我永远也不走了。"

"哥,你醉了。"

"我醉了,我才不!你们对不起我。……你们是饱了。我要问你们,什么是够!……你们吃够了……你们快活!……吃你,咬你,你这个小嘴巴的女人!"

说着,他隔桌就伸了一只手,想拉着女人的膀子。手拉了空,他站起身,扑过来了。女人还坐在师弟身上,就跳下躲到门背后去。

这师兄,跌到地板上了,摊下如一堆泥,一到地下就振作不起了,师弟蹲身下去想把他扶起,颈项就被两条粗粗的手臂箍着。

"哥,不要这样,这是我!"

"是你我也要咬你的鼻子下来。我讨厌你这鼻子。"

他把一切事已经完全忘记了。在梦里,这师兄梦到同人上山赶野猪,深黄色长獠牙的老野猪向大道上冲去,迅速像一支飞空的箭,自己却持定手板宽刃口的短矛,站立在路旁,飞矛把它掷到野猪身上去,看到带了矛的野猪向茶林里跑去。他又梦到在大滩上泅水,滩水如打雷,浪如大公牛起伏来去,自己狎浪下滩,脚下还能踹鱼类。他又梦到做水陆大道场,有一百零八和尚,有三十六道士,有一次焚五斤檀香的大香炉,有二十丈高的殿柱,有真狮真豹在坛边护法,有中国各处神仙的惠临,各处神仙皆坐白鹤同汽车等等东西代步,神仙中也有穿极时髦服装的女子,一共是四五个。

他望到女神仙之一发愣,且仿佛明白这是做梦,不妨稍稍撒野,到不得已时,就逃回真实。他于是向女神仙扯谎,请她到后坛去看一种法宝,自然女神仙是不拒绝请求,他就引她到了后坛。谁知一到后坛,却完全是荒坟,他明白是神仙生了气，两脚一抖，他醒了。

他醒后觉得口渴，还不明白是睡到什么地方，就随意的喊茶。一个人，于是把茶壶的嘴逗到人的嘴边了，唼唼的吸了半壶苦茶，他没有疑惑自己环境的必要，不一会又入另一梦境了。

他又梦到……

比念经还须耐心，比跳舞还费气力，到后是他流了汗。

人是完完全全醒了。天还不发白，各处人家的长鸣鸡正互相传递的报晓，借了房中捻得细小的油灯，他望到床边坐得一个人，用背身对了醉人。他还不甚相信。就用手去拉，拉着了衣角，人便回头了。

"你干吗来的？"

"没有干吗！你醉了，小翠要我来照扶，怕你半夜呕。"

"我不是已经呕过了吗？"

"说什么？"

"刚才那种呕。"

"呕吗？吓，颠子。"

这师兄，明白先一次类乎吐呕的事不与这时女子相干了，才觉悟梦中的不规矩还不曾为女人看破，私心引为幸事。但是，稍过一会，女人又把茶壶拿来了，他坐起，用手抱壶，觉得壶很冷，一些不经意的知识却俨然有用处了，他不喝冷茶。冷的不吃，热的则纵不是茶也仿佛不能拒绝，他要女人把灯捻明，好详详细细欣赏床头人的脸。

他要她坐拢来，问她年岁，姓名，末了也不问女人愿不愿意听，就告她先一时所做的梦是些什么事。

女人说："我以为你们道师做梦也只是梦到放焰口施食！"

他就不分辩，说："是呀，一个样子，时间并不短。"

第二天早上约十点钟光景。师弟王贵在房外说话，他说：

"师兄，怎么样？"

里面没有回声。他醒了，有意不答，口无闲空。王贵又把声音放大，像昨天被师兄喊时，说：

"哥，上路！"

本来是清醒也仍半迷糊着，听到"上路"，人便返元归真了。他坐起了

身，他就问，

"王贵，是你吗？"

"唉，是我。昨夜觉得怎么样？"

"你这人是该入泥犁狱的。"

"就是推磨狱也行吧。我问你，今早上不上路？"

"……"

"到底上不上路？"

里面的师兄，像是同谁在商量这事情，过了一会才说："今天七号。"

王贵笑了，笑的声音说："是七号，师兄。我们十号到新寨的法事我们应不忘记。还有天早应当多赶二十里路，那是你昨天说的。"

师兄在里面笑了。

他笑了一会。这人想走是不走了，看如何答话。

稍过，他以为王贵会转身到别处去，不再在房外了，就与身边人作着经上所谓吻与吻接的鸟兽之戏，小小的声音已为外面的人所闻。

"师兄，天气不早了，漱口念经，青天白日不是适宜放肆的时间，我们上路吧。"

那师兄又不作声了。

王贵撞进了房，师兄用被蒙了头，似乎这样一来，作师弟不必说话就应肩扛法宝先自上路了。然而王贵却问巧巧，"怎么样。"巧巧不说话，含羞的装睡不醒，但即刻咕的笑了。

师弟走出房去，带上了门，大声的对用被蒙头的人说道：

"哥，我搭信到新寨去，告他们首事人说这里还有事情，你我都忙，所以不能分身，新寨的道场索性不做了。"

师兄哑口不答。在这个人心中，是正想引经上的话骂王贵侮慢佛祖应入火狱的，可是他这时，自己把被蒙头蒙半天，身上发烧，一个人发烧，时作糊涂梦，又在他心上煽动起一种糊涂欲望了。

鸦拉营消灾道场全街竖了两支桅，若照到这师兄昨天见解，这桅杆用处还可把法师高吊起来示众，今天是两支桅也有了用处了。但这个时候桅杆下正有小乡绅，身穿蓝布长袍子站在旁边督率工人倒桅，工人则全露着有毛的手肘，一面唱着杭育努力扳动，没有人想到这桅若果留下来也还有别的用处。

道师与道场

## 雪　晴

　　竹林中一片斑鸠声，浸入我迷蒙意识里。一切都若十分陌生又极端荒唐。这是我初到"高枧"地方第二天一个雪晴的早晨。

　　我躺在一铺楠木雕花大板床上，包裹在带有干草和干果香味的新被絮里。细白麻布帐子如一座有顶盖的方城，在这座方城中，我已甜甜的睡足了十个钟头。昨天在二尺来深雪中走了四五十里山路的劳累已恢复过来了。房正中那个白铜火盆，昨夜用热灰掩上的炭火，不知什么时候已被人拨开，加上了些新栗炭，从炭盆中小火星的快乐爆炸继续中，我渐次由迷蒙渡到完全清醒。我明白，我又起始活在一种现代传奇中了。

　　昨天来到这里以前，几个人几只狗在积雪被覆的溪涧中追逐狐狸，共同奔赴蹴起一阵如云如雾雪粉，人的欢呼兽的低嗥所形成一种生命的律动，和午后雪晴冷静景物相配衬，那个动人情景再现到我的印象中时，已如离奇的梦魇。加上初进到村子里，从融雪带泥的小径，绕过了碾坊、榨油坊，以及夹有融雪寒意半涧溪水如奔如赴的小溪河迈过，转入这个有喜庆事的庄宅。在灯火煌煌笙鼓竞奏中，和几个小乡绅同席对杯，参加主人家喜筵的热闹，所得另外一堆印象，增加了我对于现实处境的迷惑。因此各个印象不免重叠起来。印象虽重叠却并不混淆，正如同一支在演奏中的乐曲，兼有细腻和壮丽，每件乐器所发出的每个音响，即使再低微也异常清晰，且若各有位置，独立存在，一一可以摄取。新发酵的甜米酒，照规矩连缸抬到客席前，当众揭开盖覆，一阵子向上泛涌泡沫的滋滋细声，却不曾被院坪中尖锐呜咽的唢呐声音所淹没。屋主人老太太，银白头发上簪的那朵大红山茶花，在新娘子十二幅大红绉罗裙照映中，也依然异样鲜明。还有那些成熟待年的女客人，共同浸透了青春热情黑而有光的眼睛，亦无不如各有一种不同分量压在我的记忆上。我眼中被屋外积雪返光形成一朵紫茸茸的金黄镶边的葵花，在荡动不居情况中老是变化，想把握无从把握，希望它稍稍停顿也不能停顿。过去印象也因之随同这个而动荡、鲜明、华丽，闪闪烁烁摇摇晃晃。

眼中的葵花已由紫和金黄转成一片金绿相错的幻画，还正旋转不已。

……筵席上凡是能喝的，都醉倒了。住处还远应走路的，点上火燎唱着笑着回家了。奏乐帮忙的，下到厨房，用烧酒和大肉丸子肥腊肉胀了脖子，补偿疲劳，各自方便，或抱了大捆稻草，钻进空谷仓房里去睡觉，或晃着火把，上油坊玩天九牌过夜去了，我自然也得有个落脚处。一家之主的老太太，站在厅堂前面，张罗周至的打发了许多事情后，就手抖抖的，举起一个芝麻秆扎成的火炬，准备引导我到一个特意为我安排好住处去。面前的火炬照着我，不用担心会滑滚到雪中，老太太白发上那朵大红山茶花，恰如另外一个火炬，使我回想起三十年前祖母辈分老一派贤惠能勤一家之主的种种。但是我最关心的，还是跟随我身后，抱了两床新装钉的棉被，一个年青乡下大姑娘，也好像一个火炬。我还不知道她是什么人。她原来在厅前灯光所不及处，和一个收拾乐器的乡下人说话，老太太在厅中问："巧秀，巧秀，可是你？""是我！""是你，你就帮帮忙，把铺盖送到后屋里去。"于是三个人从先一时还灯烛煌煌笳鼓竞奏的正厅，转入这所大庄宅最僻静的侧院。两种环境的对照，以及行列的离奇，已增加了我对于处境的迷惑。到住处房中后，四堵白木板壁把一盏灯罩擦得清亮的美孚灯灯光聚拢，我才能够从灯光下，看清楚为我抱衾抱裯的一位面目。十七岁年纪，一双清亮的眼睛，一张两角微向上翘的小嘴，一个在发育中肿得高高的胸脯，一条乌梢蛇似的大发辫。说话时一开口即带点羞怯的微笑，关不住青春生命秘密悦乐的微笑。可是，事实上这时节她却一声不响，不笑，只静静站在那个楠木花板大床边，帮同老太太为我整理被盖。我站在屋正中火盆边，一面烘手，一面游目四瞩，欣赏房中的动静：那个似静实动的白发髻上的大红山茶花，似动实静的十七岁姑娘的眉目和四肢，……那双清明无邪的眼睛，在这个万山环绕不上二百五十户人家的小村落中看过了些什么事情？那张含娇带俏的小嘴，到想唱歌时，应当唱些什么歌？还有那颗心，平时为屋后大山豺狼的长嗥声，盘在水缸边碗口大黄喉蛇的歇凉呼气声，训练得稳定结实，会不会还为什么新事情而剧烈跳跃？我难道还不愿意放弃作一个画家的痴梦？真的画起来，第一笔应捕捉眼睛上的青春光辉，还是应保持这个嘴角边的温情笑意？我还觉得有点不可解，整理床铺，怎么不派个普通长工来帮忙，岂不是大家省事？既要来，怎么不是一个人，还得老太太同来？等等就会走去，难道也必须和老太太两人一道走？倘若不，我又应当怎么样？这一切，对于我真是一份离奇的教育。我不由得不笑了。在这些无头无绪遐想中，我可说是来到乡下的"乡下人"。

我说，"对不起，对不起，我这客人真麻烦老太太！麻烦这位大姐！老太太实在过累了，应当早早休息了吧。"

从那个忍着笑代表十七岁年纪微向上翘的嘴角，我看出一种回答，意思清楚分明。

"哪样对不起？你们城里人就会客气。"

的确是，城里人就会客气，礼貌周到，然而总不甚诚实得体。好像这个批评当真是从对面来的，我无言可回，沉默了。

到两人为我把床铺整理好时，老太太就拍一拍那个绣有"长命富贵"的扣花枕帕的旧式硬枕，口中轻轻的近于祝愿的语气说："好好睡，睡到大亮再醒，不叫你你就莫醒！"且把衣袖中预藏的一个小小红纸包儿，悄悄的塞到枕头下去。我虽看见只装作不曾看见。于是，两个人相对笑笑，有会于心的笑笑，像是办完一件大事，摇摇灯座，油还不少，扭一扭灯头，看机关灵活不灵活。又验看一下茶壶，炖在炭盆边很稳当。一种母性的体贴，把凡是想得到的都注意一下，再就说了几句不相干闲话，一齐走了。我因之陷入一种完全孤寂中。听到两人在院转角处踏雪声和笑语声。这是什么意思？充满好奇的心情，伸手到枕下掏摸，果然就抓住了一样东西，一个被封好的谜。试小心裁开一看，原来是包寸金糖。知道老太太是依照一种乡村古旧的仪式。乡下习惯，凡新婚人家，对于未结婚的陌生男客，照例是不留宿的。若特别客人留在家下住宿时，必祝福他安睡。恐客人半夜里醒来有所见闻，大早不知忌讳，信口胡说，就预先用一包糖甜甜口，封住了嘴。一切离不了象征。唯其象征，简单仪式中即充满牧歌的抒情。我因为记得一句俗话，"入境问俗"，早经人提及过，可绝想不到自己即参加了这一角。我明早上将说些什么？是不是凡这时想起的种种，也近于一种忌讳？五十里的雪中长途跋涉，已把我身体弄得十分疲倦，在灯火煌煌笙鼓竞奏的喜筵上，甜酒和笑谑所酿成的空气中，乡村式的欢乐的流注，再加上那个十七岁乡下大姑娘所能引起我的幻想或联想，似乎把我灵魂也弄得相当疲倦。因此，躺入那个暖和、轻软、有干草干果香味的棉被中，不多久，就被睡眠完全收拾了。

现在我又呼吸于这个现代传奇中了。炭盆中火星还在轻微爆炸。假若我早醒五分钟，是不是会发现房门被一只手轻轻推开时，就有一双眼睛一张嘴随同发现？是不是忍着笑跐起脚进到房中后，一面整理火盆，一面还向窗口悄悄张望，一种朴质与狡猾的混和，只差开口，"你城里人就会客气。"到这种情形下，我应当忽然跃起，稍微不大客气的惊吓她一下，还是尽含着糖，不声不响？我不能够这样尽躺着。油紫色带锦绶的斑鸠，已在雪中咕咕咕呼朋集伴。我得看看雪晴侵晨的庄宅，办过喜事后的庄宅，那份零乱，那份静。屋外的溪涧、寒林和远山，为积雪掩覆初阳照耀那份调和，那份美。还有雪原中路坎边那些狐兔鸦雀经行的脚迹，象征生命多方的图案画。但尤其使我发生兴趣感到关切的，也许还是另外一件事情。新娘子按规矩就得下厨，经过一系列亲友预先布置的开心笑料，是不是有些狼狈周章？大清早和丈夫到井边去挑水时，是个什么情景？那一双眉毛，是不是当真于一夜中就有了变化，一眼望去即能辨别？有了变化后，和另外那一位年纪十七岁的成熟待时大姑娘比较起来，究竟有什么不同处？……

盥洗完毕，走出前院去，尽少开口胡说。且想找寻一个人，带我到后山去望望并证实所想象的种种时，"莫道行人早，还有早行人"，不意从前院大胡桃树下，便看见那作新郎的朋友，正蹲在雪地上一大团毛物边，有所检视。才知道新郎还是按照向例，天微明即已起身，带了猎枪和两个长工，上后山绕了一转，把装套处一一看过，把所得的已收拾回来。从这个小小堆积中，我发现了两只麻兔，一只长尾山猫，一只灰獾，两匹黄鼠狼。装置捕机的地面，不出庄宅后山，半里路范围内，一夜中即有这么多触网入彀的生物。而且从那不同的形体，不同的毛色，想想每一个不同的生命，在如何不同情形中，被大石块压住腰部，头尾翘张，动弹不得；或被圈套扣住了前脚高悬半空挣扎得精疲力尽，垂头死去；或是被机关木梁竹签，扎中肢体某一部分，在痛苦惶惧中，先是如何努力挣扎，带着绝望的低嘶，挣扎无从，精疲力尽后，方充满悲苦的激情，沉默下来，等待天明，到末了还是不免同归于尽。这一摊毛茸茸的野物，陈列在这片雪地上，真如一幅动人的图画。但任何一种图画，却不会将这个近乎不可思议的生命的复杂与多方，好好表现出来。

后园竹林中的斑鸠呼声，引起了朋友的注意。我们于是一齐向后园跑去。朋友撒了一把绿豆到雪地上，又把另一把绿豆灌入那支旧式猎枪中，藏身在一垛稻草后，有所等待。不到一会儿，枪声响处，那对飞下雪地啄食绿豆的斑鸠，即中了从枪管喷出的绿豆，躺在雪中了。吃早饭时，新娘子第一回下厨做的菜中，就有一盘辣子炒斑鸠。

一面吃饭一面听新郎述说下大围猎虎故事，使我仿佛加入了那个在自然壮丽背景中，人与另外一种生物充满激情的剧烈争斗与游戏过程。新娘子的眉毛还是弯弯的，引起我老想要问一句话，又像因为昨夜晚老太太塞在枕下那一包糖，当真封住了口，无从启齿。可是从外面跑来的一个长工，却代替了我，打破了桌边沉默，在桌前向主人急促陈述：

"老太太，队长，你家巧秀，有人在坳上亲眼看到。昨天吹唢呐的那个中寨人，把你家大姑娘巧秀拐跑了。一定是向鸦拉营方向跑，要追还追得上。巧秀背了个小小包袱，还笑嘻嘻的！"

"嘻，咦！"一桌吃饭的人，都为这个消息给愣住了。这个集中情绪的一刹那，使我意识到一件事，即眉毛比较已无可希望。

我一个人重新枯寂的坐在这个小房间火盆边，听着炖在火盆上铜壶的白水沸腾，好像失去了一点什么，不经意被那一位收拾在那个小小包袱中，带到一个不可知的小地方去了。不过事实上倒应当说"得到"了一点什么。只是得到的究竟是什么？我问你。算算时间，我来到这个乡下还只是第二天，除掉睡眠，耳目官觉和这里一切接触还不足七小时，生命的丰满、洋溢，把我的感情或理性，已给完全混乱了。

阳光上了窗棂，屋外檐前正滴着融雪水。我年纪刚满十八岁。

# 元　宵

## 一、家　中

　　一个为雷士先生写小传的人，曾这样写过：一个中年人，独身，身体永远是不甚健康到使人担忧，他的工作是用笔捕捉这世界一时代人类的姿态到纸上。

　　因为是元宵，这个人，本来应当在桌边过四小时的创作生活，便突于今天破坏了。先是想出门到某一个地方去看一个朋友，到临出门时又忽然记起今天是一种佳节，在这家有主妇与小孩子的家庭中，作一不速之客真近于不相宜，就又把帽子掷到房角书架上，仍然坐到自己工作桌前了。

　　心里有东西在涌，也说不分明是什么东西。说是"有"，不如说是"无"。他感到的是空虚。心情不能向任何事寄托，如沉溺的人浮在水面，但想抓定一根草或一支苇，便仿佛得了救，他于是在思索所有足以消磨这一天的好办法。凡是办法他全想到了，在未去实行之前，先就知道这样不行那样不行，到后就只有痴坐在那里，面对窗格数对窗墙上的土蜂窠出入孔的数目了。

　　那覆在墙上如一堆牛屎的土蜂窠，出入泥孔道是六个，其一尚仿佛如普通许多地方之小北门，虽有此道，却用物堵塞，禁止出入，为取吉兆那样子。他望到蜂窠出神，不知道究竟这泥球内有无生物，假使是有，这些蜂子又正在作些什么事，思想些什么。他愿意知道它们多一点，但做不到。他其实，何常不愿意也多知道自己一点呢？但自己空虚的心情，是已分明了，如何将这空虚离开身边，如何把生活变成如一般人那样，既不缺少兴味，也不缺少快乐，他可永远不清楚了。

　　仿佛烦恼来了，就工作，不能工作也俨然做着工作的样子，一面想，这是往日的办法。有了这办法，生活在本身上虽找不出意义，但另外，间一翻翻文件盒里的成绩，似乎是这样仍然可以单独活下去了。且当想到一切过去的伟大前辈，是如何在刻苦中度着日子，又不禁兴奋起来。想到在生活上苦战的英雄疮痍满身的情形，再看看自己，则又不禁脸上发烧。在另一时，自己的行为，不就已经给人说过这是"英雄"这是"战士"了么？过去的，另一时代的战士之流，是不是也就相差不远，那不可知。然而所谓享乐者徒众，他将用什么方法在什么情形下消磨着这每一天呢？明灯华筵周旋于女人之间，回来则头痛心烦；或留心自己脸上一点粉刺，便每日照医生所嘱咐做事；或为一件衣和缝工吵嘴，不能自休……这里就无处不可以得到人性的真实源泉，鄙视、憎忿、无端的倾心与有意的作伪，随时随处可遇。这些人，自然也就不缺少着那所谓烦恼，然而所烦恼者，当为另外一事，不比这时的他是十分显明的。这时的他一事不能作，即空想，也倦于展开。

一个思想粗糙的人，他的行为将近于荒唐，一个思想细致的人，他可以深入人生，然而一个倦于思想的人，他是只有幻灭的悲恸咬他那颗心的。

他低头坐下，望了望脚上的皮鞋，鞋为新置，还放光，鞋底边的线尚不曾为泥弄脏。因为鞋，想起买这鞋那一天，在那鞋店外边，见到的一个女人苗条身体，看女人仿佛近于暗娼者流，就有意无意跟到那女人走去，随后发现了这女人是舞女，就又回头返家。鞋子使他生的联想不过如斯而已。若是自己欢喜跳舞呢，那等到夜间，穿上这样一双体面皮鞋，到各舞场去找那天鞋店前见到的舞女，陪她舞一夜，大致是可以感到一种沉醉的。但他不是能跳舞的人，他不学，懒去花费那一番功夫。

过一会，皮鞋与跳舞的梦过去了，他就把皮包从衣袋中掏出，检察所剩的钱有多少。检察结果知道了钞票五元的是拾张，一元的是九张。还有一张一百元的汇丰银行券为昨天一个书铺送来的，还不曾拆兑成零数。他把皮夹捏在手上，想了想，若把这点点钱用到荒唐事上去，就可以使别人同自己即刻变成密友，也可以使一个好女人堕落，一个乞丐因得此欢喜而死，就摇了一摇头，拍的把皮夹丢到地板上了。

然而他仍然望到这黑色印有凸花的小皮夹，仿佛见到这皮夹自己在动，且仿佛那钞票就像一杯酒，在那里劝驾，请他找机会好好用它一用，一面还似乎在那里分解，说"这也可以说是诱惑，可完全不是恶意"。他承认这真不是恶意的。一个曾经与金钱失过恋的人，对于钱的皈依是明白它的善意的。有了钱，于他是可以增加在人前若干勇气的。没有钱时他就想到他非常善于用钱的事情，买这样那样，或送谁借谁，都以为只要有钱时这样一做，当可以得到一种快慰，如在神前还愿。如今是钱在手上了，他却不能把这个钱照他所想的去做。从前想到这样那样是可以得到幸福的，这时仍然不够了。在没有钱时节，他以为，若果有了钱，就可以把无聊这两个字在字典上勾去，如今他明白钱不是能帮助他获到他所要的东西了。一个老年人，身边儿女绕膝，在家做善人，用钱打发在门外叫喊的无告者，钱的确能给这老翁好处的。一个赌徒，在新年中输了钱，正感无法可以扳本，得到一笔小款，他同样也能感到钱的好处。穷人自然以钱为命，钱与幸福也不能分开，无从分开。可是，他拿这一点钱有什么用处？

买书，书架上的新书已不能再加一本，床下未看过的书也满了。缝衣则他不等穿新衣会客。送人则不知应送给谁，至于凡是穷的就送，他又以为这样善事应当让那些阔人去做，可不是他的事。胡花，仿佛只有这个办法了，但是把烦恼当成一种病，这病可不是把钱胡花就可以医好的！

他不愿意吃酒看戏，又不欢喜到赌场去，又不能更荒唐独自跑妓院去玩，这钱要花也难。

今天十五，他记得很清楚。因为是十五，就像平常那样去各处走走也不行了。在这种日子，朋友中有家的，纵或比平常还更热诚的款待你，做客的也不会得到好处。朋友若独身，则多数不会在家，总出门到熟人处喝酒打牌去了。

一个身在外国的人，对于佳节的来临，自然很寂寞。一个身在本国的人，也还是感到寂寞，那缘故又不是穷，当然是另外一种情形了。他明白自己，却不敢去思索这个问题的。他只烦恼，并不细细追究为什么这样自苦。

在他那生活中就有那烦恼病根存在。"一个中年人，独身，身体永远是不甚健康到使人担忧，他的工作是用笔捕捉这世界一时代人类的姿态到纸上。"在这几句传略中，就潜伏了这人病的因子，不承认那怎么行。不承认也罢，就说是看不起所目睹过的一切女人，因而搁延下来了，话不妨这样说。然而总应当有那样可以倾心的女子，生到这世界上另一个地方另一个家中！在某一时这精细的头脑，也应当想到这一件事来吧。应当想到过什么样女子是可爱的女子，什么样女子是可以作妻室的女子，无目的的梦也总在较年青的心中做过吧。在这时，虽不是在那里应付一件恋爱，或应付一件债务，然而就正因为不敢去对这债务加以注意或清理，意识的潜沉，就更容易把人性情变

元　宵

成悒郁无聊，觉得生活近于一种苦事了。

应当去做的事，因为中世故的毒太深，以为这是一种笑话，已变成极其萎悴柔弱的人了。思虑绵密的事业上可以成功，在生活上却转成了落伍的人。所以这时的他，就只是仍然在桌边，连心情的放荡也不曾有。他没有比喻，没有梦，没有得失，因此所有的就是空虚了。

一个人，生来若应当用行为去拥护思想，他想到的就去做，这人是无大苦的。若思想是应当裁制行为，则有思想的人能帮助人的行为，当向前时就向前，他也不会大苦。知道了思想与行为的如骨附肉，便不想，也不做，只徒然对于一切远离，然而仍然永远是负疚的心情，他是这种人之一个。不幸的地狱便是为这一类人而设的。虽然这事也只是局外的人才能看出，他自己实在永远不会看到他不幸分量之多。

也同旁人一样，生活的改变是他所需要的。因为一切习惯是不可耐的，如沉在泥中，出气也渐近于淤塞。他又想到若干变更自己生活的方法，只除了结婚一件事不想。其实，则没有比这个对于救济这时的他更为有效了。但他不对这个事多想，就因为有所谓"俨然笑话"的嘲讽先对自己的心情加以攻击，到后他索兴什么都不想了。

他无聊无赖，把脚拍打着地板，地板发出蓬蓬的声音，他于是又想起了买鞋，跟到女人背后走，走到了大东见到那女子与那舞场职员说话，就返了身。脚下的鞋子给他的联想慢慢使他惘然失神了，他以为，若果是有这样一个女人愿意同他结婚，他无论如何要爱这女子一世，就是这女子再坏，同别人好欺骗他，只要这欺骗不为他知道，也无关系。他所想到的女人不是在他生活情形下所找不到的女人。就再好一点，完全一点，也不是很难的事。难的倒是他并不将这想望与事实连在一起，故无从稍有结果。日常生活中，社会上不乏与他同样身分的女子，极方便中同在一处，到这时他想到的却是凡女子都很平常，人的生存总是为女子以外的，虽然他说不出为女子以外的什么，但在女子面前，他决不会承认自己有理由做成一个颠子模样来为女人难过，这是经过太多回数试验过的事了。另一时，走在路上，像被一些擦身而过的女人，带去了一点他身上什么。总之他的事，只有自己明白。有时到自己也不明白，那就是这无所排遣的时候了。到了这种时候才觉得一切的智力骤然失去，心情忽然与年龄不相称起来，他就免不了把固定秩序破坏，变成世俗所说放荡人了。

人究竟为什么而生存？想也想不通的。每到这种时候头脑中便仿佛生了若干刺，无从拔去。他隐隐约约看到这刺的锋芒，他隐隐约约仍然不断的用手去拔，手也仿佛流了血。这时真能流血是好的。凡事到流血，总比闷到瓮中死去好多了。到见血，那可以喊叫了，可以呻吟了，也可以用力来反抗了。但心被麻木了的人，他睁眼望到自己僵僵的与世界离远，他不能伸出手来打谁一拳，又不能把他所能在人面前做的笑脸给谁去看。他这时不能做好人也不能做坏人。他只看别人在他身前骑马过去，看到那马蹄下灰尘飞起。他看到有些人眼泪流到虚荣与狡诈上，又看到有些人在他亲人前装模作样，撒娇撒痴。他看到别人的富丽辞藻，与壮观的抄袭，使他目眩心惊。他看到口若悬河的辩士，站在高台上说谎，得到无量的掌声喝彩。他看到日影在墙上移动。

日影在墙上移动，他看到这一点秘密，忽然有所澈悟①。决定出门了。按了电铃，听差来了。这是一个瘦得可怜的人，薄薄皮包着骨，手上的青筋如运河，起伏有序。他望到这听差的瘦身材不作声。进门了的听差，见主人无话说，知道是要出门了，就把帽子从书架上取下来，用袖口抹抹灰。到后又见到地板上的皮夹了，就弯腰将那皮夹拾起。

"为什么我要你买那个药你又不买？"

听差不答，只笑。

他又说，"是不是把钱又……"

听差仍然笑。

他把皮夹打开，取出一张五元钞票塞到听差手中，"这次记住买！我担心你是肺病。"

"前几天张先生不是为我检查过了？他说不妨事，肺比许多人还健康的。我倒想，……"

听差说要什么他不听了。他把呢帽接过手，走出房门了。

---

① 澈悟，现为彻悟。

## 二、书　铺

到了街上，人很多。本来平时就极其热闹的大街，今天是更见热闹了。

他看人。信步走了很久的时间，走到一个书铺了，就走进去看看。书铺中全是买书的年青男女。望到这些年青的天真烂漫的脸，他只发愁。走到自己几种书的陈列处去，也堆了十多人在那里选书。大约是新年，这些年青人从家中得了一点钱，就相信了教师的话，来买他的书读了。望到这些人从袋中把钱取出，送给书店伙计时，他就想自己若有多钱，真应当印一万本书送给这类人看。望到这些人得了书还等不到拿回去，就在书店翻看，且有些嫌书价太贵，不能买，就站在那书架边看，不忍放手，他就想走过去说，可以送这人一本。

他看了每一个在翻他小说集的年青人的脸，心中有一种惭愧，觉得这些人真是好人。

若果这些人，知道身边这沉闷萧条的人，就是这一堆集子的作者，将用什么眼光看待这个人？他想到这件事，就走到两个中学生模样的年青人身旁去，看他们在翻些什么书。书铺中伙计也不认识他，所以正在那里介绍他的一本长篇小说给两个学生听，还把书送给他一本，意思劝他买一本。

他望到手上一本自己所作的书，封面也是自己画的，且看看这书铺伙计的圆脸圆眼睛，和气得可爱，就点点头，要伙计把书包了。那两个学生见到他买了这书，才似乎下了决心，也选出两本要伙计算账。他对这两个年青人笑着，想说什么不说，又走到别一处去了。

到另一处谁知那个圆脸伙计又走来，拿了他的另一本书，说这书很好，很有销路，应当买一本。他又买了一本。圆脸伙计真是会做生意的人，以为来买书的真信了他的宣传，对作者生出敬仰了，就将所有十多种集子各取一册来放在他面前，且一一为指点这一集内容是怎么样，那一集内容是怎么样，看那样子似乎这人全是这些书背得成诵，且与作者非常熟习，对于作者生活性情也非常清楚。

他只对这伙计笑，不说要也不说不要。为了信任起见，这伙计又由他自己的心里找出一些对作者高明的处所加以称赞的话，这生意是非做不行了。

他到后就又答应了每种包一本，一总算账。

他问那伙计，有多少钱一个月。

伙计笑，仿佛忸怩害羞，问了两次才说只有饭吃，到半年后才能每月有三元薪水。

"你读过几年书？"

"小学毕了业。"

"也能看小说不能？"

"能。小说看得可不少了。"

"欢喜谁的？"

"欢喜的很多，这个人的也很欢喜，我昨天还才读那本游记。"

"你也有空看小说！"

"是夜间无事我同他们那几个人，（他就用手指远处的较大的伙计）全是看小说。我还见到过鲁迅先生！是一个胡子，像个官，他不穿洋服！"说着这样话的伙计，自己是很高兴的。大约在平时是不容易有机会同人说这些话，所以这时就更显得活泼了些。

那伙计一面写发单，一面还说哪几个作家是穿洋服的，哪几个又穿长衫，料不到这小小脑子记得那么多事情。看年纪还不过十六岁，就知道中国这时许多人物，将来真也是个了不得的人物！不过他想起这人在半年后才有三元一月的薪水，惘然了。那么对于买书人殷勤，那么对书的销数尽职，就吃老板一点饭，中国的情形使他有点难过了。

他看到这伙计用那小手极其熟练的把书包上，又把发单到柜台上去缴钱，心里莫名其妙的酸楚。在填写发单时，这小孩还关照一声，说若是作家来买，还只要七折，作家买自己出版书则对折，那是顶合算的。他并没有说他如今就是买自己的书。他只望到这年青人圆脸发愁。伙计把书同应找还的钱送给他时，还另外送了一张上面载有他未曾出版新著的预约广告。

他以为是这伙计还希望他买一预约券，就说："我是不是还可以先买一预约？"

"慢一点再买好，这书恐怕不能在下月出版。"说这话时轻轻的，说过后且望了一望左右。这伙计是因为作了将近十块钱生意，特意关心起主顾来了。

本来这书还未脱稿，这时听到这伙计说慢一点买预约，他就想这书将来若写成,当写着特为给这小朋友的一句话了。他觉得这年青人是比起自己来还更伟大一点的,自己站到这洁白灵魂的面前,要多说一点话也说不来。他想应当使这年青人知道自己的感谢,但他不说话,终于走了。

他纵能帮助这个人,也不知如何帮助,且好像还不配帮助。至于这伙计,却全无他望,这是很明白的。这个人,也不是求心之所安,已成天站到书柜边为他尽过无数日子的力了。他既无骄傲也无愤懑,日子过下来了。这个人若是也有所谓生活的梦,大约想到的,也不外乎是在半年以后,每月三元的月薪,可以添置新白布汗衣一事而已。当与这年青伙计同样年龄时,他身在乡下做一小饭馆的学徒时,那时所做的梦,尚不敢想到一月有三块钱。再过十年也许这伙计也将因为一种奇怪的机遇,成为另一种人吧,或者聪明一点做了委员,直爽一点就被人捉去杀了。想到这里,觉得人事就是如此,多想亦等于徒劳,就不再在那书铺耽搁,把书夹在胁下走了。谁知正在此时那卖书处起了争吵了,另一伙计与两个年青学生越嚷越凶,所有买书的都围拢去了。问原因才明白是因为这人买了书两本,到包好,算完账,却用不曾带多钱的理由退一本书,换一本书,然而伙计则因为发票写好不能更改,故劝这人拿钱来取书。本来两面全是好意,不知如何却吵了嘴,他走过去看,就见到那两个人正是先前在翻阅他著的《血与水》的人,就问这两个人要换什么书,可以到柜上去同他们交涉,不要同伙计吵。

"我们要他换××,这伙计嫌我们麻烦了他,不肯换。"

"决不是。他们先又说要《血与水》两本!"伙计说给他听。

一个管事的过来了,正要说话,他把管事的拉到人身后去,告给了管事的他是谁,就要这管事的喊伙计将他所有陈列在书架上的集子各捡一册包好,等买书那人出门时,就给这两个年青人,说是作者送他们的,他把话说完,签了一个名在账房柜台的簿子上,就走去了。他不敢在书铺外边停留,因为恐怕那年青人出来时认得到他,他过意不去。一边走一边好笑,以为今天做的事是顶痛快的事。他猜想这两个年青人必定还吃惊不小,或者不好意思要这书。他又想这事若为那圆脸圆眼小伙计知道,不知这天真烂漫的人将来对另一主顾又将如何去说今天的事了。

## 三、街　上

他走上了大街，把刚才书铺的事放下，心中又有点空虚来了。他见到那样多的人同车子，见到那样多货物，与空中的电线，说不出的寂寞又慢慢的加浓，觉得在大路上走也不成事了。

他想不如返家好一点。就回头走。走了两步看到路旁有一辆人力车，他就不讲价钱坐上去，用手指前面，要车夫向前面拉。

这车夫太聪明了，看到车上人情形，以为是命令他向前赶车了。适巧前面走的是一部包车，车上坐的是一个女人，这车夫就回头向他会心一笑，一直向前面车子追去。事情显然是误解了，但他却不言语，以为就是这样办也未尝不可。车追上了前面的黑包车，女人返身望，望到他，似乎认识，不作声仍然把头掉过去。然而拉他的车夫见到这女人回头，受了鼓励，却乐极了，以为得钱的机会到了，不知疲倦的紧追到前面车子。走了一会，女人又回头，似乎知道后面的车是特意追踪她来的了，回头时就略示风情，他仍然只有笑。

为什么忽然作起这样呆事，并且为什么这女人就正是上海的坏女人，他有点奇怪了。他想这样走着还不要紧，一到了什么地方，可就有点麻烦了。难道结果就像平常当笑话说的把这女人成为一件开心的东西吗？难道事是这样方便吗？就说真是这样顺利下去，到了以后怎么办？

到了一处，前面的车停了，女人进了花店。他的车夫也把车停住，回头问，"……"

两个人并不说话，他用嘴表示仍然向前走。车夫懂到这意思，然而一走过这花店前，车夫倒糊涂起来了。再向前，到什么地方去？车夫这时不得不开口了，就说，

"去啥地方？"

"××××。"

"是××××？"

"是吧。"

车夫仿佛生了点气，就回头走，因为所取的道路应向南，如今却是正往北走。车夫回头走时脚步便慢了。他倒奇怪这车夫生气的理由了。他想，总

不外乎是因为不进花店,使车夫也扫了兴,就要把车停在路旁。他下了车,从皮夹里取出四毛小洋送车夫。车夫无话可说,拖车走到马路对过接美国水兵去了。他就站在街边,望这车夫连汗也不及揩拭的样子出神。待到那车夫拖了水兵跑去以后,他一回头,又望到那花店门前黑包车了。他忽然想就进去买一束花也不什么要紧,走进去看一看也不算坏事。

## 四、花 店

他到了这花店里面时,见到玫瑰花中的一个人的白脸。这人见有人进来也正望他。女人就是这在车上回头的女人,见到进来的是他,先笑了。他想回头走。

女人喊道:

"雷士先生,你不认识我了吗?"

他痴了,声音并不熟习,然而喊叫他的名字时,却似乎这女人曾在什么地方见到过了。他回身来点头,把帽子从头上摘下,他望女人一会,仍然想不起这人是谁。女人见到他发痴,就笑了。

"你不认识我了。我看你车子在后面,以为你是……"

"车子在后面?"

"是!我以为——"

"你以为我——"

女人就极其天真的笑,且走拢来。雷士茫然了。他想起如何无心的被车夫把他拖着追下来,又如何无心的下了车,又如何无心的进到这花店,且一时又总想不起这女人是谁,然从女人对他的客气情形上看来,又必定是这女子丈夫或哥哥之类如何与他熟习,为了女人在刚才行为中的误会,雷士难过起来了。他觉得这误会将成一种笑话了,以为女子的心中,还以为是他故意这样作着那近于浪子的事,回去将不免对家中人说及引为笑乐了。想解释一下,又不知如何说出口。

女人以为他是在追想他们过去的渊源,就说:

"先生是太容易忘记了,大阪丸船上……"

"喔……"

"我是秋君！才是一年多点的事，难道我就老了许多？"

"你是秋君！老了吗？我这眼睛真……你更美了。"

"先生说笑话。……我知道先生住在这里。看报，先生的名字总可以到书铺广告上找得到，不过因为近来也忙，又明白先生的地方是……"

"怎么这样说，我正想要几个客！我无聊得很，一个人住到这里。你的名字我也仿佛常在报纸上见到！近来你是更进步了，你几乎使我疑心为……"

女人笑了，因为她也料不到一年前的自己与一年后的自己在雷士眼中变到这样时髦了。

因为面前站定的是唱戏的秋君，他原先一刻的惶恐已消失，重新得到一种光明了。他就问她现在住在什么地方，是不是还同母亲在一起。

"母亲也在这里，还有……母亲她也常念到你！雷士先生，你近来瘦了许多了，我先在车上不敢喊你，怕错。到后见你走路的样子，才觉得不会误会了。为什么近来这样瘦，有病吗？"

听到女人说到他瘦，他就用手抚自己的颊，做成消沉神气摇头，且轻轻的吁了一口气。

女人又问，"雷士先生，近来生活好不好？……想必很好了。你最近出版那么多书，还是昨天我才到××书局买到，送给我母亲，她老人家就欢喜看这种东西。"

雷士先生只勉强的笑笑，站到那花堆边不做声。

"今天过节啊！天气真好。"女人意思是说到天气则雷士当有话可谈了。

雷士先生点头，又勉强的笑，说，"天气真好。"

女人说，"雷士先生，预备到什么地方去？"

"到马路上去。"

"买东西吗？"

"没有地方去，所以到马路上看别人买东西。"

"怎么说得这样消沉？"

女人想了一想，就说，"雷士先生，愿不愿意到我住处去玩玩？我妈妈见到你一定格外高兴！"

他摇头。

"既然没事，就到我家去过节。我家中又并无多人，只我妈同我。吃了

元　宵

饭，我要去戏院，若是先生高兴，就陪我妈到光明戏院看看我的戏。"

他仍然不作声。意思是答应了。

这时女人对花注了意，手指到一束茶花，问雷士先生好看不好看。他连说"很好很好"，其实这话是为预备答复邀他到她家过节而说的，话答得不大自然，女人看出他的无主神气，也笑了。但女人因为雷士说这花很好，本来不想要的也要花店中人包上一把了。后来又看了一束玫瑰，也包上了。女人把花看好就问雷士，"你平时看不看过这地方的戏。"

雷士先生摇头。

"也可以看看。这里戏院不像北京的，空气不十分坏，秩序也还好。先生是写小说的人，应当去看看！我们做戏的人有时是比到大学念书的人还讲规矩的，先生若知道多一点，可以写一本好故事！"

"我有时还想去学戏！我知道那是有趣味的。跑龙头套也行，将来真会去学的。"

"这是说笑话！先生去学戏他们书铺也不答应的，中国人全不答应的。"

"不要他们答应！我能够唱配角或打旗子喝道，同你们一起生活，或者总比如今的生活有生气一点。"

"还是不要上台吧，上了台才知道没意思。我希望先生答应到我家去过节，晚上就去光明看我做戏，若是先生高兴，我能陪先生到后台去看那些女人化装，这里有许多是我朋友，有读过高级中学功课的女孩子！"

"好，就这样吧。"

女人见他答应了，显出很欢喜的样子，说，"今天真碰巧，好极了。母亲见到先生不知怎么样高兴！"

雷士见到这女人活泼天真的情形，想起去年在大阪丸上同这母女住一个官舱，因船还未开驶即失了火，当时勇敢救出这母女的事，不禁惘然如失。过去的事本来过去也就渐忘了，谁知一年以后无意中又在这大都市中遇到这个人。先时则这女子尚为一平常戏子，若非在船中相识，则在每日戏报的一小角上才能找出这女人的名字，然如今却成为上海地方红人，几乎无人不晓了。人事的升沉，正如天上的白云，全不是有意可以左右。即如今日的雷士，也就不是十年以前的雷士所想到，更不是一般人所想到。至于在他这时生活下，还感生活空虚渺无边际，则更不是其他人所知了。

他见到女人高兴，也不能不高兴了。女人说请他陪她到几个铺子里买一点东西，他想也应当买一点礼物送给这女人的母亲，就说自己也要买一点东西。女人把花放到包车上，要车夫先拖空车回去，就同雷士步行，沿马路走去。雷士小心谨慎的和这女人总保持到相当的距离。女人极聪明，即刻发觉了这事，且明白雷士先生是怕被熟人见到，同一女戏子走路不方便，就也小心先走一点。

## 五、街　上

"雷士先生，"女人说，因为说话就同他并了排。"你无事就常到这里马路上走走吗？"

"这是顶熟习的地方了，差不多每一家铺子若干步才能走过，我也记在心上的。"

"是在这里做小说吗？"

"哪里。做小说若是要到马路上看，找人物，那恐怕太难了。"

"那为什么不看看电影？"

"也间或看看，无聊时，就在这类事情上花点钱。"

"朋友？"

"这里同行倒不少，来往的却很少，近半年来全和他们疏远了，自己像是个老人，不适于同年青人在一起了。"

"雷士先生又讲笑话了。我妈就常说，雷士先生在文章上也只是讲笑话，说年纪过了，不成了，不知道雷士先生的，还以为当真是一个中年人，又极其无味，……"女人说到这里觉得好笑，不再说什么。

雷士先生稍离远了女人一点，仍然走路。心上的东西不是重量的压迫，只是难受，他不知道他应当怎么说好，他要笑也笑不出。

他们就这样沉默的走了一些时间，到后走进一个百货公司里去，女人买了十多块钱的杂物，他也买了二十元的东西，不让女人许可，就把钱一起付了。女人望到雷士先生很少说话，像极其忧郁的神情，又看不出是因为不愿意同她在一处的理由，故极其解事的对雷士先生表示亲近，总设法在言语态度上使他快活，谁知这样反使雷士先生更难过。

本来平时无论在什么地方全不至于沉默的他,这时真只有沉默了。人生的奇妙在这个人心中占据了全部,他觉得这事还只是起始。还不过三点钟时间,虽然同样是空虚,同样心若无边际,但三点钟以前与这时,却完全是两种世界。

这女子若是一个荡妇,则雷士先生或者因为另一种兴趣,能和她说一整天的话。这女子若是一个平常同身分的女人,则他也可以同她应酬一些,且另外可以在比肩并行中有一种意义。

他把这戏子日常生活一想,想到那些坏处,就不敢走了。他以为或者在路上就有不少男女路人认得到她是一个戏子。又想也总有人认识他,以为他是同女戏子在一起,将来即可产生一种造作的浪漫故事。故事的恼人,又并不是当真因为他同了这女戏子要好,却是实际既不如此,笑话却因此流传出去,成一种荒谬故事了。

女人见到雷士先生情形,知道他在他作品上所写过的呆处又不自然的露出了,心中好笑。为了救治这毛病,她除了即刻陪雷士先生到她家去见母亲,是无别的方法可做,就说到龙飞车行去,叫个黄汽车回去,问雷士先生愿不愿意。

"坐街车不行吗?"

"随先生的便。不过坐汽车快一点。"

"……"他不说什么,把手上提的东西从左移过右,其中有那一包书保护到他们。

女人说,"我来拿一点东西好不好?"

"不妨事,并不重。"

"雷士先生,你那一包是些什么。"

"书。"

"你那么爱买书。"

"并不为看买来的,无意中……"

"无意中——是不是说无意中到书铺,又无意中碰到我了?"

## 六、车 中

他们上了汽车后,用每小时二十五哩的速度,那汽车夫一面按喇叭一面把着驾驶盘，车在大马路上奔驰。

　　雷士先生用买来的物件作长城，间隔着，与那女戏子并排坐到那皮垫上，无话可说。女人见到在两人之间的大小纸包阻碍了方便，把它们移到车座的极右边！就把身镶到他身边来了。然而雷士先生仍然不说话，心中则想的是，"这女子，显然是同别一个人作这样事也很习惯了。"望到这秀美的脸颊，于是他起了一种不大端重的欲望，以为自己做点蠢事，抱到这女人接一个吻，当然在女子看来也是一种平常事。女人这时正把双臂扬起，用手掠理头上的短发，他望到这白净细致的手臂，望一会，又忽然以为自己拘谨可笑得很，找女人说话来了。

　　他就问："你除了唱戏还做些什么？"

　　"什么也不做。看点书，陪母亲说点笑话，看看电影，……我还学会了绣花，是请人教的，最近才绣得有一副枕套！"

　　"你还学绣花吗？"

　　"为什么不能学？"

　　"我以为你应酬总不少。"

　　"应酬是有的，但明九不许我同人应酬。往日还间或到别的地方去吃酒，自从有一次被小报上说过笑话后，明九就说不能再同人来往了。明九总以为这是不好的，宁可包银少点也无害，随便堂会是不行的。母亲说明九是个书呆子，但我知道他的脾气，所以我顺了他。"

　　忽然在女人话中不断出现"明九"的名字，他愕然了。他说，"明九是谁？"

　　女人笑了。过了一会儿才轻轻的说：

　　"是我当家的，我们是十月间结婚的。"

　　本来并无心想和这女子恋爱进一步相熟的雷士先生，这时听到这话，却忽然如跌到深渊里去了。仿佛骤然下沉，半天才冒出水面，他略显粗卤的问道：

　　"是去年十月结婚的？"

　　"是的，因为不告给谁，所以许多人都不知道。报上也无人提过。明九顶不欢喜张扬，这人脾气有点怪，但是实在是个好人。"

　　"我完全相信，自然是个好人！他也唱戏吗？"

元　宵

"不。他是北京大学毕业的。原本我们是亲戚。我说到你时,他也非常敬仰先生!他去安徽了,一时回不来。我到三月底光明方面满了约,或者也不唱戏了,同母亲过安徽去,那边有个家。"

雷士望到这女人的脸,女人因为在年长的人面前说到自己新婚的丈夫,想到再过两三月即可到丈夫身边去,欢乐的颜色在脸上浮出,人出落得更其光艳了许多。

车到新世界转了个弯,两人的身便挨了一下。

雷士先生把身再离远了女人一点,极力装成愉悦的容色,带笑说道:

"秋君小姐,那你近来一定顶幸福了。"

"先生说幸福,许多人也这样说!母亲和人说,明九也很幸福。其实母亲比我同明九都幸福,先生,是不是?"

"自然是的。"他歇了一歇又慢慢的说,"自然你们一家都是幸福的。"他又笑,"苦了多少年,总算熬出来了。应当幸福!"

"先生,你说的话使我想起你××上那篇文章来了,你写那个中年人见了女人说不出话的神气,真活像你自己!"

"你记性那样好!"

"哪里是记性好。我一听你说话,就想起你小说里那个人模样神气,真像,怪可怜的。只是你可不是那样潦倒的人。"

"我不是那种人吗?对了。"他打了个哈哈,"你太聪明了,太天真了,年青人,你真是有福气的。到家时为我替老人家请安,问好,这些东西全送给老人家,我改日来奉看,如今我还有点事,要走了。"他见到前面交通灯还红,汽车还不能通过,就开了左边车门下去了。

女人想拉他已赶不及,雷士把车门关上了。女人急命车夫不忙开车,把门拉开,想下车追赶雷士先生。雷士先生已走进大世界的大门,随到一群人拥进闹嚷嚷的人丛中,待到女人下车时,已无雷士先生的影子。

# 七、大世界

他胡胡涂涂进了大世界,胡胡涂涂跟随那来自城乡各处一群人走到一个杂耍场去,胡胡涂涂坐下,喝着卖茶人送来的茶,情绪相当混乱。喝了一口茶，听到那台上小丑喊了一句"先生，今天是过节"，他想起他那么匆忙下车似失礼貌，且忘了问这女伶住址，便有点懊悔了。待到那卖茶的送果盘来时，他从皮夹中取出一张一元钞票，塞到"茶博士"手中，踉踉跄跄的又走出杂耍场，走出大世界，到了那先前一刻下车的地方。他估想或者女人还在等候他，谁知找他不见的女人，早已无踪无影。

## 八、街　上

他走到刚才那停车处，这时前面灯又呈出红色，一辆汽车正停在那里，他望到一车中是两个年青男女，坐紧挤在车中一角。他真想跳上车去打这年青男子一顿。然而前面灯一转绿色，这车又即刻开去，向前跑了，他只有在那路旁搓手。

今天的一切事使这个未老先衰的人头脑发昏。究竟是不是真经过了这种种，他有点疑惑起来了。他在下车时，匆忙中把自己买的几本书也留到车上了。他不能想象这时车上的女人是怎样感想，因为再想这女人，他将不能不在这大路上忍住他的眼泪了。

他究竟是做错了事，还是把事情做得很对？自己也并不知道。

他想，应当在这里等候到天夜，从夜到天明，或许总有一时这个女人会由原地过身，见到他还在此不动，或者就会下车来叫他上车。

他又想回到龙飞车行去，等候那女人坐的汽车回时，就依然要那车夫再送一趟，就可以在她正和她母亲谈说到他时，人就在门外按铃。

……还是回家去好，时间已将近六点，路灯有些已放光了。

他今天，若不出门，则平平稳稳的把这几点钟消磨到一种经常性寂寞中，这一天也终于过去了。"也许这时回家，到了家，又当有什么事发生，"他正像不甘平凡，以为天也不许他平安过这一天，还留得有另一巧事在家中等候，这样打量着，跳上一部街车，当真回家了。

## 九、家　中

他又坐到窗前，时间是入夜七点了。

家中并没有一件希奇的事等候他。他在家中也不会等候出希奇的事情来。他要出门又不敢出门了，他温习这一天的巧遇。

这时土蜂窠已见不到了。

这时那圆脸的卖书的小伙计，大致也放了工，睡到小白木床上，双脚搁到床架上，横倒把头向灯光，在那里读新小说了。

这时那得了许多书籍的两个中学生，或者正在用小刀裁新得的书，或用纸包裹新书，且互相同家中人说笑。

这时得了礼物的女人，是怎么样呢？这事情他无法猜想，也无勇气想下去了。不知为什么，印象中却多了个"明九"！

他坐在那里，玩味白天的事情。他想把自己和这女人的会晤的情形写一首诗。写一两张，觉得不行，就把纸团成球丢到壁炉里去了。他又想把这事写一小说，也只能起一个头，还是无从满意，就又将这一张纸随意画了一个女人的脸，即刻把它扯成粉碎。他预备写一封信给××书店，说愿意每月给五块钱给那圆脸伙计供买书和零用，到后又觉得这信不必写，就又不写了。他又预备写一封信给那两个青年，说希望同他们做朋友，也不能下笔。他又想为那女戏子写一封信，请求她对他白天的行为不要见怪，并告给她很愿意来看她们母女。

他当真就写那最后所说的一信，极力的把话语说得委婉成章，写了一行又读一次，读了又写一句。他在这信上说着极完满的谎，又并不把心的真实的烦闷隐瞒。信上混合了诚实与虚伪两种成分，在未入女人目以前，先自己读着就坠泪不止。

没有一个人明白他伤心的理由，就是他自己在另一时也恐怕料不到这时的心情。他一面似乎极其伤心，一面还在那里把信继续写下。钟打了八点，街上有人打锣鼓过去的，锣鼓声音使他遽然一惊，想起写信以外的事了。他把业经写了将近一点钟的三张信稿，又拿在手上即刻撕成长条了，因为街头的锣鼓喧阗，他忆及今夜光明戏院的种种。

想到去，就应当走，不拘如何，也应当到那里看去。看看热闹。

## 十、花　楼

到了光明戏院，买了个特别花楼的座。到里面才明白原来时间还早，楼下池子与楼上各厢还只零零落落，上座不及一半。戏院的时钟还只八点二十分。他决计今夜当看到最后，且应当是最后一个出戏院的人，用着战士的赴敌心情，坐到那有皮垫的精致座椅上了。

一个茶房走过来，拿着雪白毛巾，热得很，他却摇摇头。

"要什么茶？毛尖，雨前，乌龙，水仙，祁门……"

"随便。"

"吃点什么？"

"随便。"

"要不要××特刊？今天出的。这里面有秋君的像，新编的访问记。"这茶房原来还拿得有元宵××特刊，送到他手上时，很聪明的不问及钱，留下一本，就泡茶去了。他就随意的翻那有像片的地方看。

不到一会那茶房把盖碗同果盘全拿来了，放到雷士身边小茶几上，垂手侍立不动。这茶房，一望即知是北派。雷士问他是不是天津人，茶房笑说是的。是天津卫生长的，到上海已七八年。

雷士翻到秋君的一张照相，就说："这姑娘的戏好不好？"

茶房笑，说，"台柱儿一根，不比孟小冬蹩脚！小报上说好话的可多咧。"

"今天什么时候上场？"

"十一点半。要李老板唱完《斩子》，杨老板唱完《清官册》，才轮到她，是压轴戏。"

"有人送花篮没有？"

"多极啦。这人不要这个，听别人说去年嫁了个大学生，预备不唱戏了。"

"嫁的人是内行不是？"

"是学生，年青，标致，做着知事。我听一个人说的，不明白真假。我恐怕是做县长的小太太，多可惜。"

"她有一个母亲，也常来听戏吗？"

"'听戏'，这里说'看戏'！上海规矩全是说看戏！"

"我问你，这老太也常来？"

"今天或者要来吧。老太太多福气，养了小闺女儿比儿子强得多，这人是有福气的人！"

"她同人来往没有？我听说好像相交的极多。"

元宵

"谁说！这是好人，比这里女学生还规矩，坏事不做，哪里会极多！"

"用一点钱也不行吗？"

"您先生说谁？"

"这个！"雷士说时就用手指定那秋君便装相。

"那不行。钱是只有要钱的女人才欢喜的。这女人有一千一百块的包银，够开销了。"

"我听人说像……"

"……"茶房望了一望这不相信的男子，以为是对这女人有了意，会又像其他的人一样，终会失望，就在心中匿笑不止。

这时在特别包厢中，另一茶房把两个女人引到厢中了，包厢地位在正中前面，与雷士先生坐处成斜角，故坐下以前回头略望的那一个年青女人，一眼就望到雷士了。她打了招呼，点点头，用手招雷士先生，欢喜得很。又忙到她母亲耳过轻轻的告给这老人，说雷士先生就坐到后侧面花楼散座上。老女人这时也回了头，雷士不得不走过包厢去。那天津茶房才明白雷士问话的用意，避开了。

## 十一、特别包厢

他过去时，望到老太说不出一句话，他知道女人必已经把日间的事一一告给这母亲了，想起自己行动在这一个女戏子母女面前，这作家真是窘极丑极了。

那母亲先客客气气的说谢谢雷士先生送了那样多礼物，真不好意思。又说秋君不懂事，不邀请先生到家里来过节，又不问好地址，所以即刻要她到书局去问，才知道先生住处。待打发车夫到住处邀先生来戏院时，又说不在家了。雷士听说这母女还到书局去问，还到自己住处去接，更不知道如何说话了。他当然只好坐到这里，坐下以后又同这母亲谈谈若干旧事，这老人总不忘记帮助过她母女的雷士先生，且极诚恳的说到如何希望他身体会比去年好一点，如何盼望看见他，又如何欢喜读他的小说。女人则一言不发，只天真的伏在那母亲椅背，笑着望她妈，又望雷士先生。

雷士先生像在地狱中望到天堂的光明，觉得一切幸福忧患皆属于世界所有人类，人与人，在爱憎与其他上面，原都是那么贴紧黏固成整个，但自己则仍然只是独自一人，渺不相涉。虽然在许多地方，许多人，正如何对他充满好意的关心，然而在孤独中生长的人，正如在冰雪中生长的虫一样，春风一来反而受不住了。他听到那做母亲的说到对他关心的话，就深深的难过。他听到那做母亲的十分快乐的把秋君的新婚相告，仿佛告诉一个远方归来的舅父甥女适人的情形，他只是微笑听下去。她还告他秋君的丈夫是个什么样人物，在安徽做些什么事，幸好戏台上在打仗，披了头发赵子龙出了马门一阵混战开始了，话才暂时稍息。

老太太注意舞台上打仗去了，把话暂停，雷士才得了救，极其可怜的望到伏在椅背上一对黑眼珠放光的秋君。秋君也望他，望到他时想起日间的事，秋君轻轻的问，为什么日间要走，有什么不爽快事情。

"不是不爽快，我有事情。"

"你的事我知道。在……上也有那样一句：'我有事，'这是一个男子通常骗自己的话，不是么？"

"亏你记得这样多。"

"你是这样写过！你的神气处处都像你小说上的人物，你不认账么！"

"我认了又有什么办法？你是不是我写过的女子呢？"

秋君诧异了，痴想了一会，眼睛垂下不敢再望雷士了。在这清洁的灵魂上，印下一个不意而来的黑色戳记了，她明白在身边两尺远近的男子对她的影响了，过了许久才用着那充满热情与畏惧的眼光再来望雷士先生。

"你这样看我做什么？"雷士先生说，说时舌也发抖。

女人不做声，却喊她的母亲。母亲虽回了头，心却被赵云的枪法吸引住。

"妈。"女人喊她的妈，不说别的，就撒娇模样把头伏到她母亲肩上去，乱揉。

"怎么啦？"

"我不愿意看这个了。"

"还不到你的时间！还有一点多钟才上装！"

"不看了吧。"

"你病了吗？"

"不。"

元 宵

"到哪里去？"

"玩去，"她察看了腕上的手表，"还有两小时，我们到金花楼去吃一点东西去。"

"你又饿了吗？"

"不。我们到那里去坐坐，我心里闷得很。"

"好，我们去，我们去。雷士先生，我们一道去，高不高兴去呢？雷士先生，若是不想看这戏，我们就去玩玩吧，回头再来看阿秋的×××。"

雷士先生不做声，只望这女人，心中又另外是一种空洞，也可以说仿佛是填了一些泥沙，这泥沙就是从女人眼中掘来的。

女人极其不耐烦的先站起身来，像命令又像自己决定的说，"去！"雷士不由得不站起身子。这时女人极力避开雷士，不再望雷士，且把眉微蹙，如极恨雷士先生，不愿意与他在一个地方再坐。雷士先生则只觉到自己是无论如何将掉到这新掘的井里了，也不想逃，也不想喊，然而心中怔忡，却仍然愿意自己关了房门独在一间房里，单独来玩味这件事，或仍然在大街上无目的的行走，倒反而轻松许多。

## 十二、车　中

在汽车中，雷士先生与那做母亲的坐在两旁，秋君坐正当中，头倚在母亲肩上，心绪极其不宁，时常转动，不说一句话。雷士先生也无话可说，只掉头从车窗方面望外边路上的灯。他除了这样办，再也想不出另外一种方法了。他有点害怕这事的进展了，他不避退是不行的。虽然退，前面一个深坑他依然看到，那里面说不定是一窖幸福，然而这幸福是隐在黑暗中的，要用手去摸，所摸到的或者是毒蛇，是蜥蜴都不可知。

他到这个时候又依然不能忘记那个作知事的年青大学生，他且不能忘记自己的地位。他记得这母亲方才在包厢中提到那新夫婿时的态度，也记得女人在日里提到她丈夫的态度，想起这些他有点不敢相信自己了。在一切利害计算上神经过敏比感觉迟钝是更坏一点的，所以他又宁愿意仍然作为不了解女人的心情那样来与那母亲谈话了。

然而做母亲的见到女儿心中烦躁，却不来与雷士先生谈话，只把女儿搂在怀里，贴着女儿的脸。雷士先生就在那一旁，懊悔自己白天做错了事，把一种机会轻易放去。又觉得自己实在蠢得可笑。

## 十三、金花楼

　　到了金花咖啡馆门前，雷士先生先下了车。其次是女人，下车以前先伸出手来，给他，他只得把手捏着，扶女人下来，又第二次把那做母亲的也扶下来，在这极其平常的小小节奏中，雷士先生的心正如一缕轻烟，吹入太空，无法自主。他仿佛所要的东西，在这些把握中就得到了。又仿佛女人是完全天真烂漫，早把在戏场时的事早已忘掉，因为女人一入这大咖啡馆，听到屋角的小提琴唱片，在奏谷弗乐曲子，又活泼如日里在那花店买花时情形，假装的病全失去了。

　　找到一个座位后，雷士先生为了掩饰自己的弱点起见，把忧郁转成了高兴，夷然坦然的去同那母亲谈话，又十分大方的望着女人笑，女人也回笑，这样一来，大家可以无须乎具有任何戒心，纵或在身体方面免不了有些必然的事，在心上倒可以不必受苦，方便自由多了。她要雷士先生始终对这种心情同意，故向雷士先生说，"这里不比戏场，同母亲说话，是不怕被锣鼓搅扰的。"

　　"是的，我忘记问老人家了，过年也打点牌玩吗？"

　　"没有人。白天阿秋不唱戏，我就同她两个人捉皇帝、过五关，这几天也玩厌了，看书。"

　　"我听说老人家还能看书，目力真好。"

　　"谢谢雷士先生今天送的一包书，还有那些礼物。我阿秋说这是雷士先生送我的，我见到这样多的东西时，骂阿秋不懂事。阿秋倒说得好，她说书应当归她所有，东西归我，好笑。雷士先生，你对我们的好处，我们真不好说感谢的话了，天保佑你得一个——"

　　"妈妈，"女人忽然抢着说，"什么时候我们过杭州去？"

　　"你说十八到二十没有戏，就十八去。"

　　"十八！"女人故意重复说及十八，让雷士先生听到，且伶俐的示意雷士先生，请他注意。

元宵

雷士先生说,"喔,十八老人家过杭州吗?"

"阿秋说去玩两天,乘天气好,就便把嗓子弄好点。她想坐坐船了,想吃素菜了,所以天气好就去。雷士先生近来是……"

女人又抢着说,"妈,我们住新新,住大浙?"

"就住后湖新新,随你意思。"

女人又说,"雷士先生,你近来忙不忙?"

"……忙什么?"

"事情多吧?"

"无聊比事情还多。"

"无聊为什么不也趁天气好和我们一同到杭州去玩几天?"

雷士先生不好如何说话。

女人又向她母亲说,"妈,若是雷士先生没有事情,能同我们一起去,就好极了。"

"恐怕雷士先生不欢喜同我们在一块玩。"

雷士先生就说,"没有什么,不过我……"

"十八去,好极了。雷士先生你不要同我妈说不去,天气好,难得哩。"

"当真去吗?"

"为什么不去?我说到杭州,是顶欢喜的。划划船,爬爬山,看大红金鱼,吃素菜,对日头出神,听听灵隐老和尚撞钟,真好。妈,明九他若来,——"说到这里时,这女人望到雷士先生又把头垂下,住了口。

那母亲说,"阿秋,你今天又忘记写信了!我早告你是应当寄信给明九告他那件事!你今天因为见到雷士先生,就只知道同我说这样那样,也不知道疲倦。"

女人低了头,不做声,情形又像因想起了什么事头痛,心里不耐烦起来了,反映到神气间十分明确。

雷士先生虽然不意中似乎又受一点打击,但女人举动是看得很分明的。女人不做声,忽然又烦恼了,就觉得这事情真渐趋于复杂,成为不容易解决的事了。

女人愿意雷士先生同过杭州西湖去玩几天,这动机在女人心中潜伏了什么欲望,雷士已明白肯定再不容怀疑了。不过在她的天真纯朴的心上,也许以为这样作不过是一种游戏，就尽雷士先生在一种方便中作一个情人，可以在这游戏中使雷士先生成一个能够快乐的男子，却并不是怎样危险的游戏。

雷士先生则先看到这危险，故忧愁放到脸上，不快活的意思，完全与这时女人因一种潜在情绪骚动在心中而显出的烦恼两样。他是不是要利用这机会做一点事业，他还无法决定的。他把这事答应了，就应当去，应当到那里尽他所能尽的一个男子本分，在这种天与其便的事上得到分内的幸福，他再因循则可以说是一种罪过。不过事情还有三天，在三天中他若能沉醉到酒里，则或者容易过去，也不会别有枝节变故。若这三天尽这中年人来想，可不知道凭空要想出多少忌讳了。雷士先生知道自己的坏处是比别人知道他的长处还多的，他就不能有这种信心相信到三天以后自己真过杭州！他这时愿意，敢，到时也说不定又害怕，愿意仍然留在上海，过安宁单调的生活了。并且他又想，时间还有三天，单是今天一出门，所遇到的就变幻离奇到意料之外了，那三天中尽事实可能，还不知如何延展这局面。也许到时他纵不缺少勇气，勇气却又全无用处，事情变了。

同时，他见到这女人青春的身体，轻盈的姿态，初熟鲜果似的情欲知识，又觉连三日后也不可忍耐，只想天赐其便，这时就能把这女人拥到怀中，尽量一饱。

他在意识中潜伏一种原始性吃肉饮血的饥饿，又在意识中潜伏一种守分知足的病态德性。他尽这两种心情在自己意识中互相冲突，意志薄弱的他就既不左袒也不右袒。惟其既不能左也不能右，要在言语上始终保持到他略无痕迹的自然，也就不大可能。

他又有妒嫉情绪，因为这妒嫉情绪，他就觉得血在心上涌，以为无论如何也要把这女人拿到手上一天或一分钟，要像他人那样看清楚了这女人一切才放下。到妒火中烧时，他是完全不为自己设想也不为女人幸福设想，只想等待那机会一到，就将成为恋爱的人，使女人屈服，到后且不妨尽这作男子者知道有过这样一会事的。这也不过是"想"而已。若果想到的事全有危险的可能，则他稍过一时，又想到用自杀结束这一悲剧，给这社会添一故事，那当然是更危险了。

他想的其实可以说是全无用处的。这时应当做的只是来同这老太太说一点闲话，同时用一些精巧的言语，随意把女人颠倒着，感动着，苦恼着，则

元　宵

雷士先生便不愧为男子，因为凡是男子应做的他已照做了。

他有理由说各样俏皮的话，也还有理由说点谎话，极不合理的就是缄默。他一面作成十分小心听老人的神气，用耳朵去听那些琐碎话，一面用眼睛极残忍的进攻他面前的女人的心，极不应当低头去望自己的皮鞋。望到自己皮鞋的他，回想到那从鞋店出来见到的舞女。他去想那舞女，却不能同眼前的女伶好好说话，真是无用的男子，另一时他自己也将无法否认的。

局面的沉闷是雷士先生应当负责的。不过咖啡已来，大家就把注意力转到咖啡上去，所以雷士先生与女人皆得了救。他就不含糊的夸奖这咖啡，说是比大华还好得多。

"雷士先生到大华跳舞吗？"母亲说。

"没有，我只到那里吃过两顿晚饭。我这人笨得很，在上海住了三四年，还没学会跳舞！"

"为什么不跳舞？"女人说。

"不会。也很少和熟人去凑热闹！"

"那些地方实在人太杂乱。我阿秋会得不多，要学就问阿秋，她倒欢喜作先生教人。"

"我想学唱戏。"

"雷士先生又说笑话，你那么一个人，会干这行！"

"不是笑话，我真愿意到台上去胡闹一阵。我看他们打筋斗的都像很高兴，生活也不坏。即或累一点，也有意思。"

母女全笑了，母亲说，"戏院可请不起你这样一位名人。"

"正因为不要名誉，我或者就可以安分生活下来了。"

"你这样做社会不答应，要做也做不来！"女人这样说。意思是并不出本题以外。

"社会是只准人做昨天做过的事，不准人做今天所想做的事。"

"除了雷士先生想到戏台上打筋斗，别的事倒是可以作的。"这话是那母亲说的，好像间接就劝说了雷士不要太懦怯。

"秋君小姐以为这话怎么样？"

女人笑了，咬了一下嘴唇，把话说到另外事情上去，她问她母亲，"那我将来真到美国去学演电影，妈妈说好吗？"

"有什么不好。愿意做的就去做,就好了。人哪有一成不变的事。"

雷士先生说,"真是。我以后也就照到老人家所说的生活下去,必定会幸福一点。"

"是!幸福就是这样得到的。但是为什么又觉得这样那样才幸福,换个生活方式就不幸福……"女人话不说完,又笑了。笑中意思像是,一个人不太固执成见,就会觉得幸福。

"为什么?"他要说的话只用眼睛去说,他望到女人那充满稚气又极善良的神气。

女人不听这话,自己轻轻的唱歌,因为这咖啡馆这时所上的一张唱片,就正是她不久要唱的戏,她在避开雷士先生的询问,然而在另一意义上她却仍然上前了。

…………

## 十四、车 中

雷士先生什么话也不说,用手捏着秋君的手,默默的到了光明剧院。

## 十五、特别包厢

陪那母亲坐到那里看秋君做戏,他下场时记不清楚同那老太太说了些什么话。

## 十六、车 上

仍然捏了秋君的手默默的送这两母女到家,自己才坐那汽车回住处。他准备大后天上杭州换换生活。

## 十七、?

…………

元 宵

# 古代人的穿衣打扮

古代人穿衣服事情，我们过去所知并不多，文献上虽留下许多记载，只因日子太久，引书证书，辗转附会，越来越不易清楚了。幸亏近年考古学家的努力，从地下挖出了大量古文物，可作参考比较，我们才得到新的认识。

由商到西周、春秋、战国，前后约一千年，大致可以分作三个历史阶段看它的演变。较早时期，除特殊人物在特种情形下的衣服式样，我们还不大明确，至于一般统治者和奴隶，衣长齐膝似乎是一种通例。由此得知，汉代石刻作的大禹像和几个历史上名王名臣像，倒还有些古意，非完全出于猜想。因为至少三千年前的商代人，就多是这个样子了。当时人已穿裤子，比后人说的也早过一千年。商代人衣服材料主要是皮革、丝、麻。由于纺织术的进展，丝、麻已占特别重要地位，奴隶主和贵族，平时常穿彩色丝绸衣服，还加上种种织绣花纹，用个宽宽的花带子束腰。奴隶或平民，则穿本色布衣或粗毛布衣。贵族男子头上已常戴帽子，是平顶筒子式，用丝绸作成，直流行到春秋战国不废。女人有把发上拢成髻，横贯一支骨簪的。也有用骨或玉作成双笄，顶端雕刻个寸来大小鸟形（鸳鸯或凤凰）两两相对，斜插头顶两侧，下垂卷发齐肩，颈项上挂一串杂色闪光玉石珠管串饰。历史上著名的美人妲己当时大致就应这么打扮。女子成年才加笄，所以称"及笄"，表示可以成婚。小孩子已有头顶上梳两个小角儿习惯，较大的可能还是编辫发。平民或奴隶有裹巾子作羊角旋斜盘向上的，有包头以后再平搭折成一方角的，还有其他好些样式，都反映在玉、铜、陶人形俑上。样子多和现在西南居住的苗、瑶族情形差不多（这不是偶然巧合，事实上很多三千年前古代图案花纹还可从西南兄弟民族编织物上发现）。许多野生植物如槐花、栀子、橡斗已用来做染料，并且还种植了蓝草，能染出各种不同的青蓝色，种茜草和紫草专染红、紫诸色。

历史上称周公制礼，衣分等级和不同用场，就是其中一项看得十分重要的事情。衣服日益宽大，穿的人也日益增多，并且当成一种新的制度看待，等级分明大致是从西周开始。统治者当时除大量占有奴隶外，还向所有平民征税，成丁人口每年必贡布二疋和一定粮食，布疋织得不合规格的不许出卖也不能纳税，聚敛日多，才能穿上宽袍大袖的衣服坐而论道。帝王和大臣，为表示尊贵和威严，祭天礼地和婚丧大事，袍服必更加庄严且照需要分别不同颜色，有些文献还提起过，天子出行也得按时令定方向，穿上不同颜色衣服，备上相当颜色车马，一切都得相互配合。皮毛衣服也按等级穿，不能逾越制度。即或是猎户猎得的珍贵狐、獭、貂鼠，也得全部贡献给统治者，私下不许随便使用或出卖。照周代制度，七十岁以上老百姓，可以穿丝绸和吃肉，但是能照制度得到好处的人事实不会多。至于一般百姓，自然还是只能穿本色麻布或粗毛布衣服，极贫困的就只好穿那种草编的"牛衣"了。

衣到西周以后变动虽大，有些方面却不大。比如作战时武将头上戴的铜盔，从商到战国，就相差不多。甲的品种已加多了些，有犀甲、合甲、练甲，后来还发明了铁甲，最讲究贵重的是犀甲，用犀牛皮做成，上面用彩漆画出种种花纹。因为兼并战争越来越多，兵器也越来越精利，且有新兵器剑和弩机出现，甲不坚实就不抵用，"坚甲利兵"的话就由此而来。矛既十分锋利，盾也非常结实。

照周初制度，当时把全国分划成许多多大小不等的邦国，每一个地方设一统治者，用三种特殊身份的人去担任：一是王族子弟，如召伯封于燕、周公父子封于鲁；二是有功于国家的大臣，如姜尚封于齐、熊绎封于楚；三是前代王朝子孙。这些人赴任时，除了照例可得许多奴隶，还可得一些美丽的玉器，一份精美讲究的青铜祭器和日用饮食器，以及一些专作压迫人民工具的青铜兵器，用壮观瞻的车马旗帜，另外就是那份代表阶级身份的华美文绣丝绸衣服。虽然事隔两千多年，好些东西近年都被挖出来了，有的还保存得十分完整。丝绸衣服容易腐朽，因之这方面知识也不够全面。但是由于稍晚一些已流行用陶，木作俑代替生人殉葬，又在其他材料中还保存不少形象资料，加以综合分析，比较真实情形，就慢慢的逐渐明白了。

衣服发展和社会制度有密切联系，也反映了生产发展，衣服日益讲究，数量又加多，是和社会生产发展相适应的。比如商代能穿丝绸衣服的，究竟还是少数，到西周情形便不同了，成王及周公个人，不一定比纣王穿着更奢侈，但是各地大小邦国封君，穿衣打扮却都有了种种不同排场。地方条件较好的，无疑更容易把衣服、帷帐、茵褥，做得格外华丽精美。到春秋战国时，政权下移，周王室已等于虚设，且穷得无以复加。然后五霸七雄，各自发展生产，冶铜铁，修水利，平时重商品流通，战时兼并弱小，掠夺财富，对大量技术工人的掠夺占有，更促进了工艺技巧的提高，他们彼此在各方面技术的竞争，反映到上层阶级的起居服用上，也格外显明。

服装最讲究的时代是春秋战国。不仅统治者本人常常一身华服，即从臣客卿也是穿珠履，腰佩金玉，出入高车驷马。因为儒家说玉有七种品德，都是做人不可少的，于是"君子无故玉不去身"的说法，影响到社会各方面，贵族不论男女，经常必佩带上几件美丽雕玉。剑是当时的新兵器，贵族为表示武勇，兼用自卫，又必佩带一把镶金嵌玉的玉具剑。当时还流行使用带钩，于是又用各种不同贵重材料，作成各种不同样子，有的用铁镶金嵌玉，有的用银镶玉嵌五彩玻璃珠，彼此争巧，日新月异。即或是打仗用的兵器，新出现的剑和发展中的戈矛，上面也多用细金银丝镶嵌成各种精美花纹和鸟兽形文字，盾牌也画上五彩云龙凤，并镶金镂银，男子头上戴的冠，更是件引人注目的东西，精细的用轻纱薄如蝉翼，华美的用金玉，有的还高高的如一个灯台。爱国诗人屈原，文章就提起过这种奇服和高冠。鞋子用小鹿皮、丝绸或细草编成，底子有硬有软，贵重的还镶珠嵌玉在上面。

冬天穿皮衣极重白狐裘，又轻又暖，价重千金。女子中还有用白狐皮镶在袖口衣缘作出锋，显得十分美观。

社会风气且常随有权力人物爱好转移，如齐桓公好衣紫，国人有时就全身紫衣。楚王爱细腰，许多宫女因此饿死，其他邦国也彼此效法，女子腰部多扎得细细的。女人头上装扮花样更多变化。楚国流行梳辫子，多在中部作两个环，再把馀发下垂。髻子也有好些种，有梳成喜鹊尾式，有作元宝式的。女人也戴帽子，和个椭圆杯子差不多。有的又垂发在耳旁，卷成如蝎子尾式。女孩子多梳双小辫，穿齐膝短衣，下缘作成裥褶。成年妇女已多戴金银戒指，并在脸颊旁点一簇三角形胭脂。照古文献记载，原都是周代宫廷一种制度，金银环表示有无怀孕，胭脂记载月经日期，可一望而知，大致到了战国已成一般装饰，本来作用就慢慢失去了。

衣服的材料越来越精细，名目也因之繁多，河南襄邑出的花锦、山东齐鲁出的冰纨、文绣、绮、缟等更是风行全国，有极好市场；和普通绢帛比价，已超过二十多倍。南方吴越出的细麻布，北方燕国生产的毡裘毛布，西域胡族作的细毛花罽异常精美，价值极高。楚国并且可能有了印花绸子生产，但最讲究的衣被材料，仍还是华美刺绣和织锦。

衣服有许多不同式样，有的虽大袖宽袍，还不至于过分拖沓。若干地区还流行水袖长衣，仍旧还有下缘，长才齐膝，头戴平顶帽子，腰系丝带和商代人相差不多情形。

最通常的衣服是在楚墓中发现的三种式样，其中一种用缠绕方式穿上，再缚根宽宽腰带，式样较古。衣边多较宽，且用锦类作缘和记载上说的"锦为缘"相合，大致因此才不致于使过薄的衣料妨碍行动。这种式样，汉代人还有应用。又一种袖大及膝，超过比例，穿起来显得格外庄严的，可能属于特定礼服类。奏乐人有戴风兜帽的，舞人已穿着长及数尺的袖子。打猎人衣裤多扎得紧紧的，才便于在丛林草泽中活动。中原区山西河南所得细刻花纹铜器上又常发现一种戴鹍角鹊尾冠着小袖长裙衣、下裳作成斜下襞折式样的。河南洛阳还出土过一个玉佩，上面精雕二舞女袖子长长的，腰身扎得极细，发下垂齐肩，略略上卷，大致是当时的燕赵佳人典型式样。山西出土的陶范上则有穿齐膝花衣戴平顶帽，腰间系一丝绦，打个连环扣，带头还缀两个小绒球，男女都穿。河南也发现这种装束大同小异的人形，且一般说是受"胡服"影响，事实上还值得进一步研究。历史上常说起赵武灵王胡服骑射影响到赵国当时军事组织和后来人生活都极大。主要影响还是"骑射"。轻骑锐进和短兵相接，才变更了传统用战车为主力的作战方法。至于"胡服"究竟是个什么样子？过去难说清楚。一说貂服即胡服，这不像是多数人能穿的，试从同时或稍后有关材料看，衣服主要特征，原来也是齐膝长短，却是古已有之。大致由于周代几百年来社会习惯，上层分子，已把穿长衣当成制度，只有奴隶或其他劳动人民才穿短衣，为便于实用，赵王创始改变衣服齐膝而止和骑射联系，史官一书，便成一件大事了。胡服当然还有些其他特征，腰间皮带用个钩子固定，头上多一顶尖尖的皮或毡帽子，因为和个馄饨一样，后来人叫做"浑脱帽"，不仅汉代胡人戴它，直到唐代的西域诸胡族也还欢喜戴它。中国妇女唐初喜着胡装，因此，这种帽子还以种种不同装饰而出现于初唐到开元天宝间，相传张萱画的武则天像，就戴上那么一个帽子，晚唐蕃镇时代，裴度被刺也因戴上这种毡帽幸而不死。汉代石刻也发现这种帽形，近年我们还在西北挖出几顶汉代实物，证明确是胡服特点之一。

衣装有个进一步新的变化，新的统一规格，是由秦汉起始。从几点大处说来，王公贵族因为多取法刘邦平素所喜爱的一种把前梁高高耸起向后如一斜桥的冠式，于是成了标准官帽三梁，五梁作为等级区分。此外不论男女，有官爵的腰带旁必须悬挂一条丈多长褶成两叠彩色不同的组绶。女子颊旁那簇三角形胭脂已不再发现，梳辫子的也有改成一环的。许多方面都已成定型。照文献说因为限制商人，作经纪的穿鞋还必需左右不同色。可是一面有种种规章制度，对商人、奴婢限制特别大，另一方面却由于生产发展影响，过不到四十年，商人抬头，不仅打破了一切限制，穿戴得和王公差不多，即其奴婢也穿起锦绣来了。情形自然显得较为复杂，说它时就不易从简单概括得到比较明确印象了。惟复杂中，还有些规律为我们掌握住了的，即汉代高级锦绣花纹，主要不过十来种，主题图案，不外从两个方面得来，一是神仙思想的反映，二是现实享乐行为的反映，因此总不外山云缭绕中奇禽异兽的奔驰，上织文字"登高明望四海"的，大致和秦始皇汉武帝登泰山封禅必有较多联系，"长乐明光"则代表宫殿名称，这些材料多发现于西北，新疆、甘肃和东北、蒙古及朝鲜，并由此得知，当时长安织室或齐地三服官年费巨万数额大量生产供赏赐臣下，并大量外输的高级丝绸，多是这种样子。

这些都是过去千年读书人不容易明白的，由于近年大量实物和比较材料的不断出土，试用真实文物和文献相互结合加以综合分析，逐渐才明白的，更新的发现无疑将进一步充实丰富我们这方面知识，并改正部分推想的错误。

# 谈瓷器艺术

近十年以来每一次出国陶瓷工艺品预展,我都有机会参观,真是幸运,深深感到万千老师傅和工人同志共同努力下,景德镇瓷业,正若驾着千里马,以极大速度向前行进,成绩一年比一年好。看过这次在故宫展出的新产品,才知道陶瓷工艺又得到更大的丰收。特别显著如失传二百年的有色釉胭脂水,继孔雀绿、祭红、娇黄、冬青等得到成功。这些新品种都釉色明莹匀称,达到了康雍时的最高水平,今后发展还无可限量。最新生产粉彩和釉下彩茶具,折枝花处理和清秀造型结合,作到既美观,又符合实用,发展方向可说完全正确,必然会在国际上得到极高评价。这种成功实值得全国陶瓷业生产取法,搪瓷生产花纹设计也值得向此学习。此外还有许多大小瓶子,也造型健康秀拔,稳定大方,装饰图案又能结合要求,艺术效果极高。总的看来,可以说这个展出给我印象是各极其妙,美不胜收。

惟个人认为景德镇瓷还不宜以这些成就自限。整个中国各部门生产既然正以史无前例的速度发展,新的需要将日益增多,瓷的应用范围也必然日益扩大。即以北京首都一地而言,千百种有纪念性新建筑,如博物馆、大戏院、大礼堂、地下铁道等等,都需要新的艺术装饰,景德镇瓷质料既好,又易清洁,也不怕阳光雨露,一个艺术家如善于结合需要,作出新的陶瓷设计,必可进一步发挥瓷的特长到新兴万千种事物上去,得到非凡成功。如作中型个别劳动人物雕塑,或纪念碑群相设计,用牙白瓷或加有色釉。如作大面积屏、壁、照墙、廊道装饰,用各种釉色华美彩瓷镶嵌。如烧浅色瓷砖,作门梁或室内装饰,代替彩画。此外则面对生活日益提高的人民日常生活要求,即有五十个景德镇生产日用瓷,也怕还是供不应求,必需在各省市有条件地区发展现代烧瓷业。不过景德镇生产如能注意到将来这个现实问题,即早投入部分人力,试在一部分生产中,领头当先,把当前得到普遍成功的高级绘画瓷,转用吹花贴花法代替,节省加工劳力,成为比较多数人可购买的廉价日用品,也应当看成是一个值得努力的新方向。而且这种成功,才可说是新的国家瓷业真正的成功。人民生活在不断提高,也有理由要求在不久将来即可看到这种新产品上市!这是一个方向问题。这么作并不会妨害高级瓷的生产。如长此疏忽,任日用瓷保留到现在情况下,倒是不大合理的。

就目下展品而言,有些小弱点也可提提。如有些瓶子胎料（特别是口沿部分）似乎略厚一些,比例不大合适,不免影响美观。造型有部分破格,看来别扭,且和装饰花纹不能很好结合,似乎值得从"古为今用"目的出发,多参考些传统优秀成品,能有所折中即可改善。造型还受拘束,有保守处,或者更广泛一些从商周铜和唐陶、宋瓷、及康雍以来得到最高成就的彩瓷、单色釉瓷,全面加以注意,即可取得更多有益的启发。又青花料目前色度尚不够稳定,有的烧出效果好,有的却发呆,有的又变成如洋蓝,不甚美观,值得作更深研究,或和科学院化学研究部门合作,取得有用成果。或从青料以外再作些试验,如发现其他鲜明釉下颜色。釉里红特别是青花加紫,和釉下素三彩也待作新的努力,目下成就还不甚好。

这些问题固然靠生产经验来修正,更重要还是得进一步和化学物理研究部门结合,如同烧祭红方式,能得科学研究部门合作,解决即容易得多。至于新产品中彩墨山水人物绘画装饰,在展出品中成就不见特别出色,原因大致是由于画稿画法比较保守,并不是由于技术限制。因为一般画师多习惯从清代中叶绘画取法,布色构图多比较细碎烦琐,不免精致有馀,气魄不大,且乏韵味。和明代青花瓷中的简笔山水花鸟比较,及康雍青花山水人物花鸟比较,即可见出目下生产加工费力虽加倍,效果却不能如预期。山水画用墨彩较多,见油光,在瓷上使用凝固不灵活。为补救这一薄弱环节,私意值得从资料储备工作入手。多为老师傅准备些好画稿供观摩,从个人经验以外更充实些养料。如能博采兼收,必可得到更新的成功。个人意见不妨参用唐宋元明诸名家画稿笔法设意构图,作些插屏挂屏试验。例如花鸟用崔白、王渊、吕纪、林良、边景昭、徐青藤、陈道复、恽南田,山水参董源、夏圭、王诜、马远、赵干、松雪、云林、曹知白、盛懋、张灵、沈周、石涛、八大,人物参张萱、周文矩、李公麟、唐寅,……以至参用近人齐白石花鸟,李可染山水画法,必然会有更大发展。因为老师傅能精细却不大习惯简易,一习惯,情况即大不相同。这问题和湖南湘绣、北京雕漆有相似情形。要丰富多彩,得花样百出,扩大题材,改进技法。此外甚至还可用彩漆、描金漆、罗甸、刻丝、刺绣千百种不同装饰法,结合瓷绘特性,利用素三彩、硬五彩及斗彩等不同加工方法,反映到新的日用瓷或美术瓷上,达到不同效果。总之,得不为目下成功所限制,来取精用宏,作新的突破努力,才可充分发挥潜力,利用遗产，别创新作，收百花齐放效果。保守下去即近于凝固，不能和社会发展要求相合。

至于立体塑像，如何从赏玩性主题，提高到有意识表现现实生活，特别是作三五尺面积的塑像群，也是值得加强注意处。因为这类作品实不宜仅仅停滞到泥人张面人郎成就上，还有更大前途。但是却唯有[①] 和社会现实结合，新的塑像瓷才会有更广大的前途。这工作广东阳江窑艺人和浙江木雕艺人，已先走了一步，作了不少有意义尝试，值得急起直追。

此外如雕塑人物灯座，目前取法受十九世纪国外烧瓷法影响，不大符合现代要求。浙江青田石灯走了弯路，多作细花薄叶，使用户时时提心吊胆，景德瓷更不宜学步。因为在实用品作许多精雕细琢，或者转不适宜于实用，反不如用象牙色瓷特制一种棒槌瓶或双陆樽式，或素瓷加翠绿或胭脂红剔刻暗花作灯座，给人安定愉快感为有前途而足称真正新品种也。灯座为实用物，现代日用品不论用塑料、玻璃、合金、木材等作成，必然发展趋势是简洁、单纯、干净、利落，这也正是瓷器极容易作到的。作新的灯座创造，宜以移动便利，不怕绊倒不易碰损为方向，过度装饰不合要求。

至于装饰加工部分，剔花堆花法，目下产品如几件天蓝挂粉盘子，是用现代西洋雕塑法，虽得到一定成功，但是还值得作更多方面试验。可供景德镇老师傅和青年艺人参考的，或者还是宋耀窑，当阳峪、磁州、定州诸窑各种不同加工雕花作法，以及明代永乐时雕漆法，嘉定刻竹法，和雍正、乾隆浆胎瓷绣雕法，浮雕法，以及康熙素三彩部分浅刻堆釉法，还有百十种不同处理，都值得保存下来，充分加以利用，不利用未免可惜。新产品中对于图案串枝、锦地开光，这次展出新花样不算多，也少新发展。这个优秀传统，也有不少值得继承下来的东西值得参考。例如近年出现极多的锦绣花纹，古代漆器、近代少数民族染织花纹，如能部分转用到新电光瓷花纹上，用作带式装饰，都必然会收到好效果。

本于一切研究学习，都重在有助于新的生产的提高的想法，外行一得之见，或有不少错误处，写出来作为一点建议，供专家参考。并盼另日还有机会当面向各老师傅商讨请教。

---

[①] 唯有，现为惟有。

# 生 存

青年聂勋坐在北京南城某会馆里南屋一个小房子的窗前,藉檐口黄昏余光,修整他那未完成的画稿。一不小心,一点淡墨水滴在纸角上,找寻吸水纸不得,担心把画弄坏了,忙伏在纸上用口去吸吮那墨水。一面想,"真糟,真糟,不小心就出乱子!"完事时去看那画上水迹,好在画并未受损失。他苦笑着。

天已将夜。会馆里院子中两株洋槐树,叶子被微风刷着,声音单调而无意义,寂寞而闷人,正象征这青年人的生活,目前一无所有,希望全在未来。

再过十天半月,成球成串的白花,就会在这槐树枝叶间开放,到时照例会有北平特殊的夹砂带热风,无意义的吹着,香味各处送去,蜂子却被引来了。这些小小虫子终日营营嗡嗡,不知它从何处来,又飞往何处,院中一定因此多有了一点生气。会馆大门对街的成衣铺小姑娘,必将扛了芦竹秆子,上面用绳子或铁丝作成一个圈儿,来摘树上的花,一大把插到洋酒瓶里去,搁在门前窗口边作装饰(春光也上了窗子,引起路人的注意)。可是这年青人的希望,到明天会不会实现?他有不有个光明的未来?这偌大一个都会里,城圈内外住上一百五十万市民,他从一个人所想象不到的小地方来到这大都会里住下,凭一点点过去的兴趣和当前的方便,住下来学习用手和脑建设自己,对面是那么一个陌生,冷酷,流动的人海。生活既极其穷困,到无可奈何时,就缩成一团躺到床上去,用一点空气和一点希望,代替了那一顿应吃而不得吃的饭食。近于奇迹似的,在极短期间中,画居然进步了,所指望的文章,也居然写出而且从友人手中送过杂志编辑手中去了。但这去"成功"实在还远得很远得很,他知道的。然而如此一来,空气和希望似乎也就更有用更需要了。因为在先前一时,他还把每天挨饿一次当成不得已的忍受,如今却自觉的认明白了,这么办对于目前体力的损害并不大,当成习惯每天只正餐一顿,把仅有的一点点钱,留下来买画笔和应用稿纸了。

这时节看看已不宜于再画,放下了笔,把那未完成的画钉到墙壁上去。他心想,"齐白石也是个人,征服了许多人的眼睛,集中了许多人的兴味,还是他那一只手。高尔基也是那一只手！托尔斯泰，以至于家乡搞雕塑的张秋潭①，都靠的是一只手！……"他站在院中那槐树下，捏捏自己两只又脏又瘦的手，那么很豪气的想着。且继续想起一个亲戚劝勉他的话语，把当前的困难忘掉了。听会馆中另外有人在说"开饭"，知道这件事与他无分，就扣了门，照往日一样，上街散步。

会馆那条街西口原接着琉璃厂东口。他上街就是去用眼睛吃那些南纸店、古玩店、裱画铺、笔墨铺陈列在窗前的东东西西。从那些东西形体颜色上领略一点愉快。尤其是晚上，铺子里有灯光，对他更方便。他知道这条街号称京城文化的宝库，一切东西都能增长他的见识，润泽他的心灵。可是事实上任何一家的宝藏，当前终无从见到，除了从窗口看看那些大瓶子和一点平平常常的字画外，最多的还是那些店铺里许多青衣光头、势利油滑的店伙。他像一个乡下人似的，把两只手插在那件破呢裤口袋里，一家一家的看去。有时还停顿在那些墨盒铺刻字铺外边许久，欣赏铺子里那些小学徒的工作。一直走到将近琉璃厂西口，才折身回头，再一家一家看去。

他有时觉得很快乐，这快乐照例是那些当代画家的劣画给他的。因为他从这些作品上看出了自己未来的无限希望。有时又觉得很悲哀，因为他明白，一切成功都受相关机会支配，生活上的限制，他无法打破。传统习惯上的限制、势力更无比顽强。他充满了热情和勇气想学，跟谁去学？他想看好画，看不着。他想画，纸、笔、墨都要不到，用目前能够弄到手的工具，简直无从产生好作品。同时，还有那个事实上的问题，一个人总不能专凭空气和希望活下去呀！要一个人气壮乐观，他每天总得有点什么东西填到消化器里去，不然是不成的。在街头街尾有的是小食铺，长案旁坐下了三五个车夫，咬他论斤买的切糕和大面条，这也要子儿的，他不能冒昧坐拢去。因此这散步有时不能不半途而止，回住处来依然是把身子缩成一团，向床上躺去。吸嗅着那小房中湿霉味、石灰味以及脏被盖上汗臭味。耳朵边听着街头南边一个包子铺小伙子用面杖托托托托敲打案板，一面锐声唱喊，和街上别的声音混杂。心里就胡胡乱乱的想：这是个百五十万市民的大城！至少有十万学生，一万小馆子，一万羊肉铺，二十万洋车，十万自行车，五千公寓和会馆，……末

---

① 张秋潭——民国年间，湘西著名泥塑家。麻阳人。

了却难受起来。因为自己是那么渺小，消失到无声无息中。每天看小报，都有年青人穷困自杀的消息。在记者笔下，那些自杀者衣装、神情、年龄，就多半和自己差不多。想来境遇也差不多，在自杀以前理想也差不多。但是到后却死了。跳进御河里淹死的，跑到树林子里去解裤腰带吊死的，躺在火车轨道上辗死的，在会馆、公寓、小客店吃鸦片红矾毒死的。这些人生前都不讨厌这个世界的。活着时也一定各有志气，各有欲望，且各有原因来到个大城市里，用各种方法挣扎过，还忍受过各种苦难和羞辱。也一定还有家庭，一个老父，一个祖母，或一个小弟妹，同在一起时十分亲爱关切，虽不得已离开了，还是在另外一个地方，把心紧紧系着这个远人，直到死了的血肉消解多年，还盼望着这远行者忽然归来。他自己就还有个妻，一个同在小学里教过书，因为不曾加入国民党被人抢去那个职务，现在赋闲在家，又害了痨病，目前寄住在岳家养病的可怜人。

　　年青人在黑暗中想着这些那些。眼泪沿着脸颊流下来。另一时那点求生勇气好像完全馁尽了，觉得生活前途正如当前房中，所有的只是一片黑暗。虽活在一个四处是扰扰人声的地方，却等于虫豸，甚至于不如虫豸。要奋斗，终将为这个无情的社会所战败，到头是死亡，是同许多人一样自己用一个简单方法来结束自己。这不成！他要活下去，还有理想，有一切，个人的和社会的。

　　于是觉得害怕起来，再也不能忍受了，就起来点上了灯。点上灯，对那未完成的画幅照照，在那画幅上他却俨然见出了一线光明。他心情忽然又变了。他那成功的自信，用作品在这大城中建树自己的雄心，回到身边来了。

　　于是来在灯光下继续给那画幅勾勒润色，工作直到半夜。有时且写信给那可怜的害痨病的妻子，报告一切，用种种空话安慰那可怜妇人。为讨好她起见，还把生活加上许多文学形容词，说一到黄昏，就在京城里一条最风雅的文化街上去散步，欣赏各种美术品。

　　这一次就是这样散步回来时，他才知道大学生陆尔全来看他，放下个从他转交的挂号信。并留下字条说："老聂，你家中来信了，会是汇票。得了钱，来看看我们罢。这里有三个朋友从陕西边地回来，一个病倒了，躺在公寓发热，肠子会烧断的！要十五块钱才给进医院，想不出办法，目前大家都穷得要命！"

年青人看看信封，是从家乡寄来的，真以为是钱来了。把信裁开，见信是寄住在岳家的妻写的。

　　哥哥，我得你三月十二的信，知道你在北京的生活，刀割我的心，我就哭了。你是有志气的人，我希望你莫丧气。你会成功，只要你肯忍受眼前的折磨，一定会成功。我听说你常常不吃饭，我饭也吃不下去。我又不能帮你忙。哥哥，真是刀割我心子！

　　你问我病好不好些，我不能再隐瞒你，老老实实告你，我完了。我知道我快要死了。晚上冷汗只是流（月前大舅妈死时，我摸过她那冷手，汗还是流）。上月咳血不多，可是我知道我一定要死。前街杨伯开方子无效，请王瞎子算命，说犯七，用七星经禳，要十七块七毛办法事。我借了十三块钱，余下借不出，挪不动。问五嫂借，五嫂说，卖儿女也借不来。我托人问王瞎子，十三块钱将就办，不成吗？王瞎子说，人命看得儿戏，这岂是讲价钱事情，少一个不干。你不禳，难过五月五。……哥哥，不要念我，不要心急。人生有命，要死听它死去。我和王瞎子打赌，我要活过五月五，我钱在手边无用处，如今寄十块来（邮费汇费七毛三）。你拿去用。身体务要好好保重，好好保重！你我夫妇要好，来生有缘，还会再见！（本想照一相给哥哥，照相馆人要我一元五角，相不照来。）

玉芸拜启。

　　又我已托刘干妈赊棺木，干妈说你将来发财，还她一笔钱，不然她认账。干妈人心好，病中承她情帮忙不少，你出头了不要忘她。

芸又及。


　　信中果然附有一张十元汇票，还是用油纸很谨慎包好的。看完信时年青人心中异常纷乱，印象中浮出个寄住在岳家害痨病的妻子种种神情。又重新在字里行间去搜寻妻的话外的意思，读了又读，眼睛潮湿了。两手揪住自己的短发，轻轻的嚷叫，"天呀，天呀，我什么事得罪了你，我得到的就是这些！"又无伦无次的说，"我要死的，我要死的。"他觉得很伤心很伤心，像被谁重重的打了一顿。这时唯一办法是赶回去。回去既无能力，并且一回到那小县城，抱着那快要死去的人哭一场，此后又怎么办？回去办不到，就照信上说的在此奋斗，为谁奋斗？纵成功了，有何意义？越想心中越乱。且想起写信的人五月六月就会要死去，勉强再去画画，也画不下去。又想写一封信回家，写去写来也难写好。末了还是上街。在街上乱走了一阵，看看一个铺子里钟还只九点，就进城去找他的朋友。到北京大学东斋宿舍见到了朋友陆尔全，正在写信。

姓陆的说，"老聂，你见我留下那封信了，是不是？"

他说，"我见到了那个信。"

"是不是有汇款？"

"有十块钱。你要用，明天取来你拿一半。"

"好极了，我们正急得要命，好朋友××回来就病倒了，住在忠会公寓里，烧得个昏迷不醒。我们去看看他去。这是我们朋友中最好的最能干的一个，不应当这样死去。"

年青人心想，"许多人都不应当死去！"

两人到得那公寓里，只见四五个年青人正围在桌边谈话，其中只有一个人在陆尔全宿舍里见过，其余都面生。靠墙硬板床上躺着一个长个子，很苦闷的样子把头倾侧在床边。两人站在床边，病人竟似乎一点不知道。陆尔全摸摸那病人头额，同火一样灼手。就问另外一个人，"怎么样？"

另外一个年青人就说，"怎么样？还不是一样的！明天再不进医院，实在要命！可是在路上一震动，肠子也会破的。"

陆尔全说，"我们又得了五块钱。"且把聂勋介绍给那人，"这是好朋友聂勋，学艺术的。他答应借我们五块钱。"

"那好极了，明天就决定进医院！"

聂勋却插口说，"钱不够，我还有多的，拿八块也成。"

陆尔全说，"还是拿五块罢，你也要钱用！这里应当差不多了。"

"五块够了，我们已经有了十二块！"

大家于是抛开病人来谈陕西近事，几个青年显然都是从那边才回来的。说到一个朋友在那边死去时，病人忽然醒了，轻轻的说，"死了的让他死去，活下的还是要好好的活！"大家眼睛都向病人呆着。到了十点，两人回到学生宿舍，聂勋把那汇票取出来交给陆尔全，信封也交给他，只把信拿在手中。

陆尔全说，"是你家信吗？你那美丽太太写来的吗？她病好恢复工作了吗？"

他咬着下唇不作声,勉强微笑着。

陆尔全又说,"我看你画进步得真快,努力吧,过两年一定成功!"

他依然微笑着。

陆尔全似乎不注意到这微笑里的悲哀,又说,"你那木刻我给×看了,都觉得好。你做什么都有希望,只要努力。大家各在自己分上努力,这世界终究是归我们年青人来支配、来创造的。"

他依然微笑着。

看看时候已不早了,聂勋就离开他的朋友回转会馆去。在路上记起病人那两句话,"死了的让他死去,活着的好好的活!"且因为已把病妻寄来的钱一部分借给这个陌生病人,好像自己也正在参加另外一种生活,精神强旺多了。到得会馆时已快近十一点。

坐在自己那个床边,重新取出那个信来在灯光下阅看,重新在字里行间去寻觅那些看不见的悲哀和隐忍不言的希望。想起两人在教书时的种种,结婚的种种,以及在学校里忽然被人排挤撤换,一个病倒,一个不能不离开家乡,向五千里外一个大都市撞去,当前的种种。心里重新纷乱起来,不知如何是好。

那个明知快要死去的妻说的话——

……哥哥,我知道你在北京的生活,刀割我的心!……你是个有志气的人,我希望你莫丧气!……身体务要好好保重,好好保重!

那个虽要死去却不愿意死去的人说的话——

死了的让它死去,活着的要好好活下去!

那个凡事热心的好朋友陆尔全说的话——

……你做什么都有希望,只要努力,……这世界终归是年青人来支配、来创造的!

一些话轮流在耳边响着。心里还是很乱,很软弱。他想,我一定要活下来奋斗!我什么都不怕。我要作个人,我要作个人!

可是,临到末了,他却忍不住哭了。

他把身子缩在一团,侧身睡在床上,让眼泪毫无顾忌的流到那脏枕头上去。

# 夜 渔

这已是谷子上仓的时候了。

年成的丰收,把茂林家中似乎弄得格外热闹了一点。在一天夜饭桌上,坐着他四叔两口子,五叔两口子,姨婆,碧霞姑妈同小娥姑妈,以及他爹爹;他在姨婆与五婶之间坐着,穿着件紫色纺绸汗衫。中年妇人的姨婆,时时停了她的筷子为他扇背。茂儿小小的圆背膊已有了两团湿痕。

桌子上有一大钵鸡肉,一碗满是辣子拌着的牛肉,一碗南瓜,一碗酸粉辣子,一小碟酱油辣子;五叔正夹了一只鸡翅膀放到碟子里去。

"茂儿,今夜敢同我去守碾房罢?"

"去,去,我不怕!我敢!"

他不待爹的许可就忙答应了。

爹刚放下碗,口里含着那支"京八寸"小潮丝烟管,呼得喷了一口烟气,不说什么。那烟气成一个小圈,往上面消失了。

他知道碾子上的床是在碾房楼上的,在近床边还有一个小小窗口。从窗口边可以见到村子里大院坝中那株夭矫矗立的大松树尖端,又可以见到田家寨那座灰色石碉楼。看牛的小张,原是住在碾房;会做打笼装套捕捉偷鸡的黄鼠狼,又曾用大茶树为他削成过一个两头尖的线子陀螺[1]。他刚才又还听到五叔说溪沟里有人放堰,碾坝上夜夜有鱼上罶了……所以提到碾房时,茂儿便非常高兴。

当五叔同他说到去守碾房时,他身子似乎早已在那飞转的磨石边站着了。

"五叔,那要什么时候才去呢?……我不要这个。……吃了饭就去罢?"

他靠着桌边站着,低着头,一面把两只黑色筷子在那画有四个囍字的小红花碗里"要扬不紧"[2]的扒饭进口里去。左手边中年妇人的姨婆,捡了一个

---

① 线子陀螺:陀螺如竹木纺车所纺出的线绽,故名。
② "要扬不紧":不专心,懒懒的,应快而慢。凤凰土语。

鸡肚子朝到他碗里一掼。

"茂儿，这个好呢。"

"我不要。那是碧霞姑妈洗的，……不干净，还有——糠皮儿……"他说到糠字时，看了他爹一眼。

"你也是吃饱了！糠皮儿在哪里？……不要，就送把我罢。"

"真的，不要就送把你姑妈。我帮你泡汤吃。"五婶说。

茂儿把鸡肚子一扔丢到碧霞碗里去。他五婶却从他手里抢过碗去倒了大半碗鸡汤。但到后依然还是他姨婆为他把剩下的半碗饭吃完。

天上的彩霞，做出各样惊人的变化。满天通黄，像一块其大无比的金黄锦缎；倏而又变成淡淡的银红色，稀薄到像一层蒙新娘子粉脸的面纱；倏而又成了许多碎锦似的杂色小片，随着淡宕的微风向天尽头跑去。

他们照往日样，各据着一条矮板凳，坐在院坝中说笑。

茂儿搬过自己那张小小竹椅子，紧紧的傍着五叔身边坐下。

"茂儿，来！让我帮你摩一下肚子——不然，半夜会又要嚷肚子痛。"

"不，我不胀！姨婆。"

"你看你那样子。……不好好推一下，会伤食。"

"不得。（他又轻轻的挨五叔）五叔，我们去罢！不然夜了。"

"小孩子怎不听话？"

姨婆那副和气样子养成了他顽皮娇恣的性习；不管姨婆如何说法，他总不愿离开五叔身边。到后还是五叔用"你不听姨婆话就不同你往碾房……"为条件，他才忙跑到姨婆身边去。

"您要快一点！"

"噢！这才是乖崽！"姨婆看着茂儿胀得圆圆的像一面小鼓的肚子，用大指蘸着唾沫；在他肚皮上一推一赶，口里轻轻哼着："推食赶食……你自己瞧看，肚子胀到什么样子了，还说不要紧！……今夜太吃多了。推食赶食……莫挣！慌什么，再推几下就好了。……推食赶食……"

"姨婆，算了吧！你那手指甲刮得人家肚皮痒痒的，怪难受。"她又把那左手留有一寸多长的灰色指甲翘起，他可不好再说话了。

院坝中坐着的人面目渐渐模糊，天空由曙光般淡白而进于黑暗……只日影没处剩下一撮深紫了。一切皆渐次消失在夜的帷幕下。

在四围如雨的虫声中,谈话的声音已抑下了许多了。

凉气逼人,微飔拂面,这足证明残暑已退,秋已将来到人间了。茂儿同他五叔,慢慢的在一带长蛇般黄土田塍上走着。在那远山脚边,黄昏的紫雾迷漫着,似乎雾的本身在流动又似乎将一切流动。天空的月还很小,敌不过它身前后左右的大星星光明。田塍两旁已割尽了禾苗的稻田里,还留着短短的白色根株。田中打禾后剩下的稻草,堆成大垛大垛,如同一间一间小屋。身前后左右一片繁密而细碎的虫声,如一队音乐师奏着庄严凄清的秋夜之曲。金铃子的"叮……"像小铜钲般清越,尤其使人沉醉。经行处,间或还听到路旁草间小生物的窸窣。

"五叔,路上莫有蛇罢?"

"怕什么。我可以为你捉一条来玩,它是不会咬人的。"

"那我又听说乌梢公同烙铁头(皆蛇名)一咬人便准毒死。这个小张以前曾同我说过。"

"这大路哪来乌梢公?你怕,我就背你走罢。"

他又伏在他五叔背上了。然而夜枭的喊声,时时像一个人在他背后咳嗽;依然使他不安。

"五叔,我来拿麻藁。你一只手背我;一只手又要打火把,实在不大方便。"他想若是拿着火把,则可高高举着,照烛一切。

"你莫拿,快要到了!"

耳朵中已听到碾房附近那个小水车咿咿呀呀的喊叫了。碾房那一点小小红色灯火,已在眼前闪烁,不过,那灯光,还只是天边当头一颗小星星那末大小罢了!

转过了一个山嘴,溪水上流一里多路的溪岸通通出现在眼前了。足以令他惊呼喝嚷的是沿溪有无数萤火般似的小火星在闪动。隐约中更闻有人相互呼唤的声音。

"咦!五叔,这是怎么?"

"嗨！今夜他们又放鱼①！我还不知道。若早点，我们可以叫小张把网去整一下，也好去打点鱼做早饭菜。"

……假使能够同到他们一起去溪里打鱼，左手高高的举着通明的葵藁或旧缆子做的火把，右手拿一面小网，或一把镰刀，或一个大篾鸡笼，腰下悬着一个鱼篓，裤脚扎得高高到大腿上头，在浅浅齐膝令人舒适的清流中，溯着溪来回走着，溅起水点到别个人头脸上时——或是遇到一尾大鲫鱼从手下逃脱时，那种"怎么的！……你为甚那末冒失慌张呢？""老大！得了，得了……""啊呀，我的天！这么大！""要你莫慌，你偏偏不听话，看到进了网又让它跑脱了。……"带有吃惊，高兴，怨同伴不经心的嚷声，真是多么热闹（多么有趣）的玩意事啊！……

茂儿想到这里，心已略略有点动了。

"那我们这时要小张转家去取网不行吗？"

"算了！网是在楼上，很难取。并且有好几处要补半天才行。"五叔说，"左右他们上头一放堰坝时，留上也会有鱼的。我们就守着留罢。"

关于照鱼的事，五叔似乎并不以为有什么趣味，这很令不知事的茂儿觉得稀奇。

……

---

① 放鱼：毒鱼，而不是放走鱼。凤凰土语。

夜　渔

# 一个戴水獭皮帽子的朋友

我由武陵（常德）①过桃源时，坐在一辆新式黄色公共汽车上。车从很平坦的沿河大堤公路上奔驶而去，我身边还坐定了一个懂人情、有趣味的老朋友，这老友正特意从武陵县伴我过桃源县。他也可以说是一个"渔人"，因为他的头上，戴得是一顶价值四十八元的水獭②皮帽子，这顶帽子经过沿路地方时，却很能引起一些年青娘儿们注意的。这老友是武陵地域中心春申君③墓旁杰云旅馆的主人。常德、河伏、周溪、桃源，沿河近百里路以内"吃四方饭"的标致娘儿们，他无一不特别熟悉；许多娘儿们也就特别熟悉他那顶水獭皮帽子。但照他自己说，使他迷路的那点年龄业已过去了，如今一切已满不在乎，白脸长眉毛的女孩子再不使他心跳，水獭皮帽子，也并不需要娘儿们眼睛放光了。他今年还只三十五岁。十年前，在这一带地方凡有他撒野机会时，他从不放过那点机会。现在既已规规矩矩作了一个大旅馆的大老板，童心业已失去，就再也不胡闹了。当他二十五岁左右时，大约就有过一百个女人净白的胸膛被他亲近过，我坐在这样一个朋友的身边，想起国内无数中学生，在国文班上很认真的读陶靖节④《桃花源记》情形，真觉得十分好笑。同这样一个朋友坐了汽车到桃源去，似乎太幽默了。

朋友还是个爱玩字画也爱说野话的人。从汽车眺望平堤远处，薄雾里错落有致的平田、房子、树木，全如敷了一层蓝灰，一切极爽心悦目。汽车在大堤上跑去，又极平稳舒服。朋友口中糅合了雅兴与俗趣，带点儿惊讶嚷道：

"这野杂种的景致，简直是画！"

"自然是画！可是是谁的画？"我说。"牯子⑤大哥，你以为是谁的画？"

---

① 武陵：湖南常德市，汉置武陵郡于此，因以名。
② 水獭：鼬科，半水栖兽类，毛稠而皮质轻柔，珍贵。
③ 春申君：即黄歇，战国时楚贵族。
④ 陶靖节：即陶渊明，东晋诗人。
⑤ 牯子——即公牛。

我意思正想考问一下，看看我那朋友对于中国画一方面的知识。

他笑了，"沈石田① 这狗养的，强盗一样好大胆的手笔！"说时还用手比划着，"这里一笔，那边一扫，再来磨磨蹭蹭，十来下，成了。"

我自然不能同意这种赞美，因为朋友家中正收藏了一个沈周手卷，姓名真，画笔并不佳，出处是极可怀疑的。说句老实话，当前从窗口入目的一切，潇洒秀丽中带点雄浑苍莽气概，还得另外找寻一句恰当的比拟，方能相称啊。我在沉默中的意见，似乎被他看明白了，他就说：

"看，牯子老弟你看，这点山头，这点树，那一片林梢，那一抹轻雾，真只有王麓台② 那野狗干的画得出。因为他自己活到八九十岁，就真像只老狗。"

这一下可被他"猜"中了。我说：

"这一下可被你说中了。我正以为目前远远近近风物极和王麓台卷子相近；你有他的扇面，一定看得出。因为它很巧妙的混合了秀气与沉郁，又典雅，又恬静，又不做作。不过有时笔不免肮脏的。"

"好，有的是你这文章魁首形容！人老了，不大肯洗脸洗手，怎么不脏……"接着他就使用了一大串野蛮字眼儿，把我喊作小公牛，且把他自己水獭皮帽子向上翻起的封耳，拉下来遮盖了那两只冻得通红的耳朵，于是大笑起来了。仿佛第一次所说的话，本不过是为了引起我对于窗外景致注意而说，如今见我业已注意，充满兴趣的看车窗外离奇的景色，他便很快乐地笑了。

他掣着我的肩膊很猛烈的摇了两下，我明白那是他极高兴的表示。我说："牯子大哥，你怎么不学画呢？你一动手，就会弄得很高明的！"

"我讲，牯子老弟，别丢我罢。我也像是一个仇十洲③，但是只会画妇人的肚皮，真像你说，'弄得很高明'的！你难道不知道我是个甚么人吗？鼻子一抹灰，能冒充绣衣哥吗？"

"你是个妙人。绝顶的妙人。"

"绣衣哥，得了，甚么庙人，寺人，谁来割我的××？我还预备割掉许多

---

① 沈石田：即沈周，明代画家，擅画山水，"明四家"之一。
② 王麓台：即王原祁，清初画家，擅画山水，"清六家"之一。
③ 仇十洲：即仇英，明画家，擅人物，尤长仕女，"明四家"之一。

男人的××，省得他们装模作样，在妇人面前露脸！我讨厌他们那种样子！"

"你不讨厌的。"

"牯子老弟，有的是你这绣衣哥说的。不看你面上，我一定要……"

这个朋友言语行为皆粗中有细，且带点儿妩媚，可算得是个妙人！

这个人脸上不疤不麻，身个儿比平常人略长一点，肩膊宽宽的，且有两只体面干净的大手，初初一看，可以知道他是个军队中吃粮子上饭跑四方人物，但也可以说他是一个准绅士。从五岁起就欢喜同人打架，为一点儿小事，不管对面的一个大过他多少，也一面辱骂一面挥拳打去。不是打得人鼻青脸肿，就是被人打得满脸血污。但人长大到二十岁后，虽在男子面前还常常挥拳比武，在女人面前，却变得异常温柔起来，样子显得很懂事怕事。到了三十岁，处世便更谦和了，生平书读得虽不多，却善于用书，在一种近于奇迹的情形中，这人无师自通，写信办公事时，笔下都很可观。为人性情又随和又不马虎，一切看人来，在他认为是好朋友的，掏出心子不算回事；可是遇着另外一种老想占他一点儿便宜的人呢，就完全不同了。——也就因此，在一般人中他的毁誉是平分的；有人称他为豪杰，也有人叫他做坏蛋。但不妨事，把两种性格两个人格拼合拢来，这人才真是一个活鲜鲜的人！

十三年前我同他在一只装军服的船上，向沅水上游开去，船当天从常德开头，泊到周溪时，天气已快要夜了。那时空中正落着雪子，天气很冷，船顶船舷都结了冰。他为的是惦念到岸上一个长眉毛白脸庞小女人，便穿了崭新绛色缎子的猞猁皮马褂，从那为冰雪冻结了的大小木筏上慢慢的爬过去，一不小心便落了水。一面大声嚷"牯子老弟，这下我可完了"，一面还是笑着挣扎。待到努力从水中挣扎上船时，全身早已为冰冷的水弄湿了。但他换了一件新棉军服外套后，却依然很高兴的从木筏上爬拢岸边，到他心中惦念那个女人身边睡觉去了。三年前，我因送一个朋友的孤雏转回湘西时，就在他的旅馆中，看了他的藏画一整天。他告我，有幅文徵明[①]的山水，好得很，终于被一个小婊子婆娘攫走，十分可惜。到后一问，才知道原来他把那画卖了三百块钱，为一个小娼妇点蜡烛挂了一次衣。现在我又让那个接客的把行

---

[①] 文徵明：明书画家，擅画山水，"明四家"之一。

李搬到这旅馆中来了。

见面时我喊他：

"牯子大哥，我又来了，不认识我了吧。"

他正站在旅馆天井中分派佣人抹玻璃，自己却用手抹着那顶绒头极厚的水獭皮帽子，一见到我就赶过来用两只手同我握手，握得我手指酸痛，大声说道："咳，咳，你这个小骚牯子又来了，甚么风吹来的？妙极了，使人正想死你！"

"甚么话，近来心里闲得想到北京城老朋友头上来了吗？"

"甚么画，壁上挂，——当天赌咒，天知道，我正如何念你！"

这自然是一句真话，粮子上出身的人物①，对好朋友说谎，原看成为一种罪恶。他想念我，只因为他新近花了四十块钱，买得一本倪元璐②所摹写的武侯③ 前后《出师表》。他既不知道这东西是从岳飞石刻《出师表》临来的，末尾那两颗巴掌大的朱红印记，把他更弄糊涂了。照外行人说来，字既然写得极其"飞舞"，四百也不觉得太贵，他可不明白那个东西应有的价值，又不明出处。花了那一笔钱，从一个川军退伍军官处把它弄到手，因此想着我来了。于是我们一面说点十年前的有趣野话，一面就到他的房中欣赏宝物去了。

这朋友年青时，是个绿营④ 中正标守兵名分的巡防军，派过中营衙门办事，在花园中栽花养金鱼。后来改作了军营里的庶务，又作过两次军需，又作过一次参谋。时间使一些英雄美人成尘成土，把一些傻瓜坏蛋变得又富又阔；同样的，到这样一个地方，我这个朋友，在一堆倏然而来悠然而逝的日子中，也就做了武陵县一家最清洁安静的旅馆主人，且同时成为爱好古玩字画的"风雅"人了。他既收买了数量可观的字画，还有好些铜器与瓷器，收藏的物件泥沙杂下，并不如何稀罕，但在那么一个小小地方，在他那种经济情形下，能力却可以说尽够人敬服了。若有什么风雅人由北方或由福建广东，想过桃源去看看，从武陵过身时，能泰然坦然把行李搬进他那个旅馆去，到了那个地方，看看过厅上的芦雁屏条，同长案上一发陈设，便会明白宾主之

---

① 即行伍出身的人物。
② 倪元璐：明末浙江人，官至户部尚书兼翰林院学士，能诗文、书画。
③ 武侯：即诸葛亮，三国蜀汉政治家、军事家。
④ 绿营：清代军制，汉兵用绿旗，称绿营兵或绿旗兵。

间实有同好，这一来，凡事皆好说了。

还有那向湘西上行过川黔考察方言歌谣的先生们，到武陵时，最好就到这个旅馆来下榻。我还不曾遇见过什么学者，比这个朋友更能明白中国格言谚语的用处。他说话全是活的，即便是诨话野话，也莫不各有出处，言之成章。而且妙趣百出，庄谐杂陈。他那言语比喻丰富处，真像是大河流水，永无穷尽。在那旅馆中住下，一面听他詈骂佣人，一面使我就想起在北京城圈里编《国语大辞典》的诸先生，为一句话一个字的用处，把《水浒》、《金瓶梅》、《红楼梦》以及其他所有元明清杂剧小说翻来翻去，剪破了多少书籍！若果他们能够来到这旅馆里，故意在天井中撒一泡尿，或装作无心的样子，把些瓜果皮壳脏东西从窗口随意抛出去，或索性当着这旅馆老板面前，作点不守规矩缺少理性的行为。好，等着你就听听那作老板的骂出稀奇古怪的字眼儿，你会觉得原来这里还搁下了一本活生生的大辞典！倘若有个经济社会调查团，想从湘西弄到点材料，这旅馆也是最好下榻的处所。因为辰河沿岸码头的税收、烟价、妓女，以及桐油、朱砂的出处行价，各个码头上管事的头目姓名脾气，他知道的也似乎比别的县衙门里"包打听"还更清楚。——他事情懂得多哩，只要想想，人还只在二十五岁左右，就有一百个青年妇人在他面前裸露过胸膛同心子，从一个普通读书人看来，这是一种如何丰富吓人的经验！

只因我已十多年不再到这条河上，一切皆极生疏了，他便特别热心答应伴送我过桃源。为我租雇小船，照料一切。

十二点钟我们从武陵动身，一点半钟左右，汽车就到了桃源县停车站。我们下了车，预备去看船时，几件行李成为极麻烦的问题了。老朋友说，若把行李带去，到码头边叫小划子时，那些吃水上饭的人，会"以逸待劳"，把价钱放在一个高点上，使我们无法对付。若把行李寄放到另外一个地方，空手去看船，我们便又"以逸待劳"了。我信任了老朋友的主张，照他的意思，一到桃源站，我们就把行李送到一个卖酒曲的人家去。到了那酒曲铺子，拿烟的是个四十岁左右的中年胖妇人，他的干亲家，倒茶的是个十五六岁的白脸长身头发黑亮亮的女孩子，腰身小，嘴唇小，眼目清明如两粒水晶球儿，见人只是转个不停。论辈数，说是干女儿呢。坐了一阵，两人方离开那人家洒着手下河边去。在河街上一个旧书铺,一帧无名氏的山水小景牵引了他的眼睛,二十块钱把画买定了。再到河边去看船,船上人知道我是那个大老板的熟人,价钱倒很容易说妥了。来回去让船总写保单,取行李,一切安排就绪,时间已快到半夜了。我那小船明天一早方能开头,我就邀他在船上住一夜。他却说酒曲铺子那个十五年前老伴的女儿,正炖了一只母鸡等着他去消夜。点了一段废缆子,很快乐的跳上岸摇着晃着匆匆走去了。

他上岸从一些吊脚楼柱下转入河街时,我还听到河街一哨兵喊口号,他大声答着"百姓",表明他的身份。第二天天刚发白,我还没醒,小船就已向上游开动了。大约已经走了三里路,却听得岸上有个人喊我的名字,沿岸追来,原来是他从热被里脱出赶来送我的行的。船傍了岸。天落着雪,他站在船头一面抖去肩上雪片,一面质问弄船人,为甚么船开得那么早。

我说:"牯子大哥,你怎么的,天气冷得很,大清早还赶来送我!"

他钻进舱里笑着轻轻的向我说:"牯子老弟,我们看好了的那幅画,我不想买了。我昨晚上还看过更好的一本册页!"

"什么人画的?"

"当然仇十洲。我怕仇十洲那杂种也画不出。牯子老弟,好得很……"话不说完他就大笑起来。我明白他话中所指了。

"你又迷路了吗?你不是说自己年已老了吗?"

"到了桃源还不迷路吗?自己虽老别人可年青?牯子老弟,你好好的上船吧,不要胡思乱想我的事情,回来时仍住到我的旅馆里,让我再照料你上车吧。"

"一路复兴,一路复兴,"那么嚷着,于是他同豹子一样,一纵又上了岸,船就开了。

# 桃源与沅州

全中国的读书人，大概从唐朝以来，命运中注定了应读一篇《桃花源记》，因此把桃源当成一个洞天福地。人人皆知道那地方是武陵渔人发现的，有桃花夹岸，芳草鲜美。远客来到，乡下人就杀鸡温酒，表示欢迎。乡下人都是避秦隐居的遗民，不知有汉朝，更无论魏晋了。千余年来读书人对于桃源的印象，既不怎么改变，所以每当国体衰弱发生变乱时，想做遗民的必多，这文章也就增加了许多人的幻想，增加了许多人的酒量。至于住在那儿的人呢，却无人自以为是遗民或神仙，也从不会有人遇着遗民或神仙。

桃源洞离桃源县二十五里。从桃源县坐小船沿沅水上行，船到白马渡时，上南岸走去，忘路之远近乱走一阵，桃花源就在眼前了。那地方桃花虽不如何动人，竹林却很有意思。如椽如柱的大竹子，随处皆可发现前人用小刀刻划留下的诗歌。新派学生不甘自弃，也多刻下英文字母的题名。竹林里间或潜伏一二剪径壮士，待机会霍地从路旁跃出，仿照《水浒传》上英雄好汉行为，向游客发个利市，来个措手不及，不免吃点小惊。桃源县城则与长江中部各小县城差不多，一入城门最触目的是推行印花税与某种公债的布告。城中有棺材铺、官药铺，有茶馆酒馆，有米行脚行，有和尚道士，有经纪媒婆。庙宇祠堂多数为军队驻防，门外必有个武装同志站岗。土栈烟馆既照章纳税，就受当地军警保护。代表本地的出产，边街上有几十家玉器作，用珉石染红着绿，琢成酒杯笔架等物，货物品质平平常常，价钱却不轻贱。另外还有个名为"后江"的地方，住下无数公私不分的妓女，很认真经营她们的业务。有些人家在一个菜园平房里，有些却又住在空船上，地方虽脏一点倒富有诗意。这些妇女使用她们的下体，安慰军政各界，且征服了往还沅水流域的烟贩，木商，船主，以及种种因公出差过路人。挖空了每个顾客的钱包，维持许多人生活，促进地方的繁荣。一县之长照例是个读书人，从史籍上早知道这是人类一种最古的职业，没有郡县以前就有了它们，取缔既与"风俗"不合，且影响到若干人生活，因此就很正当的定下一些规章制度，向这些人来抽收一种捐税（并采取了个美丽名词叫作"花捐"），把这笔款项用来补充地方行政，保安或城乡教育经费。

桃源既是个有名地方，每年自然就有许多"风雅"人，心慕古桃源之名，二三月里携了《陶靖节集》与《诗韵集成》等参考资料和文房四宝，来到桃源县访幽探胜。这些人往桃源洞赋诗前后，必尚有机会过后江走走。由朋友或专家引导，这家那家坐坐，烧盒烟，喝杯茶。看中意某一个女人时，问问行市，花个三元五元，便在那万人用过的花板床上，压着那可怜妇人的胸膛放荡一夜。于是纪游诗上多了几首无题艳遇诗，把"巫峡神女"①"汉皋解珮"②"刘阮天台"③等等典故，一律被引用到诗上去。看过了桃源洞，这人平常若是很谨慎的，自会觉得应当即早过医生处走走，于是匆匆的回家了。至于接待过这种外路"风雅"人的神女呢，前一夜也许陆续接待过了三个麻阳船水手，后一夜又得陪伴两个贵州省牛皮商人。这些妇人照例说不定还被一个散兵游勇，一个县公署执达吏，一个公安局书记，或一个当地小流氓长时期包定占有，客来时那人往烟馆过夜，客去时再回到妇人身边来烧烟。

妓女的数目占城中人口比例数不小。因此仿佛有各种原因，她们的年龄都比其他大都市更无限制。有些人年在五十以上，还不甘自弃，同十六七岁孙女辈行来参加这种生活斗争，每日轮流接待水手同军营中火夫。也有年纪不过十三四岁，乳臭尚未脱尽，便在那儿服侍客人过夜的。

她们的技艺是烧烧鸦片烟，唱点流行小曲，若来客是粮子上跑四方人物，还得唱唱军歌党歌，和时下电影明星的流行歌曲，应酬应酬，增加兴趣。她们的收入有些一次可得洋钱二十三十，有些一整夜又只得一块八毛。这些人有病本不算一回事。实在病重了，不能作生意挣饭吃，间或就上街走到西药房去打针，六零六三零三扎那么几下，或请走方郎中配副药，朱砂茯苓乱吃一阵，只要支持得下去，总不会坐下来吃白饭。直到病倒了，毫无希望可言了，就叫毛伙用门板抬到那类住在空船中孤身过日子的老妇人身边去，尽她

---

① 巫峡神女：相传为炎帝女，葬巫山之阳。这里当指楚怀王游于高唐，昼寝，梦与神遇，自称巫山神女，王因幸之事。
② 汉皋解珮：汉皋，地名，在湖北襄阳西北。汉皋解珮，指《列仙传》叙郑交甫于此地遇二仙女，见而悦之，下请其珮，二女解珮与交甫事。
③ 刘阮天台：指传说中东汉人刘晨、阮肇入天台山遇二仙女事。

咽最后那一口气。死去时亲人呼天抢地哭一阵,罄所有请和尚安魂念经再托人赊购副四合头棺木,或借"大加一"① 买副薄薄板片,土里一埋也就完事了。

　　桃源地方已有公路,直达号称湘西咽喉的武陵(常德),每日都有八辆十辆新式载客汽车,按照一定时刻在公路上奔驰,距常德约九十里,车票价钱一元零。这公路从常德且直达湖南省会的长沙,汽车路程约四小时,车票价约六元。公路通车时,有人说这条公路在湘省经济上具有极大意义,意思是对于黔省出口特货② 运输可方便不少。这人似乎不知道特货过境每次必三百担五百担,公路上一天不过十几辆汽车来回,若非特货再加以精制,每天能运输多少? 关于特货的精制,在各省严厉禁烟宣传中,平民谁还有胆量来作这种非法勾当。假若在桃源县某种铺子里,居然有人能够设法购买一点黄色粉末药物,作为谈天口气,随便问问,就会弄明白那货物的来源是有来头的。信不信由你,大股东中大头脑有什么"龄"字辈"子"字辈,还有沿江之督办,上海之闻人。且明白出产地并不是桃源县城,沿江上行五十多里,有二十部机器日夜加工,运输出口时或用轮船直往汉口,却不需借公路汽车转运长沙。

　　真可称为桃源名产值得引人注意的,是家鸡同鸡卵,街头巷尾无处不可以发现这种冠赤如火、庞大庄严的生物,经常有重达一二十斤的。凡过路人初见这地方鸡卵,必以为鸭卵或鹅卵。其次,桃源有一种小划子,轻捷,稳当,干净,在沅河中可称首屈一指。一个外省旅行者,若想到湘西的永绥③,乾城④、凤凰研究湘边苗族的分布状况;或想到湘西往四川的酉阳,秀山,调查桐油的生产,往贵州的铜仁调查朱砂水银的生产,往玉屏调查竹料种类,注意造箫制纸的手工业生产情况,皆可在桃源县魁星阁下边,雇妥那么一只小船,沿沅河溯流而上,直达目的地,到地时取行李上岸落店,毫无何等困难。

　　一只桃源小划子上只能装载一二客人。照例要个舵手,管理后艄,调

---

① 大加一:一种月息为百分之十的高利贷。
② 特货:指鸦片烟。
③ 永绥:县名,即今湖南花垣县。
④ 乾城:即乾州,今属湖南吉首县。

动船只左右；张挂风帆，松紧帆索，捕捉河面山谷中的微风；放缆拉船，量渡河面宽窄与河流水势，伸缩竹缆。另外还要拦头工人，上滩下滩时看水认容口，出事前提醒舵手躲避石头，恶浪与洑流，出事后点篙子需要准确，稳重。这种人还要有胆量，有气力，有经验，张帆落帆都得很敏捷的及时拉桅下绳索。走风船行如箭时，便蹲坐在船头上吃喝呼啸，嘲笑同行落后的船只。自己船只落后被人嘲笑时，还要回骂；人家唱歌也得用歌声作答。两船相碰说理时，不让别人占便宜。动手打架时，先把篙子抽出拿在手上。船只逼入急流乱石中，不问冬夏，都得敏捷而勇敢的脱光衣裤，向急流中跳去，在水里尽肩背之力使船只离开险境。掌舵的因事故不能尽职，就从船顶爬过船尾去，作个临时舵手。船上若有小水手，还应事事照料小水手，指点小水手。更有一份不可推却的职务，便是在一切过失上，应与掌舵的各据小船一头，相互辱宗骂祖，继续使船前进。小船除此两人以外，尚需要个小水手居于杂务地位，淘米，烧饭，切菜，洗碗，无事不作。行船时应荡桨就帮同荡桨，应点篙就帮同持篙。这种小水手大都在学习期间，应处处留心，取得经验同本领。除了学习看水，看风，记石头，使用篙桨以外，也学习挨打挨骂。尽各种古怪稀奇字眼儿成天在耳边反复响着，好好的保留在记忆里，将来长大时再用它来辱骂旁人。上行无风吹，一个人还负了纤板，曳着一段竹缆，在荒凉河岸小路上拉船前进。小船停泊码头边时，又得规规矩矩守船。关于他们的经济情势，舵手多为船家长年雇工，平均算来合八分到一角钱一天。拦头工有长年雇定的，人若年富力强多经验，待遇同掌舵的差不多。若只是短期包来回，上行平均每天可得一毛或一毛五分钱。下行则尽义务吃白饭而已。至于小水手，学习期限看年龄同本事来，有些人每天可得两分钱作零用，有些人在船上三年五载吃白饭。上滩时一个不小心，闪不知被自己手中竹篙弹入乱石激流中，泅水技术又不在行，在水中淹死了，船主方面写得有字据，生死家长不能过问，掌舵的把死者剩余的一点衣服交给家长，说明白落水情形后，烧几百钱纸，手续便清楚了。

一只桃源划子，有了这样三个水手，再加上一个需要赶路，有耐心，不嫌孤独，能花个二十三十的乘客，这船便在一条清明透澈的沅水上下游移动起来了。在这条河里在这种小船上作乘客，最先见于记载的一人，应当是那疯疯癫癫的楚逐臣屈原。在他自己的文章里，他就说道："朝发枉渚兮，夕宿辰阳。"若果他那文章还值得称引，我们尚可以就"沅有芷兮澧有兰"与"乘舲上沅"这些话，估想他当年或许就坐了这种小船，溯流而上，到过出产香草香花的沅州①。沅州上游不远有个白燕溪，小溪谷里生长芷草，到如今还随处可见。这种兰科植物生根在悬崖罅隙间，或蔓延到松树枝桠上，长叶飘拂，花朵下垂成一长串，风致楚楚。花叶形体较建兰柔和，香味较建兰淡远。游白燕溪的可坐小船去，船上人若伸手可及，多随意伸手摘花，顷刻就成一束。若崖石过高，还可以用竹篙将花打下，尽它堕入清溪洄流里，再用手去溪里把花捞起。除了兰芷以外，还有不少香草香花，在溪边崖下繁殖。那种黛色无际的崖石，那种一丛丛幽香眩目的奇葩，那种小小洄旋的溪流，合成一个如何不可言说，迷人心目的圣境！若没有这种地方，屈原便再疯一点，据我想来他文章未必就能写得那么美丽。

甚么人看了我这个记载，若神往于香草香花的沅州，居然从桃源包了小船，过沅州去，希望实地研究解决《楚辞》上几个草木问题，到了沅州南门城边，也许无意中会一眼瞥见城门上有一片触目黑色。因好奇想明白它，一时可无从向谁去询问。他所见到的只是一片新的血迹，并非甚么古迹。大约在清党②前后，有个晃州姓唐的青年，北京农科大学毕业生，在沅州晃州两县，用党务特派员资格，率领了两万以上四乡农民，和青年学生，肩持各种农具，上城请愿。守城兵先已得到长官命令，不许请愿群众进城。于是双方自然而然发生了冲突。一面是旗帜，木棒，呼喊与愤怒，一面是居高临下，一尊机关枪同十支步枪。街道既那么窄，结果站在最前线上的特派员同四十多个青年学生与农民，便全在城门边牺牲了。其余农民一看情形不对，抛下农具四散跑了。那个特派员的身体，于是被兵士用刺刀钉在城门木板上示众三天。三天过后，便连同其他牺牲者，一齐抛入屈原所称赞的清流里喂鱼吃了。几年来本地人在内战反复中被派捐拉伕，应付差役中把日子混过去，大致把这件事也慢慢的忘掉了。

桃源小船载到沅州府，舵手把客人行李扛上岸，讨得酒钱回船时，这些

---

① 沅州：即芷江。
② 指1927年"四·一二"国民党"清党"事件。

水手必乘兴过南门外皮匠街走走。那地方同桃源的后江差不多,住下不少经营最古职业的人物①。地方既非商埠,价钱可公道一些。花五角钱关一次门,上船时还可以得一包黄油油的上净丝烟,那是十年前的规矩。照目前百物昂贵情形想来,一切当然已不同了,出钱的花费也许得多一点,收钱的待客也许早已改用"美丽牌"代替"上净丝"了。

或有人在皮匠街蓦然间遇见水手,对水手发问:"弄船的,'肥水不落外人田',家里有的你让别人用,用别人的你还得花钱,这上算吗?"

那水手一定会拍着腰间麂皮抱兜,笑眯眯的回答说:"大爷,'羊毛出在羊身上',这钱不是我桃源人的钱,上算的。"

他回答的只是后半截,前半截却不必提。本人正在沅州,离桃源远过六七百里,桃源那一个他管不着。

便因为这点哲学,水手们的生活,比起"风雅人"来似乎也洒脱多了。若说话不犯忌讳,无人疑心我"袒护无产阶级",我还想说,他们的行为,比起那些读了些"子曰",带了五百家香艳诗去桃源寻幽访胜,过后江讨经验的"风雅人"来,也实在还道德得多。

---

① 指妓女。

## 鸭窠围的夜

　　天快黄昏时落了一阵雪子，不久就停了。天气真冷，在寒气中一切都仿佛结了冰。便是空气，也快要冻结的样子。我包定的那一只小船，在天空大把撒着雪子时已泊了岸。从桃源县沿河而上这已是第五个夜晚。看情形晚上还会有风有雪，故船泊岸边时便从各处挑选好地方。沿岸除了某一处有片沙岨宜于泊船以外，其余地方全是黛色如屋的大岩石。石头既然那么大，船又那么小，我们都希望寻觅得到一个能作小船风雪屏障，同时要上岸又还方便的处所。凡是可以泊船的地方早已被当地渔船占去了。小船上的水手，把船上下各处撑去，钢钻头敲打着沿岸大石头，发出好听的声音，结果这只小船，还是不能不同许多大小船只一样，在正当泊船处插了篙子，把当作锚头用的石碇抛到沙上去，尽那行将来到的风雪，摊派到这只船上。

　　这地方是个长潭的转折处，两岸是高大壁立千丈的山，山头上长着小小竹子，长年翠色逼人。这时节两山只剩余一抹深黑，赖天空微明为画出一个轮廓。但在黄昏里看来如一种奇迹的，却是两岸高处去水已三十丈上下的吊脚楼。这些房子莫不俨然悬挂在半空中，借着黄昏的余光，还可以把这些稀奇的楼房形体，看得出个大略。这些房子同沿河一切房子有个共通相似处，便是从结构上说来，处处显出对于木材的浪费。房屋既在半山上，不用那么多木料，便不能成为房子吗？半山上也用吊脚楼形式，这形式是必须的吗？然而这条河水的大宗出口是木料，木材比石块还不值价。因此，即或是河水永远长不到处，吊脚楼房子依然存在，似乎也不应当有何惹眼惊奇了。但沿河因为有了这些楼房，长年与流水斗争的水手，寄身船中枯闷成疾的旅行者，以及其他过路人，却有了落脚处了。这些人的疲劳与寂寞是从这些房子中可以一律解除的。地方既好看，也好玩。

　　河面大小船只泊定后，莫不点了小小的油灯，拉了篷。各个船上皆在后舱烧了火，用铁鼎罐①煮红米饭，饭焖熟后，又换锅子熬油，哗的把菜蔬倒进热锅里去。一切齐全了，各人蹲在舱板上三碗五碗把腹中填满后，天已夜了。水手们怕冷怕动的，收拾碗盏后，就莫不在舱板上摊开了被盖，把身体钻进那个预先卷成一筒又冷又湿的硬棉被里去休息。至于那些想喝一杯的，发了烟瘾得靠靠灯，船上烟灰又翻尽了的，或一无所为，只是不甘寂寞，好事好玩想到岸上去烤烤火谈谈天的，便莫不提了桅灯，或燃一段废缆子，摇晃着从船头跳上了岸，从一堆石头间的小路径，爬到半山上吊脚楼房子那边去，找寻自己的熟人，找寻自己的熟地。陌生人自然也有来到这条河中，来到这种吊脚楼房子里的时节，但一到地，在火堆旁小板凳上一坐，便是陌生人，即刻也就可以称为熟人乡亲了。

　　这河边两岸除了停泊有上下行的大小船只三十左右以外，还有无数在日前趁融雪涨水放下形体大小不一的木筏。较小的木筏，上面供给人住宿过夜的棚子也不见，一到了码头，便各自上岸找住处去了。大一些的木筏呢，则有房屋，有船只，有小小菜园与养猪养鸡栅栏，还有女眷和小孩子。

　　黑夜占领了全个河面时，还可以看到木筏上的火光，吊脚楼窗口的灯光，以及上岸下船在河岸大石间飘忽动人的火炬红光。这时节岸上船上都有人说话，吊脚楼上且有妇人在黯淡灯光下唱小曲的声音，每次唱完一支小曲时，就有人笑嚷。甚么人家吊脚楼下有匹小羊叫，固执而且柔和的声音，使人听来觉得忧郁。我心中想着，"这一定是从别一处牵来的，另外一个地方，那小畜生的母亲，一定也那么固执地鸣着吧。"算算日子，再过十一天便过年了。"小畜生明不明白只能在这个世界上活过十天八天?"明白也罢，不明白也罢，这小畜生是为了过年而赶来，应在这个地方死去的。此后固执而又柔和的声音，将在我耳边永远不会消失。我觉得忧郁起来了。我仿佛触着了这世界上一点东西，看明白了这世界上一点东西，心里软和得很。

　　但我不能这样子打发这个长夜。我把我的想象，追随了一个唱曲时清中夹沙的妇女声音到她的身边去了。于是仿佛看到了一个床铺，下面是草荐，上面摊了一床用旧帆布或别的旧货做成脏而又硬的棉被，搁在床正中被单上面的是一个长方木托盘，盘中有一把小茶盏，一个小烟盒，一支烟枪，一块

---

① 鼎罐：卵圆形铁罐，炊具。烧饭时置三脚铁架上，形似商鼎，俗称鼎罐。

小石头，一盏灯。盘边躺着一个人在烧烟。唱曲子的妇人，或是袖了手捏着自己的膀子站在吃烟者的面前，或是靠在男子对面的床头，为客人烧烟。房子分两进，前面临街，地是土地，后面临河，便是所谓吊脚楼了。这些人房子窗口既一面临河，可以凭了窗口呼喊河下船中人，当船上人过了瘾，胡闹已够，下船时，或者尚有些事情嘱托，或有其他原因，一个晃着火炬停顿在大石间，一个便凭立在窗口，"大佬你记着，船下行时又来。""好，我来的，我记着的。""你见了顺顺就说：会呢，完了；孩子大牛呢，脚膝骨好了。细粉带三斤，冰糖或片糖带三斤。""记得到，记得到，大娘你放心，我见了顺顺大爷就说：会呢，完了。大牛呢，好了。细粉来三斤，冰糖来三斤。""杨氏，杨氏，一共四吊七，莫错账！""是的，放心呵，你说四吊七就四吊七，年三十夜莫会要你多的！你自己记着就是了！"这样那样的说着，我一一都可听到，而且一面还可以听着在黑暗中某一处咩咩的羊鸣。我明白这些回船的人是上岸吃过"荤烟"①了的。

　　我还估计得出，这些人不吃"荤烟"，上岸时只去烤烤火的，到了那些屋子里时，便多数只在临街那一面铺子里。这时节天气太冷，大门必已上好了，屋里一隅或点了小小油灯，屋中土地上必就地掘了浅凹火炉膛，烧了些树根柴块。火光煜煜，且时时刻刻爆炸着一种难于形容的声音。火旁矮板凳上坐有船上人，木筏上人，有对河住家的熟人。且有虽为天所厌弃还不自弃年过七十的老妇人，闭着眼睛蜷成一团蹲在火边，悄悄的从大袖筒里取出一片薯干，一枚红枣，塞到嘴里去咀嚼。有穿着肮脏，身体瘦弱的孩子，手擦着眼睛傍着火旁的母亲打盹。屋主人有为退伍的老军人，有翻船背运的老水手，有单身寡妇。借着火光灯光，可以看得出这屋中的大略情形，三堵板壁上，一面必有个供奉祖宗的神龛，神龛下空处或另一面，必贴了一些大小不一的红白名片。这些名片倘若有那些好事者加以注意，用小油灯照着，去仔细检查检查，便可以发现许多动人的名衔，军队上的连副、上士、一等兵，商号中的管事，当地的团总、保正、催租吏，以及照例姓滕的船主，洪江的木簰商人，与其他各行各业人物，无所不有。这是近一二十年来经过此地若干人中一小部分的题名录。这些人各用一种不同的生活，来到这个地方，且同样

---

①　吃"荤烟"：指玩女人。

的来到这些屋子里，坐在火边或靠近床上，逗留过若干时间。这些人离开了此地后，在另一世界里还是继续活下去，但除了同自己的生活圈子中人发生关系以外，与一同在这个世界上其他的人，却仿佛便毫无关系可言了。他们如今也许早已死掉了，水淹死的，枪打死的，被外妻用砒霜谋杀的，然而这些名片却依然将好好的保留下去。也许有些人已成了富人名人，成了当地的小军阀，这些名片却仍然写着催租人，上士等等的衔头。……除了这些名片，那屋子里是不是还有比它更引人注意的东西呢？锯子，小捞兜，香烟大画片，装干栗子的口袋，……

提起这些问题时使人心中很激动。我到船头上去眺望了一阵。河面静静的，木筏上火光小了，船上的灯光已很少了，远近一切只能借着水面微光看出个大略情形。另外一处的吊脚楼上，又有了妇人唱小曲的声音，灯光摇摇不定，且有猜拳声音。我估计那些光同声音所在处，不是木筏上的簰头在取乐，就是水手们小商人在喝酒。妇人手指上说不定还戴了水手特别为从常德府捎带来的镀金戒指，一面唱曲一面把那只手理着鬓角，多动人的一幅画图！我认识他们的哀乐，这一切我也有份。看他们在那里把每个日子打发下去，也是眼泪也是笑，离我虽那么远，同时又与我那么相近。这正同读一篇描写西伯利亚的农人生活活动人作品一样，使人掩卷引起无言的哀戚。我如今只用想象去领味这些人生活的表面姿态，却用过去一分经验，接触着了这种人的灵魂。

羊还固执地鸣着。远处不知甚么地方有锣鼓声音，那一定是某个人家禳土酬神还愿巫师①的锣鼓。声音所在处必有火燎与九品蜡②照耀争辉。眩目火光下必有头包红布的老巫师独立作旋风舞，门上架上有黄钱，平地有装满了谷米的平斗。有新宰的猪羊伏在木架上，头上插着小小五色纸旗。有行将为巫师用口把头咬下的活公鸡，缚了双脚与翼翅，在土坛边无可奈何的躺卧。主人锅灶边则热了满锅猪血稀粥，灶中正火光熊熊。

邻近一只大船上，水手们已静静的睡下了，只剩一个人吸着烟，且时时刻刻把烟管敲着船舷，也像听着吊脚楼的声音，为那点声音所激动，引起种

---

① 巫师：湘西原始宗教中司神职的人。
② 九品蜡：即九支蜡烛，祭神时可按不同格式排列。

鸭窠围的夜

种联想，忽然按捺自己不住了，只听到他轻轻的骂着野话，擦了支自来火，点上一段废缆，跳上岸往吊脚楼那里去了。他在岸上大石间走动时，火光便从船篷空处漏进我的船中。也是同样的情形吧，在一只装载棉军服向上行驶的船上，泊到同样的岸边，躺在成束成捆的军服上面，夜既太长，水手们爱玩牌的各蹲坐在舱板上小油灯光下玩天九，睡既不成，便胡乱穿了两套棉军服，空手上岸，借着石块间还未融尽残雪返照的微光，一直向高岸上有灯光处走去。到了街上，除了从人家门罅里露出的灯光成一条长线横卧着，此外一无所有。在计算中以为应可见到的小摊上成堆的花生，用哈德门长方纸烟盒装着干瘪瘪的小橘子，切成小方块的片糖，以及在灯光下看守摊子把眉毛扯得极细的妇人（这些妇人无事可作时还会在灯光下做点针线的），如今甚么也没有。既不敢冒昧闯进一个家里面去，便只好又回转河边船上了。但上山时向灯光凝聚处走去，方向不会错误。下河时可糟了。糊糊涂涂在大石小石间走了许久，且大声喊着，才走近自己所坐的一只船。上船时，两脚全是泥，刚攀上船舷还不及脱鞋落舱，就有人在棉被中大喊："伙计哥子们，脱鞋呀！"把鞋脱了还不即睡，便镶到水手身旁去看牌，一直看到半夜，——十五年前自己的事，在这样地方温习起来，使人对于命运感到十分惊异。我懂得那个忽然独自跑上岸去的人，为甚么上去的理由！

等了一会，邻船上那人还不回到他自己的船上来，我明白他所得的必比我多了一些。我想听听他回来时，是不是也像别的船上人，有一个妇人在吊脚楼窗口喊他叫他。许多人都陆续回到船上了，这人却没有下船。我记起"柏子"①。但是，同样是水上人，一个那么快乐的赶到岸上去，一个却是那么寂寞的跟着别人后面走上岸去，到了那些地方，情形不会同柏子一样，也是很显然的事了。

为了我想听听那个人上船时那点推篷声音，我打算着，在一切声音全已安静时，我仍然不能睡觉。我等待那点声音，大约到午夜十二点，水面上却起了另外一种声音。仿佛鼓声，也仿佛汽油船马达转动声，声音慢慢的近了，可是慢慢的又远了。像是一个有魔力的歌唱，单纯到不可比方，也便是那种

---

① 柏子：沈从文小说《柏子》中人物。小说叙述的，是水手柏子与其吊脚楼身为妓女的情人幽会情形。

固执的单调，以及单调的延长，使一个身临其境的人，想用一组文字去捕捉那点声音，以及捕捉在那长潭深夜一个人为那声音所迷惑时节的心情，实近于一种徒劳无功的努力。那点声音使我不得不再从那个业已用被单塞好空罅的舱门，到船头去搜索它的来源。河面一片红光，古怪声音也就从红光一面掠水而来。原来日里隐藏在大岩下的一些小渔船，在半夜前早已静悄悄的下了拦江网。到了半夜，把一个从船头伸在水面的铁兜，盛上燃着熊熊烈火的油柴，一面用木棒槌有节奏的敲着船舷各处漂去。身在水中见了火光而来与受了柝声吃惊四窜的鱼类，便在这种情形中触了网，成为渔人的俘虏。

一切光，一切声音，到这时节已为黑夜所抚慰而安静了，只有水面上那一分红光与那一派声音。那种声音与光明，正为着水中的鱼和水面的渔人生存的搏战，已在这河面上存在了若干年，且将在接连而来的每个夜晚依然继续存在。我弄明白了，回到舱中以后，依然默听着那个单调的声音。我所看到的仿佛是一种原始人与自然战争的情景。那声音，那火光，都近于原始人类的战争，把我带回到四五千年那个"过去"时间里去。

不知在甚么时候开始落了很大的雪，听船上人细语着，我心想，第二天我一定可以看到邻船上那个人上船时节，在岸边雪地上留下那一行足迹。那寂寞的足迹，事实上我却不曾见到，因为第二天到我醒来时，小船已离开那个泊船处很远了。

# 一九三四年一月十八

　　我仿佛被一个极熟的人喊了又喊，人清醒后那个声音还在耳朵边。原来我的小船已开行了许久，这时节正在一个长潭中顺风滑行，河水从船舷轻轻擦过，把我弄醒了。

　　我的小船今天应当停泊到一个大码头，想起这件事，我就有点儿慌张起来了。小船应停泊的地方，照史籍上所说，出丹砂，出辰州符。事实上却只出胖人，出肥猪，出鞭炮，出雨伞。一条长长的河街，在那里可以见到无数水手柏子与无数柏子的情妇。长街尽头飘扬着用红黑二色写上扁方体字税关的幡信，税关前停泊了无数上下行验关的船只。长街尽头油坊围墙如城垣，长年有油可打，打油匠摇荡悬空油槌，訇的向前抛去时，莫不伴以摇曳长歌，由日到夜，不知休止。河中长年有大木筏停泊，每一木筏浮江而下时，同时四方角隅至少有三十个人举桡激水。沿河吊脚楼下泊定了大而明黄的船只，船尾高涨，常到两丈左右，小船从下面过身时，仰头看去恰如一间大屋（那上面必用金漆写得有"福"字同"顺"字！）。这个地方就是我一提及它时充满了感情的辰州①。

　　小船去辰州还约三十里，两岸山头已较小，不再壁立拔峰，渐渐成为一堆堆黛色与浅绿相间的丘阜，山势既较和平，河水也温和多了。两岸人家渐渐越来越多，随处可以见到毛竹林。山头已无雪，虽尚不出太阳，气候干冷，天空倒明明朗朗。小船顺风张帆向上流走去时，似乎异常稳定。

　　但小船今天至少还得上三个滩与一个长长的急流。

　　大约九点钟时，小船到了第一个长滩脚下了，白浪从船旁跑过快如奔马，在惊心眩目情形中小船居然上了滩。小船上滩照例并不如何困难，大船可不同一点。滩头上就有四只大船斜卧在白浪中大石上，毫无出险的希望。其中一只货船，大致还是昨天才坏事的，只见许多水手在石滩上搭了棚子住下，摊晒了许多被水浸湿的货物。正当我那只小船上完第一滩时，却见一只大船，

---

① 辰州：即沅陵，隋置辰州于沅陵，故名。

正搁浅在滩头激流里。只见一个水手赤裸着全身向水中跳去，想在水中用肩背之力使船只活动，可是人一下水后，就即刻为激流带走了。在浪声吼哮里尚听到岸上人沿岸喊着，水中那一个大约也回答着一些遗嘱之类，过一会儿，人便不见了。这个滩共有九段。这件事从船上人看来，可太平常了。

小船上第二段时，江流已随山势曲折，再不能张帆取风，我担心到这小小船只的安全问题，就向掌舵水手提议，增加一个临时纤手，钱由我出。得到了他的同意，一个老头子，牙齿已脱，白须满腮，却如古罗马战士那么健壮，光着手脚蹲在河边那个大青石上讲生意来了。两方面都大声嚷着而且辱骂着，一个要一千，一个却只出九百，相差那一百钱折合银洋约一分一厘。那方面既坚持非一千文不出卖这点气力，这一方面却以为小船根本不必多出这笔钱给一个老头子，我即或答应了不拘多少钱统由我出，船上三个水手，一面与那老头子对骂，一面把船开到急流里去了。但小船已开出后，老头子方不再坚持那一分钱，却赶忙从大石上一跃而下，自动把背后纤板上短绳，缚定了小船的竹缆，躬着腰向前走去了。待到小船业已完全上滩后，那老头就赶到船边来取钱，互相又是一阵辱骂。得了钱，坐在水边大石上一五一十数着。我问他有多少年纪，他说七十七。那样子，简直是一个托尔斯太！眉毛那么长，鼻子那么大，胡子那么多，一切都同画相上的托尔斯太相去不远。看他那数钱的神气，人快到八十了，对于生存还那么努力执着，这人给我的印象真太深了。但这个人在他们弄船人看来，一个又老又狡猾的东西罢了。

小船上尽长滩后，到了一个小小水村边，有母鸡生蛋的声音，有人隔河喊人的声音，两山不高而翠色迎人。许多等待修理的小船，一字排开斜卧在岸上，有人在一只船边敲敲打打，我知道他们正用麻头与桐油石灰嵌进船缝里去。一个木筏上面还搁了一只小船，在平滩中溜着。忽然村中有炮仗声音，有唢呐声音，且有锣声；原来村中人正接媳妇。锣声一起，修船的，放木筏的，划船的，无不停止了工作，向锣声起处望去。——多美丽的一幅画图，一首诗！但除了一个从城市中因事挤出的人觉得惊讶，难道还有谁看到这些光景矍然神往？

下午二时左右，我坐的那只小船，已经把辰河①由桃源到沅陵一段路程主要滩水上完，到了一个平静长潭里。天气转晴，日头初出，两岸小山作浅

---

① 辰河，即沅江。

绿色，山水秀雅明丽如西湖。船离辰州只差十里，我估计，过不多久，船到了白塔下再上个小滩，转过山岨，就可以见到税关上飘扬的长幡信了。

想起再过两点钟，小船泊到泥滩上后，我就会如同我小说写到的那个柏子一样，从跳板一端摇摇荡荡的上了岸，直向有吊脚楼人家的河街走去，再也不能蜷伏在船里了。

我坐到后舱口日光下，向着河流清算我对于这条河水这个地方的一切旧帐。原来我离开这地方已十六年。十六年的日子实在过得太快了一点。想起从这堆日子中所有人事的变迁，我轻轻的叹息了好些次。这地方是我第二个故乡。我第一次离乡背井，随了那一群肩扛刀枪向外发展的武士为生存而战斗，就停顿到这个码头上。这地方每一条街每一处衙署，每一间商店，每一个城洞里做小生意的小担子，还如何在我睡梦里占据一个位置！这个河码头在十六年前教育我，给我明白了多少人事，帮助我作过多少幻想，如今却又轮到它来为我温习那个业已消逝的童年梦境来了。

望着汤汤的流水，我心中好像忽然彻悟了一点人生，同时又好像从这条河上，新得到了一点智慧。的的确确，这河水过去给我的是"知识"，如今给我的却是"智慧"。山头一抹淡淡的午后阳光感动我，水底各色圆如棋子的石头也感动我。我心中似乎毫无渣滓，透明烛照，对万汇百物，对拉船人与小小船只，一切都那么爱着，十分温暖的爱着！我的感情早已融入这第二故乡一切光景声色里了。我仿佛很渺小很谦卑，对一切有生无生似乎都在伸手，且微笑地轻轻地说：

"我来了，是的，我仍然同从前一样的来了。我们全是原来的样子，真令人高兴。你，充满了牛粪桐油气味的小小河街，虽稍稍不同了一点，我这张脸，大约也不同了一点。可是，很可喜的是我们还互相认识，只因为我们过去实在太熟悉了！"

看到日夜不断，千古长流的河水里的石头和砂子，以及水面腐烂的草木，破碎的船板，使我触着了一个使人感觉惆怅的名词。我想起"历史"。一套用文字写成的历史，除了告给我们一些另一时代另一群人在这地面上相斫相杀的故事以外，我们决不会再多知道一些要知道的事情。但这条河流，却告给了我若干年来若干人类的哀乐！小小灰色的渔船，船舷船顶站满了黑色沉默的鱼鹰，向下游缓缓划去了。石滩上走着脊梁略弯的拉船人。这些东西于历史似乎毫无关系，百年前或百年后皆仿佛同目前一样。他们那么忠实庄严的生活，担负了自己那份命运，为自己，为儿女，继续在这世界中活下去。不问所过的是如何贫贱艰难的日子，却从不逃避为了求生而应有的一切努力。在他们生活、爱憎、得失里，也依然摊派了哭，笑，吃，喝。对于寒暑的来临，他们便更比其他世界上人感到四时交替的严肃。历史对于他们俨然毫无意义，然而提到他们这点千年不变无可记载的历史，却使人引起无言的哀戚。

我有点担心，地方一切虽没有甚么变动。我或者变得太多了一点。

船到了税关前趸船旁泊定时，我想象那些税关办事人，因为见我是个陌生旅客，一定上船来盘问我，麻烦我。我于是便假定恰如数年前作的一篇文章上我那个样子，故意不大理会，希望引起那个公务人员的愤怒，直到把我带局为止。我正想要那么一个人引路到局上去，好去见他们的局长！还很希望他们带到当地驻军旅部去，因为若果能够这样，就使我进衙门去找熟人时，省得许多琐碎的手续了。

可是验关的来了，一个宽脸大身体的青年苗人。见到他头上那个盘成一饼的青布包头，引动了我一点乡情。我上岸的计划不得不变更了。他还来不及开口我就说：

"同年，你来查关！这是我坐的一只空船，你尽管看。我想问你，你局长姓甚么！"

那苗人已上了小船在我面前站定，看看舱里一无所有，且听我喊他为"同年"，从乡音中得到了点快乐，便用着小孩子似的口音问我：

"你到哪里去，你从哪里来呀！"

"我从常德来——就到这地方。你不是梨林人吗？我是……我要会你局长！"

那关吏说："我是凤凰县人！你问局长，我们局长姓陈！"

第一个碰到的原来就是自己的乡亲，我觉得十分激动，赶忙请他进舱来坐坐。可是这个人看看我的衣服行李，大约以为我是个什么代表，一种身份的自觉，不敢进舱里来了。就告我若要找陈局长，可以把船泊到中南门去。一面说着一面且把手中的粉笔，在船篷上面了个放行的记号，却回到大船上去："你们走！"他挥手要水手开船，且告水手应当把船停到中南门，上岸方便。

船开上去一点，又到了一个复查处。仍然来了一个头裹青布帕的乡亲从舱口看看船中的我。我想这一次应当故意不理会这个公务人，使他生气方可

一九三四年一月十八

到局里去。可是这个复查员看看我不作声的神气，一问水手，水手说了两句话，又挥挥手把我们放走了。

我心想：这不成，他们那么和气，把我想象的安排的计划全给毁了，若到中南门起岸，水手在身后扛了行李，到城门边检查时，只需水手一句话又无条件通过，很无意思。我多久不见到故乡的军队了，我得看看他们对于职务上的兴味与责任，过去和现在有什么不同处。我便变更了计划，要小船在东门下傍码头停停，我一个人先上岸去，上了岸后小船仍然开到中南门，等等我再派人来取行李。我于是上了岸，不一会就到河街上了。当我打从那河街上过身时，做炮仗的，卖油盐杂货的，收买发卖船上一切零件的，所有小铺子皆牵引了我的眼睛，因此我走得特别慢些。但到进城时却使我很失望，城门口并无一个兵。原来地方既不戒严，兵移到乡下去驻防，城市中已用不着守城兵了。长街路上虽有穿着整齐军服的年青人，我却不便如何故意向他们生点事。看看一切皆如十六年前的样子，只是兵不同了一点。

我既从东门从从容容的进了城，不生问题，不能被带过旅部去，心想时间还早，不如到我弟弟哥哥共同在这地方新建筑的"芸芦"新家里看看，那新房子全在山上。到了那个外观十分体面的房子大门前，问问工人谁在监工，才知道我哥哥来此刚三天。这就太妙了，若不来此问问，我以为我家中人还依然全在凤凰县城里！我进了门一直向楼边走去时，还有使我更惊异而快乐的，是我第一个见着的人原来就正是五年来行踪不明的"虎雏"①。这人五年前在上海从我住处逃亡后，一直就无他的消息，我还以为他早已腐了烂了。他把我引导到我哥哥住的房中，告给我哥哥已出门，过三点钟方能回来。在这三点钟之内，他在我很惊讶的盘问之下，却告给了我他的全部历史。原来，八岁时他就因为用石块砸死了人逃出家乡，做过玩龙头宝的助手，做过土匪，做过采茶人，当过兵。到上海发生了那件事情后，这六年中又是从一想象不到的生活里，转到我军官兄弟手边来作一名"副爷"。

见到哥哥时，我第一句话说的是"家中虎雏真是个了不起的人物！"我哥哥却回答得妙："了不起的人吗？这里比他了不起的人多着哪。"

到了晚上，我哥哥说的话，便被我所见到的五个青年军官证实了。

---

① "虎雏"，沈从文短篇小说《虎雏》的主人公。

# 一个多情水手与一个多情妇人

我的小表到了七点四十分时,天光还不很亮。停船地方两山过高,故住在河上的人,睡眠仿佛也就可以多些了。小船上水手昨晚上吃了我五斤河鱼,鱼虽吃过,大约还记着那吃鱼的原因,不好意思再睡,这时节业已起身,卷了铺盖,在烧水扫雪了。两个水手一面工作一面用野话编成韵语骂着玩着,对于恶劣天气与那些昨晚上能晃着火炬到有吊脚楼人家去同宽脸大奶子妇人纠缠的水手,含着无可奈何的妒嫉。

大木筏都得天明时漂滩,正预备开头,寄宿在岸上的人已陆续下了河,与宿在筏上的水手们,共同开始从各处移动木料,筏上有斧斤声与大摇槌嘭嘭的敲打木桩声音。许多在吊脚楼寄宿的人,从妇人热被里脱身,皆在河滩大石间踉跄走着,回归船上。妇人们恩情所结,也多和衣靠着窗边,与河下人遥遥传述那种种"后会有期各自珍重"的话语。很显然的事,便是这些人昨夜那点露水恩情上,已经各在那里支付分上一把眼泪与一把埋怨。想到这些眼泪与埋怨,如何糅进这些人的生命中,成为生活之一部分时,使人心中柔和得很!

第一个大木筏开始移动时,约在八点左右。木筏四隅数十支大桡,泼水而前,筏上且起了有节奏的"唉"声。接着又移动了第二个。……木筏上的桡手,各在微明中画出一个黑色的轮廓。木筏上某一处必飐着一片红红的火光,火堆旁必有人正蹲下用钢罐煮水。

我的小船到这时节一切业已安排就绪,也行将离岸,向长潭上游溯江而上了。

只听到河下小船邻近不远某一只船上,有个水手哑着嗓子喊人。

"牛保,牛保,不早了,开船了呀!"

许久没有回答,于是又听那个人喊道:

"牛保,牛保,你不来当真船开动了!"

再过一阵,催促的转而成为辱骂,不好听的话已上口了。

"牛保，牛保，狗×的，你个狗就见不得河街女人的×！"

吊脚楼上那一个，到此方仿佛初从好梦中惊醒，从热被里妇人手臂中逃出，光身爬到窗边来答着：

"宋宋，宋宋，你喊甚么？天气还早咧。"

"早你的娘，人家木簰全开了，你玩了一夜还尽不够！"

"好兄弟，忙甚么！今天到白鹿潭好好的喝一杯！天气早得很！"

"天气早得很，哼，早你的娘！"

"就算是早我的娘吧。"

最后一句话，不过是我的想象。因为河岸水面那一个，虽尚呶呶不已，楼上那一个却业已沉默了。大约这时节那个妇人还卧在床上，也开了口，"牛保，牛保，你别理他，冷得很！"因此即刻又回到床上热被里去了。

只听到河边那个水手嘀嘀的骂着各种野话，且有意识把船上家伙磕撞得很响。我心想：这是个甚么样子的人，我倒应该看看他。且很希望认识岸上那一个。我知道他们那只船也正预备上行，就告给我小船上水手，不忙开头，等等同那只船一块儿开。

不多久，许多木筏离岸了，许多下行船也拔了锚，推开篷，着手荡桨摇橹了。我卧在船舱中，就只听到水面人语声，以及橹桨激水声，与橹桨本身被扳动时咿咿哑哑声。河岸吊脚楼上妇人在晓气迷濛中锐声的喊人，正如同音乐中的笙管一样，超越众声而上。河面杂声的综合，交织了庄严与流动，一切真是一个圣境。

我出到舱外去站了一会，天已亮了，雪已止了，河面寒气逼人。眼看这些船筏各戴上白雪浮江而下，这里那里扬着红红的火焰同白烟，两岸高山则直矗而上，如对立巨魔，颜色淡白，无雪处皆作一片墨绿。奇景当前，有不可形容的瑰丽。

一会儿，河面安静了。只剩下几只小船同两片小木筏，还无开头意思。河岸上有个蓝面短衣青年水手，正从半山高处人家下来，到一只小船上去。因为必需从我小船边过身，我把这人看得清清楚楚。大眼，宽脸，鼻子短，宽阔肩膊下挂着两只大手（手上还提了一个棕衣口袋，里面填得满满的），走路时肩背微微向前弯曲，看来处处皆证明这个人是一个能干得力的水手。我就冒昧的喊他，同他说话：

"牛保，牛保，你玩得好！"

谁知那水手当真就是牛保。

那家伙回过头来看看是我叫他，就笑了。我们的小船好几天以来，皆一同停泊，一同启碇，我虽不认识他，他原来早就认识了我的。经我一问，他有点害羞起来了。他把那口袋举起带笑说道：

"先生，冷呀！你不怕冷吗？我这里有核桃，你要不要吃核桃？"

我以为他想卖给我些核桃，不愿意扫他的兴，就说等等我一定向他买些。

他刚走到他自己那只小船边，就快乐的唱起来了。忽然税关复查处比邻吊脚楼人家窗口，露出一个年青妇人鬓发散乱的头颅，向河下人锐声叫将起来：

"牛保，牛保，我同你说的话，你记着吗？"

年青水手向吊脚楼一方把手挥动着。

"唉，唉，我记得到！……冷！你是怎么的啊！快上床去！"大约他知道妇人起身到窗边时，是还不穿衣服的。

妇人似乎因为一番好意不能使水手领会，有点不高兴的神气。

"我等你十天，你有良心，你就来——"说着，嘭的一声把格子窗放下了。这时节眼睛一定已红了。

那一个还向吊脚楼喃喃说着什么，随即也上了船。我看看，那是一只深棕色的小货船。

我的小船行将开头时，那个青年水手牛保却跑来送了一包核桃。我以为他是拿来卖给我的，赶快取了一张值五角的票子递给他。这人见了钱只是笑。他把钱交还，把那包核桃从我手中抢了回去。

"先生，先生，你买我的核桃，我不卖！我不是做生意人（他把手向吊脚楼指了一下，话说得轻了些）。那婊子同我要好，她送我的。送了我那么多，还有栗子，干鱼。还说了许多痴话，等我回来过年咧。……"

慷慨原是辰河水手一种通常的性格，既不要我的钱，皮箱上正搁了一包烟台苹果，我随手取了四个大苹果送给他，且问他：

"你回不回来过年？"

他只笑嘻嘻的把头点点，就带了那四个苹果飞奔而去。我要水手开了船。小船已开到长潭中心时，忽然又听到河边那个哑嗓子在喊嚷：

一个多情水手与一个多情妇人

"牛保，牛保，你是怎么的？我×你的妈，还不下河，我翻你的三代，还……"

一会儿，一切皆沉静了，就只听到我小船船头分水的声音。

听到水手的辱骂，我方明白那个快乐多情的水手，原来得了苹果后，并不即返船，仍然又到吊脚楼人家去了。他一定把苹果献给那个妇人，且告给妇人这苹果的来源，说来说去，到后自然又轮着来听妇人说的痴话，把下河的时间完全忘掉了。

小船已到了辰河多滩的一段路程，长潭尽后就是无数大滩小滩。河水半月来已落下六尺，雪后又照例无风，较小船只即或可以不从大漕上行，沿着河边浅水处走去也仍然十分费事。水太干了，天气又实在太冷了点。我伏在舱口看水手们一面骂野话，一面把长篙向急流乱石间掷去，心中却念及那个多情水手。船上滩时浪头俨然只想把船上人攫走。水流太急，故常常眼看业已到了滩头，过了最紧要处，但在抽篙换篙之际，忽然又会为急流冲下。河水又大又深，大浪头拍岸时常如一个小山，但它总使人觉得十分温和。河水可同一股火，太热情了一点，时时刻刻皆想把人攫走，且仿佛完全只凭自己意见作去。但古怪的是这些弄船人，他们逃避激流同漩水的方法，十分巧妙。他们得靠水为生，明白水，比一般人更明白水的可怕处；但他们为了求生，却在每个日子里每一时间皆有向水中跳去的准备。小船一上滩时，就不能不向白浪里钻去，可是他们却又必有方法从白浪里找到出路。

在一个小滩上，因为河面太宽，小漕河水过浅，小船缆绳不够长不能拉纤，必须尽手足之力用篙撑上，我的小船一连上了五次皆被急流冲下。船头全是水。到后想把船从对河另一处大漕走去，漂流过河时，从白浪中钻出钻进，篷上也沾了水。在大漕中又上了两次，还花钱加了个临时水手，方把这只小船弄上滩。上过滩后问水手是甚么滩，方知道这滩名"骂娘滩"（说野话的滩！）。即或是父子弄船，一面弄船也一面得互骂各种野话，方可以把船弄上滩口。

一整天小船尽是上滩，我一面欣赏那些从船舷驰过急于奔马的白浪，一面便用船上的小斧头，敲剥那个风流水手见赠的核桃吃。我估想这些硬壳果，说不定每一颗还都是那吊脚楼妇人亲手从树上摘下，用鞋底揉去一层苦皮，再一一加以选择，放在棕衣口袋里的。望着那些棕色碎壳，那妇人说的"你有良心你就赶快来"一句话，也就尽在我耳边响着。那水手虽然这时节或许正在急水滩头趴伏到石头上拉船，或正脱了裤子涉水过溪，一定却记忆着吊脚楼妇人的一切，心中感觉十分温暖。每一个日子的过去，便使他与那妇人接近一点点。十天完了，过年了，那吊脚楼上，一定门楣上全贴了红喜钱，被捉的雄鸡啊呵呵呵的叫着，雄鸡宰杀后，把它向门角落抛去，只听到翅膀扑地的声音。锅中蒸了一笼糯米饭倒下，两人就开始在一个石臼里捣将起来。一切事就是两个人共力合作，一切工作中皆掺合有笑谑与善意的诅骂。于是当真过年了。又是叮咛与眼泪，在一分长长的日子里有所期待，留在船上另一个放声的辱骂催促着，方下了船，又是胡桃与栗子，干鲤鱼与……

到了午后，天气太冷，无从赶路。时间还只三点左右，我的小船便停泊了。停泊地方名为杨家岨。依然有吊脚楼，飞楼高阁悬在半山中，结构美丽悦目。小船傍在大石边，只须一跳就可以上岸。岸上吊脚楼前枯树边，正有两个妇人，穿了毛蓝布衣裳，不知商量些什么，幽幽的说着话。这里雪已极少，山头皆裸露作深棕色，远山则为深紫色。地方静得很，河边无一只船，无一个人，无一堆柴。河边某一个大石后面，有人正在捶捣衣服，一下一下的捣。对河也有人说话，却看不清楚人在何处。

小船停泊到这些小地方，我真有点担心。船上那个壮年水手，是一个在军营中开过小差作过种种非凡事业的人物，成天在船上只唱着"过了一天又一天，心中好似滚油煎"，若误会了我箱中那些带回湘西送人的信笺信封，以为是值钱东西，在唱过了埋怨生活的戏文以后，转念头来玩个新花样，说不定我还来不及被询问"吃板刀面或吃馄饨"以前，就被他解决了。这些事我倒不怎么害怕，凡是蠢人作出的事我不知道甚么叫吓怕的。只是有点儿担心。因为若果这个人做出了这种蠢事，我完了，他跑了，这地方可糟了。地方既属于我那些同乡军官大老管辖，把他们可忙坏了。

我盼望牛保那只小船赶来，也停泊到这个地方，一面可以不用担心，一面还可以同这个有人性的多情水手谈谈。

直等到黄昏，方来了一只邮船，靠着小船下了锚。过不久，邮船那一面有个年青水手嚷着要支点钱上岸去吃"荤烟"，另一个管事的却不允许，两人便争吵起来了。只听到年青的那一个呶呶絮语，声音神气简直同大清早上那个牛保一个样子。到后来，这个水手负气，似乎空着个荷包，也仍然上岸过

一个多情水手与一个多情妇人

吊脚楼人家去了。过了一会还不见他回船，我很想知道一下他到了那里作些甚么事情，就要一个水手为我点上一段废缆，晃着那小小火把，引导我离了船，爬了一段小小山路，到了所谓河街。

五分钟后，我与这个穿绿衣的邮船水手，一同坐到一个人家正屋里火堆旁，默默的在烤火了。面前是一个大油松树根株，正伴同一饼油渣，熊熊的燃着快乐的火焰，间或有人用脚或树枝拨了那么一下，便有好看的火星四散惊起。主人是一个中年妇人，另外还有两个老妇人，虽然向水手提出种种问题，且把关于下河的油价、木价、米价、盐价，一件一件来询问他，他却很散漫地回答，只低下头望着火堆。从那个颈项同肩膊，我认得这个人性格同灵魂，竟完全同早上那个牛保一样。我明白他沉默的理由，一定是船上管事的不给他钱，到岸上来赊烟不到手。他那闷闷不乐的神气，可以说是很妩媚。我心想请他一次客，又不便说出口。到后机会却来了，门开处进来了一个年事极轻的妇人，头上裹着大格子花布首巾，身穿葱绿色土布袄子，系一条蓝色围裙，胸前还绣了一朵小小白花。那年青妇人把两只手插在围裙里，轻脚轻手进了屋，就站在中年妇人身后。说真话，这个女人真使我有点儿"惊讶"。我似乎在什么地方另一时节见着这样一个人，眼目鼻子皆仿佛十分熟悉。若不是当真在某一处见过，那就必定是在梦里。公道一点说来，这妇人是个美丽得很的生物！

最先我以为这小妇人是无意中撞来玩玩，听听从下河来的客人谈谈下面事情，安慰安慰自己寂寞的。可是一瞬间，我却明白她是为另一件事而来的了。屋主人要她坐下，她却不肯坐下，只把一双放光的眼睛尽瞅着我，待到我抬起头去望她时，那眼睛却又赶快逃避了。她在一个水手面前一定没有这种羞怯，为这点羞怯我心中有点儿惆怅，引起了点儿怜悯。这怜悯一半给了这个小妇人，却留下一半给我自己。

那邮船水手眼睛为小妇人放了光，很快乐的说：

"夭夭，夭夭，你打扮得真像个观音！"

那女人抿嘴笑着不理会，表示这点阿谀并不希罕，一会儿方轻轻的说：

"我问你，白师傅的大船到了桃源不到？"

邮船水手回答了，妇人又轻轻的问：

"杨金保的船？"

邮船水手又回答了，妇人又继续问着这个那个。我一面向火一面听他们说话。却在心中计算一件事情。小妇人虽同邮船水手谈到岁暮年末水面上的情形，但一颗心却一定在另外一件事情上驰骋。我几乎本能的就感到了，这个小妇人是正在对我怀着一点傻想头的。不用惊奇，这不是稀奇事情。我们若稍懂人情，就会明白一张为都市所折磨而成的白脸，同一件称身软料细毛衣服，在一个小家碧玉心中所能引起的是一种如何幻想，对目前的事也便不用多提了。

对于身边这个小妇人，也正如先前一时对于身边那个邮船水手一样，我想不出用个甚么方法，就可以使这个有了点儿野心与幻想的人，得到她所要得到的东西。其实我在两件事上皆不能再吝啬了，因为我对于他们皆十分同情。但试想想看，倘若这个小妇人所希望的是我本身，我这点同情，会不会引起五千里外另一个人的苦痛？我笑了。

……假若我给这水手一笔钱，让这小妇人同他谈一个整夜？

我正那么计算着，且安排如何来给那个邮船水手钱，使他不至于感觉难为情。忽然听那年青妇人问道：

"牛保那只船？"

那邮船水手吐了一口气，"牛保的船吗，我们一同上骂娘滩，溜了四次。末后船已上了滩，那拦头的伙计还同他在互骂，且不知为甚么互相用篙子乱打乱划起来，船又溜下滩去了。看那样子不是有一个人落水，就得两个人同时落水。"

有谁发问："为甚么？"

邮船水手感慨似的说："还不是为那一张×！"

几人听着这件事，皆大笑不已。那年青小妇人，却长长地吁了一口气。忽然河街上有个老年人嘶声的喊人：

"夭夭小婊子，小婊子婆，卖×的，你是怎么的，夹着两片小×，一映眼又跑到那里去了！你来！……"

小妇人听门外街口有人叫她，把小嘴收敛做出一个爱娇的姿势，带着不高兴的神气自言自语说："叫骡子又叫了。你就叫吧。夭夭小婊子偷人去了！投河吊颈去了！"咬着下唇很有情致的盯了我一眼，拉开门，放进了一阵寒风，人却冲出去，消失到黑暗中不见了。

那邮船水手望了望小妇人去处那扇大门，自言自语的说："小婊子偏偏嫁老烟鬼，天晓得！"

于是大家便来谈说刚才走去那个小妇人的一切。屋主中年妇人，告给我那小妇人年纪还只十九岁，却为一个年过五十的老兵所占有。老兵原是一个烟鬼，虽占有了她，只要谁有土有财就让床让位。至于小妇人呢，人太年青了点，对于钱毫无用处，却似乎常常想得很远很远。屋主人且为我解释很远很远那句话的意思，给我证明了先前一时我所感觉到的一件事情的真实。原来这小妇人虽生在不能爱好的环境里，却天生有种爱好的性格。老烟鬼用名分缚着了她的身体，然而那颗心却无从拘束。一只船无意中在码头边停靠了，这只船又恰恰有那么一个年青男子，一切派头都和水手不同，夭夭那颗心，将如何为这偶然而来的人跳跃！屋主人所说的话增加了我对于这个年青妇人的关心。我还想多知道一点，请求她告给我，我居然又知道了些不应当写在纸上的事情。到后来，谈起命运，那屋主人沉默了，众人也沉默了。各人眼望着熊熊的柴火，心中玩味着"命运"两个字的意义，而且皆俨然有一点儿痛苦。

我呢，在沉默中体会到一点"人生"的苦味。我不能给那个小妇人甚么，也再不作给那水手一点点钱的打算了，我觉得他们的欲望同悲哀都十分神圣，我不配用钱或别的方法渗进他们命运里去，扰乱他们生活上那一份应有的哀乐。

下船时，在河边我听到一个人唱《十想郎》小曲，曲调卑陋，声音却清圆悦耳。我知道那是由谁口中唱出且为谁唱的。我站在河边寒风中痴了许久。

# 辰河小船上的水手

我自从离开了那个水獭皮帽子的朋友以后，独自坐到这只小船上，已闷闷的过了十天。小船前后舱面既十分窄狭，三个水手白日皆各有所事：或者正在吵骂，或者是正在荡桨撑篙，使用手臂之力，使这只小船在结了冰的寒气中前进。有时两个年青水手即或上岸拉船去了，船前船后又有湿淋淋的缆索牵牵绊绊，打量出去站站，也无时不显得碍手碍脚，很不方便。因此我就只有蜷伏在船舱里，静听水声与船上水手辱骂声，打发了每个日子。

照原定计划，这次旅行来回二十八天的路程，就应当安排二十二个日子到这只小船上。如半途中这小船发生了甚么意外障碍，或者就得多四天五天。起先我尽记着水獭皮帽子的朋友"行船莫算，打架莫看"的格言，对于这只小船每日应走多少路，已走多少路，还需要走多少路，从不过问。他们说"应当开头了"，船就开了，他们说"这鬼天气不成，得歇憩烤火"，我自然又听他们歇憩烤火。天气也实在太冷了一点，篙上桨上莫不结了一层薄冰。我的衣袋中，虽还收藏了一张桃源县管理小划子的船总亲手所写"十日包到"的保单，但天气既那么坏，还好意思把这张保单拿出来向掌艄水手说话吗？

我口中虽不说甚么，心里却计算到所剩余的日子，真有点儿着急。

可是三个水手中的一人，已看准了我的弱点，且在另外一件事情上，又看准了我另外一项弱点，想出了个两得其利的办法来了。那水手向我说道：

"先生，你着急，是不是？不必为天气发愁。如今落的是雪子，不是刀子。我们弄船人，命里派定了划船，天上纵落刀子也得做事！"

我的坐位正对着船尾，掌艄水手这时正分张两腿，两手握定舵把，一个人字形的姿势对我站定。想起昨天这只小船搁入石罅里，尽三人手足之力还无可奈何时，这人一面对天气咒骂各种野话，一面卸下了裤子向水中跳去的情形，我不由得微哂了一下。我说："天气真坏！"

他见我眉毛聚着便笑了。"天气坏不碍事，只看你先生是不是要我们赶路，想赶快一些，我同伙计们有的是办法！"

我带了点埋怨神气说:"不赶路,谁愿意在这个日子里来在河上受活罪?你说有办法,告我看是甚么办法!"

"天气冷,我们手脚也硬了。你请我们晚上喝点酒,活活血脉,这船就可以在水面上飞!"

我觉得这个提议很正当,便不追问先划船后喝酒,如何活动血脉的理由,即刻就答应了。我说:"好得很,让我们的船飞去吧,欢喜吃甚么买甚么。"

于是这小船在三个划船人手上,当真俨然一直向辰河上游飞去。经过钓船时就喊买鱼,一拢码头时就用长柄大葫芦满满的装上一葫芦烧酒。沿河两岸连山皆深碧一色,山头常戴了点白雪,河水则清明如玉。在这样一条河水里旅行,望着水光山色,体会水手们在工作上与饮食上的勇敢处,使我在寂寞里不由得不常作微笑!

船停时,真静。一切声音皆为大雪以前的寒气凝结了。只有船底的水声,轻轻的轻轻的流去,——使人感觉到它的声音,几乎不是耳朵却只是想象。三个水手把晚饭吃过后,围在后舱钢灶边烤火烘衣。

时间还只五点二十五分,先前一时在长潭中摇橹唱歌的一只大货船,这时也赶到快要靠岸停泊了。只听到许多篙子钉在浅水石头上的声音,且有人大嚷大骂。他们并不是吵架,不过在那里"说话"罢了。这些人说话照例永远得使用个粗野字眼儿,也正同我们使用标点符号一样,倘若忘了加上去,意思也就很容易模糊不清楚了。这样粗野字眼儿的使用,即在父子兄弟间也少不了。可是这些粗人野人,在那吃酸菜臭牛肉说野话的口中,高兴唱起歌来时,所唱的又正是如何美丽动人的歌!

大船靠定岸边后,只听到有一个人在船上大声喊叫:

"金贵,金贵,上岸××去!"

那个名为金贵的水手,似乎正在那只货船舱里鱿鱼海带间,嘶着个嗓子回答说:

"你××去我不来。你娘××××正等着你!"

我那小船上三个默默的烤火烘衣的水手,听到这个对白,便一同笑将起来了。其中之一学着邻船人语气说:

"××去,×你娘的×。大白天像狗一样在滩上爬,晚上好快乐!"

另一个水手就说:

"七老，你要上岸去，你向先生借两角钱也可以上岸去！"

几个人把话继续说下去，便讨论到各个小码头上吃四方饭娘儿们的人材与轶事来了。说及其中一些野妇人悲喜的场面时，真使我十分感动。我再也不能孤独的在舱中坐下了，就爬到那个钢灶边去，同他们坐在一处去烤火。

我搀入那个团体时，询问那个年纪较大的水手：

"掌舵的，我十五块钱包你这只船，一次你可以捞多少！"

"我可以捞多少，先生！我不是这只船的主人，我是个每年二百四十吊钱雇定的舵手，算起来一个月我有两块三角钱，你看看这一次我捞多少！"

我说："那么，大伙计，你拦头有多少！全船皆得你，难道也是二百四十吊一年吗？"

那一个名为七老的说："我弄船上行，两块六角钱一次，下行吃白饭！"

"那么，小伙计，你呢。我看你手脚还生疏得很！你昨天差点儿淹坏了，得多吃多喝，把骨头长结实一点点！"

小子听我批评到他的能力就只干笑。掌舵的代他说话：

"先生要你多吃多喝，你不听到吗？这小子看他虽长得同一块发糕一样，其实就只能吃能喝，撒篙子拉纤全不在行！"

"多少钱一月！"我说，"一块钱一月，是不是？"

那个小水手自己笑着开了口，"多少钱一月？十个铜子一天。我还不满师，哪会给我关饷？——×他的娘。天气多坏！"

我在心中打了一下算盘，掌舵的八分钱一天；拦头的一角三分一天，小伙计一分二厘一天。在这个数目下，不问天气如何，这些人莫不皆得从天明起始到天黑为止，做他应分做的事情。遇应当下水时，便即刻跳下水中去。遇应当到滩石上爬行时，也毫不推辞即刻前去。在能用气力时，这些人就毫不吝惜气力打发了每个日子，人老了，或大六月发痧下痢，躺在空船里或太阳下死掉了，一生也就算完事了。这条河中至少有十万个这样过日子的人。想起了这件事情，我轻轻的吁了一口气。

"掌舵的，你在这条河里划了几年船？"

"我至今五十三，十六岁就到了船上。"

三十七年的经验，七百里路的河道，水涨水落河道的变迁，多少滩，多少潭，多少码头，多少石头——是的，凡是那些较大的知名的石头，这个人就无一不能够很清楚的举出它们的名称和故事！划了三十七年的船，还只是孤身一人，把经验与气力每天作八分钱出卖，来在这水上飘泊，这个古怪的人！

"拦头的大伙计，你呢？你划了几年船？"

"我照老法子算，今年三十一岁；在船上五年，在军队里也五年。我是个逃兵，七月里才从贵州开小差回来的！"

这水手结实硬朗处，倒真配作一个兵。那份粗野爽朗处也很像个兵。掌舵的水手人老了，眼睛发花，已不能如年青人那么手脚灵便，小水手年龄又太小了一点，一切事皆不在行，全船最重要的人物就是他。昨天小船上滩，小水手换篙较慢，被篙子弹入急流里去时，他却一手支持篙子，还能一手把那个小水手捞住，援助上船。上了船后那小子又惊又气，全身湿淋淋的，抱定桅子荷荷大哭。他一面笑骂着种种野话，一面却赶快脱了棉衣单裤给小水手替换。在这小船上他一个人脾气似乎特别大，但可爱处也就似乎特别多。

想起小水手掉到水中被援起以后的样子，以及那个年纪大一点的脱下了裤子给他掉换，光着个下身在空气里弄船的神气，我心中充满了不可言说的感情。我向小水手带笑说："小伙计，你呢？"

那个拦头的水手就笑着说："他吗？只会吃只会哭，做错了事骂两句，还会说点蠢话：'你欺侮我，我用刀子同你拼命！'拿你刀子来切我的××，老子还不见过刀子，怕你！"

小水手说："老子哭你也管不着！"

拦头的水手说："不管你，你还会有命！落了水爬起来，有甚么可哭？我不脱下衣来，先生不把你毯子，不冷死你！十五六岁了的人，命好早×出了孩子，动不动就哭，不害羞！"

正说着，邻船上有水手很快乐的用女人窄嗓子唱起曲子，晃着一个火把，上了岸，往半山吊脚楼胡闹去了。

我说："大伙计，你是不是也想上岸去玩玩？要去就去，我这里有的是钱。要几角钱？你太累了，我请客！"

掌舵的老水手听说我请客，赶忙在旁打边鼓儿说："七老，你去，先生请客你就去，两吊钱先生出得起！"

他妩媚的咕咕笑着。我知道那是甚么意思，就取了值四吊钱的五角钞票递给他，小水手笑乐着为他把作火炬的废绳燃好。于是推开了篷，这个人就被两个水手推上了岸，也摇晃着个火把，爬上高坎到吊脚楼地方取乐去了。

人走去后，掌舵的水手方把这个人的身世为我详细说出来。原来这个人的履历上，还有十一个月土匪的经验应当添注上去。这个人大白天一面弄船一面吼着说："老子要死了，老子要做土匪去了，"种种独白的理由，我才完全明白了。

我心中以为这个人既到了河街吊脚楼，若不是同那些宽脸大奶子女人在床上去胡闹，必又坐到火炉边，夹杂在一群划船人中间向火①，嚼花生或剥酸柚子吃。那河街照例有屠户，有油盐店，有烟馆，有小客店，还有许多妇人提起竹篾织就的圆烘笼烤手，一见到年青水手就做眉做眼。还有妇女年纪大些的，鼻梁根扯得通红，太阳穴贴上了膏药，做丑事毫不以为可羞。看中了某一个结实年青的水手时，只要那水手不讨厌她，还会提了家养母鸡送给水手！那些水手胡闹到半夜里回到船上，把缚着脚的母鸡，向舱里同伴热被上一抛去，一些在睡梦里被惊醒的同伴，就会喃喃的骂着，"溜子，溜子，你一条××换一只母鸡，老子明早天一亮用刀割了你！"于是各个臭被一角皆起了咕咕的笑声。……

我还正在那个拦头水手行为上，思索到一个可笑的问题，不知道他那么上岸去，由他说来，究竟得到了些甚么好处。可是他却出我意料以外，上岸不久又下了河，回到小船上来了。小船上掌艄水手正点了个小油灯，薄薄灯光照着那水手的快乐脸孔。掌艄的向他说：

"七老，怎么的，你就回来了，不同婊子过夜？"

小水手也向他说了一句野话，那小子只把头摇着且微笑着，赶忙解下了他那根腰带。原来他棉袄里藏了一大堆橘子，腰带一解，橘子便在舱板上各处滚去。问他为甚么得了那么多橘子，方知道他虽上了岸，却并不胡闹，只到河街上打了个转，在一个小铺子里坐了一会，见有橘子卖，知道我欢喜吃橘子，就把钱全买了橘子带回来了。

我见着他那很有意思的微笑，我知道他这时所作的事，对于他自己感觉如何愉快，我便笑将起来，不说甚么了。四个人剥橘子吃时，我要他告给我

---

① 向火：湘西方言，即烤火。

十一个月做土匪的生活，有些甚么可说的事情，让我听听。他就一直把他的故事说到十二点钟。我真像读了一本内容十分新奇的教科书。

天气如所希望的终于放晴了，我同这几个水手在这只小船上已经过了十二个日子。

天既放晴后，小船快要到目的地时，坐在船舱中一角，瞻望澄碧无尽的长流，使我发生无限感慨。十六年以前，河岸两旁黛色庞大石头上，依然是在这样晴朗冬天里，有野莺与画眉鸟从山谷中竹篁里飞出来，在石头上晒太阳，悠然自得的啭唱悦耳的曲子，直到有船近身时，又方始一齐向竹林中飞去。十六年来竹林里的鸟雀，那份从容处，犹如往日一个样子，水上划船人愚蠢朴质勇敢耐劳处，也还相去不远。但这个民族，在这一堆长长日子里，为内战，毒物，饥馑，水灾，如何向堕落与灭亡大路走去，一切人生活习惯，又如何在巨大压力下失去了它原来的纯朴型范，形成一种难于设想的模式！

小船到达我水行的终点浦市时，约在下午四点钟左右。这一个经过昔日的繁荣而衰败了多年的码头，三十年前是这个地方繁荣达到顶点的时代。十六年前地方业已大大衰落，那时节沿河长街的油坊，尚常有三两千新油篓晒在太阳下，沿河七个用青石作成的码头，有一半还停泊了结实高大四橹五舱运油船。此外船只多从下游运来淮盐，布匹，花纱，以及川黔边区所需的洋广杂货。川黔边境由旱路运来的朱砂，水银、苎麻、五倍子，莫不在此交货转载。木材浮江而下时，常常半个河面皆是那种大木筏。本地市面则出炮仗，出印花布，出肥人，出肥猪。河南既异常宽平，码头又特别干净整齐，虽从那些大商号里，寺庙里，都可见出这个商埠在日趋于衰颓，然而一个旅行者来到此地时，一切规模总仍然可得到一个极其动人的印象！街市尽头河下游为一长潭，河上游为一小滩，每当黄昏薄暮，落日沉入大地，天上暮云为落日余晖所烘炙，剩余一片深紫时，大帮货船从上而下，摇船人泊船近岸，在充满了薄雾的河面，浮荡的催橹歌声，又正是一种如何壮丽稀有的歌声！

如今小船到了这个地方后，看看沿河各码头，早已破烂不堪。小船泊定的一个码头，一共有十二只船，除了有一只船载运了方柱形毛铁，一只船载辰溪烟煤，正在那里发签起货外，其他船只似乎已停泊了多日，无货可载。有七只船还在小桅上或竹篙上，悬了一个用竹缆编成的圆圈，作为"此船出卖"的标志。

小船上掌艄水手同拦头水手全上岸去了，只留下小水手守船，我想乘天气还不曾断黑，到长街上去看看这一切衰败了的地方，是不是商店中还能有个把肥胖子。一到街口却碰着了那两个水手，正同个骨瘦如柴的长人在一个商店门前相骂。问问旁人是什么事情，才知道这长子原来是个屠户，争吵的原因只是对于所买的货物分量轻重有所争持。看到他们那么气急败坏大声吵骂无个了结，我就不再走过去了。

下船时，我一个人坐在那小小船只空舱里让黄昏来临，心中只想着一件古怪事情：

"浦市地方屠户也那么瘦小，是谁的责任？希望到这个地面上，还有一群精悍结实的青年，来驾驭钢铁征服自然，这责任应当归谁？"一时自然不会得到任何结论。

# 箱 子 岩

十五年以前，我有机会独坐一只小篷船，沿辰河上行，停船的箱子岩脚下。一列青黛崭削的石壁，夹江高矗，被夕阳烘炙成为一个五彩屏障。石壁半腰约百米高的石缝中，有古代巢居者的遗迹，石罅隙间横横的悬撑起无数巨大横梁，暗红色长方形大木柜尚依然好好的搁在木梁上。岩壁断折缺口处，看得见人家茅棚同水码头，上岸喝酒下船过渡人也得从这缺口通过。那一天正是五月十五，河中人过大端阳节①。箱子岩洞窟中最美丽的三只龙船，早被乡下人拖出浮在水面上。船只狭而长，船舷描绘有朱红线条，全船坐满了青年桨手，头腰各缠红布。鼓声起处，船便如一支没羽箭，在平静无波的长潭中来去如飞。河身大约一里路宽，两岸皆有人看船，大声呐喊助兴。且有好事者，从后山爬到悬岩顶上去，把"铺地锦"百子鞭炮从高岩上抛下，尽鞭炮在半空中爆裂，形成一团团五彩碎纸云尘。嘭嘭嘭嘭的鞭炮声与水面船中锣鼓声相应和，引起人对于历史回溯发生一种幻想，一点感慨。

当时我心想：多古怪的一切！两千年前那个楚国逐臣屈原，若本身不被放逐，疯疯癫癫来到这种充满了奇异光彩的地方，目击身经这些惊心动魄的景物，两千年来的读书人，或许就没有福分读《九歌》那类文章，中国文学史也就不会如现在的样子了。在这一段长长岁月中，世界上多少民族皆堕落了，衰老了，灭亡了。即如号称东亚大国的一片土地，也已经有过多少次被从西北方沙漠中远来的蛮族，骑了膘壮的马匹，手持强弓硬弩，长枪大戟，到处践踏蹂躏！（辛亥革命前夕，在这苗蛮杂处的一个边镇上，向土民最后一次大规模施行杀戮的统治者，就是一个北方清朝的宗室！辛亥以后，老袁梦想做皇帝时，又有两师北老在这里和滇军作战了大半年。）然而这地方的一切，虽在历史中照样发生不断的杀戮，争夺，以及一到改朝换代时，派人民担负种种不幸命运，死的因此死去，活的被逼迫留发，剪发，在生活上受新

---

① 农历五月十五为"大端阳节"。

朝代种种限制与支配。然而细细一想，这些人根本上又似乎与历史毫无关系。从他们应付生存的方法与排泄感情的娱乐看上来，竟好像今古相同，不分彼此。这时节我所眼见的光景，或许就和两千年前屈原所见的完全一样。

那次我的小船停泊在箱子岩石壁下，附近还有十来只小渔船，大致打鱼人也有玩龙船竞渡的，所以渔船上妇女小孩们，精神无不十分兴奋，各站在尾艄上或船篷上锐声呼喊。其中有几个小孩子，我只担心他们太快乐兴奋了些，会把住家的小船跳沉。

日头落尽云影无光时，两岸渐渐消失在温柔暮色里。两岸看船人吆喝声越来越少，河面被一片紫雾笼罩，除了从锣鼓声中尚能辨别那些龙船方向，此外已别无所见。然而岩壁缺口处却人声嘈杂，且闻有小孩子哭声，有妇女们尖锐叫唤声，综合给人一种悠然不尽的感觉。天气已经夜了，吃饭是正经事。我原先尚以为再等一会儿，那龙船一定就会傍近岩边来休息，被人拖进石窟里，在快乐呼喊中结束这个节日了。谁知过了许久，那种锣鼓声尚在河面飘荡着，表示一班人还不愿意离开小船，回转家中。待到我把晚饭吃过后，爬出舱外一望，呀，天上好一轮圆月。月光下石壁同河面，一切如镀了银，已完全变换了一种调子。岩壁缺口处水码头边，正有人用废竹缆或油柴燃着火燎，火光下只见许多穿白衣人的影子移动。问问船上水手，方知道那些人正把酒食搬移上船，预备分派给龙船上人。原来这些青年人白日里划了一整天船，看船的已慢慢散尽了，划船的还不尽兴，并且谁也不愿意扫兴示弱，先行上岸，因此三只龙船还得在月光下玩个上半夜。

提起这件事，使我重新感到人类文字语言的贫俭。那一派声音，那一种情调，真不是用文字语言可以形容的事情。向一个长年身在城市里住下，以读读《楚辞》就"神往意移"的人，来描绘那月下竞舟的一切，更近于徒然的努力。我可以说的，只是自从我把这次水上所领略的印象保留到心上后，一切书本上的动人记载，全看得平平常常，不至于发生任何惊讶了。这正像我另外一时，看过人类许多不同花样的愚蠢杀戮，对于其余书上叙述到这件事情时，同样不能再给我如何感动。

十五年后我又有了机会乘坐小船沿辰河上行，应当经过箱子岩。我想温习温习那地方给我的印象，就要管船的不问迟早，把小船在箱子岩下停泊。这一天是十二月七号，快要过年的光景。没有太阳的阴沉酿雪天，气候异常寒冷。停船时还只下午三点钟左右，岩壁上藤萝草木叶子多已萎落，显得那一带斑驳岩壁十分瘦削。悬岩高处红木柜，只剩下三四具，其余早不知到哪里去了。小船最先泊在岩壁下洞窟边，冬天水落得太多，洞口已离水面两三丈以上，我从石壁裂罅爬上洞口，到搁龙船处看了一下，旧船已不知坏了还是早被水冲去了，只见有四只新船搁在石梁上，船头还贴有鸡血同鸡毛，一望就明白是今年方下水的。出得洞口时，见岩下左边泊定五只渔船，有几个老渔婆缩颈敛手在船头寒风中修补渔网。上船后觉得这样子太冷落了，可不是个办法，就又要船上水手为我把小船撑到岩壁断折处有人家地方去，就便上岸，看看乡下人过年以前是甚么光景。

四点钟左右，黄昏已逐渐腐蚀了山峦与树石轮廓，占领了屋角隅。我独自坐在一家小饭铺柴火边烤火。我默默的望着那个火光煜煜的枯树根，在我脚边很快乐的燃着，爆炸出轻微的声音。铺子里人来来往往，有些说两句话又走了，有些就来镶在我身边长凳上，坐下吸他的旱烟。有些来烘烘脚，把穿着湿草鞋的脚去热灰里乱搅。看看每一个人的脸子，我都发生一种奇异的乡情。这里是一群会寻快乐的正直善良的乡下人，有捕鱼的，打猎的，有船上水手和编制竹缆工人。若我的估计不错，那个坐在我身旁，伸出两只手向火，中指节有个放光顶尖的，肯定还是一位乡村里的成衣人。这些人每到大端阳时节，都得下河去玩一整天的龙船。平常日子特别是隆冬严寒天气，却在这个地方，按照一种分定，很简单的把日子过下去。每日看过往船只摇橹扬帆来去，看落日同水鸟。虽然也同样有人事上的得失，到恩怨纠纷成一团时，就陆续发生庆贺或仇杀。然而从整个说来，这些人生活却仿佛同"自然"已相融合，很从容的各在那里尽其性命之理，与其他无生命物质一样，唯在日月升降寒暑交替中放射，分解。而且在这种过程中，人是如何渺小的东西，这些人比起世界上任何哲人，也似乎还更知道的多一些。

听他们谈了许久，我心中有点忧郁起来了。这些不辜负自然的人，与自然妥协，对历史毫无担负，活在这无人知道的地方。另外尚有一批人，与自然毫不妥协，想出种种方法来支配自然，违反自然的习惯，同样也那么尽寒暑交替，看日月升降。然而后者却在慢慢改变历史，创造历史。一份新的日月，行将消灭旧的一切。我们用甚么方法，就可以使这些人心中感觉一种对"明天"的"惶恐"，且放弃过去对自然和平的态度，重新来一股劲儿，用划龙船的精神活下去？这些人在娱乐上的狂热，就证明这种狂热能换个方向，就可使他们还配在世界上占据一片土地，活得更愉快更长久一些。不过有什么方法，可以改造这些人的狂热到一件新的竞争方面去，可是个费思索的问题。

一个跛脚青年人，手中提了一个老虎牌新桅灯，灯罩光光的，洒着摇着从外面走进了屋子。许多人见了他都同声叫唤起来："什长，你发财回来了！好个灯！"

那跛子年纪虽很轻，脸上却刻画了一种兵油子的油气与骄气，在乡下人中仿佛身分特高一层。把灯搁在木桌上，大洋洋的坐近火边来，拉开两腿摊出两只大手烘火，满不高兴的说："碰鬼，运气坏，什么都完了。"

"船上老八说你发了财，瞒我们。怕我们开借。"

"发了财，哼。用得着瞒你们？本钱去七角，桃源行市只一块零，除了上下开销，二百两货有甚么捞头，我问你。"

这个人接着且连骂带唱的说起桃源后江娘儿们种种有趣的情形，使得一般人活泼兴奋起来。话说得正有兴味时，一个人来找他，说"什长，猪蹄髈炖好了，酒已热好了。"他搓搓手，说声有偏各位，提起那个新桅灯就走了。

原来这个青年汉子，是个打鱼人的独生子。三年前被省城里募兵委员看中了招去，训练了三个月，就开到江西边境去同共产党打仗。打了半年仗，一班兄弟中只剩下他一个人好好的活着，奉令调回后防招募新军补充时，他因此升了班长。第二次又训练三个月，再开到前线去打仗。于是碎了一只腿，抬回省中军医院诊治，照规矩这只腿得用锯子锯去。一群同乡都以为从辰州地方出来的家乡人，"辰州符"比截割高明得多了，信他个洋办法像话吗？就把他从医院中抢出，在外边用老办法找人敷水药治疗。说也古怪，不到三个月，那只腿居然不必截割，全好了。战争是个甚么东西他也明白了。取得了本营证明，领得了些伤兵抚恤费后，于是回到家乡来，用什长名义受同乡恭维，又用伤兵名义做点特别生意①。这生意也就正是有人可以赚钱，有人可以犯法，政府也设局收税，也制定法律禁止，又可以杀头，又可以发财那种从各方面说来都似乎极有出息的生意。我想弄明白那什长的年龄，从那个当地

---

① 指做鸦片生意。

唯一成衣人口中,方知道这什长今年还只二十一岁。那成衣人还说:

"这小子看事有眼睛,做事有魄力,瘸了一只腿,还会一月一个来回下常德府,吃喝玩乐发财走好运。若两只腿全弄坏,那就更好了。"

有个水手插口说:"这是什么话。"

"什么画,壁上挂。穷人打光棍,一只腿打坏了不顶事。如两只腿全打坏了,他就不会卖烟土走私赚了钱,再到桃源县后江玩花姑娘了!"

成衣人末后一句打趣话,把大家都弄笑了。

回船时,我一个人坐在灌满冷气的小小船舱中,屈指计算那什长年龄,二十一岁减十五,得到个数目是六。我记起十五年前那个夜里一切光景,那落日返照,那狭长而描绘朱红线条的船只,那锣鼓与热情兴奋的呼喊,……尤其是临近几只小渔船上欢乐跳掷的小孩子,其中一定就有一个今晚我所见到的跛脚什长。唉,历史是多么古怪的事物,生硬性痈疽的人,照旧式治疗方法,可用一星一点毒药敷上,尽它溃烂,到溃烂净尽时,再用药物使新的肌肉生长,人也就恢复健康了。这跛脚什长,我对他的印象虽异常恶劣,想起他就是一个可以溃烂这乡村居民灵魂的人物,不由人不寄托一种幻想……

二十年前澧州镇守使王正雅部队一个平常马夫,姓贺名龙,兵乱时,一菜刀切下了一个散兵的头颅,二十年后就得惊动三省集中十万军队来解决这马夫。谁个人会注意这小小节目,谁个人想象得到人类历史是用甚么写成的!

# 五个军官与一个煤矿工人

辰河弄船人有两句口号，旅行者无人不十分熟悉。那口号是："走尽天下路，难过辰溪渡。"事实上辰溪渡也并不怎样难过，不过弄船人所见不广，用纵横长约千里路一条辰河与七个支流小河作准，因此说出那么两句天真话罢了。地险人蛮却为一件事实。但那个地方，任何时节实在是一个令人神往倾心的美丽地方。

辰溪县的位置，恰在两条河流的交汇处，小小石头城临水倚山，建立在河口滩脚崖壁上。河水深到三丈尚清可见底。河面长年来往着湘黔边境各种形体美丽的船只。山头为石灰岩，无论晴雨，总可见到烧石灰人窑上飘扬的青烟与白烟。房屋多黑瓦白墙，接瓦连椽紧密如精巧图案。对河与小山城成犄角，上游是一个三角形小阜，阜上有修船造船的干坞与宽坪。位在下游一点，则为一个三角形黑色山岨，濒河拔峰，山脚一面接受了沅水激流的冲刷，一面被麻阳河长流的淘洗，岩石玲珑透空。半山有个壮丽辉煌的庙宇，名"丹山寺"，庙宇外岩石间且有成千大小不一的浮雕石佛。太平无事的日子，每逢佳节良辰，当地驻防长官，县知事，小乡绅及商会主席，税局头目，便乘小船过渡到那个庙宇里饮酒赋诗或玩牌下棋。在那个悬岩半空的庙里，可以眺望上行船的白帆，听下行船摇橹人唱歌。街市尽头下游便是一个长潭，名"斤丝潭"，历来传说水深到放一斤丝线才能到底。两岸皆五色石壁，矗立如屏障一般。长潭中日夜必有成百只打渔船，载满了黑色沉默的鱼鹰，浮在河面取鱼。小船挹流而渡，艰难处与美丽处实在可以平分。

地方又出煤炭，是湘西著名产煤区。似乎无处无煤，故山前山后随处可见到用土法开掘的煤井。沿河两岸都常有运煤船停泊。码头间无时不有若干黑脸黑手脚汉子，把大块烟煤运送到船上，向船舱中抛去。若过一个取煤斜井边去，就可见到无数同样黑脸黑手脚人物，全身光裸，腰前围一片破布，头上戴一盏小灯，向那个俨若地狱的黑井爬进爬出。矿坑随时皆可以坍陷或被水灌入，坍了，淹了，这些到地狱讨生活的人自然也就完事了。

矿区同小山城各驻扎了相当军队。七年前，有一天晚上，一名哨兵扛了枪支，正从一个废弃了的煤井前面经过，忽然从黑暗里跃出了一个煤矿工人，一菜刀把那个哨兵头颅劈成两片。这煤矿工人很敏捷的把枪支同子弹取下后，便就近埋藏在煤渣里，哨兵尸身被拖到那个浸了半井黑水的煤井边，冬的一声抛下去了。这个哨兵失了踪，军营里当初还以为人开了小差，照例下令各处通缉。直等到两个半月以后，尸身为人在无意中发现时，那个狡猾强悍的煤矿工人，在辰溪与芷江两县交界处的土匪队伍中称小舵把子，干打家劫舍捉肥羊的生涯已多日了。

三年后，这煤矿工人带领了约两千穷人，又在一种十分敏捷的手段下，占领了那个辰溪的小山城。防军受了相当损失，把其余部队集中在对河产煤区，准备反攻。一切船只不是逃往下游便是被防军扣留，河面一无所有，异常安静。上下行商船一律停顿到上下三五十里码头上，最美观的木筏也不能在河面见着了。两岸煤矿全停顿了；烧石灰人也逃走了。白日里静悄悄的，只间或还可听到一两声哨兵放冷枪声音。每日黄昏里及天明前后，两方面都担心敌人渡河袭击，便各在河边燃了大大的火堆，且把机关枪毕毕剥剥的放了又放。当机关枪如拍簸箕么反复作响时，一些逃亡在山坳里的平民，以及被约束在一个空油坊里的煤矿工人，便各在沉默里，从枪声方面估计两方的得失。多数人虽明白这战争不出一个月必可结束，落草为寇的仍然逃入深山，驻防的仍然收复了原有防地。但这战事一延长，两方面的牺牲，谁也就不能估计得到了。

每次机关枪的响声下，照例必有防军方面渡江奇袭的船只过河。照例是五个八个一伙伏在船舱里，把水湿棉絮同砂包垒积到船头与船旁，乘黄昏天晓薄雾平铺江面时挹流偷渡。船只在沉默里行将到达岸边时，在强烈的手电筒搜索中被发现了，于是响了机关枪。船只仍然不顾一切在沉默中向岸边划去。再过一会，訇的一声，从船上掷出的手榴弹已抛到岸边哨兵防御工事边。接着两方面皆响起了机关枪，手榴弹也继续爆炸着。再过一阵，枪声已停止，很显然的，渡河的在猛烈炮火下，地势不利失败了。这些人或连同船只沉到水中去了，或已拢岸却依然在悬崖下牺牲了，或被炮火所逼，船中人死亡将尽，剩余一个两个受了伤，尽船只向下游漂去，在五里外的长潭中，方有机会靠拢自己防地那一个岸边。

半月以内，防军在渡头上下三里前后牺牲了大约有三连实力，与三十七只大小船只。到后却有五个教导团的年青学兵，在大雨中带了五支自动步枪，一堆手榴弹，三支连槽，用竹筏渡河，拢岸时，首先占领了土匪沿河一个重要码头，其余竹筏陆续渡河，从占领处上了岸。在一场剧烈凶猛的巷战中，那矿工统率的穷人队伍不能支持，在街头街尾一些公共建筑各处放了火，便带了残余部众，绑着县长同几个当地绅士，向东乡逃跑了。

三个月内，防军在继续追剿中，解决了那个队伍全部的实力，肉票也皆被夺回了。但那个矿工出身土匪首领的漏网，却成为地方当局忧虑不安的事情。到后来虽悬赏探听明白了他的踪迹，却无方法可以诱出逮捕。

五个青年教导团学兵，那时节业已毕业，升了各连的见习，尚未归连。就请求上司允许他们冒一次险，且向上司说明这冒险的计划。

七天以后，辰溪沅州两县边境名为"窑上"的地方，一个制砖人小饭铺里，就有五个人吃饭。五个人全作贵州商人装束，其中有四个各扛了小扁担，扛了担贵州出产的松皮纸。只一人挑了一担有盖箩筐。这制砖人年纪已开六十岁，早为防军侦探明白是那个矿工的通信联络人。年青人把饭吃过后，几人便互相商量到一件事情。所说的话自然就是故意让那老头子从一旁听去的话，这时节几个人正装扮成为一群从黔省来投靠那矿工的零伙，箩筐里白米下放的是一支已拆散了的捷克式机关枪同若干发子弹。箩筐中真是那玩意儿！几人一面说，一面埋怨这次来到这里的冒昧处。一片谎话把那个老奸巨猾的心说动了后，那老的搭讪着问了些闲话，相信几人真是来卖身投靠的同道了，就说他会卜课。他为卜了一课，那卦上说，若找人，等等① 向西方走去，一定可以遇到一个他们所要见的人。等待几人离开了饭铺向西走去时，制砖人早把这个消息递给了另一方面。两方面都十分得意，以为对面的一个上了套。

因此几个人不久就同一个"管事"在街口会了面。稍稍一谈，把箩筐盖甩去一看，机关枪赫然在箩筐里。管事的再不能有何种疑虑了。就邀约五个人入山去见"龙头"，吃血酒发誓，此后便祸福与共，一同作梁山上弟兄。几个年青人却说"光棍心多，请莫见怪"，以为最好倒是约"龙头"来窑上吃血酒发誓，再共同入山。管事的走去后，几个人就依然住在窑上制砖人家里等

---

① 等等：湘西方言，等一会儿的意思。

候消息。

第二天，那个机智结实矿工，带领四个散伙弟兄来到了窑上，见面后，很亲热的一谈，见得十分投契，点了香烛，杀了鸡，把鸡血开始与烧酒调和，各人正预备喝下时，在非常敏捷的行为中，五个年青人各从身边取出了手枪同小宝（解首刀）动起手来，几个从山中来的豹子，在措手不及情形中全被放翻了。那矿工最先手臂和大腿各中了一枪，早躺在地下血泊里，等到其他几个人倒下时，那矿工就冷冷的向那五个年青人笑着说：

"弟兄，弟兄，你们手脚真麻利！慢一会儿，就应归你们躺到这里了。我早就看穿了你们的诡计，明白你们是从哪儿来的卖客，好胆量！"

几个年青人不说甚么，在沉默里把那些被放翻在地下的人，首级一一割下。轮到矿工时，那矿工仍然十分沉静的说：

"弟兄，弟兄，不要尽做蠢事，留一个活口，你们好回去报功！"

五个年青人心想，真应该留一个活的，"好去报功"！就不说甚么，把他捆绑起来。

一会儿，五个年青人便押了受伤的矿工，且勒迫那个制砖的老头子挑了四个人头，沉默的一列回辰溪县了。走到去辰溪不远的白羊河时，几人上了一只小船。

船到了辰溪上游约三里路，那个受伤的矿工又开了口：

"弟兄，弟兄，一切是命。你们运气好，手面子快，好牌被你们抓上手了。那河边煤井旁，我还埋了四支连槽，爽性助和你们，你们谁同我去拿来吧。"

那煤矿原来去山脚不远，来回有二十分钟就可以了事。五个年青人对于这提议毫不疑惑。矿工既已身受重伤，无法逃遁，四支连槽照市价值一千块钱，引起了几个年青人的幻想，商量派谁守船都不成，于是五个人就又押了那个受伤矿工与制砖老头子，一同上了岸。走近一个废坑边，那矿工却说，枪支就埋在坑前左边一堆煤滓里。正当几个人争着去翻动煤滓寻取枪支时，矿工一瘸一拐的走近了那个业已废弃多年的矿井边，声音朗朗的从容的说道：

"弟兄，弟兄，对不起，你们送了我那么多远路，有劳有偏了！"

话一说完，猛然向那深井里跃去。几个人赶忙抢到井边时，只听到冬的一声，那矿工便完事了。

五个青年人呆了许久，骂了许久，皆觉得被骗了一次，白忙了一回。那废井深约四十公尺，有一半已灌了水。七年前那个哨兵，就是被矿工从这个井口抛下去的。

在另外一个篇章里，我不是曾经说过我抵辰州时，第一天就见着五个少年军官吗？当他们和我共同围坐在一个火炉边，向我说到他们的冒险，和那矿工临死前那分镇静时，我简直呆了。我问他们，为甚么当时不派个人拉那矿工的绳子。

"拉他的绳子吗，你真说得好。当真拉住他，谁拦他谁不就同时被他带下井去了吗？"说这个话的年青朋友，原来就正是当时被派定看守矿工的一个，为了忙于发现埋藏的手枪，幸而不至于被拉下井的。

# 老　伴

　　我平日想到泸溪县时，回忆中就浸透了摇船人催橹的歌声，且被印象中一点儿小雨，仿佛把心也弄湿了。这地方在我生活史中占了一个位置，提起来真使我又痛苦又快乐。

　　泸溪县城界于辰州与浦市两地中间，上距浦市六十里，下达辰州也恰好六十里。四面是山，对河的高山逼近河边，壁立拔峰，河水在山峡中流去。县城位置在洞河与沅水汇流处，小河泊船贴近城边，大河泊船去城约三分之一里（洞河通称小河，沅水通称大河）。洞河来源远在苗乡，河口长年停泊了五十只左右小小黑色洞河船。弄船者有短小精悍的花帕苗，头包格子花帕，腰围短短裙子。有白面秀气的所里① 人，说话时温文尔雅，一张口又善于唱歌。洞河既水急山高，河身转折极多，上行船到此已不适宜于借风使帆。凡入洞河的船只，到了此地，便把风帆约成一束，作上个特别记号，寄存于城中店铺里去，等待载货下行时，再来取用。由辰州开行的沅水商船，六十里为一大站，停靠泸溪为必然的事。浦市下行船若预定当天赶不到辰州，也多在此过夜。然而上下两个大码头把生意全已抢去，每天虽有若干船只到此停泊，小城中商业却清淡异常。沿大河一方面，一个稍稍像样的青石码头也没有。船只停靠都得在泥滩与泥堤下，落了小雨，上岸下船不知要滑倒多少人！

　　十七年前的七月里，我带了"投笔从戎"的味儿，在一个"龙头大哥"兼"保安司令"的带领下，随同八百乡亲，乘了从高村抓封得到的三十来只大小船舶，浮江而下，来到了这个地方。靠岸停泊时正当停晚，紫绛山头为落日镀上一层金色，乳色薄雾在河面流动。船只拢岸时摇船人照例促橹长歌，那歌声糅合了庄严与瑰丽，在当前景象中，真是一曲不可形容的音乐。

　　第二天，大队船只全向下游开拔去了，抛下了三只小船不曾移动。两只小船装的是旧棉军服，另一只小船，却装了十三名补充兵，全船中人年龄最大的一个十九岁，极小的一个十三岁。

---

① 所里：地名，即今吉首。

十三个人在船上实在太挤了。船既不开动，天气又正热，挤在船上也会中暑发瘟。因此许多人白日里尽光身泡在长河清流中，到了夜里，便爬上泥堤去睡觉。一群小子身上全是空无所有，只从城边船户人家讨来一大捆稻草，各自扎了一个草枕，在泥堤上仰面躺了五个夜晚。

　　这件事对于我个人不是一个坏经验。躺在尚有些微余热的泥土上，身贴大地，仰面向天，看尾部闪放宝蓝色光辉的萤火虫匆匆促促飞过头顶。沿河是细碎人语声，蒲扇拍打声，与烟杆剥剥的敲着船舷声。半夜后天空有流星曳了长长的光明下坠。滩声长流，如对历史有所陈诉埋怨。这一种夜景，实在为我终身不能忘掉的夜景！

　　到后落雨了，各人竞上了小船。白日太长，无法排遣，各自赤了双脚，冒着小雨，从烂泥里走进县城街上去观光。大街头江西人经营的布铺，铺柜中坐了白发皤然老妇人，庄严沉默如一尊古佛。大老板无事可作，只腆着肚皮，叉着两手，把脚拉开成为八字，站在门限边对街上檐溜出神。窄巷里石板砌成的行人道上，小孩子扛了大而朴质的雨伞，响着寂寞的钉鞋声。待到回船时，各人身上业已湿透，就各自把衣服从身上脱下，站在船头相互帮忙拧去雨水。天晚了，便满船是呛人的油气与柴烟。

　　在十三个伙伴中我有两个极要好的朋友。其中一个是我的同宗兄弟，名叫沈万林。年纪顶大，与那个在常德府开旅馆头戴水獭皮帽子的朋友，原来同在一个中营游击衙门里服务当差，终日栽花养金鱼，事情倒也从容悠闲。只是和上面管事头目合不来。忽然对职务厌烦起来，把管他的头目打了一顿，自己也被打了一顿，因此就与我们作了同伴。其次是那个年纪顶轻的，名字就叫"开明"，一个赵姓成衣人的独生子，为人伶俐勇敢，稀有少见。家中虽盼望他能承继先人之业，他却梦想作个上尉副官，头戴金边帽子，斜斜佩上条红色值星带，站在副官处台阶上骂差弁，以为十分神气。因此同家中吵闹了一次，负气出了门，这小孩子年纪虽小，心可不小！同我们到县城街上转了三次，就看中了一个绒线铺的和他年龄差不多的女孩子，问我借钱向那女孩子买了三次白棉线草鞋带子。他虽买了不少带子，那时节其实连一双多余的草鞋都没有，把带子买得同我们回转船上时，他且说："将来若作了副官，当天赌咒，一定要回来讨那女孩子做媳妇。"那女孩子名叫"小翠"，我写《边城》故事时，弄渡船的外孙女，明慧温柔的品性，就从那绒线铺小女孩印象而来。我们各人对于这女孩子印象似乎都极好，不过当时却只有他一个人特别勇敢天真，好意思把那一点糊涂希望说出口来。

　　日子过去了三年，我那十三个同伴，有三个人由驻防地的辰州请假回家去，走到泸溪县境驿路上，出了意外的事情，各被土匪砍了二十余刀，流一摊血倒在大路旁死掉了。死去的三人中，有一个就是我那同宗兄弟。我因此得到了暂时还家的机会。

　　那时节军队正预备从鄂西开过四川就食，部队中好些年青人一律被遣送回籍。那保安司令官意思就在让各人的父母负点儿责：以为一切是命的，不妨打发小孩子再归营报到，担心小孩子生死的，自然就不必再来了。

　　我于是和那个伙伴并其他二十多个年青人，一同挤在一只小船中，还了家乡。小船上行到泸溪县停泊时，虽已黑夜，两人还进城去拍打那人家的店门，从那个女孩手中买了一次白带子。

　　到家不久，这小子大约不忘却作副官的好处，借故说假期已满，同成衣人爸爸又大吵了一架，偷了些钱，独自走下辰州了。我因家中无事可作，不辞危险也坐船下了辰州。我到得辰州老参将衙门报到时，方知道本军部队四千人，业已于四天前全部开拔过四川，所有相熟伙伴也完全走尽了。我们已不能过四川，改成为留守部人员。留守部只剩下一个上尉军需官，一个老年上校副官长，一个跛脚中校副官，以及两班新刷下来的老弱兵士。开明被派作勤务兵，我的职务为司书生，两人皆在留守部继续供职。两人既受那个副官长管辖，老军官见我们终日坐在衙门里梧桐树下唱山歌，以为我们应找点正经事做做，就想出个巧办法，派遣两人到附近城外荷塘里去为他钓蛤蟆。两人一面钓蛤蟆一面谈天，我方知道他下行时居然又到那绒线铺买了一次带子。我们把蛤蟆从水荡中钓来，剥了皮洗刷得干干净净后，用麻线捆着那东西小脚，成串提转衙门时，老军官就加上作料，把一半熏了下酒，剩下一半还托同乡带回家中去给老太太享受。我们这种工作一直延长到秋天，才换了另外一种。

　　过了约一年，有一天，川边来了个特急电报：部队集中驻扎在一个湖北边上来凤小县城里，正预备拉夫派捐回湘，忽然当地切齿发狂的平民，受当地神兵煽动，秘密约定由神兵带头打先锋，发生了民变，各自拿了菜刀、镰刀、撇麻砍柴刀，大清早分头猛扑各个驻军庙宇和祠堂来同军队作战。四千军队在措手不及情形中，一早上就放翻了三千左右。总部中除那个保安司令官同一个副官侥幸脱逃外，其余所有高级官佐职员全被民兵砍倒了（事后闻平民死去约七千，半年内小城中随处还可发现白骨）。这通电报在我命运上有了个转机，过不久，我就领了三个月遣散费，离开辰州，走到出产香草香花的芷江县，每天拿了个紫色木戳，过各屠桌边验猪羊税去了。所有八个伙伴已在川边死去，至于那个同买带子同钓蛤蟆的朋友呢，消息当然从此也就断绝了。

整整过去十七年后，我的小船又在落日黄昏中，到了这个地方停靠下来。冬天水落了些，河水去堤岸已显得很远，裸露出一大片干枯泥滩。长堤上有枯苇刷刷作响，阴背地方还可看到些白色残雪。

石头城恰当日落一方，雉堞与城楼皆为夕阳落处的黄天，衬出明明朗朗的轮廓。每一个山头仍然镀上了金，满河是橹歌浮动（就是那使我灵魂轻举永远赞美不尽的歌声）！我站在船头，思索到一件旧事，追忆及几个旧人。黄昏来临，开始占领了整个空间。远近船只全只剩下一些模糊轮廓，长堤上有一堆一堆人影子移动，邻近船上炒菜落锅声音与小孩哭声杂然并陈。忽然间，城门边响了一声卖糖人的小锣，"铛……"。

一双发光乌黑的眼珠，一条直直的鼻子，一张小口，从那一槌小锣声中重现出来。我忘了这份长长岁月在人事上所发生的变化，恰同小说书本上角色一样，怀了不可形容的童心，上了堤岸进了城。城中接瓦连橼的小小房子，以及住在这小房子里的本城人民，我似乎与他们都十分相熟。时间虽已过了十七年，我还能认识城中的路道，辨别城中的气味。

我居然没有错误，不久就走到了那绒线铺门前了。恰好有个船上人来买棉线；当他推门进去时，我紧跟着进了那个铺子。有这样稀奇的事情吗？我见到的不正是那个女孩吗？我真惊讶得说不出话来。十七年前那小女孩就成天站在铺柜里一堵棉纱边，两手反复交换动作挽她的棉线，目前我所见到的，还是那么一个样子。难道我如浮士德①一样，当真回到了那个"过去"了吗？我认识那眼睛，鼻子，和薄薄小嘴。我毫不含糊，敢肯定现在的这一个就是当年的那一个。

"要什么呀？"就是那声音，也似乎极其熟悉。

我指定悬在钩上一束白色东西，"我要那个！"

如今真轮到我这老军务来购买系草鞋的白棉纱带子了！当那女孩子站在一个小凳子上，去为我取钩上货物时，铺柜里火盆中有茶壶沸水声音，某一

---

① 浮士德：欧洲中世纪传说中人物，德国作家歌德著诗剧《浮士德》之主人公。

处有人吸烟声音。女孩子辫发上缠得是一绺白绒线，我心想："死了爸爸还是死了妈妈？"火盆边茶水沸了起来，小橘扇门后面有个男子哑声说话：

"小翠，小翠，水开了，你怎么的？"女孩子虽已即刻很轻捷灵便的跳下凳子，把水罐挪开，那男子却仍然走出来了。

真没有再使我惊讶的事了，在黄晕晕的煤油灯光下，我原来又见到了那成衣人的独生子！这人简直可说是一个老人，很显然的，时间同鸦片烟已毁了他。但不管时间同鸦片烟在这男子脸上刻下了什么记号，我还是一眼就认定这人便是那一再来到这铺子里购买带子的赵开明。从他那点神气看来，却决猜不出面前的主顾，正是同他钓蛤蟆的老伴。这人虽作不成副官，另一糊涂希望可终究被他达到了。我憬然觉悟他与这一家人的关系，且明白那个似乎永远年青的女孩子是谁的女儿了。我被"时间"意识猛烈的捆了一巴掌，摩摩我的面颊，一句话不说，静静的站在那儿看两父女度量带子，验看点数我给他的钱。完事时，我想多停顿一会，又借故买了点白糖，他们虽不卖白糖，老伴却十分热心出门为我向别一铺子把糖买来。他们那份安于现状的神气，使我觉得若用我身份惊动了他，就真是我的罪过。

我拿了那个小小包儿出城时，天已断黑，在泥堤上乱走。天上有一粒极大星子，闪耀着柔和悦目的光明。我瞅定这一粒星子，目不旁瞬。

"这星光从空间到地球据说就得三千年，阅历多些，它那么镇静有它的道理。我现在还只三十岁刚过头，能那么镇静吗？……"

我心中似乎极其混乱，我想我的混乱是不合理的。我的脚正踏到十七年前所躺卧的泥堤上，一颗心跳跃着，勉强按捺也不能约束自己。可是，过去的，有人能拦住不让它过去，又有谁能制止不许它再来？时间使我的心在各种变动人事上感受了点分量不同的压力，我得沉默，得忍受。再过十七年，安知道我不再到这小城中来？世界虽极广大，人可总像近于一种凤命，限制在一定范围内，经验到他的过去相熟的事情。

为了这再来的春天，我有点忧郁，有点寂寞。黑暗河面起了缥缈快乐的橹歌。河中心一只商船正想靠码头停泊。歌声在黑暗中流动，从歌声里我俨然彻悟了什么。我明白"我不应当翻阅历史，温习历史"。在历史前面，谁人能够不感惆怅？

但我这次回来为的是什么？自己询问自己，我笑了。我还愿意再活十七年，重来看看我能看到难于想象的一切。

# 虎雏再遇记

四年前我在上海时，曾经做过一次荒唐的打算，想把一个年龄只十四岁，生长在边陬僻壤小豹子一般的乡下人，用最文明的方法试来造就他。虽事在当日，就经那小子的上司预言，以为我一切设计将等于白费，所有美好的设想，到头必不免落空，我却仍然不可动摇的按照计划作去。我把那小子放在身边，勒迫他读书，打量改造他的身体改造他的心，希望他在我教育下将来成个知识界伟人。谁知不到一个月，就出了意外事情，那理想中的伟人，在上海滩生事打坏了一个人，从此便失踪了。一切水得归到海里，小豹子也只宜于深山大泽方能发展他的生命。我明白闹出了乱子以后，他必有他的生路。对于这个人此后的消息，老实说，数年来我就不大再关心了。但每当我想及自己所作那件傻事时，总不免为自己的傻处发笑。①

这次湘行到达辰州后，我第一个见到的就是那只小豹子。除了手脚身个子长大了一些，眉眼还是那么有精神，有野性。见他时，我真是又惊又喜。当他把我从一间放满了兰草与茉莉的花房里引过，走进我哥哥住的一间大房里去，安置我在火盆边大柚木椅上坐下时，我一开口就说：

"祖送，祖送，你还活在这儿，我以为你在上海早被人打死了！"

他有点害羞似的微笑了，一面为我倒茶一面却轻轻的说：

"打不死的，日晒雨淋吃小米包谷长大的人，哪会轻易给人死！"

我说："我早知道你打不死，而且你还一定打死了人。我一切都知道。（说到这里时，我装成一切清清楚楚的神气。）你逃了，我明白你是什么诡计。你为的是不愿意跟在我身边好好读书，只想落草为王，故意生事逃走。可是你害得我们多难受！那教你算学的长胡子先生，自从你失踪后，他在上海各处托人打听你，奔跑了三天，为你差点儿不累倒！"

---

① 沈从文曾以这段经历为题材，写成短篇小说《虎雏》，主人公虎雏即文中提到的那位年龄十四岁的"小豹子"。

"那山羊胡子先生找我吗？"

"什么，'山羊胡子先生！'"这字眼儿真用得不雅相，不斯文。被他那么一说，我预备要说的话也接不下去了。

可是我看看他那双大手以及右手腕上那个夹金表，就明白我如今正是同一个大兵说话，并不是同四年前那个"虎雏"说话了。我错了，得纠正自己。于是我模仿粗暴，笑了一下，且学作军官们气魄向他说：

"我问你，你为甚么打死人，怎么又逃了回来？不许瞒我一字，全为我好好说出来！"

他仍然很害羞似的微笑着，告给我那件事情的一切经过。旧事重提，虽然在他这种人并不甚为习惯，因此不多久，他就把话改到目前一切来了。他告我上一个月在铜仁方面的战事，本军死了多少人。且告我乡下种种情形，家中种种情形。谈了大约一点钟，我那哥哥穿了他新作的宝蓝缎面银狐长袍，夹了一大卷京沪报纸，口中嘘嘘吹着奇异调门，从军官朋友家里谈论政治回来了，我们的谈话方始中断。

到我生长那个石头城苗乡里去，我的路程应当还有四个日子，两天坐原来那只小船，两天还坐了小而简陋的山轿，走一段长长的山路。在船上虽一切陌生，我还可以用点钱使划船的人同我亲热起来。而且各个码头吊脚楼的风味，永远又使我感觉十分新鲜。至于这样严冬腊月，坐两整天的轿子，路上过关越卡，且得经过几处出过杀人流血案子的地方，第一个晚上，又必需在一个最坏的站头上歇脚，若没有熟人，可真有点儿麻烦了。吃晚饭时，我向我那个哥哥提议，借这个副爷送我一趟。因此第二天上路时，这小豹子就同我一起上了路。临行时哥哥别的不说，只嘱咐他"不许同人打架"。看那样子，就可知道"打架"还是这个年青人唯一的快乐行业。

在船上我得了同他对面谈话的方便，方知道他原来八岁里就用石头从高处砸坏了一个比他大过五岁的敌人。上海那件事发生时，在他面前倒下的，算算已是第三个了。近四年来因为跟随我那上校弟弟驻防溆浦，派归特务连服务，于是在正当决斗情形中，倒在他面前的敌人数目比从前又增加了一倍。他年纪到如今只十八岁，就亲手放翻了六个敌人，而且照他说来，敌人全超过了他一大把年龄。好一个漂亮战士！这小子大致因为还有点怕我，所以在我面前还装得怪斯文，一句野话不说，一点蛮气不露，单从那样子看来，我就不很相信他能同什么人动手,而且一动手必占上风。

船上他一切在行,篙桨皆能使用,做事时灵便敏捷,似乎比那个小水手还得力。船搁了浅,弄船人无法可想,各跳入急水中去扛船时,他也就把上下衣服脱得光光的,跳到水中去帮忙(我得提一句,这是十二月!)。

照风气,一个体面军官的随从,应有下列几样东西:一个奇异牌的手电灯,一枚金手表,一支匣子炮。且同上司一样,身上军服必异常整齐。手电灯用来照路,内地真少不了它。金手表则当军官发问:"护兵,什么时候了?"就举起手看一看来回答。至于匣子炮,用处自然更多了。我那弟弟原是一个射击选手,每天出野外去,随时皆有目标啪的来那么一下。有时自己不动手,必命令勤务兵试试看(他们每次出门至少得耗去半夹子弹)。但小豹子既跟在我身边,带枪上路除了惹祸可以说毫无用处。我既不必防人刺杀,同时也无意打人一枪,故临行时我不让他佩枪,且要他把军服换上一套爱国呢中山装。解除了武装,看样子,他已完全不像个军人,只近于一个喜事好弄的中学生了。

我不曾经提到过,我这次回来,原是翻阅一本用人事组成的历史吗?当他跳下水去扛船时,我记起四年前他在上海与我同住的情形。当时我曾假想他过四年后能入大学一年级。现在呢,这个人却正同船上水手一样,为了帮水手忙扛船不动,又湿淋淋的攀着船舷爬上了船,捏定篙子向急水中乱打,且笑嘻嘻的大声喊嚷。我在船舱里静静的望着他,我心想:幸好我那荒唐打算有了岔儿,既不曾把他的身体用学校锢定,也不曾把他的性灵用书本锢定。这人一定要这样发展才像个人!他目前一切,比起住在城里大学校的大学生,开运动会时在场子中呐喊吆喝两声,饭后打打球,开学日集合好事同学通力合作折磨折磨新学生,派头可来得大多了。

等到船已挪动水手皆上了船时,我喊他:

"祖送,祖送,唉唉,你不冷吗?快穿起你的衣来!"

他一面舞动手中那支篙子,一面却说:

"冷呀,我们在辰州前些日子还邀人泅过大河!"

到应吃午饭时,水手无空闲,船上烧水煮饭的事完全由他作。

把饭吃过后,想起临行时哥哥嘱咐他的话,要他详详细细的来告给我那一点把对手放翻时的"经验",以及事前事后的"感想"。"故事"上半天已说过了，我要明白的只是那些故事对于他本人的"意义"。我在他那种叙述上，我敢说我当真学了一门稀奇的功课。

　　他的坦白，他的口才，皆帮助我认识一个人一颗心在特殊环境下所有的式样。他虽一再犯罪却不应受何种惩罚。他并不比他的敌人如何强悍，不过只是能忍耐，知等待机会，且稍稍敏捷准确一点儿罢了。当他一个人被欺侮时，他并不即刻发作，他显得很老实，沉默，且常常和气的微笑。"大爷，你老哥要这样，还有什么话说吗？谁敢碰你老哥？请老哥海涵一点……"可是，一会儿，"小宝"飕的抽出来，或是一板凳一柴块打去，这"老哥"在措手不及情形中，哽了一声便被他弄翻了。完事后必需跑的自然就一跑，不管是税卡，是营上，或是修械厂，到一个新地方，住在棚里闲着，有什么就吃什么，不吃也饿得起，一见别人做事，就赶快帮忙去做，用勤快溜刷①引起头目的注意。直到补了名字，因此把生活又放在一个新的境遇新的门路上当作赌注押去。这个人打去打来总不离开军队，一点生存勇气的来源却亏得他家祖父是个为国殉职的游击。"将门之子"的意识，使他到任何境遇里皆能支撑能忍受。他知道游击同团长名分差不多，他希望作团长。他记得一句格言："万丈高楼平地起"，他因此永远能用起码名分在军队里混。

　　对于这个人的性格我不稀奇，因为这种性格从三厅屯垦军子弟中随处可以发现。我只稀奇他的命运。

　　小船到辰河著名的"箱子岩"上游一点，河面起了风，小船拉起一面风帆，在长潭中溜去。我正同他谈及那老游击在台湾与日本人作战殉职的遗事，且劝他此后忍耐一点，应把生命押在将来对外战争上，不宜于仅为小小事情轻生决斗。想要他明白私斗一则不算脚色，二则妨碍事业。见他把头低下去，长长的叹了一口气，我以为所说的话有了点儿影响，心中觉得十分快乐。

　　经过一个江村时，有个跑差军人身穿军服斜背单刀正从一只方头渡船上过渡，一见我们的小船，装载极轻，走得很快，就喊我们停船，想搭便船上行。船上水手知道包船人的身分，就告给那军人，说不方便，不能停船。

　　赶差军人可不成，非要我们停船不可。说了些恐吓话，水手还是不理会。我正想告给水手要他收帆停船，让那个军人搭坐搭坐，谁知那军人性急火大，

---

① 溜刷：湘西方言，敏捷之意。

等不得停船，已大声辱骂起来了。小豹子原蹲在船舱里，这时方爬出去打招呼：

"弟兄，弟兄，对不起，请不要骂！我们船小，也得赶路。后面有船来，你搭后面那一只船吧。"

那一边看看船上是一个中学生样子人物，就说：

"甚么对不起，赶快停停！掌舵的，你不停船我×你的娘，到码头时我要用刀杀你这狗杂种！"

那个掌艄人正因为风紧帆饱，一面把帆绳拉着，一面就轻轻的回骂："你杀我个鸡公，我怕你！"

小豹子却依然向那军人很和气的说："弟兄，弟兄，你不要骂人！全是出门人，不要开口就骂人！"

"我要骂人怎么样，我骂你，我就骂你，……你到码头等我！"

我担心这口舌，便喊叫他，"祖送！"

小豹子被那军人折辱了，似乎记起我的劝告，一句话不说，摇摇头，默然钻进了船舱里。只自言自语地说："开口就骂人，不停船就用刀吓人，直丢我们军人的丑。"

那时节跑差军人已从渡船上了岸，还沿河追着我们的小船大骂。

我说："祖送，你同他说明白一下好些，他有公事我们有私事，同是队伍里的人，请他莫骂我们，莫追我们。"

"不讲道理让他去，不管他。他疑心这小船上有女人，以为我们怕他！"

小船挂帆走风，到底比岸上人快一些，一会儿，转过山岨时，那个军人就落后了。

小船停到××时，水手全上岸买菜去了，小豹子也上岸买菜去了，各人去了许久方回来，把晚饭吃过后，三个水手又说得上岸有点事，想离开船，小豹子说：

"你们怕那个横蛮兵士找来，怕甚么？不要走，一切有我！这是大码头，有部队驻扎在这里，凡事得讲个道理！"

几个船上人虽分辩，仍然一同匆匆上岸去了。

到了半夜水手们还不回来睡觉，我有点儿担心，小豹子只是笑。我说：

"几个人别叫那横蛮军人打了，祖送，你上去找找看！"

他好像很有把握笑着说:"让他们去,莫理他们。他们上烟馆同大脚妇人吃荤烟去了,不会挨打。"

"我担心你同那兵士打架,惹了祸真麻烦我。"

他不说甚么,只把手电灯照他手上的金表,大约因为表停了,轻轻的骂了两句野话。待到三个水手回转船上时,已半夜过了。

第二天一早,天还未大明,船还不开头,小豹子就在被中咕喽咕喽笑。我问他笑些甚么,他说:

"我夜里做梦,居然被那横蛮军人打了一顿。"

我说:"梦由心造,明明白白是你昨天日里想打他,所以做梦就挨打。"

那小豹子睡眠迷朦的说:"不是日里想打他,只是昨天煞黑时当真打了那家伙一顿!"

"当真吗?你不听我话,又闹乱子打架了吗?"

"哪里哪里,我不会同谁打什么架!"

"你自己承认的,我面前可说谎不得!你说谎我不要你跟我。"

他知道他露了口风,把话说走,就不再作声了,咕咕笑将起来。原来昨天上岸买菜时,他就在一个客店里找着了那军人,把那军人嘴巴打歪,并且差一点儿把那军人膀子也弄断了。我方明白他昨天上岸买菜去了许久的理由。

# 一个爱惜鼻子的朋友

民国十年，湘西统治者陈渠珍①，受了点"五四"余波的影响，并对于联省自治抱了幻想，在保靖办了个湘西十三县联合中学校，教师全是由长沙聘请来的，经费由各县分摊，学生由各县选送。那学校位置在城外一个小小山丘上，清澈透明的酉水，在西边绕山脚流去，滩声入耳，使人神气壮旺。对河有一带长岭，名野猪坡，高约七八里，局势雄强（翻岭有条官路可通永顺）。岭上土地、丛林与洞穴，为烧山种田人同野兽大蛇所割据。一到晚上，虎豹就傍近种山田的人家来吃小猪，从小猪锐声叫喊里，还可知道虎豹跑去的方向（这大虫有时白天"昂"的一吼，夹河两岸山谷回声必响应许久）。种田人也常常拿了刀叉火器，以及种种家伙，往树林山洞中去寻觅，用绳网捕捉大蛇，用毒烟熏取野兽。岭上最多的是野猪，喜欢偷吃山田中的包谷和白薯，为山中人真正的仇敌。正因为对付这个无限制的损害农作物的仇敌，岭上打锣击鼓猎野猪的事，也就成为一种常有的工作，一种常有的游戏了。学校前面有个大操场，后边同左侧皆为荒坟同林莽，白日里野狗成群结队在林莽中游行，或各自蹲坐在荒坟头上眺望野景，见人不惊不惧。天阴月黑的夜里，这畜生就把鼻子贴着地面长嗥，招呼同伴，掘挖新坟，争夺死尸咀嚼。与学校小山丘遥遥相对，相去不到半里路另一山丘中凹地，是当地驻军的修械厂，机轮轧轧声音终日不息，试枪处每天可听到机关枪迫击炮的响声。新校舍的建筑，因为由军人监工，所有课堂宿舍的形式与布置，同营房差不多。学生所过的日子，也就有些同军营相近。学校中当差的用两班徒手兵士，校门守卫的用一排武装兵士，管厨房宿舍的全由部中军佐调用。在这种环境中陶冶的青年学生，将来的命运，不能够如一般中学生那么平安平凡，一看也就显然明白了。

当时那些青年中学生，除了星期日例假，可以到城里城外一条正街和小

---

① 陈渠珍：湘西麻阳县人，二十年代初至抗战前，任湘西镇守使，人称"湘西王"。

街上买点东西，或爬山下水玩玩，此外就不许无故外出。不读书时他们就在大操场里踢踢球，这游戏新鲜而且活泼，倒很适宜于一群野性中学生。过不久，这游戏且成为一种有传染性的风习，使军部里一些青年官佐也受传染影响了。学生虽不能出门，青年官佐却随时可以来校中赛球。大家又不需要什么规则，只是把一个球各处乱踢，因此参加的人也毫无限制。我那时节在营上并无固定职务，正寄食于一个表兄弟处，白日里常随同号兵过河边去吹号，晚上就蜷伏在军装处一堆旧棉军服上睡觉。有一次被人邀去学校踢球，跟着那些青年学生吼吼嚷嚷满场子奔跑，他们上课去了，我还一个人那么玩下去。学校初办，四周还无围墙，只用有刺铁丝网拦住，甚么人把球踢出了界外时，得请野地里看牛牧羊人把球抛过来，不然就得出校门绕路去拾球。自从我一作了这个学校踢球的清客后，爬铁丝网拾球的事便派归给我。我很高兴当着他们面前来作这件事，事虽并不怎么困难，不过那些学生却怕处罚，不敢如此放肆，我的行为于是成为英雄行为了。我因此认识了许多朋友。

朋友中有三个同乡，一个姓杨，本城高枧乡下地主的独生子。一个姓韩，我的旧上司的儿子（就是辰州府总爷巷第一支队司令部留守处那个派我每天钓蛤蟆下酒的老军官的儿子）。一个姓印，眼睛有点近视。他的父亲曾作过军部参谋长，因此在学校他俨然是个自由人。前两个人都很用心读书，姓印的可算得是个球迷。任何人邀他踢球，他必高兴奉陪，球离他不管多远，他总得赶去踢那么一脚。每到星期天，军营中有人往沿河下游四里的教练营大操场同学兵玩球时，这个人也必参加热闹。大操场里极多牛粪，有一次同人争球，见牛粪也拼命一脚踢去，弄得另一个全身一塌胡涂。这朋友眼睛不能辨别面前的皮球同牛粪，心地可雪亮透明。体力身材皆不如人，倒有个很好的脑子。玩虽玩得厉害，应月考时各种功课皆有极好成绩。性情诙谐而快乐，并且富于应变之才，因此全校一切正当活动少不了他，大家得亲昵的称呼他为"印瞎子"，承认他的聪明，同时也断定他会"短命"。

每到有人说他寿命不永时，他便指定自己的鼻子："大爷，别损我。我有这条鼻子，活到八十八，也无灾无难！"

有一次，几个人在一株大树下言志，讨论到各人将来的事业。姓杨的想办团防，因为作了团总就可以不受人敲诈，倒真是个地主的好打算。姓韩的想作副官长，原因是他爸爸也作过副官长，所谓承先人之业是也。还有想管

"常平仓"的，想作县公署第一科长的，想作苗守备官下苗乡去称王作霸的，以及想作徐良、黄天霸，身穿夜行衣，反手接飞镖，以便打富济贫的。

有人询问那个近视眼，想知道他将来准备作甚么。

他伸手出去对那个发问人打了个响榧子，"不要小看我印瞎子，我不像你他那么无出息。我要做个伟人！说大话不算数，你们等着瞧吧。看相的王半仙夸奖我这条鼻子是一条龙，赵匡胤黄袍加身，不儿戏！"他说了他的抱负后，转脸向我，用手指着他自己那条鼻子，有点众人不识英雄的神气，"大爷，你瞧，你说老实话，像我这样一条鼻子，送过当铺去，不是也可以当个一千八百吗？"

我忙笑着说："值得值得！"但因为想起另外一件事，不由得大笑起来了。

另一时他同我过渡，预备往野猪坡大岭上去看乡下人新捕获的大豹子，手中无钱，不能给撑渡船的钱。船快拢岸时他就那么说："划船的，伍子胥①落难的故事你明白不明白？"

撑渡船的就说："我明白！"

"你明白很好。你认准我这鼻子，将来有你的好处。"

那弄船的好像知道是甚么事了，却也指着自己鼻子说："少爷，不带钱不要紧，你也认清我这鼻子！"

"我认得，我认得，不会忘记。这是朱砂鼻子，按相书说主酒食，你一天能喝多少？我下次同你来喝个大醉罢。"

弄船的大约也很得意自己那条鼻子，听人提到它便很妩媚的微笑了。那鼻子，直透红得像条刚从饭锅里捞出的香肠！

……

至于我当时的志向呢，因为就过去经验说来，我只能各处流转接受个人应得的一份命运，既无事业可作，还能希望甚么好生活。不过我很明白"时间"这个东西十分古怪。一切人一切事都会在时间下被改变，当前的安排也许不大对，有了小小错处，不大合理，我很愿意尽一份时间来把世界同世界上的人改造一下看看。我并不计划作苗官，又不能从鼻子眼睛上甚么特点增加多少自信。我不看重鼻子，不相信命运，不承认目前形势，却尊敬时间。

---

① 伍子胥：春秋时吴国大夫。

我不大在生活上的得失关心,却了然时间对这个世界同我个人的严重意义。我愿意好好的结结实实的来作一个人,可说不出将来我要作个甚么样的人。因此一来,我当时也就算不得是个有志气的人。

民国十三年川军熊克武①率领廿万大军从湘西过境,保靖地方发生了一场混战,各种主要建设全受军事影响毁掉了,那个学校在我们撤退时也被一把火烧尽了。学生各自散走后,有的成了小学教员,有的从了军,有几个还干脆作了土匪,占山落草称大王,把家中童养媳接上山去圆亲充押寨夫人。我那时已到北京,从家信中得来一点点关于他们的消息,认为很自然也很有意思。时间正在改造一切,尽强健的爬起,尽懦怯的灭亡。我在这一分岁月中,变动得比那些小同乡还更厉害,他们作的事我毫不出奇,毫不惊讶。

到了民国十六年,革命军北伐攻下武汉后,两湖方面党的势力无处不被浸入。小县小城无不建立了党的组织,当地小学教员照例十分积极成为党的中坚分子。烧木偶,除迷信,领导小学生开会游行,对本地土豪劣绅刻薄商人主张严加惩罚,打庙里菩萨破除迷信,便是小县城党部重要工作。当地防军头目同县知事,处处事事受党的挟制,虽有实力却不敢随便说话。那个姓杨的同姓韩的朋友,适在本县作小学教员。两人在这个小小县城里,居然燃烧了自己的血液,在这一种莫名其妙的情形中,成了党的台柱。加上了个姓刘的特派员的支持,一切事都毫无顾忌,放手作去。工作的狂热,代为证明他们对这个问题认识得还如何天真。必然的变化来了,各处清党运动相继而起。军事领袖得到了惩罚活动分子的密令,十分客气把两个人从课室中请去县里开会,刚到会场就宣布省里指示,剥了他们的衣服,派一排兵士簇拥出西门城外砍了。

那个近视眼朋友,北伐军刚到湖南,就入长沙党务学校受训练,到北伐军奠定武汉,长江下游军事也渐渐得手时,他也成为毛委员的小助手,身穿了一件破烂军服,每日跟随着委员各处跑,日子过得充满了狂热与兴奋。他当真有意识在做候补"伟人"了。这朋友从卅×军政治部一个同乡处,知道我还困守在北京城,只是白日作梦,想用一支笔奋斗下去,打出个天下。就

---

① 熊克武:四川人,早年加入同盟会,辛亥革命后,曾任川军第五师师长,川东讨袁军司令、四川督军等职。

写了个信给我：

> 大爷，你真是条好汉！可是做好汉也有许多地方许多事业等着你，为什么尽捏紧那支笔？你记不记得起老朋友那条鼻子？不要再在北京城写甚么小说，世界上已没有人再想看你那种小说了。到武汉来找老朋友，看看老朋友怎么过日子罢！你放心，想唱戏，一来就有你戏唱。从前我用脚踢牛屎，现在一切不同了，我可以踢许多许多东西了。……

他一定料想不到这一封信就差点儿把我踢入北京城的监狱里。收到这信后我被查公寓的宪警麻烦了四五次，询问了许多蠢话，抖气把那封信烧了。我当时信也不回他一个。我心想："你不妨依旧相信你那条鼻子，我也不妨仍然迷信我这一只手，等等看，过两年再说罢。"不久宁汉左右分裂，清党事起，万个青年人就从此失了踪，不知道往甚么地方去了。我在武汉一些好朋友，如顾千里、张采真……也从此在人间消失了。这个朋友的消息自然再也得不到了。

……

我听许多人说及北伐时代两湖青年对革命的狂热。我对于政治缺少应有理解，也并无有兴味，然而对于这种民族的狂热感情却怀着敬重与惊奇。这究竟是怎么回事？我愿意多知道一点点。估计到这种狂热虽用人血洗过了，被时间漂过了，现在回去看看，大致已看不出什么痕迹了。然而我还以为即或"人性善忘"，也许从一些人的欢乐或恐怖印象里，多多少少还可以发现一点对我说来还可说是极新的东西。回湖南时，因此抱了一种希望。

在长沙有五个同乡青年学生来找我，在常德时我又见着七个同乡青年学生，一谈话就知道这些人一面正被"杀人屠户"提倡的读经打拳政策所困惑，不知如何是好。一面且受几年来国内各种大报小报文坛消息所欺骗，都成了颓废不振萎琐庸俗的人物，一见我别的不说，就提出四十多个"文坛消息"要我代为证明真伪。都不打算到本身能为社会做什么，愿为社会做什么。对生存既毫无信仰，却对于三五稍稍知名或善于卖弄招摇的作家那么发生浓厚兴味。且皆想做"诗人"，随随便便写两首诗，以为就是一条出路。从这些人推测将来这个地方的命运，我俨然洞烛着这地方从人的心灵到每一件小事的糜烂与腐蚀。这些青年皆患精神上的营养不足，皆成了绵羊，皆怕鬼信神。一句话，全完了。……

过辰州时几个青年军官燃起了我另外一种希望。从他们的个别谈话中，我得到许多可贵的见识。他们没有信仰，更没有幻想，最缺少的还是那个精神方面的快乐。当前严重的事实紧紧束缚他们，军费不足，地方经济枯竭，环境尤其恶劣。他们明白自己在腐烂，分解，于我面前就毫不掩饰个人的苦闷。他们明白一切，却无力解决一切。然而他们的身体都很康健，那种本身覆灭的忧虑，会迫得他们去振作。他们虽无幻想，也许会在无路可走时候受一个幻想的指导。他们因为已明白习惯的统治方式要不得，机会若许可他们向前，这些人界于生存与灭亡之间，必知有所选择！不过这些人平时也看报看杂志，因此到时他们也会自杀，以为一切毫无希望，用颓废身心的狂嫖滥赌而自杀！……

我的旅行到了离终点还有一天路程的塔伏，住在一家桥头小客店里。洗了脚，天还未黑。店主人正告给我当地有多少人家，多少烟馆。忽然听得桥东人声嘈杂，小队人马过后，接着是一乘京式三顶拐轿子。一行人等停顿在另外一家客店门前。我知道大约是什么委员，心中就希望这委员是个熟人，可以在这荒寒小地方谈谈。我正想派随从虎雏去问问委员是谁。料不到那个人一下轿，脸还不洗，就走来了。一个匣子炮护兵指定我说："您姓沈吗？局长来了！"我看到一个高个子瘦人，脸上精神饱满，戴了副玳瑁边近视眼镜，站在我面前，伸出两只瘦手来表示要握手的意思。我还不及开口，他就嚷着说：

"大爷，你不认识我，你一定不认识我，你看这个！"他指着鼻子哈哈大笑起来。

"你不是印瞎子？"

"大爷，印瞎子是我！"

我认识那条体面鼻子，原来真是他！我高兴极了。问起来我才明白他现在是乌宿①地方的百货捐局长，这时节正押解捐款回城。未到这里以前，先

---

① 乌宿：地名，属沅陵县。

已得到侦探报告,知道有个从北方来姓沈的人在前面,他就断定是我。一见当真是我,他的高兴可想而知。

我们一直谈到吃晚饭,饭后他说我们可以谈一个晚上,派护兵把他宝贵的烟具拿来。装置烟具的提篮异常精致,真可以说是件贵重美术品。烟具陈列妥当后,因为我对于烟具的赞美,他就告我这些东西的来源,那两支烟枪是贵州省主席李晓炎的,烟灯是川军将领汤子模的,烟匣是黔省军长王文化的,打火石是云南鸡足山……原来就是这些小东西,也各有历史或艺术价值,也是古董。至于提篮呢,还是贵州省一个烟帮首领特别定做送给局长的,试翻转篮底一看原来还很精巧的织得有几个字!问他为甚么会玩这个,他就老老实实的说明,北伐以后他对于鼻子的信仰已失去,因为吸这个,方不至于被人认为那个,胡乱捉去那个这个的。说时他把一只手比拟在他自己颈项上,做出个卟嚓一刀的姿势,且摇头否认这个解决方法,他说他不是阿Q,不欢喜这种"热闹"。

我们于是在这一套名贵烟具旁谈了一整晚话,当真好像读了另外一本《天方夜谭》①,一夜之间使我增长了许多知识,这些知识可谓稀有少见。

此后把话讨论到他身上那件玄狐袍子的价钱时,他甩起长袍一角,用手抚摸着那美丽皮毛说:

"大爷,这值三百六十块袁头②,好得很!人家说:'瞎子,瞎子,你年纪还不到三十岁,穿这样厚狐皮会烧坏你那把骨头。'好吧,烧得坏就让他烧坏罢。我这性命横顺是捡来的,不穿不吃作什么。能多活三十年,这三十年也算是我多赚的。"

我把这次旅行观察所得同他谈及,问他是不是也感觉到一种风雨欲来的预兆。而且问他既然明白当前的一切,对于那个明日必需如何安排?他就说军队里混不是个办法,占山落草也不是出路。他想写小说,想戒了烟,把这套有历史的宝贝烟具送给中央博物院,再跟我过上海混,同茅盾老舍抢一下命运。他说他对于脑子还有点把握。只是对于自己那只手,倒有点怀疑,因为六年来除了举起烟枪对准火口,小楷字也不写一张了。

---

① 《天方夜谭》:即《一千零一夜》的旧译,阿拉伯著名民间故事集。
② 袁头:即有袁世凯头像的银圆。

一个爱惜鼻子的朋友

天亮后大家预备一同动身，我约他到城里时邀两个朋友过姓杨姓韩的坟上看看。他仿佛吃了一惊，赶忙退后一步，"大爷，你以为我戒了烟吗？家中老婆不许我戒烟。你真是……从京里来的人，简直是个京派。甚么都不明白。入境问俗，你真是……"我明白他的意思。估计他到城里，也不敢独自来找我。我住在故乡三天，这个很可爱的朋友，果然不再同我见面。
……

# 滕回生堂的今昔

我六岁左右时害了疳疾，一张脸黄姜姜的，一出门身背后就有人喊"猴子猴子"。回过头去搜寻时，人家就咧着白牙齿向我发笑。扑拢去打吧，人多得很，装作不曾听见吧，那与本地人的品德不相称。我很羞愧，很生气。家中外祖母听从庸妇、挑水人、卖炭人与隔邻轿行老妇人出主意，于是轮流要我吃热灰里焙过的"偷油婆"、"使君子"，吞雷打枣子木的炭粉，黄纸符烧的灰渣，诸如此类药物，另外还逼我诱我吃了许多古怪东西。我虽然把这些很稀奇的丹方试了又试，蛔虫成绞成团地排出，病还是不得好，人还是不能够发胖。照习惯说来，凡为一切药物治不好的病，便同"命运"有关。家中有人想起了我的命运，当然不乐观。

关心我命运的父亲，有一天特别请了一个卖卜算命土医生来为我推算流年，想法禳解命根上的灾星。这算命人把我生辰支干排定后，就向我父亲建议：

"大人，少爷属双虎，命大，把少爷拜给一个吃四方饭的人做干儿子，每天要他吃习皮草蒸鸡肝，有半年包你病好。病不好，把我回生堂牌子甩了丢到长河潭里去！"

父亲既是个军人，毫不迟疑的回答说：

"好，就照你说的办。不用找别人，今天日子好，你留在这里喝酒，我们打了干亲家吧。"

两个爽快单纯的人既同在一处，我的"命运"便被他们派定了。

一个人若不明白我那地方的风俗，对于我父亲的慷慨处会觉得稀奇。其实这算命的当时若说："大人，把少爷拜寄给城外碉堡旁大冬青树吧，"我父亲还是会照办的。一株树或一片古怪石头，收容三五十个干儿子，照本地风俗习惯，原是件极平常事情。且有人拜寄牛栏的或拜寄井水的，人神同处日子竟过得十分调和，毫无龃龉。

我那干爹除了算命卖卜以外，原来还是个出名草头医生，又是个拳棒家。尖嘴尖脸如猴子，一双黄眼睛炯炯放光，身材虽极矮小，实可谓心雄万夫。

他把铺子开设在一城热闹中心的东门桥头上，字号名"滕回生堂"。那长桥两旁一共有二十四间铺子，其中四间正当桥垛墩，比较宽敞，许多年以前，他就占了有垛墩的一间。住处分前后两进，前面是药铺，后面住家。铺子中罗列有穿山甲、羚羊角、马蜂窠、猴头、虎骨、牛黄、狗宝，无一不备。最多的还是那几百种草药，成束成把的草根木皮，堆积如山，一屋中也就长年为草药蒸发的香味所笼罩。

铺子里间房子窗口临河，可以俯瞰河里来去的柴炭船、米船、甘蔗船。河身下游约半里，有了转折，因此迎面对窗便是一座高山，那山头春夏之际作绿色，秋天作黄色，冬天为烟雾包裹时作蓝色，为雪遮盖时只一片眩目白色。屋角隅陈列了各种武器，有青龙偃月刀、齐眉棍、连枷、钉耙。此外还有一个似桶非桶似盆非盆的东西，原来这是我那干爹年青时节习站功所用的宝贝。他学习拉弓，想把腿脚姿势弄好，每个晚上蜷伏到那木桶里去熬夜。想增加气力，每早从桶中爬出时还得吃一条黄鳝的鲜血。站了木桶两整年，吃了数百条黄鳝，临到应考时，却被一个习武的仇人摘发他身份不明，取消了考试资格。他因此抖气离开了家乡，来到武士荟萃的凤凰县卖卜行医。为人既爽直慷慨，且能喝酒划拳，极得人缘，生涯也就不恶。作了医生还舍不得把那个木桶丢开，可想见他还不能对那宝贝忘情。

他家中有个太太，两个儿子，太太大约一年中有半年皆把手从大袖筒缩到衣里去，藏了个小火笼在衣里烘烤，眯着眼坐在药材中，简直是一只大猫。两个儿子大的学习料理铺子，小的上学读书。两老夫妇住在屋顶，两个儿子住在屋下层桥墩上。地方虽不宽绰，那里也用木板夹好，有小窗小门，不透风，光线且异常良好。桥墩尖劈形处，石罅里有一架老葡萄树，得天独厚，每年皆可结许多球葡萄。另外还有一些小瓦盆，种了牛膝、三七、铁钉台、隔山消等等草药。尤其古怪的是一种名为"罂粟"的草花，还是从云南带来的，开着艳丽煜目的红花，花谢后枝头缀了绿色果子，果子里据说就有鸦片烟。当时本县还不会种鸦片烟，烟土全是云南、贵州来的。

当时一城人谁也没见过这种东西，因此常常有人老远跑来参观。当地一个拔贡还做了两首七律诗，赞咏那个稀奇少见的植物，把诗贴到回生堂武器陈列室板壁上。

桥墩离水面高约四丈，下游即为一潭，潭里多鲤鱼鳜鱼。两兄弟把长绳系个钓钩，挂上一片肉，夜里垂放到水中去，第二天拉起就常常可以得一尾大鱼。但我那干爹却不许他们如此钓鱼，以为那么取巧，不是一个男子汉所当为。虽然那么骂儿子，有时把钓来的鱼不问死活依然掷到河里去，有时也会把鱼煎好来款待客人。他常奖励两个儿子过教场去同兵将子弟寻衅打架，大儿子常常被人打得头破血流回来时，做父亲的一面为他敷那秘制药粉，一面就说："不要紧，不要紧，三天就好了。你怎么不照我教你那个方法把那苗子①放倒？"说时有点生气了，就在儿子额角上一弹，加上一点惩罚，看他那神气，就可明白站木桶考武秀才被屈，报仇雪耻的意识还存在。

我得了这样一个干爹，我的命运自然也就添了一个注脚，便是"吃药"了。我从他那儿大致尝了一百样以上的草药。假若我此后当真能够长生不老，一定便是那时吃药的结果。我倒应当感谢我那个命运，从一分吃药的经验里，因此分别得出许多草药的味道、性质以及它的形状。且引起了我此后对于辨别草木的兴味。其次是我吃了两年多鸡肝。这一堆药材同鸡肝，很显然的，对于此后我的体质同性情都大有影响。

那桥上有洋广杂货店，有猪牛羊屠户案桌，有炮仗铺与成衣铺，有理发馆，有布号与盐号。我既有机会常常到回生堂去看病，也就可以同一切小铺子发生关系。我很满意那个桥头，那是一个社会的雏形，从那方面我明白了各种行业，认识了各样人物，凸了个大肚子胡须满腮的屠户，站在案桌边，扬起大斧擦的一砍，把肉剁下后随便一称，就猛向人菜篮中掼去，那神气真够神气。平时以为这人一定极其凶横蛮霸，谁知他每天拿了猪脊髓过回生堂来喝酒时，竟是个异常和气的家伙。其余如剃头的、缝衣的，我同他们认识以后，看他们工作，听他们说些故事新闻，也无一不是很有意思。我在那儿真学了不少东西，知道了不少事情。所学所知比从私塾里得来的书本知识当然有趣得多，也有用得多。

那些铺子一到端午时节，就如我写《边城》故事那个情形，河下竞渡龙船，从桥洞下来回过身时，桥上人皆用叉子，挂了小百子边炮悬出吊脚楼，毕毕拍拍地响着。夏天河中涨了水，一看上游流下了一只空船，一匹畜牲，一段树木，这些小商人为了好义或好利的原因，必争着很勇敢的从窗口跃下，浮水去追赶那些东西。不管漂流多远，总得把那东西救出。关于救人的事我那干爹总不落人后。

---

① 苗子：湘西地方对苗族人的轻蔑称呼。

他只想亲手打一只老虎,但得不到机会。他说他会点血①,但从不见他点过谁的血。

民国二十二年旧历十二月十九,我同那座大桥分别时将近十八年,我又回到了那个桥头了。这是我的故乡,我的学校,试想想,我当时心中怎样激动!离城二十里外我就见着了那条小河,傍着小河溯流而上,沿河绵亘数里的竹林,发蓝垒翠的山峰,白白阳光下造纸坊与制糖坊,水磨与水车,这些东西使我感动得真厉害!后来在一个石头碉堡下,我还看到一个穿号褂的团丁,送了个头裹白孝布的青年妇人过身。那黑脸小嘴高鼻梁青年妇人,使我想起我写的《凤子》故事中角色。她没有开口唱歌,然而一看却知道这妇人的灵魂是用歌声喂养长大的。我已来到我故事中的空气里了,我有点发痴。环境空气我似乎十分熟悉,事实上一切都已十分陌生。

见大桥时约在下午两点左右,正是市面顶热闹时节。我从一群苗人一群乡下人中挤上了大桥,各处搜寻没有发现"滕回生堂"的牌号。回转家中我并不提起这件事。第二天一早,我得了出门的机会,就又跑到桥上去,挨家注意,在桥头南端,被我发现了一家小铺子。铺子中堆满了各样杂货,货物中坐定了一个瘦小如猴干瘪瘪的中年人。从那双眯得极细的小眼睛,我记起了我那个干妈。这不是我那干哥哥是谁?

我冲近他摊子边时,那人就说,

"唉,你要什么?"

"我要问你一个人,一件事,你是不是松林?"

里间孩子哭起来了,顺眼望去,杂货堆里那个圆形大木桶里面,正睡了一对大小相等仿佛孪生的孩子。我万想不到圆木桶还有这种用处。我话也说不来了。

但到后我告给他我是谁,他把小眼睛愣着瞅了我许久,一切弄明白后,便慌张得只是搓手撩舌头,赶忙让我坐到一捆麻上去。

"是你!是茂林!……""茂林"是干爹给我起的名字。

我说,"大哥,正是我!我回来了!老人家呢?"

"五年前早过世了!"

"嫂嫂呢?"

---

① 点血:疑为点穴。

"六月里过去了！剩下两只小狗。"

"保林二哥呢？"

"他在辰州你不见到他？他作了王村禁烟局长，有出息，讨了个乖巧屋里人，乡下买得七十亩田，做员外！"

我各处一看，卦桌不见了，横招不见了，触目全是草药。"你不算命了吗？"

"命在这个人手上，"他说时翘起一个大拇指。"这里人已没有命可算！"

"你不卖药了吗？"

"城里有四个官药铺，三个洋药铺。苗人都进了城，卖草药人多得很，生意不好作！"

他虽说不卖药了，小屋子里其实还有许多成束成捆的草药。而且恰好这时就有个兵士来买"一点白"。把药找出给人后，他只捏着那两枚一百的铜元，同我呆呆地笑。大约来买药的也不多了，我来此给他开了一个利市。

他一面茫然的这样那样数着老话，一面还尽瞅着我。忽然发问：

"你从北京来南京来？"

"我在北平做事！"

"作什么事？在中央，在宣统皇帝手下？"

我就告他既不在中央，也不是宣统手下。他只作成相信不过的神气，点着头，且极力退避到屋角隅去，俨然为了安全非如此不成。他心中一定有一个新名词作祟，"你可是个共产党？"他想问却不敢开口，他怕事。他只轻轻的自言自语说："城里前年杀了两个，一刀一个。那个韩安世是韩老丙儿子。"

有人来购买烟签，他便指点人到对面铺子去买。我问他这桥上铺子为什么都改成了住家户。他就告我，这桥上一共有十家烟馆，十家烟馆里还有三家可以买黄吗啡。此外又还有五家卖烟具的杂货铺。

一出铺子到城边时，我就碰着一个烟帮过身，两连护送兵各背了本地制最新半自动步枪，人马成一个长长队伍，共约三百二十余担黑货，全是从贵州来的。

我原本预备第二天过河边为这长桥摄一个影，留个纪念，一看到桥墩，想起十七年前那钵罂粟花，且同时想起目前那十家烟馆五家烟具店，这桥头的今昔情形，把我照相的勇气同兴味全失去了。

# 凤　凰

这是从一个作品里摘录出关于凤凰的轮廓。

一个好事的人,若从百年前某种较旧一点的地图上寻找,一定可在黔北、川东、湘西一处极偏僻的角隅上,发现了一个名为"镇筸"的小点。那里同别的小点一样,事实上应有一个小小城市,在那城市中,安顿了数千户人口的。不过一切城市的存在,大部分皆在交通、物产、经济的情形下面,成为那个城市荣枯的因缘。这一个地方,却以另外一种意义无所依附而独立存在。试将那个用粗糙而坚实巨大石头砌成的圆城作为中心,向四方展开,围绕了这边疆僻地的孤城,约有五百余苗寨,各有千总守备镇守其间。有数十屯仓,每年屯数万石粮食为公家所有。五百左右的碉堡,二百左右的营汛。碉堡各用大石堆成。位置在山顶头,随了山岭脉络蜿蜒各处;营汛各位置在驿路上,布置得极有秩序。这些东西是在一百八十年前,按照一种精密的计划,各保持到相当距离,在周围附近三县数百里内,平均分配下来,解决了退守一隅常作暴动的边地苗族叛变的。两世纪来满清的暴政,以及因这暴政而引起的反抗,血染赤了每一条官道同每一个碉堡。到如今,一切不同了。碉堡多数业已残毁了,营汛多数成为民房了,人民已大半同化了。落日黄昏时节,站到那个巍然独在万山环绕的孤城高处,眺望那些远近残毁碉堡,还可依稀想见当时角鼓火炬传警告急的光景。这地方到今日此时,因为另一军事重心,一切均以一种迅速的情形在改变,在进步,同时这种进步,也就正消灭到过去一切。

地方统治者分数种,最上为天神,其次为官,又其次才为村长同执行巫术的神的侍奉者。人人洁身信神,守法怕官。城中居民每家俱有兵役,可按月各到营上领取一点银子,一份米粮,且可从官家领取二百年前被政府所没收的公田播种。

这地方本名镇筸城,后改凤凰厅,入民国后,才升级改名凤凰县。满清时辰沅永靖兵备道,镇筸镇总兵均驻节此地。辛亥革命后,湘西镇守使,辰沅道仍在此办公。除屯谷外，国家每月约用银六万到八万两经营此小小山城。地方居民不过五六千，驻防各处的正规兵士却有七千。由于环境不同，直到现在其地绿营兵役制度尚保存不废，为中国绿营军制唯一残留之物。（引自《凤子》）

苗人放蛊的传说，由这个地方出发。辰州符的实验者，以这个地方为集中地。三楚子弟的游侠气概，这个地方因屯丁子弟兵制度，所以保留得特别多。在宗教仪式上，这个地方有很多特别处，宗教情绪（好鬼信巫的情绪）因社会环境特殊，热烈专诚到不可想象。小小县城里外大型建筑，不是庙宇就是祠堂，江西人经营的绸布业，会馆建筑特别壮丽华美。湘西之所以成为问题，这个地方人应当负较多责任。湘西的将来，不拘好或坏，这个地方人的关系都特别大。湘西的神秘，只有这一个区域不易了解，值得了解。

它的地域已深入苗区，文化比沅水流域任何一县都差得多，然而民国以来湖南的政治家熊希龄先生，却出生在那个小小县城里。地方可说充满了迷信，然而那点迷信，却被历史很巧妙的糅合在军人的情感里，因此反而增加了军人的勇敢性与团结性。去年在嘉善守兴登堡国防线抗敌时，作战之沉着，牺牲之壮烈，就见出迷信实无碍于它的军人职务。县城一个完全小学也办不好，可是许多青年却在部队中当过一阵兵后，辗转努力，得入正式大学，或陆军大学，成绩都很好。一些由行伍出身的军人，常识且异常丰富；个人的浪漫情绪与历史的宗教情绪结合为一，便成游侠者精神，领导得人，就可成为卫国守土的模范军人。这种游侠精神若用不得其当，自然也可以见出种种短处。或一与领导者离开，即不免在许多事上精力浪费。甚焉者即糜烂地方，尚不自知。总之，这个地方的人格与道德，应当归入另一型范。由于历史环境不同，它的发展也就不同。

凤凰军校阶级不独支配了凤凰，且支配了湘西沅水流域二十县。它的弱点与二十年来中国一般军人弱点相似，即知道管理群众，不大知道教育群众。知道管理群众，因此在统治下社会秩序尚无问题。不大知道教育群众，因此一切进步的理想都难实现。地方边僻，且易受人控制，如数年前领导者陈渠珍被何健压迫离职，外来贪污与本地土劣即打成一片，地方受剥削宰割，毫无办法。民性既刚直，团结性又强，领导者如能将这种优点成为一个教育原则，使湘西群众人人各有一种自尊和自信心，认为湘西人可以把湘西弄好，

凤　　凰

这工作人人有份,是每人责任也是每人权利,能够这样,湘西之明日,就大不相同了。

　　典籍上关于云贵放蛊的记载,放蛊必与仇怨有关,仇怨又与男女事有关。换言之,就是新欢旧爱得失之际,蛊可以应用作争夺工具或报复工具。中蛊者非狂即死,唯系铃人可以解铃。这倒是蛊字古典的说明,与本意相去不远。看看贵州小乡镇上任何小摊子上都可以公开的买红砒,就可知道蛊并无如何神秘可言了。但蛊在湘西却有另外一种意义,与巫,与此外少女的落洞致死,三者同源而异流,都源于人神错综,一种情绪被压抑后变态的发展。因年龄、社会地位和其他分别,穷而年老的,易成为蛊婆,三十岁左右的,易成为巫,十六岁到二十二三岁,美丽爱好性情内向而婚姻不遂的,易落洞致死。三者都以神为对象,产生一种变质女性神经病。年老而穷,怨愤郁结,取报复形式方能排泄感情,故蛊婆所作所为,即近于报复。三十岁左右,对神力极端敬信,民间传说如"七仙姐下凡"之类故事又多,结合宗教情绪与浪漫情绪而为一,因此总觉得神对她特别关心,发狂,呓语,天上地下,无往不至,必需作巫,执行人神传递愿望与意见工作,经众人承认其为神之子后,中和其情绪,狂病方不再发。年青貌美的女子,一面为戏文才子佳人故事所启发,一面由于美貌而有才情,婚姻不谐,当地武人出身中产者规矩又严,由压抑转而成为人神错综,以为被神所爱,因此死去。

　　善蛊的通称"草蛊婆",蛊人称"放蛊"。放蛊的方法是用虫类放果物中,毒虫不外蚂蚁、蜈蚣、长蛇,就本地所有且常见的。中蛊的多小孩子,现象和通常害疳疾腹中生蛔虫差不多,腹胀人瘦,或梦见虫蛇,终于死去。病中若家人疑心是同街某妇人放的,就往去见见她,只作为随便闲话方式,客客气气的说:"伯娘,我孩子害了点小病,总治不好,你知道什么小丹方,告我一个吧。小孩子怪可怜!"那妇人知道人疑心到她了,必说:"那不要紧,吃点猪肝(或别的)就好了。"回家照方子一吃,果然就好了。病好的原因是"收蛊"。蛊婆的家中必异常干净,个人眼睛发红。蛊婆放蛊出于被蛊所逼迫,到相当时日必来一次。通常放一小孩子可以经过一年,放一树木(本地凡树木起瘿有蚁穴因而枯死的,多认为被放蛊死去)只抵两月,放自己孩子却可抵三年。蛊婆所住的街上,街邻照例对她都敬而远之的客气,她也就从不会对本街孩子过不去。(甚至于不会对全城孩子过不去。)但某一时若迫不得已使同街孩子或城中孩子因受蛊致死，好事者激起公愤，必把这个妇人捉去，放在大六月天酷日下晒太阳，名为"晒草蛊"。或用别的更残忍方法惩治。这事官方从不过问。即或这妇人在私刑中死去，也不过问。受处分的妇人，有些极口呼冤，有些又似乎以为罪有应得，默然无语。然情绪相同，即这种妇人必相信自己真有致人于死的魔力。还有些居然招供出有多少魔力，施行过多少次，某时在某处蛊死谁，某地方某大树枯树自焚也是她做的。在招供中且俨然得到一种满足的快乐。这样一来，照习惯必在毒日下晒三天，有些妇人被晒过后，病就好了，以为蛊被太阳晒过就离开了，成为一个常态的妇人。有些因此就死掉了，死后众人还以为替地方除了一害。其实呢，这种妇人与其说是罪人，不如说是疯婆子。她根本上就并无如此特别能力蛊人致命。这种妇人是一个悲剧的主角，因为她有点隐性的疯狂，致疯的原因又是穷苦而寂寞。

行巫者其所以行巫，加以分析，也有相似情形。中国其他地方巫术的执行者，同僧道相差不多，已成为一种游民懒妇谋生的职业。视个人的诈伪聪明程度，见出职业成功的多少。他的作为重在引人迷信，自己却清清楚楚。这种行巫，已完全失去了他本来性质，不会当真发疯发狂了。但凤凰情形不同。行巫术多非自愿的职业，近于"迫不得已"的差使。大多数本人平时为人必极老实忠厚，沉默寡言。常忽然发病，卧床不起，如有神附体，语音神气完全变过。或胡唱胡闹，天上地下，无所不谈。且哭笑无常，殴打自己，长日不吃，不喝，不睡觉。过三两天后，仿佛生命中有种东西，把它稳住了，因极度疲乏，要休息了，长长的睡上一天，人就清醒了。醒后对病中事竟毫无所知，别的人谈起她病中情形时，反觉十分羞愧。

可是这种狂病是有周期性的（也许还同经期有关系），约两三个月一次。每次总弄得本人十分疲乏，欲罢不能。按照习惯，只有一个方法可以治疗，就是行巫。行巫不必学习，无从传授，只设一神坛，放一平斗，斗内装满谷子，插上一把剪刀。有的什么也不用，就可正式营业。执行巫术的方式，是在神前设一座位，行巫者坐定，用青丝绸巾覆盖脸上。重在关亡，托亡魂说话，用半哼半唱方式，谈别人家事长短，儿女疾病，远行人情形。谈到伤心处，谈者涕泗横溢，听者自然更嘘泣不止。执行巫术后，已成为众人承认的神之子，女人的潜意识，因中和作用，得到解除，因此就不会再发狂病。初执行巫术时，且照例很灵，至少有些想不到的古怪情形，说来十分巧合。因为有事前狂态作宣传，本城人知道的多，行巫近于不得已，光顾的老妇人必甚多，生意甚好。行巫虽可发财，本人通常倒不以所得多少关心，受神指定为代理人，不作巫即受惩罚，设坛近于不得已。行巫既久，自然就渐渐变成职业，使术时多做作处。世人的好奇心，这时又转移到新近设坛的别一妇人方面去。这巫婆若为人老实，便因此撤了坛，依然恢复她原有的职业，或作奶妈，或做小生意，或带孩子。为人世故，就成为三姑六婆之一，利用身分，串当地有身分人家的门子，陪老太太念经，或如《红楼梦》中与赵姨娘合作同谋马道婆之流妇女，行使点小法术，埋在地下，放在枕边，使"仇人"吃亏。或更作媒作中，弄一点酬劳脚步钱。小孩子多病，命大，就拜寄她作干儿子。小孩子夜惊，就为"收黑"，用个鸡蛋，咒过一番后，黄昏时拿到街上去，一路喊小孩名字，"八宝回来了吗？"另一个就答，"八宝回来了"，一直喊到家。到家后抱着孩子手蘸唾沫抹抹孩子头部，事情就算办好了。行巫的本地人称为"仙娘"。她的职务是"人鬼之间的媒介"，她的群众是妇人和孩子。她的工作真正意义是她得到社会承认是神的代理人后，狂病即不再发。当地妇女实为生活所困苦，感情无所归宿，将希望与梦想寄在她的法术上，靠她得到安慰。这种人自然间或也会点小丹方，可以治小儿夜惊，膈食。用通常眼光看来，殊不可解，用现代心理学来分析，它的产生同它在社会上的意义，都有它必然的原因。一知半解的读书人，想破除迷信，要打倒它，否认这种"先知"，正说明另一种人的"无知"。

至于落洞，实在是一种人神错综的悲剧，比上述两种妇女病更多悲剧性。地方习惯是女子在性行为方面的极端压制，成为最高的道德。这种道德观念的形成，由于军人成为地方整个的统治者。军人因职务关系，必时常离开家庭外出，在外面取得对于妇女的经验，必使这种道德观增强，方能维持他的性的独占情绪与事实。因此本地认为最丑的事无过于女子不贞，男子听妇女有外遇。妇女若无家庭任何拘束，自愿解放，毫无关系的旁人亦可把女子捉来光身游街，表示与众共弃。下面故事是另外一个最好的例。

旅长刘俊卿，夫人是一个女子学校毕业生，平时感情极好。有同学某女士，因同学时要好，在通信中不免常有些女孩子的感情话。信被这位军官见到后，便引起疑心。后因信中有句话语近于男子说的："嫁了人你就把我忘了"，这位军官疑心转增。独自驻防某地，有一天，忽然要马弁去接太太，并告马弁："你把太太接来，到离这里十里，一枪给我把她打死，我要死的不要活的。我要看看她还有一点热气，不同她说话。你事办得好，一切有我；事办不好，不必回来见我。"马弁当然一切照办。当真把旅长太太接来防地，到要下手时，太太一看情形不对，问马弁是什么意思。马弁就告她这是旅长的意思。太太说："我不能这样冤枉死去，你让我见他去说个明白！"马弁说："旅长命令要这么办，不然我就得死。"末了两人都哭了。太太让马弁把枪口按在心子上一枪打死了，（打心子好让血往腔子里流！）轿夫快快的把这位太太抬到旅部去见旅长，旅长看看后，摸摸脸和手，看看气已绝了，不由自主淌了两滴英雄泪，要马弁看一副五百块钱的棺木，把死者装殓埋了。人一埋，事情也就完结了。

这悲剧多数人就只觉得死者可悯，因误会得到这样结果，可不觉得军官行为成为问题。倘若女的当真过去一时还有一个情人，那这种处置，在当地人看来，简直是英雄行为了。

女子在性行为所受的压制既如此严酷，一个结过婚的妇人，因家事儿女勤劳，终日织布，绩麻，作腌菜，家境好的还玩骨牌，尚可转移她的情绪，不至于成为精神病。一个未出嫁的女子，尤其是一个爱美好洁，知书识字，富于情感的聪明女子，或因早熟，或因晚婚，这方面情绪上所受的压抑自然更大，容易转成病态。地方既在边区苗乡，苗族半原人的神怪观影响到一切人，形成一种绝大力量。大树、洞穴、岩石，无处无神。狐、虎、蛇、龟，无物不怪。神或怪在传说中美丑善恶不一，无不赋以人性。因人与人相互爱悦，和当前道德观念极端冲突，便产生人和神怪爱悦的传说，女性在性方面的压抑情绪，方借此得到一条出路。落洞即人神错综之一种形式。背面所隐藏的悲惨，正与表面所见出的美丽成分相等。

凡属落洞的女子，必眼睛光亮，性情纯和，聪明而美丽。必未婚，必爱好，善修饰。平时贞静自处，情感热烈不外露，转多幻想。间或出门，即自以为某一时无意中从某处洞穴旁经过，为洞神一瞥见到，欢喜了她。因此更加爱独处，爱静坐，爱清洁，有时且会自言自语，常以为那个洞神已驾云乘虹前来看她。这个抽象的神或为传说中的像貌，或为记忆中庙宇里的偶像样子，或为常见的又为女子所畏惧的蛇虎形状。总之这个抽象对手到女人心中时，虽引起女子一点羞怯和恐惧，却必然也感到热烈而兴奋。事实上也就是一种变形的自渎。等待到家中人注意这件事情深为忧虑时，或正是病人在变态情绪中恋爱最满足时。

通常男巫的职务重在和天地，悦人神，对落洞事即付之于职权以外，不能过问。辰州符重在治大伤，对这件事也无可如何。女巫虽可请本家亡灵对于这件事表示意见，或阴魂入洞探询消息，然而结末总似乎凡属爱情，即无罪过。洞神所欲，一切人力都近于白费。虽天王佛菩萨权力广大，人鬼同尊，亦无从为力。（迷信与实际社会互相映照，可谓相反相成。）事到末了，即是听其慢慢死去。死的迟早，都认为一切由洞神作主。事实上有一半近于女子自己作主。死时女子必觉得洞神已派人前来迎接她，或觉得洞神亲自换了新衣骑了白马来接她，耳中有箫鼓竞奏，眼睛发光，脸色发红，间或在肉体上放散一种奇异香味，含笑死去。死时且显得神气清明，美艳照人。真如诗人所说："她在恋爱之中，含笑死去。"家中人多泪眼莹然相向，无可奈何。只以为女儿被神所眷爱致死。料不到女儿因在人间无可爱悦，却爱上了神，在人神恋与自我恋情形中消耗其如花生命，终于衰弱死去。

女子落洞致死的年龄，迟早不等，大致在十六到二十四五左右。病的久暂也不一，大致由两年到五年。落洞女子最正当的治疗是结婚，一种正常美满的婚姻，必然可以把女子从这种可怜的生活中救出。可是照习惯这种为神眷顾的女子，是无人愿意接回家中作媳妇的。家中人更想不到结婚是一种最好的法术和药物。因此末了终是一死。

湘西女性在三种阶段的年龄中，产生蛊婆女巫和落洞女子。三种女性的歇思底里亚，就形成湘西的神秘之一部分。这神秘背后隐藏了动人的悲剧，同时也隐藏了动人的诗。至如辰州符，在伤科方面用催眠术和当地效力强不知名草药相辅为治，男巫用广大的戏剧场面，在一年将尽的十冬腊月，杀猪宰羊，击鼓鸣锣，来作人神和乐的工作，集收人民的宗教情绪和浪漫情绪，比较起来，就见得事很平常，不足为异了。

浪漫情绪和宗教情绪两者混而为一，在女子方面，它的排泄方式，有如上所说的种种。在男子方面，则自然而然成为游侠者精神。这从游侠者的道德观所表现的宗教性和戏剧性也可看出。妇女道德的形成，与游侠者的道德观大有关系。游侠者对同性同道称哥唤弟，彼此不分。故对于同道眷属亦视为家中人，呼为嫂子。子弟儿郎们照规矩与嫂子一床同宿，亦无所忌。但条款必遵守，即"只许开弓，不许放箭"。条款意思就是同住无妨，然不能发生关系。若发生关系，即为犯条款，必受严重处分。这种处分仪式，实充满宗教性和戏剧性。下面一件记载，是一个好例。这故事是一个参加过这种仪式的朋友说的。

在野地排三十六张方桌（象征梁山三十六天罡），用八张方桌重叠为一个高台，桌前掘个一丈八尺见方的土坑，用三十六把尖刀竖立坑中，刀锋向上，疏密不一。预先用浮土掩着，刀尖不外露。所有弟兄哥子都全副戎装到场，当时流行的装束是：青绉绸巾裹头，视耳边下垂巾角长短表示身分。穿纸甲，用棉纸捶炼而成，中夹头发，作成背心式样，轻而柔韧，可以避刀刃。外穿密钮打衣，袖小而紧。佩平时所长武器，多单刀双刀，小牛皮刀鞘上绘有绿云红云，刀环上系彩绸，作为装饰。着青裤，裹腿，腿部必插两把黄鳝尾小尖刀。赤脚，穿麻练鞋。桌上排定酒盏，燃好香烛，发言的必先吃血酒盟心。（或咬一公鸡头，将鸡血滴入酒中，或咬破手指，将本人血滴入酒中。）"管事"将事由说明，请众议处。事情是一个作大哥的嫂子有被某"老幺"调戏嫌疑，老幺犯了某条某款。女子年青而貌美，长眉弱肩，身材窈窕，眼光如星子流转。男的不过二十岁左右，黑脸长身，眉目英悍。管事把事由说完后，女子继即陈述经过，那青年男子在旁沉默不语。此后轮到青年开口时，就说一切都出于诬蔑。至于为什么诬蔑，他不便说，嫂子应当清清楚楚。那意思就是说嫂子对他有心，他无意。既经否认，各执一说，"执法"无从执行处分，因此照规矩决之于神。青年男子把麻鞋脱去，把衣甲脱去，光身赤脚爬上那八张方桌顶上去。毫无惧容，理直气壮，奋身向土坑跃下。出坑时，全身丝毫无伤。照规矩即已证实心地光明，一切出于受诬。其时女子头已低下，脸色惨白，知道自己命运不佳，业已失败，不能逃脱。那大哥揪着女的发髻，跪到神桌边去，问她："还有什么话说？"女的说："没有什么说的。冤有头，债有主。凡事天知道。"引颈受戮，不求饶也不狡辩，一切沉默。这大哥看看四面八方，无一个人有所表示，于是拔出背上单刀，一刀结果了这个因爱那小兄弟不遂心，反诬他调戏的女子。头放在神桌前，眉目下垂如熟睡。一伙哥子弟兄见事已完，把尸身拖到原来那个土坑里去，用刀掘土，把尸身掩埋了。那个大哥和那个幺兄弟，在情绪上一定都需要流一点眼泪，但身分上的习惯，却不许一个男子为妇人显出弱点，都默默无言，各自走开。

类乎这种事情还很多。都是浪漫与严肃，美丽与残忍，爱与怨交缚不可分。

游侠者行径在当地也另成一种风格，与国内近代化的青红帮稍稍不同。重在为友报仇，扶弱锄强，挥金如土，有诺必践。尊重读书人，敬事同乡长老。换言之，就是还能保存一点古风。有些人虽能在川黔湘鄂边境数省号召数千人集会，在本乡却谦虚纯良，犹如一乡巴佬。有兵役的且依然按时入衙署当值，听候差遣作小事情，凡事照常。赌博时用小铜钱三枚跌地，名为"板三"，看反覆、数目，决定胜负，一反手间即输黄牛一头，银元一百两百，输后不以为意，扬长而去，从无翻悔放赖情事。决斗时两人用分量相等武器，一人对付一人，虽亲兄弟只能袖手旁观，不许帮忙。仇敌受伤倒下后，即不继续填刀，否则就被人笑话，失去英雄本色，虽胜不武。犯条款时自己处罚自己，割手截脚，脸不变色，口不出声。总之，游侠观念纯是古典的，行为是与太史公所述相去不远的。二十年闻名于川黔湘鄂各边区凤凰人田三怒，可为这种游侠者一个典型。年纪不到十岁，看木傀儡戏时，就携一血梿木短棒，在戏场中向屯垦军子弟不端重的横蛮的挑衅，或把人痛殴一顿，或反而被人打得头破血流，不以为意。十二岁就身怀黄鳝尾小刀，称"小老幺"，三江四海口诀背诵如流。家中老父开米粉馆，凡小朋友照顾的，一例招待，从不接钱。十五岁就为友报仇，走七百里路到常德府去杀一木客镖手，因听人说这个镖手在沅州有意调戏一个妇人，曾用手触过妇人的乳部，这少年就把镖手的双手砍下，带到沅州去送给那朋友。年纪二十岁，已称"龙头大哥"，名闻边境各处。然在本地每日抱大公鸡往米场斗鸡时，一见长辈或教学先生，必侧身在墙边让路，见女人必低头而过，见作小生意老妇人，必叫伯母，见人相争相吵，必心平气和劝解，且用笑话使大事化为小事。周济逢丧事的孤寡，从不出名露面。各庙宇和尚尼姑行为有不正当的，恐败坏当地风俗，必在短期中想方法把这种不守清规的法门弟子逐出境外。作龙头后身边子弟甚多，龙蛇不一，凡有调戏良家妇女，或赌博撒赖，或倚势强夺经人告诉的，必招来把事情问明白，照条款处办。执法老幺，被派往六百里外杀人，随时动员，如期带回证据。结怨甚多，积德亦多。身体瘦黑而小，秀弱如一小学教员，不相识的绝不会相信这是湘西一霸。

光棍服软不服硬，白羊岭有一张姓汉子，出门远走云贵二十年，回家时与人谈天，问："本地近来谁有名？"或人说："田三怒。"姓张的稍露出轻视神气："田三怒不是正街卖粉的田家小儿子？"当夜就有人去叫张家的门，在门外招呼说："姓张的，你明天天亮以前走路，不要在这个地方住。不走路后天我们送你回老家。"姓张的不以为意，可是到后天大清早，有人发现他在一个桥头上斜坐着。走近身看看，原来两把刀插在心窝上，人已经死了。另外有个姓王的，卖牛肉讨生活，过节喝了点酒，酒后忘形，当街大骂田三怒不是东西，若有勇气，可以当街和他比比。正闹着，田三怒却从街上过身，一切听得清清楚楚。事后有人赶去告给那醉汉的母亲，老妇人听说吓慌了，赶忙去找他，哭哭啼啼，求他不要见怪。并说只有这个儿子，儿子一死，自己老命也完了。田三怒只是笑，说："伯母，这是小事情，他喝了酒，乱说玩的。我不会生他的气。谁也不敢挨他，你放心。"事后果然不再追究。还送了老妇人一笔钱，要那儿子开个面馆。

田三怒四十岁后，已豪气稍衰，厌倦了风云，把兄弟遣散，洗了手，在家里养马种花过日子。间或骑了马下乡去赶场，买几只斗鸡，或携细尾狗，带长网去草泽地打野鸡，逐鹌鹑，猎猎野猪，人料不到这就是十年前在川黔边境增加了凤凰人光荣的英雄田三怒。本人也似乎忘记自己作了些什么事。一天下午，牵了他那两匹骏健白马出城下河去洗马。城头上有两个懦夫居高临下，用两支匣子炮由他身背后打了约十三发子弹，有两粒子弹打在后颈上，五粒打在腰背上。两匹白马受惊，脱了缰沿城根狂奔而去。老英雄受暗算后，伏在水边石头上，勉强翻过身来，从怀中掏出小勃朗宁拿在手上，默默无声。他知道等等就会有人出城来的。不一会，懦夫之一果然提着匣子炮出城来了，到离身三丈左右时，老英雄手一扬起，枪声响处那懦夫倒下，子弹从左眼进去，即刻死了。城头上那个懦夫在隐蔽处重新打了五枪。田三怒教训他："狗杂种，你做的事丢了镇筸人的丑。在暗中射冷箭，不像个男子。你怎不下来？"懦夫不作声。原来城上来了另外的人，这行刺的就跑了。田三怒知道自己不济事了，在自己太阳穴上打了一枪，便如此完结了自己，也完结了当地最后一个游侠者。

派人作这件事情的，到后才知道是一个姓唐的。这个人也可称为苗乡一霸。辛亥革命领率苗民万人攻城，牺牲苗民将近六千人，北伐时随军下长江，曾任徐海警备司令。卸职还乡后称"司令官",在离城十里长宁哨新房子中居家纳福。事有凑巧,做了这件事后,过后数年,这人居然被一个驻军团长,不知天高地厚,把他捉来放在牢里,到知道这事不妥时,人已病死狱中了。

田三怒子弟极多,十年来或因年事渐长,血气已衰,改业为正经规矩商人。或带剑从军,参加各种内战,牺牲死去。或因犯案离乡,漂流无踪。在日月交替中,地方人物新陈代谢,风俗习惯日有不同。因此到近年来,游侠者精神虽未绝,所有方式已大大有了变化。在那万山环绕的小小石头城中,田三怒的姓名,已逐渐为人忘却,少年子弟中有从图书杂志上知道"飞将军"、"小黑炭"、"美人鱼"等人的,却不知道田三怒是谁。

当年田三怒得力助手之一,到如今还好好存在,为人依然豪侠好客,待友以义,在苗民中称领袖,这人就是去年使湘西发生问题,迫何键去职,使湖南政治得一转机的龙云飞。二十年前眼目精悍,手脚麻利,勇敢如豹子,轻捷如猿猴,身体由城墙头倒掷而下,落地时尚能作矮马桩姿势。在街头与人决斗,杀人后下河边去洗手时,从从容容如毫不在意。现在虽尚精神矍铄,面目光润,但已白发临头,谦和宽厚如一长者。回首昔日,不免有英雄老去之慨!

这种游侠者精神既浸透了三厅子弟的脑子,所以在本地读书人观念上也发生影响。军人政治家,当前负责收拾湘西的陈老先生,年过六十,体气精神,犹如三十许青年壮健,平时律己之严,驭下之宽,以及处世接物,带兵从政,就大有游侠者风度。少壮军官中,如师长顾家齐、戴季韬辈,虽受近代化训练,面目文弱和易如大学生,精神上多因游侠者的遗风,勇鸷慓悍,好客喜弄,如太史公传记中人。诗人田星六,诗中就充满游侠者霸气。山高水急,地苦雾多,为本地人性格形成之另一面,游侠者精神的浸润,产生过去,且将形成未来。

# 贵 生

贵生在溪沟边磨他那把镰刀，锋口磨得亮堂堂的。手试一试刀锋后，又向水里随意砍了几下。秋天来溪水清个透亮，活活的流，许多小虾子脚攀着一根草，在水里游荡，有时又躬着个身子一弹，远远的弹去，好像很快乐。贵生看到这个也很快乐。天气极好，正是城市里风雅人所说"秋高气爽"的季节，贵生的镰刀如用得其法，就可以过一个有鱼有肉的好冬天。秋天来，遍山土坎上芭茅草开着白花，在微风里轻轻的摇，都仿佛向人招手似的说："来，割我，乘天气好磨快了你的刀，快来割我，挑进城里去，八百钱一担，换半斤盐好，换一斤肉也好，随你的意！"贵生知道这些好处。并且知道五担草就能够换个猪头，揉四两盐腌起来，那对猪耳朵，也够下酒两三次！一个月前打谷子时，各家田里放水，人人用鸡笼在田里罩肥鲤鱼，贵生却磨快了他的镰刀，点上火把，半夜里一个人在溪沟里砍了十来条大鲤鱼，全用盐揉了，挂在灶头用柴烟熏得干干的。现在磨刀，就准备割草，挑上城去换年货。正像俗话说的：两手一肩，快乐神仙。村子里住的人，因几年来城里东西样样贵，生活已大不如从前，可是一个单身汉子，年富力强，遇事肯动手，又不胡来乱为，过日子总还容易。

贵生住的地方离大城廿里，离张五老爷围子两里。五老爷是当地财主，近边山坡田地大部分归五老爷管业，所以做田种地的人都与五老爷有点关系。五老爷要贵生做长工，贵生以为做长工不是住围子就得守山，行动受管束，不愿意。自己用镰刀砍竹子，剥树皮，搬石头，在一个小土坡下，去溪水不远处，借五老爷土地砌了一栋小房子，帮五老爷看守两个种桐子的山坡，作为借地住家的交换。住下来他砍柴割草为生。春秋二季农事当忙时，有人要短工帮忙，他邻近五里无处不去帮忙（食量抵两个人，气力也抵两个人）。逢年过节村子里头行人捐钱扎龙灯上城去比赛，他必在龙头前斗宝，把个红布绣球舞得一团火似的，受人喝彩。春秋二季答谢土地，村中人合伙唱戏，他扮王大娘补缸的补缸匠，卖柴扒的程咬金。他欢喜喝一杯酒，可不同人酗酒打架。他会下盘棋,可不像许多人那样变棋迷。间或也说句笑话,可从不口角伤人。为人稍微有点子憨劲,可不至于傻相。虽是个干穷人,可穷得极硬朗自重。有时到围子里去,五老爷送他一件衣服,一条裤子,或半斤盐,他心中不安,必在另外一时带点东西去补偿。他常常进城去卖柴卖草,就把钱换点应用东西。城里尚有个五十岁的老舅舅,给大户人家作厨子,不常往来,两人倒很要好。进城看望舅舅时,他照例带点礼物,不是一袋胡桃,一袋栗子,就是一只山上装套捕住的黄鼠狼,或是一只野鸡。到城里有时住在舅舅处,那舅舅晚上无事,必带他上河沿天后宫去看夜戏,消夜时还请他吃一碗牛肉面。

在乡下,远近几里村子上的人,都和他相熟,都欢喜他。他却乐意到离住处不远桥头一个小生意人铺子里去。那开杂货铺的老板是沅水中游浦市人,本来飘乡做生意,每月一次,挑货物各个村子里去和乡下人做买卖,吃的用的全卖。到后来看中了那个桥头,知道官路上往来人多,与其从城里打了货四乡跑,还不如在桥头安个家。一面做各乡生意,一面搭个亭子给过路人歇脚,就近作过路人买卖。因此就在桥头安了家。住处一定,把老婆和一个十三岁的小女孩也接来了。浦市人本来为人和气,加之几年来与附近各村子各大围子都有往来,如今来在桥头开铺子,生意发达是很自然的。那老婆照浦市人中年妇女打扮,头上长年裹一块长长的黑色绉绸首帕,把眉毛拔得细细的。一张口甜甜的,见男的必称大哥,女的称嫂子,待人特别殷勤。因此不到半年,桥头铺子不特成为乡下人买东西地方,并且也成为乡下人谈天歇息地方了。夏天桥头有三株大青树,特别凉爽。冬天铺子里土地上烧得是大树根和油枯饼,火光熊熊——真可谓无往不宜。

贵生和铺子里人大小都合得来,手脚又勤快,几年来,那杂货铺老板娘待他很好,他对那个女儿也很好。山上多的是野生瓜果,栗子榛子不出奇,三月里他给她摘大莓,六月里送她地枇杷,八九月里还有出名当地、样子像干海参、瓤白如玉如雪的八月瓜,尤其逗那女孩子欢喜。女孩子名叫金凤。那老板娘一年前因为回浦市去吃喜酒,害蛇钻心病死掉了,杂货铺充补了个毛伙,全身无毛病,只因为性情活跳,取名叫做癞子。

贵生不知为什么总不大欢喜那癞子,两人谈话常常顶板,癞子却老是对他嘻嘻笑。贵生说:"癞子,你若在城里,你是流氓;你若在书上,你是奸臣。"癞子还对他笑。贵生不欢喜癞子,那原因谁也不明白,杂货铺老板倒知道,因为贵生怕癞子招郎上门,从帮手改成驸马。

贵生其时正在溪水边想癞子会不会作"卖油郎",围子里有人搭口信来,说五爷要贵生看看南山桐子熟了没有。看过后去围子里回话。

贵生听了信,即刻去山上看桐子。

贵生上了山,山上泥土松松的,树根蓬草间,到处有秋虫鸣叫。一下脚,大而黑的油蛐蛐,小头尖尾的金铃子各处乱蹦。几个山头看了一下,只见每株树枝都被饱满坚实的桐木油果压得弯弯的,好些已落了地,山脚草里到处都是。因为一个土塍上有一片长藤,上面结了许多颜色乌黑的东西,一群山喜鹊喳喳的叫着,知道八月瓜已成熟了,赶忙跑过去。山喜鹊见人来就飞散了。贵生把藤上八月瓜全摘下来,装了半斗笠,预备带回去给桥头金凤吃。

贵生看过桐子回到家里,晚半天天还早,就往围子去禀告五爷。

到围子时,见院里搁了一顶轿子,几个脚夫正闭着眼蹲在石碌碡上吸旱烟管。贵生一看知道城里另外来了人,转身往仓房去找鸭毛伯伯。鸭毛伯伯是五老爷围子里老长工,每天坐在仓房边打草鞋。仓房不见人,又转往厨房去,才见着鸭毛伯伯正在小桌边同几个城里来的年青伙子坐席,用大提子从黑色瓮缸里舀取烧酒,煎干鱼下酒。见贵生来就邀他坐下,参加他们的吃喝。原来新到围子的是四爷,刚从河南任上回城,赶来看五爷,过几天又得往河南去。几个人正谈到五爷和四爷在任上的种种有趣故事。

一个从城里来的小秃头,老军务神气,一面笑一面说:

"人说我们四老爷实缺骑兵旅长是他自己玩掉的。一个人爱玩,衣禄上有一笔账目,不玩见阎王销不了账,死后来生还是玩。上年军队扎在汝南,一个月他玩了八个,把那地方尖子货全用过了,还说:'这是什么鬼地方,女人都是尿脬做成的,要不得。一身白得像灰面,松塌塌的,一点儿无意思,还装模作态,这样那样。'你猜猜花多少钱。四十块一夜,除王八外块不算数。你说,年青人出外胡闹不得,我问你,我们哥子们想胡闹,成不成?一个月七块六,火食三块三除外还剩多少?不剃头,不洗衣,留下钱来一年还不够玩一次,我的伯伯,你就让我胡闹,我从哪里闹起!"

另一高个儿将爷说:

"五爷人倒好,这门路不像四爷乱花钱。玩也玩得有分寸,一百八十随手撒，总还定个数目。"

鸭毛伯伯说：

"牛肉炒韭菜，各人心里爱。我们五爷花姑娘弄不了他的钱，花骨头可迷住了他。往年同老太太在城里住，一夜输二万八，头家跟五爷上门来取话，老太太爱面子，怕五爷丢丑，以后见不得人，临时要我们从窖里挖银子，元宝一对一对刨出来，点数给头家。还清了债，笑着向五爷说：'上当学乖，下不为例。手气不好，莫下注给人当活元宝啃，说张家出报应'！"

"别人说老太太是怄气死的。"

"可不是。花三万块钱挣了一个大面子，再有涵养也不能不心疼！明明白白五爷上了人的当，哑子吃黄连，怎不生气？一包气闷在心中，病了四十天，完了，死了。"

"可是五爷为人有孝心，老太太死时，他办丧事做了七七四十九天道场，花了一万六千块钱，谁不知道这件事！都说老太太心好命好，活时享受不尽，死后还带了万千元宝锞子，四十个丫头老妈子照管箱笼，服侍她老人家一路往西天，热闹得比段老太太出丧还人多，执事挽联一里路长。有个孝子尽孝，死而无憾。"

鸭毛伯伯说：

"五爷怕人笑话，所以做面子给人看。因为老太太生前爱面子，五爷又是过房的，一过来就接收偌大一笔产业。老太太如今归天了，五爷花钱再多也应该。花了钱，不特老太太有面子，五爷也有面子。人都以为五爷傻，他才真不傻！若不是花骨头迷心，他有什么可愁的！"

"不多久在城里听说又输了五千。后来想冲一冲晦气。要在潇湘馆给那南花湘妃挂衣，六百块钱包办一切，还是四爷帮他同那老婊子说妥的。不知为什么，五爷自己临时又变卦，去美孚洋行打那三抬一的字牌，一夜又输八百。六百给那花王开苞他不干，倒花八百去熬一夜，坐一夜三顶拐轿子，完事时给人开玩笑说：谢谢五爷送礼。真气坏了四爷。"

"花脚狗不是白面猫，各有各的脾气。银子到手哗喇哗喇花，你说莫花，这哪成！这些人一事不作偏有钱，钱财像是命里带来的。命里注定它要来，门板挡不住；命里注定它要去，索子链子缚不住。王皮匠捡了锭银子，睡时搂到怀里睡，醒来银子变泥巴。你我是穷人，和黄花姑娘无缘，和银子无缘，就只和酒有点缘分。我们喝完了这碗酒，再喝一碗罢。贵生，同我们喝一碗，都是哥子弟兄，不要拘拘泥泥。"

贵生不想喝酒，捧了一大包板栗子，到灶边去，把栗子放在热灰里煨栗子吃。且告给鸭毛伯伯，五爷要他上山看桐子，今年桐子特别好，过三天就是白露，要打桐子也是时候了。哪一天打，定下日子，他好去帮忙。看五爷还有不有话吩咐，无话吩咐，他回家了。

鸭毛伯伯去见五爷禀白："溪口的贵生已经看过了桐子，山向阳，今年霜降又早，桐子全熟了，要捡桐子差不多了。贵生看五爷还有什么话吩咐。"

城里来的四爷正同五爷谈卜术相术，说到城里中街一个杨半痴，如何用哲学眼光推人流年吉凶和命根贵贱，把个五爷说的眉飞色舞。听说贵生来了，就要鸭毛叫贵生进来有话说。

贵生进院子里时，担心把五爷地板弄脏，赶忙脱了草鞋，赤着脚去见五爷。

五爷说："贵生，你看过了我们南山桐子吗？今年桐子好的很，城里油行涨了价，挂牌二十二两三钱，上海汉口洋行都大进。报上说欧洲整顿海军，预备世界大战，买桐油漆大战舰，要的油多。洋毛子欢喜充面子，不管国家穷富，军备总不愿落人后。仗让他们打，我们中国可以大发洋财！"

贵生一点不懂五爷说话的用意，只是带着一点敬畏之忱站在堂屋角上。

鸭毛伯伯打圆儿说："五爷，我们什么时候打桐子？"

五爷笑着，"要发洋财得赶快，外国人既等着我们中国桐油油船打仗，还不赶快一点？明天打后天都好。我要自己去看看，就便和四爷打两只小毛兔玩。贵生，今年南山兔子多不多。趁天气好，明天去罢。"

贵生说："五爷，您老说明天就明天，我家里烧了茶水，等四爷五爷累了歇个脚。没有事我就走了。"

五爷说："你回去罢。鸭毛，送他一斤盐两斤片糖，让他回家。"

贵生谢了谢五爷，正转身想走出去，四爷忽插口说："贵生，你成了亲没有。"一句话把贵生问得不知如何回答，望着这退职军官私欲过度的瘦脸，把头摇着，只是好笑，他想起几句流行的话语："婆娘婆娘，磨人大王，磨到三年，嘴尖毛长。"

鸭毛接口说："我们劝他看一门亲事，他怕被女人迷住了，不敢办这件事。"

四爷说:"贵生,你怕什么?女人有什么可怕?你那样子也不是怕老婆的。我和你说,看中了什么人,尽管把她弄进屋里来。家里有个婆娘,对你有好处,你不明白?尽管试试看,不用怕!"

贵生记起刚才在厨房里几个人的谈话,所以轻轻的说:"一个人有一个人的命,勉强不来。"随即同鸭毛走了。

四爷向五爷笑着说:"五爷,贵生相貌不错,你说是不是。"

五爷说:"一个大憨子,讨老婆进屋,我恐怕他还不会和老婆做戏!"

贵生拿了糖和盐回家,绕了点路过桥头杂货铺去看看。到桥头才知道当家的已进城办货去了,只剩下金凤坐在酒坛边纳鞋底。见了贵生,很有情致的含着笑看了他一眼,表示欢迎。贵生有点不大自然,站在柜前摸出烟管打火吸烟,借此表示从容,"当家的快回来了?"

金凤说:"贵生,你也上城了吧,手里拿的是什么?"

"一斤盐,两斤糖,五老爷送我的。我到围子里去告他们打桐子。"

"你五老爷待人可好?"

"城里四老爷也来了,还说明天要来山上打兔子……"贵生想起四爷先前说的一番话,咕咕的笑将起来。

金凤不知什么好笑,问贵生:"四爷是个什么样人物。"

"一个大军官,听说做过军长、司令官,一生就是欢喜玩,把官也玩掉了。"

"有钱的总是这样过日子,做官的和开铺子的都一样。我们浦市源昌老板,十个大木簰从洪江放到桃源县,一个夜里这些木簰就完了。"

贵生知道这个故事,所以贵生说:"都是女人。"

金凤脸绯红,向贵生瞅着,表示抗议,"怎么,都是女人!你见过多少女人!女人也有好有坏,和你们男子一样,不可一概而论!"

"我不是说你!"

"你们男的才真坏,什么四老爷、五老爷,有钱就是大王,糟蹋人,不当数……"

其时,正有三个过路人,过了桥头到铺子前草棚下,把担子从肩上卸下来，取火吸烟，看有什么东西可吃。买了一碗酒，三人共同用包谷花下酒。贵生预备把话和金凤接下去，不知如何说好。三个人不即走路，他就到桥下去洗手洗脚。过一阵走上来时，见三人正预备动身，其中一个顶年青的，打扮得像个玩家，很多情似的，向金凤瞟着个眼睛，只是笑。掏钱时故意露出扣花抱肚上那条大银链子，且自言自语说："银子千千万，难买一颗心。易求无价宝，难得有情郎。"三人走后金凤低下头坐在酒坛上出神，一句话不说。贵生想把先前未完的话接续说下去，无从开口。

到后看天气很好，方说："金凤，你要栗子，这几天山上油板栗全爆口了。我前天装了个套机，早上去看，一只松鼠正拱起个身子，在那木板上嚼栗子吃，见我来了不慌不忙的一溜跑去，好笑。你明天去捡栗子吧，地下多得是！"

金凤不答理他，依然为刚才过路客人几句轻薄话生气。贵生不大明白，于是又说："你记不记得有一年在我砂地上偷栗子，不是跑得快，我会打断你的手！"

金凤说："我记得，我不跑。我不怕你！"

贵生说："你不怕我，我也不怕你！"

金凤笑着："现在你怕我……"

贵生好像懂得金凤话中的意思，向金凤眯眯笑，心里回答说："我一定不怕。"

毛伙割了一大担草回来了，一见贵生就叫唤："贵生，你不说上山割草吗？"

贵生不理会，却告给金凤，在山上找得一大堆八月瓜，她想要，明天自己去拿，因为明天打桐子，他得上山去帮忙，五爷四爷又说要来赶兔子，恐怕没空闲。

贵生走后毛伙说："金凤，这憨子，人大空心小。"

金凤说："你莫乱说，他生气会打扁你。"

毛伙说："这种人不会生气。我不是锡酒壶，打不扁。"

第二天，天一亮，贵生带了他的镰刀上山去。山脚雾气平铺，犹如展开一片白毯子，越拉越宽，也越拉越薄。远远的看到张家大围子嘉树成荫，几株老白果树向空挺立,更显得围子里正是家道兴旺。一切都像浮在云雾上头,飘渺而不固定。他想围子里的五爷四爷,说不定还在睡觉做梦,梦里也是五魁八马,白板红中!

可是一会儿田塍上就有马项铃嘡啷嘡啷响,且闻人语嘈杂,原来五爷四爷居然赶早都来了。贵生慌忙跑下坡去牵马。来的一共是十二个男女工,四个跟随,还有几个围子里捡荒的小孩子。大家一到地即刻就动起手来,从顶上打起,有的爬树,有的用竹竿巴巴的打,草里泥里到处滚着那种紫红果子。

四爷五爷看了一会儿,也各捞一根竹竿打了几下,一会儿就厌烦了,要贵生引他们到家里去。家里灶头锅里的水已沸腾,鸭毛给四爷五爷冲茶喝。四爷见屋角斗笠里那一堆八月瓜,拿起来只是笑。

"五爷,你瞧这像个什么东西?"

"四爷,你真是孤陋寡闻,八月瓜也不认识。"

"我怎么不认识?我说它简直像……"

贵生因为预备送八月瓜给金凤,耳听到四爷说了那么一句粗话,心里不自在,顺口说道:

"四爷五爷欢喜,带回去吃罢。"

五爷取了一枚,放在热灰里煨了一会儿,捡出来剥去那层黑色硬壳,挖心吃了。四爷说那东西腻口甜不吃,却对于贵生家里一支钓鱼竿称赞不已。

四爷因此从钓鱼谈起,溪里,河里,江里,海里以及北方芦田里钓鱼的方法如何不同,无不谈到。忽然一个年青女人在篱笆边叫唤贵生,声音又清又脆。贵生赶快跑出去,一会儿又进来,抱了那堆八月瓜走了。

四爷眼睛尖,从门边一眼瞥见了那女的白首帕,大而乌光的发辫,问鸭毛"女人是谁"。鸭毛说:"是桥头上卖杂货浦市人的女儿。内老板去年热天回娘家吃喜酒,在席面上害蛇钻心病死掉了,就只剩下这个小毛头,今年满十六岁,名叫金凤。其实真名字倒应当是'观音'!卖杂货的大约看中了贵生,又憨又强一个好帮手,将来会承继他的家业。贵生倒还拿不定主意,等风向转。真是白等。"

四爷说:"老五,你真是宣统皇帝,住在紫禁城傻吃傻喝,围子外什么都不知道。山清水秀的地方一定地贵人贤,为什么不……"

鸭毛搭口说:"算命的说女人八字重,克父母,压丈夫,所以人都不敢动她。贵生一定也怕克……"正说到这里,贵生回来了,脸庞红红的,想说一句话可不知说什么好,只是搓手。

五爷说:"贵生,你怕什么?"

贵生先不明白这句话意思所指,茫然答应说:"我怕精怪。"

一句话引得大家笑将起来,贵生也不由得笑了。

几人带了两只瘦黄狗,去荒山上赶兔子,半天毫无所得。晌午时又回转贵生家过午。五爷问长工今年桐子收多少,知道比往年好,就告给鸭毛,分三担桐子给贵生酬劳,和四爷骑了马回围子去了。回去本不必从溪口过身,四爷却出主张,要五爷同他绕点路,到桥头去看看。在桥头杂货铺买了些吃食东西,和那生意人闲谈了好一阵,也好好的看了金凤几眼,才转回围子。

回到围子里四爷又嘲笑五爷,以为在围子里作皇帝,真正是不知民间疾苦。话有所指,五爷明白意思。

五爷说:"四爷你真是,说不得一个人还从狗嘴里抢肉吃。"

四爷在五爷肩头打了一掌说:"老五,别说了。我若是你,我就不像你,一块肥羊肉给狗吃。你不看见:眉毛长,眼睛光,一只画眉鸟,打雀儿!"

五爷只是笑,再不说话。一个人有一个人的分定,五爷欢喜玩牌,自己老以为输牌不输理,每次失败只是牌运差,并非功夫不高。五爷笑四爷见不得女人,城市里大鱼大肉吃厌了,注意野味。

这方面发生的事贵生自然全不知道。

贵生只知道今年多得了三担桐子,捡荒还可得两三担,家里有五六担桐子沤在床底下,一个冬天夜里够消磨了。

日月交替,屋前屋后狗尾巴草都白了头在风里摇。大路旁刺梨一球球黄得像金子,已退尽了涩味,由酸转甜。贵生上城卖了十多回草,且卖了几篮刺梨给官药铺,算算日子,已是小阳春的十月了。天气转暖了一点,溪边野桃树有开花的。杂货铺一到晚上,毛伙就地烧一个树根,火光熊熊,用意像在向邻近住户招手,欢迎到桥头来,大家向火谈天。在这时节畜牲草料都上了垛,谷粮收了仓,红薯也落了窖,正好是大家休息休息的时候,所以日里晚上都有人在那里。晚上尤其热闹,因为间或还有告假回家的兵士,和大兴场贩朱砂的客人到杂货铺来述说省里新闻,天上地下说来无不令众人神往意移。

贵生到那里，照例坐在火旁不大说话，一面听他们说话，一面间或瞟金凤一眼。眼光和金凤眼光相接时，血行就似乎快了许多。他也帮杜老板做点小事，也帮金凤做点小事。落了雨，铺子里他是唯一客人时，就默默的坐在火旁吸旱烟，听杜老板在美孚灯下打算盘滚账，点数余存的货物。贵生心中的算盘珠也扒来扒去，且数点自己的家私。他知道城里的油价好，二十五斤油可换六斤棉花两斤板盐。他今年有好几担桐子，真是一注小财富！年底鱼呀肉呀全有了，就只差个人。有时候那老板把账结清了，无事可做，便从酒坛间找出一本红纸面的文明历书，来念那些附在历书下的"酬世大全"，"命相神数"。一排到金凤八字，必说金凤八字怪，斤两重，不是"夫人"就是"犯人"，克了娘不算过关，后来事情多。金凤听来只是抿着嘴笑。

或者正说起这类事，那杂货铺老板会突然发问："贵生，你想不想成家？你要讨老婆，我帮你忙。"

贵生瞅着面前向上的火焰说："老板，你说真话假话？谁肯嫁我！"

"你要就有人。"

"我不相信。"

"谁相信天狗咬月亮？你尽管不信，到时天狗还是把月亮咬了，不由人不信。我和你说，山上竹雀要母雀，还自己唱歌去找。你得留点心，学'归归红，归归红'，'婆婆酒醉，婆婆酒醉归'！"①

话把贵生引到路上来了，贵生心痒痒的，不知如何接口说下去，于是也学杜鹃叫了几声。

毛伙间或多插一句嘴，金凤必接口说："贵生，你莫听癫子的话，他乱说。他说会装套捉狸子，捉水獭，在屋后边装好套，反把我那只花猫捉住了。"金凤说的虽是毛伙，事实却在用毛伙的话，岔开那杜掌柜提出的问题。

半夜后，贵生晃着个火把走回家去，一面走一面想，卖杂货的也在那里装套，捉女婿，不由得不咕咕笑将起来。一个存心装套，一个甘心上套，事情看来也就简单。困难不在人事在人心。贵生和一切乡下人差不多，心上也有那么一点儿迷信。女的脸儿红中带白，眉毛长，眼角向上飞，是个"克"相；不克别人得克自己，到十八岁才过关！因这点迷信他稍稍退后了一步，

---

① 杜鹃和竹雀鸣叫声。

杂货商人装的套不灵，不成功了。可是一切风总不会老向南吹，终有个转向时。

一天落大雨，贵生留在家里搓了几条草绳子，扒开床下沤的桐子看看，色已变黑，就倒了半箩桐子剥，一面剥桐子一面却想他的心事。不知哪一阵风吹换了方向，他忽然想起事情有点儿险。金凤长大了，心窍子开了，毛伙随时都可以变成金凤的人。此外在官路上来往卖猪攀乡亲的浦市人，上贵州省贩运黄牛收水银的辰州客人，都能言会说，又舍得花钱，在桥头过身，有个见花不采？闪不知把女人拐走了，那才真是"莫奈何"！人总是人，要有个靠背，事情办好，大的小的就都有了靠背了。他想的自然简单一点，粗俗一点，但结论却得到了，就是热米打粑粑，一切得趁早，再耽误不得。

他预备第二天上城去同那舅舅商量商量。

贵生进城去找他的舅舅。恰好那大户人家正办席面请客，另外请得有大厨子掌锅，舅舅当了二把手，在门板上切腰花。他见舅舅事忙，就留在厨房帮同理葱剥毛豆。到了晚上，把席面撤下时，已经将近二更，吃了饭就睡了。第二天那家主人又要办什么婆婆粥，鱼呀肉呀煮了一锅，又忙了一整天，还是不便谈他的事情。第三天舅舅可累病了。贵生到测字摊去测字，为舅舅拈的是一个"爽"字，自己拈了一个"回"字。测字的杨半仙说："人逢喜事精神爽，若问病，有喜事病就会好。"又说"回字喜字一半，吉字一半，可是言字也是一半。口舌多，要办的事赶早办好，迟了恐不成。"他觉得这个杨半仙话满有道理。

回到舅舅身边时，就说他想成亲了，溪口那个卖杂货的女儿身家正派，为人贤惠，可以做他的媳妇。她帮他喂猪割草好，他帮她推磨打豆腐也好。只要他开口，可拿定七八成。掌柜的答应了，有一点钱就可以趁年底圆亲，多一个人吃饭，也多一个人补衣捏脚，有坏处，有好处，特来和舅舅商量商量。

那舅舅听说有这种好事，岂有不快乐道理。他连年积下了二十块钱，正拿不定主意，不知道把它预先买副棺木好，还是买几只小猪托人喂好。一听外甥有意接媳妇，且将和卖杂货的女儿成对，当然一下就决定了主意，把钱"投资"到这件事上来了。

"你接亲要钱用，我帮你一点钱。"厨子起身把存款全部从床脚下泥土里掏出来后，就放在贵生面前，"你要用，你拿去用。将来养了儿子，有一个算我的小孙子，逢年过节烧三百钱纸，就成了。"

贵生吃吃的说："我不要那么些钱，开铺子的不会收我财礼的！"

"怎么不要？他不要你总得要。说不得一个穷光棍打虎吃风，没有吃时把裤带紧紧。你一个人草里泥里都过得去，两个人可不成！人都有个面子，讨老婆就得养老婆，养孩子，不能靠桥头杜老板，让人说你吃裙带饭。钱拿去用，舅舅的就是你的。"

两人商量好了，贵生上街去办货物。买了两丈官青布，两丈白布，三斤粉条，一个猪头，又买了些香烛纸张，一共花了将近五块钱。东西办好，贵生高高兴兴带了东西回溪口。

出城时碰到两个围子里的长工，挑了箩筐进城，贵生问他们赶忙进城有什么要紧事。

一个长工说："五爷不知为什么心血来潮，派我们办货！好像接媳妇似的，开了好长一张单子，一来就是一大堆！"

贵生说："五爷也真是五爷，人好手松，做什么事都不想想。"

"真是的，好些事都不想想就做。"

"做好事就升天成佛，做坏事可教别人遭殃。"

长工见贵生办货不少，带笑说："贵生，你样子好像要还愿，莫非快要请我们吃喜酒了？"

另一个长工也说："贵生，你一定到城里发了洋财，买那么大一个猪头，会有十二斤罢。"

贵生知道两人是打趣他，半认真半说笑的回答道："不多不少，一个猪头三斤半，正预备焖好请哥们喝一杯！"

分手时一个长工又说："贵生，我看你脸上气色好，一定有喜事不说，瞒我们。"

几句话把贵生说的心里轻轻松松的。

贵生到晚上下了决心，去溪口桥头找杂货铺老板谈话。到那里才知道杜老板不在家，有事出门去了。问金凤父亲什么地方去了，什么时候回来，金凤却神气淡淡的说不知道。转问那毛伙，毛伙说老板到围子里去了，不知什么事。贵生觉得情形有点怪，还以为也许两父女吵了嘴，老的赌气走了，所所以金凤不大高兴。他依然坐在那条矮凳上，用脚去拨那地炕的热灰，取旱烟管吸烟。

毛伙忍不住忽然失口说："贵生，金凤快要坐花轿了！"

贵生以为是提到他的事情，眼瞅着金凤说："不是真事吧？"

金凤向毛伙盯了一眼，"癞子，你胡言乱说，我缝你的嘴！"

毛伙萎了下来，向贵生憨笑着："当真缝了我的嘴，过几天要人吹唢呐可没人。"

贵生还以为金凤怕难为情，把话岔开说："金凤，我进城了，在我舅舅那里住了三天。"

金凤低着个头，神气索漠的说："城里可好玩！"

"我去城里有事情。我和舅舅打商量……"他不知怎么说下去好，于是转口向毛伙："围子里五爷又办货要请客人。"

"不止请客……"

毛伙正想说下去，金凤却借故要毛伙去瞧瞧那鸭子栅门关好了没有。

坐下来总像是冰锅冷灶的。杜老板很久还不回来，金凤说话要理不理。贵生看风头不大对，话不接头。默默的吹了几筒烟，只好走了。

回到家里从屋后搬了一个树根，捞了一把草，堆地上烧起来，捡了半箩桐子，在火边用小剜刀剥桐子。剥到深夜，总好像有东西咬他的心，可说不清楚是什么。

第二天正想到桥头去找杂货商人谈话，一个从围子里来的人告他说，围子里有酒吃，五爷纳宠，是桥头浦市人的女儿。已看好了日子，今晚进门，要大家杀黑前去帮忙，抬轿子接人！听到这消息，贵生好像头上被一个人重重的打了一闷棍，呆了半天转不过气来。

那人走后，他还不大相信，一口气跑到桥头杂货铺去，只见杜老板正在柜台前低头用红纸封赏号。

那杂货铺商人一眼见是贵生，笑眯眯的说："贵生，你到什么地方去了？好几天不见你，我们还以为你做薛仁贵当兵去了。"

贵生心想："我还要当土匪去！"

杂货铺商人又说："你进城好几天，看戏了罢。"

贵生站在外边大路上结结巴巴的说："大老板，大老板，听人说你家有喜事，是真的吧？"

杜老板举起那些小包封说："你看这个。"一面只是笑，事情不言而喻。

贵生听桥下有人捶衣，知道金凤在桥下洗衣，就走近桥栏杆边去，看见金凤头上孝已撤除，一条乌光辫子上簪了一朵小小红花，正低头捶衣。贵生说："金凤，你有大喜事，贺喜，贺喜！"金凤头也不抬，停了捶衣，不声不响。贵生从神情上知道一切都是真的，自己的事情已完全吹了，完了，一切都完了。再说不出话，对那老板狠狠看了一眼，拔脚走了。

晚半天，贵生依然到围子里去。

贵生到围子里时，见五老爷穿了件春绸薄棉袍子，外罩件蓝缎子夹马褂，正在院子里督促工人扎喜轿，神气异常高兴。五爷一见贵生就说："贵生，你来了，很好。吃了没有？厨房里去喝酒罢。"又说："你生庚属什么？属龙晚上帮我抬轿子，过溪口桥头上去接新人。属虎就不用去，到时避一避！"

贵生呆呆怯怯的说："我属虎，八月十五寅时生，犯双虎。"说后依然如平常无话可说时那么笑着，手脚无放处。看五爷分派人做事，扎轿杆的不当行，走过去帮了一手忙。到后五爷又问他喝了没有，他不作声。鸭毛伯伯换了一件新毛蓝布短衣，跑出来看轿子，见到贵生，就拉着他向厨房走。

厨房里有五六个长工坐在火旁矮板凳上喝酒，一面喝一面说笑。因为都是派定过溪口上接亲的人，其中有个吹唢呐的，脸喝得红都都的，说："杜老板平时为人慷慨大方，到那里时一定请我们吃城里带来的嘉湖细点，还有包封。"

另一个长工说："我还欠他二百钱，记在水牌上，真怕见他。"

鸭毛伯伯接口打趣他："欠的账那当然免了，你抬轿子小心点就成了。"

一个毛胡子长工说："你们抬轿子，看她哭多远，过了大青树还像猫儿那么哭，要她莫哭了，就和她说，大姐，你再哭，我就抬你回去！她一定不敢再哭。"

"她还是哭你怎么样？"

"我当真抬她回去。"

所有人都哄然大笑起来。

吹唢呐的会说笑话，随即说了一个新娘子三天回门的粗糙笑话，装成女子的声音向母亲诉苦："娘，娘，我以为嫁过去只是服侍公婆，承宗接祖，你哪想到小伙子人小心坏，夜里不许我撒尿！"大家更大笑不止。

贵生不作声，咬着下唇，把手指骨捏了又捏，看定那红脸长鼻子，心想打那家伙一拳。不过手伸出去时，却端起了土碗，咽都都喝了半碗烧酒。

几个长工打赌，有的以为金凤今天不会哭，有的又说会哭，还说看那一双水汪汪的眼睛就是会哭的相。正乱着，院中另外那几个扎轿子的也来到厨房，人一多话更乱了。

贵生见人多话多，独自走到仓库边小屋子里去。见有只草鞋还未完工，就坐下来搓草编草鞋。心里实在有点儿乱，不知道怎么好。身边还有十六块钱，紧紧的压在腰板上。他无头无绪想起一些事情。三斤粉条，两丈官青布，一个猪头，有什么用？五斛桐子送到姚家油坊去打油，外国人大船大炮到海里打大仗，要的是桐油。卖纸客人做眉弄眼，"易求无价宝，难得有情郎"，有情郎就来了。四老爷一个月玩八个辫子货，还说妇人身上白得像灰面，无一点意思。你个做官的！……

看看天已快夜了。

院子里人声嘈杂，吹唢呐的大约已经喝个六分醉，把唢呐从厨房吹起，一直吹到外边大院子里去。且听人喊燃火把放炮动身。两面铜锣镗镗的响着，好像在说，我们走，我们走，我们快走！不一会儿，一队人马果然就出了围子向南走去了。去了许久还可听到接亲队伍傍着小山坡边走去时那一点唢呐呜咽声音。贵生过厨房去看看，只见几个女的正在预备汤果。鸭毛伯伯见贵生就说："贵生，我还以为你也去了。帮我个忙挑几担水罢。等会儿还要水用。"

贵生担起水桶一声不响走出去。院子里烧了几堆油柴，正屋里还点了蜡烛，挂了块红。住在围子里的佃户人家妇女小孩都站在院子里，等新人来看热闹。贵生挑水走捷径必从大门出进，却宁愿绕路，从后门走。到井边挑了七担水，看看水平了缸，才歇手过灶边去烘草鞋。

阴阳生排八字女的属鼠，宜天断黑后进门，为免得与家中人冲犯，凡家中命分上属大猫小猫到轿子进门时都得躲开。鸭毛伯伯本来应当去打发轿子接人的。既得回避，因此估计新人快要进围子时，就邀贵生往后面竹园子去看白菜萝卜，一面走一面谈话。

"贵生，一切真有个命定，勉强不来。看相的说邓通是饿死的相，皇帝不服气,送他一座铜山,让他自己造钱,到后还是饿死。城里王财主,原本挑担子卖饺饵营生,气运来了,住身在那个小庙里,墙倒坍了,两夫妇差点儿压死,待到两人从泥灰里爬出来一看,原来墙里有两坛银子,从此就起了家……不是命是什么!桥头上那杂货铺小丫头,谁料到会作我们围子里的人?五爷是读书人,懂科学,平时什么都不相信,除了洋鬼子看病,照什么'挨挨试试'光,此外都不相信。上次进城一输又是两千,被四爷把心说活了。四爷说:'五爷,你玩不得了,手气痞,再玩还是输。找个"原汤货"来冲一冲运气看,保准好。城里那些毛母鸡,谁不知道用猪肠子灌鸡血,到时假充黄花女。乡下有的是人,你想想看。'五爷认真了,凑巧就看上了那杂货铺女儿,一说就成,不是命是什么。"

贵生一脚踹到一个烂笋瓜上头,滑了一下,轻轻的骂自己:"鬼打岔,眼睛不认货!"

鸭毛伯伯以为话是骂杜老板女儿,就说:"这倒是认货不认人!"

鸭毛伯伯接着又说:"贵生,说真话,我看杂货铺杜老板和那丫头先前对你倒很有心,旁观者清,当局者迷,你还不明白。其实只要你好意思亲口提一声,天大的事定了。天上野鸭子各处飞,捞到手的就是菜,二十八宿闹昆阳,阵势排好了,先下手为强,后下手遭殃。你不先下手,怪不得人!"

贵生说:"鸭毛伯伯,你说的是笑话。"

鸭毛伯伯说:"不是笑话!一切是命,半点不由人。十天以前,我相信那小丫头还只打量你同她俩在桥头推磨打豆腐!"说的当真不是笑话,不过说到这里,为了人事无常,鸭毛伯伯却不由得不笑起来了。

两人正向竹园坎上走去,上了坎,远远已听到唢呐呜呜咽咽的声音,且听到炮竹声,就知道新人的轿子来了。围子里也骤然显得热闹起来。火炬都点燃了,人声杂遝。一些应当避开的长工,都说说笑笑跑到后面竹园来,有的还毛猴一样爬上大南竹去眺望,看人马进了围子没有。

唢呐越来越近,院子里人声杂乱起来了,大家知道花轿已进营盘大门,一些人先虽怕冲犯,这时也顾不得了,都赶过去看热闹。

三声大炮放过后,唢呐吹"天地交泰",拜天地祖宗,行见面礼,一会儿唢呐吹完了,火把陆续熄了,鸭毛伯伯知道人已进门,事已完毕,拉了贵生回厨房去,一面告那些拿火把的人小心火烛。厨房里许多人都在解包封,数红纸包封里的赏钱，争着倒热水到木盆里洗脚，一面说起先前一时过溪口接人，杜老板发亲时如何慌张的笑话。且说杜老板和鸭毛一定都醉倒了，免得想起女儿今晚上事情难受。鸭毛伯伯重新给年青人倒酒，把桌面摆好，十几个年青长工坐定时，才发现贵生已溜了。

　　半夜里，五爷正在雕花板床上细麻布帐子里拥了新人做梦，忽然围子里所有的狗都狂叫起来。鸭毛伯伯起身一看，天角一片红，远处起了火。估计方向远近，当在溪口边上。一会儿有人急忙跑到围子里来报信，才知道桥头杂货铺烧了，同时贵生房子也走了水。① 一把火两处烧，十分蹊跷，详细情形一点不明白。

　　鸭毛伯伯匆匆忙忙跑去看火，先到桥头，火正壮旺，桥边大青树也着了火，人只能站在远处看。杜老板和癞子是在火里还是走开了，一时不能明白。于是又赶过贵生处去，到火场近边时，见有好些人围着看火，谁也不见贵生，人是烧死了还是走了，说不清楚。鸭毛用一根长竹子向火里捣了一阵，鼻子尽嗅着，人在火里不在火里，还是弄不出所以然。人老成精，他心中明白这件事，火是怎么起的，一定有个原因。转围子时，半路上正碰着五爷和那新姨。五爷说："人烧坏了吗？"

　　鸭毛伯伯结结巴巴的说："这是命，五爷，这是命。"回头见金凤正哭着，心中却说："丫头，做小老婆不开心？回去一索子吊死了吧，哭什么？"

　　几人依然向起火处跑去。

---

① 走了水：失火。

# 船上岸上

## 写在《船上岸上》的前面

十二月九日，是叔远南归四年的一个纪念日。

同叔远北来，是四年又四个月。叔远南归是四年。南归以后的叔远，死于故乡又是二十个月了。

在北京，我们是一同住在一个小会馆，差不多有两个半月都是分吃七个烧饼当每日早餐。天气寒冷，无法燃炉子，每日进了我们体面的早餐后，又一同到宣内大街那京师图书分馆看书。遇到闭馆，则两人就藏在被里念我们的《史记》。在这样情形下，他是终于忍受不来这磨难，回家了。我因无家可回，不得不在北京呆下来。

谁知无家可归者，倒并不饿死；回家的他，却真回到他的"老家"去了。生来就多灾多难的我，居然还来吊叔远，真是意料不到的事！

今天写这点东西，是我想从过去的小事上，追想我们的友谊，好让我心来痛哭一次。以前我能劝别人莫从失望到绝望，如今我是懂得自勉自劝了。

## 船停了后

船停了。

停到十八湾。十八湾是辰河中游长长的一条平潭。说十八湾地名应作"失马湾"者，那当去志书上找证据。从地形上看，比从故事上看方便了许多。所以人人都说这是十八湾。潭长七里，湾拐本极多，但要说十八的数是顶确实，那也并不一定。不说十二、十五，说十八，一面言其多，一面谐"失马"的音，不算极无意义了。

船到十八湾多停停，因为是辰河船舶往来一个极方便停船的所在。下行停到此地，则明天可以在晚饭左右抵浦市泸溪。上行则从辰溪县上游潭湾地方开船，此为第一天顶合式的停船码头。

我们船是下行的。

船停在码头边成一队，正如一队兵。大船排极右，其他船只依次来。这是说我们所有下行船一帮。虽然这只是一帮，船就有四十只，各把船头傍了岸，一个石头堆成的码头早挤满不能再容别的船舶了。别的船，原有别的帮，也就有别的码头让它们泊岸，两不相关。

停了船，不上岸不成的。

坐船久了的人，一爬上岸，总觉得地是在脚下晃动。无形中把在船上憩着为水荡摇成为新习惯，一上岸，就反而觉岸在动了。实则动的是自己身子。但是谁能不疑心是地动呢。

上了岸原也无事可作，大多数人都坐在岸边石墩子上看到一帮船。船的头尾全已站了人，相互欣赏。凡是日间在篷里呆睡呆坐的，这时全出到舱面来了。各个船上都全在煮饭，在船头，在船尾，无一个不腾起白的烟气。一些煮好了饭的，锅中就炒菜，有油落在锅里炸爆的声音，有切菜的声音。有些用鼎罐煮饭，米已熟，把罐提起将米汤倾倒到河中去。又有人蹲在船篷上唱戏。坐在岸边慢慢的看看天夜了。

"远，我们怎么样？"我意思想上船了。

他说饭还不曾熟，随到他们到上面街上买一点东西，看有什么买什么。我们就上了街。

天呵，这是什么街！一共不到二十家铺子，听人说这算南街。再过去，转一个拐直入山上去，有一个小石堡子门，进堡子门零零落落一些人家，比次而成一直行，算东街。

"看不出，铺子小，生意倒不错咧。"远说着就笑，我也笑。"比你乡下那小砦子还小得多，还是打道回衙吧。"

从麻阳下行的船，到高村可以将一切应用东西完全准备好，如像猪肉呀，猪油呀，盐同辣子呀，高村全可买。从辰州上行的船，一切东西也办得整齐丰富，在路上要买就还有的是机会买活鱼和小菜。那么这里生意应当萧条了。

猪肉一类东西这地方销路实际上似乎真不怎样好，看看屠案上，所有的猪肉，就全像从别个乡村赶场趸来的东西！牛肉有是有，是更来得路程远一点，颜色变紫了，一望而知是水牛肉。

但这地方另有生意真可以搭股分呢。凡是码头顶好的生意，并不是屠户。只要是这地方有船停泊，卖小吃东西的总不会亏本。从五十、六十里路大市口上趸来的半陈点心，一到这地方来，成了奇货可居了。鸡蛋糕，雪枣，寸金糖，芝麻薄饼，以至于能够扯得多长的牛皮糖，全都有，全易出卖。还有南瓜子、花生，从搭客到船上火头师傅，对于这类东西都会感到极浓厚趣味。小孩子则还要更贪嘴。大家争着买，抢着拿，因此一来价钱更可以高升一些。

还有卖纸烟，卖大烟的哩，全是门前堆了不少的人，像是做水陆道场大施食光景，热闹得很。

我们到一个卖梨子花生的摊子边买梨。

问那老妇人，"怎么卖？"

"四十钱一堆。"说了又在我同叔远身上各加以眼睛的估价。

一堆梨有十来个，只去铜元四枚，未免太贱，就一共买了四堆。

"不，先生，这一共买就只要百二十钱。"

"怎么？"

"应当少要点。"

望到那诚实忧愁憔悴的面貌，我想起这老妇人有些地方像我的伯妈。伯妈也有这样一个瘦脸，只不知这妇人有不有伯妈那一副好心肠。

"那我们多把你这点钱也不要紧。"我就一面用草席包梨，一面望那妇人的脸。

远也在望她。

妇人是全像我伯妈了。她说既然多给钱也应多添几个梨子。

一种诚朴的言语，出于这样一种乡下妇人口中，使我就无端发愁。为什么乡下同城里凡事都得两样？为什么这妇人不想多得几个钱？城里所谓慈善人者，自己待遇与待人是——？城里的善人，有偷偷卖米照给外国人赚点钱，又有把救济穷民的棉衣卖钱作自己私有家业的。这人也为世所尊敬，脸上有道德光辉所照，因此多福多寿。我就熟习不少这种城里人。乡下人则多么笨拙。这诚实，这城中人所不屑要的东西，为什么独留在一个乡下穷妇人心中盘据？良心这东西，也可以说是一种贫穷的元素，城市中所谓"道德家"其人者，均相率引避不欲真有一时一事纠缠上身，即小有所自损，亦必大张其词使通国皆知他在行善事。以我看，不是这妇人太傻，便是城市中人太聪明能干！

远似乎也为这妇人感触着一种心思，望到这妇人又把筐中的梨检出到簸箕里，大小平均兼扯的摆成一堆，摆好后，要我们抓取，不愿抓，就轻轻嘘了一口气。末后还是趁我们不备，把一堆梨放到我们席包里了。

我们把梨包好，走开了。

我在路上问远，"你瞧这妇人，那种诚实坦白的样子，真使人想起生无限感慨——你怎么？我见你也望她！"

"这人实在太蠢了。城里人可不这样。"

远的话的幽默使我作一度苦笑。

我们一旁走，一旁从席包中掏出梨来啮，行为像一个船夫。也只有水手才吃这梨！梨子味酸得极浓，却正是我们所嗜，若非知道吃饭有鳜鱼，我们每人会非吃十个才知道止住。

## 到了岸边

到岸边。

天是渐夜了。日头沉到对河山下去，不见日头本体后，天空就剩一些朱红色的霞。这些霞还时时在变，从黄到红，又从红到紫，不到一会儿已成了深紫，真是快夜了。

我们依然坐在那码头石墩子上，我们的船离我们不到五丈，船上煎鱼的油味，顺着微风飘来时就可以闻到。

在空中，有一些黑点，像摆得极匀，在那灰云作背景的天空匆匆移向对岸远汀去。我猜那是雁，远却猜是乌。然而全猜错了。直到渐渐小去才听到叫出轲格轲格声音来，原来这是直嘴渔鹭鸶！弯嘴渔鹭鸶值钱，这些便是那些打鱼人用不着的直嘴鹭鸶。算作野鸟了。自由自在的到生来，习惯远远去在高苇子岸边过夜。

望到鹭鸶我想起远家中的那只大白鹤，就问远，是不是还牵挂那只鸟。

"怎么不？还有狗，还有那火枪，都会很寂寞。"狗是为远追逐田兔的，枪是不知打过多少山鸡的,所以远说到时就当真俨然见着他家那只黑狗卧在门前顶无聊似的等待主人回来!

"我也念它呢,"我说,"我念它第一次咬我吓了我,第二次同我亲热时扑上身来又吓了我!我就是一个招架不住。和我要好有个分寸,就对了。"

我们全笑了。

当真这时家中的狗也许极无聊,因为正是吃夜饭时节,人既离了家,则狗同谁到夜饭桌边去闹?若远的侄子在家,还可以来一同抢掉在地下的鸡头。若家中尽剩他母亲一人,那就有苦受了!因此我又想起那黑狗吓了我后为远的母亲用杖挞它时伏于地面不动的情形。是,这是一匹狗,还有比狗更可恋的许多许多东西!人一离开有谁再去仓上看我们的钓竿?此后碾坝上的鱼,谁去钓?鱼不也会寂寞么?

简直不堪设想!就是远的母亲,那笑脸,那一副慈祥心肠,把儿子一走,那老人的笑脸同这好心肠,给谁受用?

不想吧,也不成。于是我们谈着一切顶有趣的故事,从远的母亲到远家长年的一只草鞋,因这只草鞋曾为远拿起打着一只斑鸠,远一切近于偶然凑趣,可是也够巧了。

谈也谈不完。

到船上煎鱼姜辣香味为我闻及时,对河的岸同水面,已全为一种白色薄薄烟雾笼罩,天上是一片青色,有月亮可以看得出了。

我们上船把饭吃,吃鳜鱼,还各用上一杯酒。船上规矩有鱼不吃酒不行,所以照规矩两人勉强吃下。

吃了饭以后,又上岸。天上月更明亮了。在月下,有傍了各帮的船尾划着小划子的人曼声叫卖猪蹄子粉条声音,这声音,只像他是为唱歌而唱歌,竟不像是真在那里招引主顾。桨的拍水声,也像是专为这歌声搭拍而起。

在水上远处,又可听到摇橹的歌声,声极清,又极远。一切可说非常美。

有船从上游下驶,赶到这地方停泊,便是这奇怪歌声来源了。虽有月,初七初八的月光非常淡,所以总先听到歌声从水面飞来,不见船,不见人。到认清来船形体时节。这时歌声已快止,变了调,更急迫了。不久就听到船上人语嘈杂。

一切光景过分的幽美，会使人反而从这光景中忧愁。我如此，远也正如此。我们不能不去听那类乎魔笛的歌，我们也不能不有点儿念到渐渐远去的乡下所有各样的亲爱熟习东西。这样歌，就是载着我们年青人离开家乡向另一个世界找寻知识希望的送别歌！歌声渐渐不同，也像我们船下行一样，是告我们离家乡越远。我们再不能在一个地方听长久不变的歌声。第二次也不能了！

　　两人默默的呆着，没有可说的。

　　这时别的船上也有不少人在岸上坐。且有唱戏的，一面拉琴一面唱，声作麻阳腔。

　　远轻轻的说："从文，你听，这是《文公走薛》！麻阳人最长的是摇橹唱歌打号子，一到唱戏，简直像一只受伤的猪在嘶声大叫了。"

　　琴既是嗡嗡拉着，且有一个掌艄模样的人为拍板，一时是决不会止住。我想起要看看那卖梨子的妇人这时是不是还在作生意，就说我们可以再到街上去玩玩。我们就第二次上了街。


　　月光下的街上美多了。

　　一切全变样，日里人家少，屋显陋小，此时则灯光疏疏落落正好看。街道为月光映着，也极其好看。

　　屠户已关了门，只从门罅露出点黄色灯光，只听到里面数钱声音，若不是那张大案桌放在门外，我们就会疑心这是大的钱铺了。看来他们生意仍然不坏，并不如我们先时所想。

　　其他的人家，已有上过铺板的，却知道是门里仍然有人做生意。其他不曾关门的，生意却依然是忙乱着，一盏高脚丹凤朝阳煤油灯，在那灯光下各样坛子微微返着光，还有那在灯光下摇去摇来扁长头颅的影子，都有一种新鲜趣味。我们就直向那有灯光处走去，每一个灯下全看看是卖什么样东西。全没有买却全都看到，十多个摊子全看过了。

　　到卖梨子妇人小摊旁，见这老妇人正坐在一小板凳上搓一根麻绳，腰躬着，因为腰躬着，那梨子籫里那桐油灯便照着她的头发，像一个鸟窠。

　　听到我们走近摊子旁，妇人才抬起头来。大约以为我们是来买梨，就说梨是好吃的，可以试试。

"我们买得许多了。"

"哦,是才来买的,我真瞎眼了!"妇人知道我们不是要梨子,原是上街玩,就起身搬了两个小竹凳子让我们坐。

当然是不坐。

本来是预备来同这妇人说说话的我,且想送她一点钱,到此又像这想头近于幼稚,且看看这妇人生活,听她谈及还很过得去,钱不便送她,我们随即又转身到河边码头去。

上船来,同远睡在一块儿,谈到这妇人,远想起他妈,拥着薄被哭。哭,瞒不了我,为我知道了,我只能装成大人,笑他"不济事"。出门不到三百里就想家,这一去还有三千里,怎么办?一会儿,都睡着了。再过四天,我们船帮才到辰州府。

## 我的教育

### 一

　　这是我住在一个地名槐化的小镇上的回想。我住在一个祠堂戏台的左厢楼上，一共是七十个人。

　　墙上全是膏药，就知道这地方也驻过军队。军队与膏药有分不开的理由，这不是普通人所明白的。我们的队伍里，是有很多朋友也仿佛非常爱在背上腿上贴一张膏药，到另一时又把这膏药贴到墙壁上的。他们——尤其是有年纪一点的火夫，常常挨打，或搬重东西跌磕了脚，闪扭了腰，所以膏药在他们更是少不了的东西了。

　　我们每两人共一床棉被，垫的是草，上面有盖的，下面有垫的，不湿不冷，有吃有喝，到这里来自然是很舒服的生活了，大家都觉得很满意，因为一切东西是团上供给的，铺板是新的，草是干净的，棉被是从人家乡下人自己床上取来的。

　　排长早晚各训话三次，他是早把这个体面的训话背熟了多日，当到司令检阅时也不至于出笑话的。排长训话有三点，说是应当记清：一，不许到外面调戏别人妇女。二，不许随便拿人东西。三，不许打架闹事。我早就把这个记熟了。至于他们，我不敢说，我是明白有些人的嗜好的。

### 二

　　整理了一天的住处，用稻草熏，楼上的霉气居然没有了。

　　今天有人在墙罅里检得三块钱，用红纸包好，不知谁人所放，得了钱不报告上去，被知道了，缴了钱，还按捺到阶前打了三十板。这人很该打，得了横财他就想隐瞒。排长说，这钱应当大家公分，是天所赐。钱少，不便分摊，所以晚上买了猪肉大家吃。被打的那人他抖气躺到上床上不吃，很好笑，你不吃,也仍然是挨打了。照理他应当抖气吃得比别人更多。

军人讲服从,不服从就打,这就是我们生活的精义。

有许多人是因为聪明,不容易惹排长生气的。其实那有什么奇怪,常常同排长喝点酒,排长还好意思打人骂人吗?

因为熏房有恶气味,就邀人出到街上去看看。我不知道凭什么理由我们会驻扎到这地方来。这里街只是一条,不是逢场日子连买汤圆也买不出。街上太肮脏了,打豆腐的铺子,臭水流满了一街,起白色泡沫,起黑色泡沫,许多肮脏的灰色鸭子,就在这些泡沫里插进了它的淡红色长嘴,咂东西吃。全街只有一个药铺,两家南货铺。他们插国旗是欢迎我们的,国旗的马虎同中国任何地方一个样子。我们来清乡,先贴了半个月告示,再经过团上派人打锣通知,大家知道清乡对他们有益了,所以才把国旗挂出。

我今天到街上时看到一个吹唢呐的人。他坐到太阳下,晒太阳取暖,吹他的唢呐,小孩子许多围到看。他的唢呐吹得不坏,很有功夫,我以为是讨钱的,觉得我有慷慨的必要了,丢了点钱,大家笑了。原来是他在那里引小孩子们,并不要钱。不要钱了,我看得比我平常有耐心去做的事还久。这地方小孩子都很瘦,好像有病,也是平常的事,我看到许多地方小孩子全都不甚肥壮。

街上冷静了,幸好,打听得出有酒喝。逢场或者好一点。我们想吃肉是非等到逢场不行的。昨天吃的是二十里外来的肉。

## 三

排长头一天说,军人要早起,我就起得很早。

今天点名,凡是不起床的全都罚跪,一共跪了十九个,一排跪到那大殿廊下,一直到九点钟。太阳照到这些阔肩背,很可笑。排长看到了这一群矮子也笑。跪够了到吃饭时大家又吃饭。

我们大约还要一些日子才下操,因为还没有命令。既不下操,又起得早,怎么办?打霜了,很像十月天气,穿了我们的新棉军服,到后山去玩,是很好的事。到了后山才知道这地方不错,地方人家少,田亩多,无怪乎有匪,不过我们还是不曾见到土匪,大约他们听说开来的军队很多,枪上刺刀放光,吓怕了,藏到深山中去了。我想过一阵我们会排队到各处打土匪的,那自然是很有趣味的事,碰不到匪,总可以碰到团总,团总是专为办军队招待才要的。

到溪边,见到有一个人钓鱼,问他一天钓多少,他笑。又问他,才明白他是没有事做才钓鱼玩的,因为一天鱼不上钩也是常有的事。快到冬天了,鱼不上钩。想不到是这乡里还有这种潇洒的人。我也就想钓鱼。

早上这地方空气新鲜。

回到营里,吃过早饭,无事做了,班长说,天气好,我们擦枪。大家就把枪从架上取下,下机柄,旋螺丝钉,拿了枪筒,穿过系有布片的绳子,拖来拖去,我的枪是因为我担心那来复线会为我拖融,所以只擦机柄同刺刀的。我们这半年来打枪的机会实在比擦枪机会还少。我们所领来的枪械好像只是为擦得发亮一件事。

在太阳下擦枪是很好的,秋天的太阳越来越可爱了。

有些人还在太阳下翻虱,倦了就睡,全很随便。

因为擦枪,有人就问排长:"大人,什么时候我们去打土匪?"排长笑,他说:"好像近来这地方是没有什么土匪。"

如果是没有土匪,驻到这地方过一个冬天,可真使人骂娘了。我们是预备来实习在××所学的"散开","卧下","预备放","冲锋"种种事情的。没有土匪同什么人去实习?

## 四

今天逢场。想不到这地方逢场也会这样热闹。

我们有肉吃!用开差时从军需处领下的洋磁小碗,舀汤喝,我们全到了张口大笑的时候了。

早上有训话,告我们不许拿人家老百姓东西不把钱,不听命令,查出了,打五百。训话一毕,队伍一解散,大家都到街上玩去了。各人都小心到"五百"的数目,很守规矩。记到这训话轻轻的骂娘的也有人,但这些人我相信都不忘记"五百"那数目,不敢生事。不过,见到东西,问明价钱,要买时,他们乡下人总有意只要一半价钱,因为"五百",摇头不答应。到后还是给同样价钱，却得了一倍东西。这个事情责任可不在兵士了。

场上各样东西全有买卖，布匹、牛羊肉、油盐杂货、嘉湖细点、红绒绳子、假宝石镯、三字经、百家姓，全都不缺少。又有卖狗肉的，成腿卖，价钱比辰州贱许多。我们各人买了二十文冰糖含到口中，走到各处去看热闹。

这地方鸡种极好，兵士们都买小鸡喂养，作斗鸡，又买母鸡，预备生蛋孵雏。

逢场药铺生意也忙起来了，我站到那药铺门前看了半天，检药的人真不少。这铺子一见我们站到门前，就问我们要膏药不要，有新摊的奉送。他以为凡是兵士腿上全应贴一张膏药，一点不明白什么人才用得着那方块东西。

在场上随意走去，也很看了一些年青女人，奶子肿高，长眉毛白脸，看了使人舒服。

好像也有人趁到逢场摆赌的，因为恐怕司令部官长在那里，所以不敢去看。到夜里，才知道桌子是由副官处包办抽税，一张三串，一共是得钱四十余串，补充营摊分了九串，钱数不多，分下来不成数目，就不分，留到下场买肉吃。

## 五

不逢场，街上是不值得来去的。

在厢楼上白天睡觉的人很多。

我不出门，就到戏台前去同人数浮雕木刻故事，到后借司务长的笔画了一张赵子龙单骑救主的画，仿到那木雕，很有神气，我把它贴到墙上，被他们见了，大家都请我画一张。我对这件事自然从不推辞。一张包片糖的粗草纸，我也能够画出张飞的脸。

这祠堂里他们都说有鬼。他们又说鬼是怎样多，照规矩在某处某处都有，我看这些人没有话说，所以找出这些来说说罢了。我们中间是没有一个人怕鬼的。许多人吃过人肝人心，当菜炒加辣子下酒，我虽然只有资格知道这一件事，不能下箸，但我们这样的人，哪里还有怕鬼的闲心？但因为火夫同吹喇叭的号兵爱听故事，所以大家常常谈鬼。

住到这祠堂里几天来我们的事可以列表记下：一，点名（不到则罚跪）。

二，吃饭（菜蔬以辣椒为主）。三，擦枪，唱军歌。四，各处地方去玩，闯一点小小乱子（譬如打别人的狗一阵，撵别人的鸡一阵）。这日子过下去将有多久，我们中间是无一个人明白的。我们来到这里究竟还要做些什么事，也无一个人明白的。因为我想明白这事，就同到几个人去问军法长，军法长也不知道。他说："我知道什么是清乡呢？我只会审案，用大板子逼取口供。"这军法长是我们顶熟的人了，他就只能告我们这一点事情。

因为每天的给养是由团上送来，由副官处发下，所以到了这里有一件难得的事，就是不必像在辰州时每天晚上得听到司务长算火食账的吵闹。司务长无火食账可算，所以乘成天醉到楼梯边，曾有兵士用脚在他肩部踢过一下，第二天也不曾被处罚，真算是一件奇怪的事。

## 六

我们的司令部设在后殿，无事兵士不到里面去。今天不知为什么有六个人被派往里面去。我因为同军法长是熟人，就跟了进去。到了里面，才知道团上送土匪来了，要审问了，所以派人进来站堂。

我们知道送土匪来了的。土匪送来时先押到卫舍，大家就争着去看土匪究竟是什么样子。看过后可失望极了，平常人一样，光头，蓝布衣裤。两脚只有一只左脚有草鞋，左脸上大约是被捉时受了一棒，略略发肿。他们把他两手反捆，又把绳端捆在卫舍屋柱上。那人低了头坐在板凳上，一语不发，有人用手捺他他也不动，只稍稍避让，不知道在想些什么心事。

不久就坐堂审案了，先是看团上禀帖，问年岁姓名，军法坐当中，戴墨晶眼镜，威武堂堂。旁边坐得有一个录事，低头录供。问了一阵，莫名其妙那军法就生气了，喊"不招就打！"于是那犯人就趴到阶下，高呼青天大人救命。于是在喊声中就被擒着打了一百板。打过后，军法官稍稍气平了。

军法说："他们说你是土匪，不招我打死你。"

那人说："冤枉，他们害我。"

军法说："为什么他们不害我？"

那人说："大老爷明见，真是冤枉。"

军法说："冤枉冤枉，我看你就是个贼相，不招就又给我打！"

那人就磕头,说:"救命,大人!我实在是好人。是团上害我。"

军法看禀帖,想了一会,又喝兵士把人拖下阶去打了一百。

到后退堂,把人押下到新作的牢里去,那牢就在我住处的楼下。这汉子一共被打了五百,到底是乡下人,元气十足,受得苦楚,还不承认。我想明天必定要杀了他,因为团上说他是土匪,既然地方有势力的人也恨他,就应当杀了。我们是来为他们地方清乡的,不杀人自然不成事体。大家全谈到这个人可以杀了,对于这人又像全无仇恨,且如果说到仇恨时,我清楚有许多人是愿意把上司也杀了的。只觉得是土匪就该死,还有人讨论到谁是顶好的刽子手的事了,这其中自然不免阿其所私,因为刽子手可以得到一些赏号。

兵士中许多人都觉得明天要杀人,是一件有趣味的事,他们生活太平凡单调了。要刺激,除了杀头,没有可以使这些很强壮的一群人兴奋的事了。

晚上到卫舍时,看到有人在劈大竹子,劈了又用刀削,说是副官要他们预备毛竹板子,才能对付得下,这地方土匪极其狡猾,用平常打兵士的板子是对付不下那些东西的。是的,一点不错,这地方人都似乎很强壮,并不比我们兵士体格瘦弱,要他们招出一些他们不知是犯罪的事,不重重的打怎行。他们有时被打还一声不喊,真是蛮子!

## 七

我又看到审案,一切情形同昨日一样,所不同的只是打的数目。时间是早上,板子的确是新东西了,喊堂时,一个兵士哗的把一束毛竹板子丢到地下,真很有些吓人。犯人只再加三百,就招了。他照到军法意思说了一些军法所要明白的话。当天录了供,取了指模,又把他丢到牢里。

我们以为今天会要杀人了,都仿佛有一种兴奋。

不杀人,在戏楼上无意思之至,就到山后玩了半天。

今天兵士也有被打军棍的,因为他们打了架。他们一天什么事也不能作,打架实在也是免不了的事情。不过平常打打闹闹,不到动刺刀流血的情形,也不什么要紧。这些人是今天打了架明天就会好的。军人中脾气就是这个样子。到因为两人打架被罚相对立正一点钟,两人就都抱怨自己的粗卤了。

不过因打架到革除也有的,我晚上就梦到我自己被革,先梦到同××打了一架，队官就把我们革除了。

## 八

我到修械处玩了半天，看他们做事，帮到他们扯风炉。

他们那些人，全是黑脸黑手，好像永远找不到一个方便日子去用肥皂擦擦脸同颈脖的。他们那里一共是六个小孩子，同在一处做事，另外一个主任，管理他们工作的勤惰。孩子们做事是有生气的，都很忙，看不出那些小鬼，臂膊细小如甘蔗，却能够挥大铁锤在砧上打铁。他们用锉，用锯，用钻孔器，全是极其伶巧。他们又会磨刀。他们一面说笑话，一面还做各样事情，好像对于这工作非常满意，且有过十年以上那种习惯。

修械处方面，使我们对他们觉得羡慕的是他们那好主任，主任每天用大煨缸煨狗肉牛肉，人人有分，我们新兵营里的人可没有这种福气。营长同队官是也很能喝一杯的，可是从不请客。

他们约了我下次吃狗肉，我答应了。

我们今天又擦枪。

下半天从修械处出来，走到街头，看到有兵士从石门方面押解人头来部，每一个脚色肩挑人头两个，用草绳作结，结成十字兜，把人头兜着，似乎很重，人头一共是三担。为看人头就跟到这些人头担子回营，才知道这是驻石门剿匪砍来的。这是不是匪头，那是我们不明白的事情。

这东西放在副官处，围拢来看的人极多。到后副官说，应当挂到场头上去，明天逢场示众，使大家知道我们军队已在为他们剿了匪，因此我又跟到他们去看，直到看他们把人头挂到焚字纸塔上姿势端正以后，才回大营。

## 九

又到场期，精神也振作起来了。

大清早就约了几个不曾看到昨天人头的兵士去欣赏那奇怪东西。走到那里时，已有一些兵士在那里看。人头挂得很高，还有人攀上塔去用手拨那死人眼睛，因此到后有一个人头就跌到地上了。见了人头大众争到用手来提，且争把人头抛到别人身边引为乐事。我因为好奇就踢了这人头一脚，自己的脚尖也踢疼了。

今天半日时，那关闭在牢里的"土匪"被牵出到街头当路大桥上杀了，把头砍下，流了一坪血，我们是跟到那些护围的兵士身后跑到了刑场，看到一个刽子手用刀在那汉子颈项上一砍，嚓的一声，又看到人倒下地以后再用刀割头的一切情形的。大家还不算觉得顶无趣味，是这汉子虽不唱歌不骂人，却还硬硬朗朗的一直走到刑场。到了地，有人问他"有话没有？"他就结结巴巴说"二十年又是一条好汉。"他只说这样一句话，即刻就把颈项伸长受刑了。

如我能够想得出这些人为什么懂得到在临刑时说一两句话，表示这不示弱于人的男子光荣气概，又为什么懂得到跪在地下后必须伸长颈项，给刽子手一种方便砍那一刀，我将不至于第二次去看那种事了。

这人被杀大概也不什么很痛苦，因为他们全似乎很相信命运。是的，我们也应当相信命运。今天他们命运真不怎么好，所以就这样法办了；我们命运同那个人相反，所以我们今天晚上就得肉吃。

看过杀人回到营中，我们所讨论的还是那汉子的事，我们各人据在稻草上，说了很长久的时间，又引申说到另外一些被砍的故事上面，在兵士的一群中是很少像我那样寡见浅识的。他们还能从今天那汉子下跪的姿势中看出这命运不好的汉子做匪无经验的地方，因为如果作匪多年的人，他应当懂一切规矩，懂到了规矩，他下跪时只应屈一只腿，或者有重伤则盘膝坐下，因为照这办法，头落地以后死尸才可以翻天仰睡，仰卧到地上对于投生方便。说了"二十年又是好汉"那样慷慨决绝的壮语，却到头不懂这些小事，算不得完全的脚色。兵士们是每一个人皆有许多机会看到杀人，且无有不相信这仰卧道理的，兵士看被杀都很明白那种体裁，纵缺少这知识临时也可以有熟人指点。

## 十

一个团总又同了二十个亲信，押解一群匪犯来了。"该死的东西"一共是六个。审讯时有三个认罚，取保放了。有三个各打了一顿板子，也认了罚，又取保放了。听说一共罚了四千,那押解人犯来的团总,安顿在司令部副官处喝酒,出门时,笑迷迷的同我们兵士打招呼,好像我们同他新拜了把子。

我听到一个兵士说,这是一种筹饷的最方便办法。这人叔父是那军法长,所说的话必定不会错。听到这个话,我心想,这倒真是方便事。我们驻到这地方,三十里附近一共是一千多人,团上经常供给的只是米同柴火,没有饷,大家怎么能过年。人人都说军队驻防是可以发财的机会,这机会如今就来了。有了机会,除庆贺欢喜,无事可作了。不过也想到这些人他会恨我们这队伍。不过就是恨,他们也没有什么办法的,不甘心罚钱,我们把他捉来就杀了,也仍然就完事了。

今天落了雨,各处是泥浆,走到修械处去玩,仍然扯炉,看到那些比我年纪还小的工人打铁。打铁实在是有趣味的事情,我要他们告我使铁淬水变钢的方法,因为我从他们处讨得了一支钢镖,无事时将学打镖玩。我的希望自然不必隐瞒,从兵士地位变成侠客,我自己无理由否认这向上的欲望。

晚上睡得很晚,因为有兵士被打五百,犯了排长训话的第一项,被查出了,执行处罚。军人应当服从,错了事,所以打了。这人被打过了就只伏在铺板上哼,熟人各处采寻草药来为他揉大腿,到后排长生着气往营长处去了,大家都觉得无聊,但不久全睡着了。那被打的兵士似乎也睡着了,我还不能睡好,想到军人应当服从,记到那兵士呻唤。

## 十一

约定了分班出到外面溪里去洗衣,在家洗了一会衣,就在溪里骂丑话浇水。因为又是好天气,真想不到的晴朗,天气一好,人人都天真许多了,有一个第八班的火夫,到后就被大家在很好的兴趣中按到水里去了。这个人从水中爬起,衣裤全湿,哭到营里去时,没有一个人把回营的处罚放到心上。

我洗了衣,又约同了三个兵士到杀人的地方去看,尸首不见了,血也为昨天的雨水冲尽了,在那桥头石栏干上坐了半天,望到澄清的溪水说话不出。我是有点寂寞的。因为若不是先见到这里杀了一个人,这时谁也看不出这地方有人伸长颈脖,尽大刀那么很有力的一砍的事了。

他们杀了人,他们似乎即刻就忘记了,被杀的家中也似乎即刻就忘记家中有一个人被杀的事实了,大家就是这个样子活下来。我这样想到时心中稍稍有点难过。不过我明白这事是一定不易的。虽然刽子手回营时磨刀,夜里且买了一百钱纸为死人烧焚,但这全是规矩而已。规矩以外记下一些别人的痛苦或恐怖,是谁也无这义务的。

这地方似乎也有读书人,也有绅士。不过一个读书人,遇到兵,打他的嘴,他也是无办法的(绅士平时就以欺侮平民为生活,我们就罚他的款,他也只有认罚,不敢作声)。打读书人当然不是这地方的事,因为在这里我们不想打谁,只是很平凡的活着,不打仗,脾气是没有的。我相信在愚蠢的社会中聪明也无用处。

## 十二

昨晚有人请班长到营长处去说,让我们也来赌点钱,不然无事做,很不容易过日子。营长说,好,你们随意玩玩,只是不能在那上面有大数目的输赢。还有,不许吵闹,不许欺骗。我们也一一答应营长了。从此我们多有了一种消遣。

说是不许到大数目,但是几个火夫把半年来积蓄下的几块钱,在第一天就输光了。这火夫是最爱贴膏药的人,胸口上我总见到他有一块东西。输了钱,问他胸口怎么样,这意思是笑他心痛不心痛。他不生气,笑,说,运气不高,所以失手。这些人是有上了四十岁的年龄的,看到那种蠢样子,使人觉得好笑以外的怜悯。他们真完全像是小孩子。

火夫薪水每月三元,除火食一元半,剩余一元半。他们把半年来的积蓄输到一晚的牌九上面,输光了,第二天又仍然一到东方发白就挑了水桶到井边去担水,单是我们营里这种人的数目也就很不少了,照例又是这种人有输无赢,他们实在就特别给了许多机会让别的兵士行使欺骗。

望到他们挑水,使性子把水桶同到其他水桶相磕,有说不出的风格到我的心上。

我是不赌博的,只看看,也很有趣味。先是赌精,已因为一次教训把赌戒去了。

我每天买二十文冰糖含到口中,近来已几几乎成为习惯。

今天又送来了两个匪犯，在我买糖时候遇到，我就问那卖糖人，是不是这地方被这些匪抢劫过。那个人摇头，他告我匪是在有一个时候遍地都是的，因为有些时候他们做土匪的机会比做平民的机会多一点。我不懂他说的"机会"，但看那个人是不会说谎话的，我也仿佛就懂了。

夜里审讯土匪我不去看，到后听说用铁杠把一个年青一点的两只脚全扳断了，就知道这人必定又是后天的货。每一场杀一个人，是可以使他们乡下人明白我们来到这里为他们剿匪，并不白受他们供给。

## 十三

今天又送来七个。

大家似乎都很欢喜，因为这些土匪由团上捉来，让我们分别杀戮或罚款，并且团上对于匪徒的家事全很清楚，不会遗漏也不会错误，省事许多。

我呢，可不管这个。这些是军法的事。照例他们应当比平时忙碌了一点，这些有知识同有名分的人，为了审案，烟也吃不成了。我呢，自己到修械处打铁，玩车盘，在铁板上钻眼。我的兴味就在这些事情上面。杀人时我固然跟到去看。有热闹我总在场，可是我对于土匪的拷打是不发生兴味的，我对于杀人也没有他们盼望的殷切。一遇到送来土匪审讯时，大家就争到拿板子准备，一听到杀人，大家就争作护围兵，真是奇怪。他们实在是无事情可作了，他们就不能不找出一些事情。

我今天被修械处一个小工人引到了一个新鲜地方，是去街稍远傍山一个铸铁厂。那里大铁炉高约两丈，成水的铁汁从炉口流出时放大白光，真是了不得的壮观。那工人比我多懂许多，他能分别铁矿，能知道铸铁成为熟铁的方法同理由，又能够自己动手挥锤。他每月口粮是四块六，还能把积下的钱请主任寄回家里去，家里有妈卖布。他的年纪比我还小，只十三岁，再过两年到我年纪时，他可以有八块钱月薪了。

铁厂真是一个好地方，到了那里我知道许多事情，辛寿是好人，各样全好，我说的辛寿就是那修械处小工人的名字。

## 十四

今天杀四个，全躺到那桥上，使来往过路的人也不能走路了，大家全从溪上游涉水走过。望到那些人一见血就摇头的情形，是很有趣味的。逢场杀了这些人，真是趁热闹。血从石罅流到溪里去，桥下的溪水正是不流的水，完全成了血色，大家皆争伏到栏干上去看。

今天杀人，司令部的副官，书记官，军法，全到看。他们实在太没有事情可作了，清闲到无聊，所以他们从后门赶到桥上看。那军法还拿一支水烟袋，穿长袍，很跑了一些路。

大家全佩服刽子手的刀法，因为一刀一个，真有了不得的本领。这个人是卫队的兵士，把人杀完后，就拿了刀大踏步走到场中卖猪肉屠桌边去，照规矩在各处割肉，一共割了七十多斤肉，这肉到后是由两个兵士用大杠抬回营来的。这规矩我先是就听人说过，在前清就有了的。上场大约也割过了，今天我才亲眼见到。这肉虽应归刽子手一人所有，到后因为分量太多了，还是各处分摊，司令部职员自然有分，我们也各有分。

吃晚饭，各人得肉一大片，重约四两，不消说就是用那杀人的刀所割来的肉了。吃到这肉时免不了仍然谈到杀头的话，一面佩服刽子手的精练刀法，一面也同时不吝惜夸奖到把脖子伸长了被杀的那一位。这又转到民族性一件事上来了，因为如果是别地方的人，对于死，总缺少勇敢的接近。一个软巴巴的缩颈龟，是纵有快刀好脚色，也不容易奏功的。这一点，芷江东部地方土匪真可佩服，他们全不把嘲笑机会给人。

因为有肉，喝了些酒，醉了三分的，免不了有忽然站起用手当刀拍的砍到那正蹲着喝酒的人颈后的事。被砍的一面骂娘一面也挣扎起来，大家就揪到一处揉打不休。我们的班长，对这个完全无节制方法。因为到了那时节，他自己也正想揪一个火夫过来试试了。

杀了一个人以后，他们大家全都像是过节，醉酒饱肉，其乐无涯。

## 十五

　　我一个人怀了莫名其妙的心情,很早的又走到杀人桥上去看。我见到的仍然是四具死尸。人头是已被兵士们抛到田中泥土里去了,一具尸骸附近不知是谁悄悄的在大清早烧了一些纸钱,剩下的纸灰似乎是平常所见路旁的蓝色野花,作灰蓝颜色,很凄凉的与已凝结成为黑色浆块的血迹相对照。

　　我看了一会死尸。又看了一会桥下,才返身。

　　我计算下一场必定仍然至少还有四个,因为五天内送四个匪来是可能的,并且现在牢里就还留得有四个,听他们说是有两个本应昨天杀掉,因为恐怕下场无人杀,所以预备留到下场用的。

　　十点钟排长集合,说了许多我们要"爱国保民"的话,同时我们在大坪里扯圈子唱新的军歌,歌中意思是"同胞同胞,当爱助,当携手,向前走。"我们一排人又当真携手作了一点钟游戏,大家全欢喜得很,因为我们从××开拔,到如今已经有二十天不作游戏了。虽然许多人已全是做父亲的年纪了,对于玩,还是很需要的事,他们心上全是很天真。

　　想起歌中的话语,我好像很有些感慨。在一队中我们真是很关爱的,被打了就代为找药,输光了就借钱扳本,有酒全是大家平分,有事情也是大家争去做。只是另外的,我们就不问了。别一营的事我们也是常常无理由去过问的。谁也不明白这理由,谁也不觉得这理由一定有明白的必要。

　　今天有人被值日副官罚跪到殿前,头顶清水一碗,水泼到地则所罚不算。大家对这件事才感生兴味,引为笑乐,都说亏副官想得出这样好主意。副官聪明是也只能在这些上显出的,此外也不过同我们一样吃饭睡觉罢了。

　　我们全是这样天真朴实的头脑。

## 十六

　　我到修械处吃狗肉。把狗肉得到了,放到炉上烧,皮烧焦以后,才同辛寿拿到溪中去刮洗,刮干净了又才砍成小块加作料安置到煨缸中去煨。狗肉煨缸挂到打铁炉上,一面做事的仍然做事。到下半天,七个人就享受了。小工年纪虽小,得了好主任的训练,差不多每一个人都能蹲到狗肉缸边喝四两酽洌的烧酒,喝了酒就随便说一点疯话,譬如"今天非……不可!""一定要同那水牛打一架!"那么仿佛非常决绝的话。大家且在这话上互相嘲谑到关于"货"的问题。货其实是完全无用处的东西,青年人,肚中有了酒,要发散,所以才提到这无用的东西。大家还把某一类地道的象征名词解释了若干用处,这用处多半是从一个火夫或一个马夫方面听来,结果还是唱唱"大将南征"的军歌各人拿起家伙到厨房洗濯去了。

主任好脾气,几几乎使我也成为修械处工人。

假若我作了工人,我对于使用一切器械是毫无问题的。我且能像那些小子一样在工作上发现大的趣味。我将成为一个很好的工人,十年后也仍然还在那些地方做我的工。

# 十七

早上点名特别早到,制服整齐,被嘉奖,心里很快活,同到别人在操坪里操了一点钟。我们全都像需要一点分量沉重的东西压到肩才容易过日子,我虽不一定是这样的人,但另外一些蠢汉子,是没有工作生活就不能规矩的。天气又太好了。我们想找一些事做,今天才同到队官去说,大家请求出去放哨,看看有不有土匪在附近骚扰。这队官是我的一个亲戚,他曾常常用亲戚的名分吃过我的冰糖。他回答我们说:

"放哨是派的,不是请求的。"

"那我们请派出去。"

"一群呆子,派出去干吗?有土匪,团上会为我们捆好送来的,要我们去捉捉得到吗?"

"我们做什么?"

"你们擦枪吧。你看,天气多好!点验委员快要来了,若看到你们枪上刺刀不发光,那不是笑话么?"

"什么时候委员就来?"

"快了吧。我听他们说快了,等我们清了一会乡,就来看成绩。"

"可是我枪上退子钩也被我擦小许多了,我不再做这种蠢事。"

"你以为这是蠢事，只你一个人以为——"

"不是蠢事我也不擦枪。"

"那就随便玩玩也好，只是不能到外面生事。"

队长走了，仍然含了我的一点糖在口中走去的。不能放哨，就只好照到队官的吩咐，出去玩。我们今天就有七个人到那后山去砍柴，每人砍一些枯枝，又砍了一些小竹子，预备拿回营来作箫，同时还摘了一些花，把花插到柴捆上面，一路唱军歌回营。

我们的快乐是没有人能用法律取缔的，一直唱歌进到营里，就仿佛从什么远地方打了胜仗归来，把野花插到洋酒瓶中，还好好的安置到司务长算火食账的一个米桶上面去，到晚上，那花影映到美孚灯微光中，竟非常美观。

在夜间我们营里可出了大事了，驻到后面一进左边院子里，有一个逃兵，第一次拐了枪械逃走，被捉到营里，因为答应缴出三支枪，就没有照处治逃兵法枪毙，方便在将来追枪，留他到营里住。如今又逃走了。这犯人我曾常常见他，白脸高身材，为军人中很难得的体面人物。他脚用铁镣锁定，走动时就琅琅的响，有时我们正擦枪，他也能得到方便出外面大坪来晒太阳，坐到石栏干旁向天空看云影。这汉子存心想再逃走，在夜里借故出恭，由班上一个火夫作伴，到修械处外面园圃中大便，谁知候在门边的火夫半天见无动静，疑心了，就喊那人名字。喊了几声仍然无声息，各处一望，人已不见了，火夫吓慌了，就大声的喊出来，"逃脱骡子了"，"逃脱骡子了"，一直从修械处喊出大堂。那火夫是苗人，声音宏亮不凡，全营为他这声音皆惊动了，大家全摸了枪向外面集合。我正在修械处同辛寿做铁弩，用枪挺簧纳小竹筒中，以为设计把箭镞放在压紧的簧上以后，遇到虎豹时，一放就可以打中虎眼。从别人所学到的白玉堂的身分上，我发现了一些我也不缺少成为这英雄的气质，就非常有兴味的研究这镖弩。先是听到有人从外面走过，很平常，以为这完全是不知节制吃多了一点的人物大便，可是到喊"逃脱骡子"，我们忙随了那苗人到外面来，那苗火夫经营副耳根一掌，打得略略清醒了，他说"罗什长逃走了"。大家明白事情只是那逃兵又逃了，放了心，什么人说是"追去"。许多人就想拿了枪向外走，还有些喝醉了酒的也偏左偏右拿了一把刺刀走下楼来了，另一种混乱又不成样子。

到后园去看了，人是从土墙上爬过，还留下一些痕迹，毫无疑义人已向后山躲藏了。又不久，我们就分头拿了火把器械去后山追寻了。每一个草堆全用长矛搜索过了，每一株大树全有人爬上去找寻过了，还是没有那白脸长身材汉子的踪影。那营长，因为这犯人是已经判决，只因为缴枪的原故所以看管到本营的，即刻把赏号悬出了，捉到活的赏三百，找出死的赏两百，好像全为了这个赏格数目的原故，平时办公事具结造表册的师爷，也有拿了提灯同长矛四处找寻逃犯的。但无论如何搜索，显然那汉子已即刻离开这山中，走到别一处去了。

我们被分派每廿人一组，到各处驿路上去拦阻这逃兵，因为算定了这汉子纵逃走也只能取那几条路到别处去，就把一百四十个人分配了七组去拦截这一个人。我同我们一班上的人派过名叫江口的一条小路上去，因种种推测这路是必然取的一条路线。即刻预备了草鞋，背了枪弹，向指定地点出发。七路中我们算是第四路，今夜是再不能在新棉絮里睡觉了，即刻我们就在路上了。大家对于这件事产生那么兴味，只是三百元一个数目罢了。我们并没有觉得非把这汉子头颅切下不可的，我们同他无友谊也同时缺少仇怨。我们虽不能明白这汉子所取的方向，又不能明白这赏格究竟是不是一个实在数目，可是总以为若果逃兵由自己发现，当是一件有趣味的事。一面是明白那汉子有脚镣系下面，纵走也去不很远，一面又是恃人多手中且各有武器可以制人死命，所以我们一点也不以为这是无意思而且危险的行为。

在路上想，三百元这样一个大数目，是一个兵士五年的饷份，一个火夫十年的口粮，气运一来，岂不是用枪刺那么随随便便一拟，或者向路旁草深处一探就可得到么？我们所有的人是全在这一个人身上做着好梦的。

只有今夜我才知道我们世界上同黑暗在一块的人事情。

## 十八

逃兵捉回来了，如所意料绕路，走得是第四路。但我们却与这运气无分，因为那人还比我们所猜想不糊涂，先是他想从江口过××，到后好像有意要作成另外一些人，本应一直与我们碰头，却自说临时变计向大寨走了。这人是大寨那一路所捉回的，比我们转来迟了四点钟，人捉回时浮肿的脸更加苍白，他仍然站到那坪中太阳下向阳取暖，脚镣已断了，据说是先在营中锤断用布片包好的。我们望他他也望我们,大约也看出我们因他一走全个晚上狼狈的情形了,就在见连长时说很对不起连长同诸位兄弟。到后为营长审讯,又向营长道歉,说对不起营长。

营长说:"老罗,你又回来了。我以为你聪明,第二次总不会再同我见面了。"

那汉子想了一会,说:"这是一定的。"

营长说:"我本来想救你,所以答应缴枪,就不砍你的头。你真太聪明了,见我对你好,你就欢喜逃。你是逃过了,这是你欢喜的事,你大约不欢喜挨打,让我打你一顿看看。"

这汉子当真就被打了一顿,被打完了丢到土匪牢里去。这汉子一瘸一拐走到牢边时,进牢门还懂得先用背进牢的方法,我问别人,才知道这人还作过一次大哥。

吃过饭,各人为晚上事辛苦了一晚,正好到床上草中做梦,忽然吹了集合号,排队站班,营长演说。营长说,司令部有命令,把罗××杀了。不到一会这汉子就被他那同营的兵士拥到平时杀人的桥头,把一颗头砍下了。

"他拐了枪,就该杀,不杀他,还想逃走,只有把他头砍下一个办法了。"这是营长演说的话语。

杀人时押队的就是他平时同营吃饭下操的兵士。大家都只明白这是军法,所以到时当剑子手也仍然有人。杀过这人以后,大家看热闹的全谈论到这个人,人是太英雄了,"出门唱歌","脸不失色",不辱骂官长,"临刑颈脖硬朗"。大家还说他懂规矩,这样汉子的确是难见到的。

晚上营长从司令部里领赏格下来了,分配的办法稍稍出人意外,捉到这汉子的一组兵士得三分之一,其他出力人员分赏三分之二,大家对这支配皆无话可说。得赏以后,司务长成为兑换铺的人物,即刻就有许多人很畅快的在草席上赌起牌九来了。这些人似乎全都对于昨夜的意外行为感到满意。

我不明白他们为什么出三百块钱(这样一个大数目)一定要把那汉子捉回来的理由。捉回来就杀了,三百块钱就赏给出力的人员,大家就拿这钱赌博,这究竟是为什么事必须这样做,营长也说不分明。因为在训话里他并不解释这"必须"理由。

一切仿佛皆是当然的,别人的世界,我们的世界,永远全是这样。

## 十九

今天又发生了新事情，第十四连（就是那看守罗什长的一连），有三个兵士被审讯了，各人打了五百，收进牢里，是因为查明白有纵罪人逃走的原故。他们因为是朋友，所以那样作了，我们因为不与那人相识，就仍然赌了一天钱。那三人还应当感谢长官，因为照规矩他们也有死罪。也算是"气运"罢。在军队中我们信托自己还不如信托命运，因为照命运为我们安排下来的一切，是连疑问也近于多余的。一个火夫的身体常常比我们兵士强壮两倍，同时食量同担负也超过两倍，他们就因为什么不懂才有这样成绩。我们纵非懂"唱歌""下操""喊口号""行礼"种种事情不可，不过此外的东西，我们是不必去懂的。我们若只有机会看到我们的幸福，我们就完全是幸福的人了。

"打死他罢，"像这样的意思，在那三个兵士的连里，是应当有人想到的。这以为打死也不算过分的，必定就是那些曾经为一些小数目的债务，或争一支晒衣的竹竿，吵骂过嘴的人。小小的冤仇到某一时就可以牵连到生死，这是非常实在的。我们在××时还遇到一件事情，就是一个兵士半夜里爬起来把切菜的刀砍了同班的兵士七刀，头脸各处全都砍到，到后凶手是被审讯了，问他为什么这样粗卤，随意拿菜刀砍人，他就说是因为同伴骂了他一句丑话。这是不是实在的供词？一个熟习我们情形的人，他会相信这供词的，所以当时军法也相信了。那人定了罪。从这些小事上别的不能明白，至少可以了然那地方的民族性，凡是用辱骂的字言加在别人身上，是都免不了有用血去洗刷的机会的。不过另外的事我也来说说罢，就是我们的上司，不需要任何理由，是全可以随意对于兵士加以一种很巧妙的辱骂的。每一个上司对于骂人总像不缺少天才，从学校出身的青年军官，到军队以后是最先就学到骂人的。被骂的兵士有一种规矩是不做声。但过一会不久，兵士一有了机会，就又把从上司处所记下的新颖名词加到火夫的头上了。火夫则只能互相骂骂，或对米桶，水缸，汤杓痛切的辱骂。照例被骂的自然是不会做声。

埋罗什长是营长出的钱，得了赏号的也有到那死人面前烧纸的。尸骸到晚上才许殓收。

今天有两个兵士因为赌博打了一架，到后各到连长处去打一顿板子。我先以为这些人在晚上会又有发生上面说到的凶案,不拘是谁在半夜三更爬起身来摸到了菜刀,血案就发生了。不过我完全错了,他们到晚上仍然是在一堆赌牌九,且把挨打这件事当作笑话谈论了许久。真是些有福气的人,为他们担心是白担心了。

## 二十

今天落雨,打牌的就在营里打牌,非常热闹。

## 二十一

又落雨,打牌的也还是打牌。

## 二十二

还是落雨。

## 二十三

雨落了一连三天,一院子泥泞。担水的火夫大清早赤脚板在泥中走出走进,口中还哼哼哼不止。早饭前许多人皆很无聊赖的倚伏在楼厢栏干上看院中落雨的景致。雨已不落了,一个高身子师爷,掇长凳在长殿廊下画符,用黄纸画,到后且口咬鸡头,将血敷到符上面。他原来正在为昨天受伤那三个兵士治病。我们队伍中是不可少了这样人物的,有兵士被刀杀伤了,打伤了,或者营长太太有了病,少爷失魂夜哭,都不是军医的事,却非师爷画符不可。这师爷若缺少卜课本领也还是不成其为师爷的。大约"军师"就指得是这样人材,这人材的养成一半是天生一半还是由于地气,因为仿佛有三个全是辰州地方的人。望到师爷画符的神气,仿佛看到诸葛亮再生。

看看师爷画符,自己也来学习,用从书记处讨来的公文纸头,随意挥洒而成,且把这个东西也贴到床头去,说是可以辟邪,就是我在下雨的这一天的事了。

我这符是到后又悄悄的贴到了一个火夫背上的。这火夫我们一到有机会就为他画一点胡子，或者把一个萝卜包上肮脏东西给他吃，到被哄伤心，或吃亏不了时，就荷荷的哭一阵，哭声元气十足，大家听这哭声以及欣赏那姿态，都似乎很有趣味。这汉子年纪是三十七岁，命好的一定作祖爷了。他哭了，或者排长走来，找一些稀奇的话语一骂，或者由兵士中捐出一点钱，塞在他的手心，不久就见到这汉子用大的有黑毛的手背擦那眼边，声音也没有了。这样人，看来好像可怜极了，但若果我们还有"怜悯"这种字样，就留下到另外一些事情上用罢。方便中，他们是也常常在喝半斤酒以后，走到洗衣妇人处说一点野话，或做一点类乎撒野的事情的！他们用不着别人怜悯，如世界上许多人一样。火夫这种人，他们到外面去，见了可以欺侮的人，并不把他们穿灰色衣服的权利丧失。他们也能在买菜蔬时赚点钱，说点谎话，再向神赌一个不负责任的咒，请神证明他的老实。他们做事很多，但吃东西食量也特别大。总之这些人的行为，皆是不可原谅的行为，所以挨打的时候比旁的人总多。在情绪上像小孩子，那不独是火夫一种人，就是年纪再大一点的传达长，也是一个样子的。做错事情被打了就哭，赏一点钱就又拭眼泪做丑样子哼哼笑，五十岁年纪了还有童心，赌博一输就放赖，这样人还不止一个。

天气是使人发愁的天气，我不能出去，就只有到修械处代替工人扯炉。把大毛铁放到炉上炭火中，一面说话，一面身对风箱，用两只手向后奔，到相当角度时又将身体向前倾，炉火为空气所扇，发臭气同红光了。铁煨红了，一个小孩子把铁用钳夹取出，平放到鹤嘴砧上，于是两小孩就挥细把铁锤，锤打砧上的热铁，锤从背后扬起，从头上落下，着铁时便四方散爆铁花。主任坐到旧枪筒的堆上，居高临下，监察一群小孩子做工，又拿孟姜女万喜良唱本书念给大家听。主任的书已唱过多日了，故事小孩子全能背诵如流，主任还是一面看，一面唱，一字不苟且的唱过。间或有什么人来到修械处了，有事同主任商询，主任也还是用唱歌的章法同来人谈话，正像这个人成天吃酒不醉，却极容易醉到他自己的歌声里。

我在扯炉厌烦以后，是也常常爬到过铁堆上玩的。我爱这一屋子里全身是煤烟与铁锈的人，也极欢喜那些"三角"，"长方"，"圆条"硬朗实在的大小铁器。还有那沙罐，有狗肉香狗肉，无狗肉时煎豆腐干也仍然不缺少狗肉香味，不拘挂到什么地方我总能发现它。

谈到天气，辛寿他们是没有兵士们那样发愁的。天气越冷他们生活越痛快，一是吃肉的机会多，一是做事。在大冷天，我们营里火夫穿厚棉军服臃肿像个熊，辛寿他们一定还是赤裸露出又小又脏的肩膊做事。他们身上好像成天吃狗肉也仍然没有脂肪的积蓄，但每一个人身体的健全，则仿佛把每人拿来每天饱打一顿以后，还放雨中淋两点钟也不至于伤风。

明天是场期，应当早早的睡，所以凡是不在夜中赌钱的，全都很早就睡了。

# 旅　店

　　只有醒的人，去看睡着了的另一种人，才会觉到有意思的。他们是从很远一个地方走来，八十里，或一百里的长途，疲劳了他们的筋骨，因此为熟睡所攫，张了口，像死尸，躺在那用干稻草铺好的硬炕上打鼾。他们在那里做梦，不外乎梦到打架、口渴、烧山、赌钱等等事。他们在日里时节，生活在一种已成习惯了的简单形式中，吃、喝、走路、骂娘，一切一切觉得已够，到可以睡时就把脚一伸，躺下一分钟后就已睡着了。

　　这样的人在各处全不缺少。生在都会中人，即或有天才也想不到这些人生在同一世界的。博士是懂得事情极多的一种上等人，他也不会知道这种人的存在的。俄国的高尔基，英国的萧伯纳，中国的一切大文学家，以及诗人，一切教授，出国的长虹，讲民生主义的党国要人，极熟习文学界情形的赵景深，在女作家专号一书中客串的男作家，他们也无一个人能知道。革命文学家，似乎应知道了，但大部分的他们，去发现组织在革命情绪里的爱去了，也仿佛极其茫然。

　　中国的大部分的人，是不但生活在被一般人忘记的情形下，同时也是生活在文学家的想象以外的。地方太宽，打仗还不容易，其余无从来发现，这大概也是当然的道理了。这里一件事，就是把中国的中心南京作起点，向南走五千里，或者再多，因此到了一个异族聚居名为苗寨的内地去。这里是说那里某一天的情形的。

　　天已快亮。

　　在主人名字名为黑猫的小店中，有四个走长路的人，还睡在一个长大木床上做梦。他们从镇远以上，一个产纸的地方，各人肩上扛了一担纸下来，预备到屈原溯江时所停船的辰阳地方去。路走了将近一半。再有十一天，他们就可以把纸卖给铺子回头了。做着这样仿佛行脚僧事业的人，是为了生儿育女的缘故，长年得奔走。每一次可以休息十天，通计一年之中有四分之三在各地小旅店中过夜。习惯把这些人变成比他一种商人更能耐劳，旅店与家也近乎是同样的一种地方了。

这旅店开设在山脚,过湖南界下辰州的是应翻山过去的,走了长路的因此多数在此住宿,预备在一夜中把疲倦了的身体恢复过来,蓄了力上这高山。主人是二十七岁的妇人,属于花脚苗。这妇人为什么被人取名为黑猫,是很难于追溯的事。大概是肌肤微黑,又逗人欢喜的缘故。这名字好像又是这妇人丈夫所取的。为自己妇人取下了这样好名字的丈夫,料不到很早的就死去,却把名字留给一切过往客人呼唤了。把名字留给过往客人呼唤,原是不什么要紧,黑猫的身体,自从丈夫死了以后,倒并不如名字那样被一般人所有!

欢喜白皮肤,苗族中并不如汉人嗜好之深。对于黑的认识,在白耳族[①]中男子是比任何中国人还有知识的。然而黑猫自从丈夫死了以后,继续了店中营业,卖饭、卖酒、且款待来往远方的客人住宿,却从不闻谁个人对黑猫能有皮肤以内的认识。凡是出门经商作事的人全不是无眼睛的人,眼睛大部分全能注意到生意以外的妇女们脸孔,但对于黑猫,总像她真是个猫,与男女事无关,与爱情无分。事情也并不怎样奇怪,她不是平常的花脚族妇女。乌婆族妇女的风流娇俏,在这妇人身上并不缺少,花脚族妇女的热情,她也秉赋很多,同时她有那白耳族妇女的自尊与精明,死去了的丈夫让他死去,她在一种选择中做着寡妇活下来了。

她在寡妇的生活中过了三年,没有见到一个动心的男子。白耳族男子的相貌在她身边失了诱人的功效,布衣族男子的歌声也没有攻克这妇人心上的城堡。土司的富贵并不是她所要的东西,烟土客的挥霍她只觉得好笑。为了店中的杂事,且为了保镖需人,她用钱雇了一个四十多岁的驼背人助理一切。来到这里的即或心怀不端,也不能多有所得,相约不来则又是办不到的事。这黑猫的本身就是一件招来生意的东西,至于自黑猫手中做出的菜,吃来更觉得味道真好,也实有其人。

因为这样,黑猫在众人所不能忘的情形下生活,自然幸福与忧患是同时都有得到的方便,她应得到的全来了。在营业上心怀上占了优势的黑猫,在身体上灾难上不可免的也来了。用歌声,与风仪,与富贵,完全克服不了黑猫的心,因此有人想起用力来作最后一举的事了。亏了黑猫的机警,仍然不

---

[①] 本文中白耳族、花脚族、乌婆族,均属虚拟。

至于被人遂心，其中故事不少。故事数毕到了最近的今天。

照例天一发白，黑猫是就应当同那驼子起身，为客人热水洗脸，或烫一壶酒，让客人在灶边火光中把草鞋套上，就来开门送客的。把客送走，天若早，又是冬天，还可以再把身子蜷到棉絮中睡一觉。若系三月到九月中任何一日，则大清早各处全是雾，也将走到大路旁井边去担水，把水缸中贮满清水为止。担水的事是黑猫自作的。

黑猫今天特别醒得早，醒时把麻布蚊帐一挂，把床边小小窗子推开，满天的星子，满院子虫声，冷冷的风吹来使人明白今天的天气一定晴朗。虫声像为露水所湿，星光也像湿的，天气太美丽了。这时节，不知正有多少女人轻轻的唱着歌送她的情人出门越过竹林！不知有多少男子这时听到鸡叫，把那与他玩嬉过一夜的女人从山峒中送转家去！又不知道有多少人在那分别时流泪赌咒！黑猫想起了这些，倒似乎奇怪自己起来了。别人作过的事她不是无分！别一个作店主妇的人都有权利在这时听一点负心男子在床边发的假誓，她却不能做。别的妇人都有权利在这时从一个山峒中走出，让男子脱下蓑衣代为披上送转家中，她也不能做。

一个二十多岁的妇人，结实光滑的身体，长长的臂，健全多感的心，不完全是特意为男子夜来享受的么？可是一个有权享受她的男子，却安安静静睡到土里四年，放弃这权利了。其余呢，又都不济。

今天的黑猫真有点不同往常，在星光下想起的却是平时不曾想到的男女事情。她本应在算账这些纠葛上感觉到客人好坏的，这时却从另一些说不分明的印象上记起住宿的客人来了。四个客，每年来去约在十五六次左右，来去全在此住宿也已经有数年了。因为熟，她把每一个人的家事全知道得清清楚楚。这些人全有家室是她早知道了的。只要中了意，把家中撇开，来做一点只有夫妻可以有的亲密，不拘形迹的事体，那原无妨于事的。山高水长两人分手又是一个月，正因为难于在一处或者也就更有意思。这些事，在另一时本来她就想到了，不行的仍然是男子中还无一个她所要的男子。此时的四个纸客，就无一个像与她可以来流泪赌咒的。她即或愿意在这四碗菜中好歹选取一碗，这男子因为太与主人相熟，也就很难自信在这个有名规矩的妇人身上，把野心提起！

但奇怪的是今天这黑猫性情，无端的变了。

一种突起的不端方的欲望，在心上长大，黑猫开始来在这四个旅客中思索那可以亲近的人了。她要的是一种力，一种圆满健全的、而带有顽固的攻击，一种蠢的变动，一种暴风暴雨后的休息。过去的那个已经安睡在地下的男子，所给她的好经验，使她回忆到自己失去的权利，生出一种对平时矜持的反抗。她觉得应当抓定其中一个，不拘是谁，来完成自己的愿心，在她身边作一阵那顶撒野的行为。她思索这样事情时，似乎听得有人上山的声音了。

她又从窗口去望天上的星，大小的星群无从数清，极大的星子放出的光作白色，山头上显得出庙宇的轮廓，无论如何天是快明了。

听到鸡叫的声音，听到远处水磨的鸣咽声音，且听到狗的声音。狗叫是显然已有人乘早凉上路了。在另一时，她这时自然应当下床了，如今却想到狗叫也有时是为追逐那无情客人而怀了愤恨的情形的，她懒懒的又把窗关上了。

那驼子原是一个极准确的钟，人上了年纪，一到天亮他非起床不行，这时已在那厨灶边打火镰燃灯，声音为黑猫听到了。

黑猫在床上，像是生了气，说："驼子，你这样早做什么？""不早了，我知道。今天天气又好，今年的八月真是菩萨保佑！"

驼子照例把灯一燃，就拿灯到客人房中去，于是客人也醒了。

一个客人问驼子天气怎么样。

"好天气！这种天气是引姑娘上山睡觉，比走长路还合式的天气！"

驼子的话把四个客人中有三个引笑了，一个则是正在打哈欠。这打哈欠的人只顾到打哈欠，所以听不真。驼子像有意说话给这四个客人以外另一个人听，接口说：

"如今是变了，一切不及以前好。近来的人成天早早起来作事。从前二十年，年青人的事是不少，起来的也更早，但作的事情却是从他相好的被里爬出回家，或是送女人回家。他们分了手，各在山坡上站立，雾大对面不见人，还可以用口打哨唱歌。如今是完了，女人也很少情浓心干净的女人了。"

主人黑猫在后房听到驼子的话，大声喊他，说："驼子，你把水烧好，少在那里说呆话！"

"噢，噢，"这驼子答应了，还向这四个客人做一个烂脸，表示他所说的话不是无根，主人就是一个不知情趣的女人。他一边走一边自言自语，说的是"世界变了,女人不好好的在年青时唱歌喝酒,倒来作饭店主人。作了饭店主人,又……"他不把话说完,因为已到了灶边,有灶王菩萨在。大约是天气作的怪,这个人,今天也分外感到主人安分守寡不应当了。

听到驼子发了感慨的黑猫,这时已起了床,趿了鞋过客人这边房来,衣服还未扣好,一头的发随意盘在头上蓬起像鹰窠,使人想象到山峒狼皮褥上的媚金,等候情人不来自杀以前的样子。客人中之一,听到驼子的不平言语,见到黑猫的苗条身段,见到黑猫的一对胀起的奶,起了点无害于事的想头,他说:

"老板娘,你晚来睡得好!"

她说:"好呀!我是无晚上不好!"

"你若是有老板在一处,那就更好。"

黑猫在平时,听到这种话,颜色是立刻就会变成严肃的。如今却斜睨这说笑话的客人笑。她估量这客人的那一对强健臂膊,她估他的肩、腰以及大腿,最后又望到这客人的那个鼻子,这鼻子又长又大。

客人是已起床了,各人在那里穿衣,系带,收拾好的全到房外灶边去套草鞋。说笑话的那个客人独在最后。在三个伙伴出去以后,黑猫望到这大鼻子客人,真有一种说不分明的潜意识在,所以手揣到自己的怀里把身子摇摆着,想同客人说两句话。

这客人虽曾与黑猫说了一句笑话,是想不到黑猫此时欲望的。伙伴去后见到黑猫在身边,倒无一句可说的话了。他慢慢把裹腿绑好,就走出房了。黑猫本应在这时来整理棉被,但她只伏到床上去嗅,像一个装醉的人作的事。

另一个客人,因为找那扎在床头的草烟叶,从外面走来,黑猫赶即起来为客人拿灯照亮,客人把烟叶找到,也不注意到这妇人与往日大不同处,又走出去了。

黑猫拿了灯跟出房来,把灯放在灶上,去瞧水缸。水所剩不多了。她得去担水,就拿了扁担在手,又从方桌下拖水桶。

把店门开了,外面的街有两三只狗走过身,她又忙把门关上。"驼子,近来怎么野狗又多起来了!"

"每年一到秋天就来了。我说了多久,要装一个药弩,总不得空。我听人说野狗皮在辰州可卖三四两银子一个,若是打到一对狐种狗,我就可以发财了。"

那大鼻子客人说:"岂止三四两银子?我是亲眼见到有人化十块钱买一个花尾獾子的。"

"这话信不得。"另一个客人则有疑惑,因为若果这话可靠,那这纸生意可以改为猎狐生意了。

"谁说谎?他们卖獭是二十两银子,我亲眼见的,可以赌咒。"

"你亲眼见些什么呢?许多事你就不会亲眼见到。若是你有眼睛,早是——"这话是黑猫说的。说了她就笑。

他们都不知道她所说意义何所在,也不明白为什么而笑。但这个大鼻子客人,则仿佛有所会心了,他在一种方便中,为众人所忽略时,摸了一下黑猫的腰,黑猫不作声,只用目瞅着这人的鼻子,好像这鼻子是能作怪的一种东西。

虽然有野狗,野狗不是能吃大人的兽物,本用不着害怕的,所以不久黑猫又开门出去担水去了。大鼻客人也含了烟杆跟了出去,预备打狗或者解溲,总有事。这一担水像是在一里路以外挑回的,回来时黑猫一句话不说,坐在灶边烤火。驼子见大鼻客人转来更慢,却说以为客人被狗吃了。或者狗,或者猫。某一个地方总也真有那种能吃人的猫狗吧。被狗吓的是有人,至于猫,那是并不像可怕的东西了,有人问到时,大鼻客人是说得出的。

洗完脸,主人不知何故又特意为客人煮了一碗鸡蛋,把蜂糖放在鸡蛋里。吃完后,送了钱,天已大亮,四个客人把扁担扛上了肩,翻山去了。黑猫主人痴立在门边半天,又坐到灶边去半天,无一句话同驼子可说。

过了一个月左右,旅店中又有人住宿了。卖纸人四个中不见了那位大鼻子,问起缘故才知道人是在路上发急症死了。又过了八个月,这旅店中多了一个小黑猫,一些人都说这是驼子的儿子,驼子因为这暧昧流言,所以在小黑猫出世以后,做了黑猫的丈夫。

黑猫是到后真应了那不幸的大鼻客人的话,有老板人更好了。那三个纸客,还是仍然来往住宿到这旅店中,一到了这店里,见到驼子的样子,总奇怪这个人能使黑猫欢喜的理由,不知在什么地方。这些事谁能明白?譬如说,以前是同伴四个,到后又成为三个,这件事就谁也不知道清楚。

# 夫　妇

住到××村，以为可以从清静中把神经衰弱症治好的璜，有一天，正吃到晚饭，对于过于注意到自己饭食的居停所办带血的炒小鸡感到束手。忽然听到有人在外面喊："看去看去，捉到一对东西！"喊的声音非常迫促，真如出了大事，全村中人皆有非看看不可的声势。不知如何本来不甚爱看热闹的璜，也放下了饭碗，手拿着竹筷，走到门外大塘边看热闹去了。

出了门，还见到人向南跑，且匆匆传语给路人，说："在八道坡，在八道坡，非常好看的事！要去，就走，不要停了，恐怕不久会送到团上去！"

究竟是怎么回事他是不得分明的。唯以意猜想，则既然是人人都想一看，自然是有趣味的东西了。然而在乡下，什么事即有趣，想来是不容易使城中人明白的。

他以为，或者是捉到了两只活野猪，也想去看看了。

随了那一边走路一边同路上人说话的某甲，匆匆向一些平时所不经过的小山路走去，转弯后，见到小坳上的人群了。人莫名其妙的包围成一圈，究竟这是什么事还是不能即刻明白。那某甲，仿佛极其奋勇的冲过去，把人用力推开。原来这聪明人看到璜也跟来看，以为有应当把乡下事情给城中客人看看的必需了，所以排除了其余的人。乡下人也似乎觉得这应给外客看看，着忙各闪开了。

一切展在眼前了。

所捉到的，原来是一对人。抱着看活野猪心情的璜分外失望了。

但许多人正因有璜来看，更对于这事本身多一种趣味了。人人皆用着仿佛"那城里人也见到了"的神气，互相作着会心的微笑。还有对他的洋服衬衫感到新奇的乡下妇人，作着"你城中穿这样衣服的人也有这么事"的疑问。璜虽知道这些乡下人望到他的发，望到他的皮鞋与起棱的薄绒裤，所感生兴味正不下于绳缚着那两人的事情，但仍然走近那被绳捆的人面前去了。

到了近身才使他更吓，原来所缚定的是一对年青男女。男女皆为乡下人，皆年青，女的在众人无怜悯的目光下不作一声，静静的流泪。不知是谁把女人头上插了极可笑的一把野花，女人头略动时那花冠即在空中摇摆，如在另一时看来，当有非常优美的好印象。

望到这情形，不必说话事情也分明了，这是属于年青人才有的罪过。

某甲是聪明人，见到璜是"客"，却仍然来为璜解释这事。事情是这样：有人过南山，在南山坳里，大草积旁发现了这一对。这年青人不避人的大白天做着使谁看来也生气的事情，所以发现这事的人，就聚了附近的汉子们把人捉来了。

捉来了，怎么处置？捉的人可不负责。

既然已经捉来，大概回头总得把乡长麻烦，坐堂审案，这事人人都这样猜想。为什么非一定捉来不可，被捉的与捉人的两方面皆似乎不甚清楚。然而属于流汗喘气事自己无分，却把人捉到这里来示众的汉子们，这时对女人是俨然有一种满足，超乎流汗喘气以上的。妇女们走到这一对身边来时，各用手指刮脸，表示这是可羞的事，这些人，不消说是不觉得天气好就适宜于同男子作某种事情为应当了。老年人则看了只摇头，大概他们都把自己年青时代性情忘掉，有了儿女，风俗一类的言语是有提倡的必需了。

微微的晚风刮到璜的脸上，听到山上有人吹笛，抬头望天，天上有桃红的霞，他心中就正想到，风光若是诗，必定不能缺少一个女人。

他想试问问被绳缚定如有所思垂了头那男子是什么地方来的人，总不是造孽。

男子先低头已见到璜的黑色皮鞋了。鞋不是他所习见的东西，虽不忘眼前处境，也仍然肆意欣赏了那黑色方头的皮鞋一番，且奇怪那小管的裤过了。这时听人问他，问的话不像审判官，就抬头来望璜。人虽不认识，但这人已经看出璜是同情自己的人了，把头略摇，表示这事的冤抑。

"你不是这地方人么？"

这样问，另外就有人代为答应，说不是。这说话的人自然是不至于错误的，因为他认识的人比本地所住人还多。尤其是女人，打扮和本村年青女人不相同。他又是知道全村女子姓名的。但在璜没有来到以前，已经过许多人询问，皆没有得到回答。究竟是什么地方人，那好事的人也说不出。

璜又看看女人。女人年青不到二十岁,一身极干净的月蓝麻布衣裳,脸上微红,身体硕长,风姿不恶。身体的确有略与普通乡下女人两样处,这时虽然在流泪,似乎全是为了惶恐,不是为羞耻。

璜疑心或者这是两个年青人背了家人的私奔事,就觉得这两个年青人很可怜。他想如何可以设法让这人离开这一群疯子才行。然而做居停主人的朋友进了城,此间团总当事人又不知是谁。在一群民众前面,或者真会作出比这时情形更愚蠢的事也不可知。这些人就并不觉得这管闲事的不合理。正这样想时,就听到有人提议了。

一个满脸疙瘩再加上一个大酒糟鼻子的汉子,像才喝了酒,把酒葫芦放下来到这里看热闹的样子,用大而有毛的手摸了女人的脸一下,在那里自言自语,主张把男女衣服剥下,一面拿荆条打,打够了再送到乡长处去。他还以为这样处置是顶聪明合理的处置。这人不惜大声的嚷着,提出这希奇主张,若非另一个人扯了这汉子的裤子,指点他有"城里人"在此,说不定把话一说完,不必别人同意就会动手做他所想做的事。

另外有较之男子汉另有切齿意义,仿佛因为女人竟这样随便同男子在山上好风光下睡觉,极其不甘心的妇女,虽不同意脱去衣裤却赞成"打"。

小孩子听到这话,莫名其妙的欢喜,即刻便争着各处寻找荆条。他们是另一时常常为家中父亲用打牛的条子把背抽得太多,所以对于打贼打野狗野猫一类事,分外感到趣味了。

璜看到这情形太不行了,正无办法。恰在此时跑来一个在行伍中出身军人模样的人物。这人一来群众就起了骚动,大家争告给这人事件的经过,且各把意见提出。大众喊这人作练长,璜知道必定是本村有实力的人物了,且不作声,听他如何处置。

行伍中人摹仿在城中所见到的营官阅兵神气,眉皱着,不言不语,只忧郁而庄严的望到众人,随后又看看周围,璜也被他看到了,似乎因为有"城中人"在,这汉子更非把身分拿出不可了,于时小孩子与妇人皆围近到他身边,成一圈,这汉子,就出乎众人意料以外的喝一声"站开!"

因这一喝各人皆跟跟跄跄退远了。众人都想笑又不敢笑。

这汉子,就用手中从路旁扯得的一根狗尾草,拂那被委屈的男子的脸,用税关中人盘诘行人的口吻问道:

"从哪里来的？"

被问的男子，略略沉默了一会，又望望那练长的脸，望到这汉子耳朵边有一粒痣。他说：

"我是窑上的人。"

好像有了这一句口供已就够了的练长，又用同样的语气问女人，他问她姓。

"你姓什么？"

那女子不答，抬头望望审问她的人的脸，又望望璜。害羞似的把头下垂，看自己的脚。脚上的鞋绣得有双凤，是只有乡中富人才会穿的好鞋。这时有人在夸奖女人的脚的无赖男子。那练长，用同样微带轻薄的口吻问：

"你从哪里来的？不说我派人送你到县里去。"

乡下人照例怕见官，因为官这东西，在乡下人看来，总是可怕的一种东西。有时非见官不可，要官断案，也就正有靠这凶恶威风把仇人压下的意思，所以单是怕走错路，说进城，许多人就毛骨悚然了。

然而女人被绑到树下，与男子捆在一处，好像没有法，也不怕官了，她仍然不说话。

于是有人多嘴了，说"打"，还是老办法，因为这些乡下人平时爱说谎，在任何时见官皆非大板子皮鞭竹条不能把真话说出。所以他们之中记得打是顶方便的办法。

又有人说找磨石来，预备沉潭。这是恐吓。又有人说喂尿给男子吃，喂女子吃牛粪。这是笑谑。

完全是这类近于孩子气的话。

听到这些话的男女皆不做声，不做声则仿佛什么也不怕。这使练长愤然了。声音严厉了许多，仍然重复先前别人说的恐吓话，又像这完全是众人意见，既然有了违反众人的事，众人的裁判是正当的，城里做官的也无从反对。

女人摇着头，轻轻的轻轻的说：

"我是从窑上来的人，过黄坡看亲戚。"

听到女人这样说话的那男子，也怯怯的说话了，说：

"同路到黄坡。"

那问官就说：

"同逃？"

"不是，是同路。"

在"同路"不"同逃"的解释上众人推想，因为路上相遇才相好的，大家笑。

捉奸的乡下人，这时才从团上赶来，正找不到练长，回来见到练长了，欢喜得如见大王报功。他用他那略略显得狡猾的眼睛，望练长睞着，笑眯眯的说怎样怎样见到这一对无耻的青年在太阳下所做的事。事情的希奇自然是"青天白日"，因为青天白日在本村人除了做工都应当打盹，别的似乎都不甚合理，何况所做的事更不是在外面做的事。

听完这话，练长自然觉得这是应当供众人用石头打死的事了，他有了把握。在处置这一对男女以前，他还想要多知道一点这人的身家，因为在方便中可以照习惯法律，罚这人一百串钱，或把家中一只牛牵到局里充公，他从中也多少叨一点光。有了这种思想的他，就仍然在那里讯取口供，不惮厌烦，而且神气也温和多了。

在无可奈何中，男子一切皆不能隐瞒了。

这人居然到后把男子的家中的情形完全知道了，财产也知道了，地位也知道了，家中人也知道了，得意的笑。谁知那被捆捉的男子，到后还说了下面的话。他说他就是女子的亲夫。因为新婚不久，同返黄坡女家去看岳丈，走到这里，看看天气太好，于是坐到那新稻草积旁看风景，看山上的花。那时风吹来都有香气，雀儿叫得人心腻，于是记起一些年青人应做的事，于是到后就被捉了。

到男子说完这话，众人也仿佛从这男女情形中看出不是临时匹配的了。然而同时从这事上失了一种浪漫趣味，就更觉得这事非处罚不行了。对于罚款无分的，他们就仍然主张打了再讲。练长显然也因为男子说出是真夫妇，成为更彻底了的。

正因为是真实的夫妇，在青天白日下也不避人的这样做了一些事情，反而更引起一种只有单身男子才有的愤恨骚动，他们一面想望一个女人无法得到，一面却眼看到这人的事情，无论如何将不答应的，也是自然的事了。

从头至尾知道了这事的璜，先是也出于意外的一惊，这时同练长说话了，他要这练长把两人放了。练长望到璜的脸，大约在估计璜是不是洋人的翻译。

看了一会,璜皮裤带边一个特别证被这人见到了,这人不愿意表示自己是纯粹乡下人,就笑着,想伸手给握。手没有握成,他就在腿上搓自己那只手,起了小小反感,说:

"先生,不能放。"

"为什么?"

"我们要罚他,他欺侮了我们这一乡。"

"做错了事,赔赔礼,让人家赶路好了。"

那糟鼻子在众人中说:"那不行,这是我们的事。"虽无言语但见到了璜在为罪人说话的男女,听到糟鼻子的话,就哄然和着。但当璜回过头去找寻这反对的人时,糟鼻子把头缩下,蹲到人背后抽烟去了。

糟鼻子一失败,于是就有附和了璜代罪人为向练长说好话的人了,这中间也有女人,就是非常害怕"城里人"那类平时极爱说闲话的中年妇人,可以谥之为长舌妇而无愧的。其中还有知道璜是谁的,就扯了练长黑香云纱的衣角,轻轻的告练长这是谁。听到了话的练长,知道敲诈不成,但为维持自己在众人面前的身分,虽知道面前站的是老爷,也仍然装着办公事人神气,说:

"璜先生您对。不过我们乡下的事我不能作主,还有团总。"

"我去见你们团总,好不好?"

"那好吧,我们就去。我是没有什么的,只莫让本乡人说话就好了。"

练长的狡猾,璜早就看透了。说是要见团总,把事情推到团总身上去,他就跟了这人走。于是众人闪开了,预备让路。

他们同时把男女一对也带去了。一群人跟在后面看,一直把他们送到团总院子前,许多人还不曾散去。

天色夜了。

从团总处交涉得到了好的结果,狡猾的练长在璜面前无所施其伎俩,两个年青的夫妇绳子在团总的院中解脱了。那练长,作成卖人情的样子,向那年青妇人说:

"你谢谢这先生。"

女人正在解除头上乡下人恶作剧为缠上的一束花,听到这话,就连花为璜作揖。这花她拿在手里并不弃去。那男子见了,也照样作揖。练长借故走了,这事情就这样以喜剧的形式收场了。

璜伴送这两个年青乡下人出去，默无言语，从一些还不散去守在院外的愚蠢好事的人前过身，因为是有了璜的缘故，这些人才不敢跟随。他伴送他们到了上山路，站到那里不走了，才问他们饿了没有。男子说到黄坡赶得及夜饭。他又告璜这里去黄坡只六里路，并不远，虽天夜了，靠星光也可以走得到他的岳家。说到星光时三人同时望天，天上有星子数粒，远山一抹紫，夜景美极了。

璜说："你们去好了，他们不会同你为难了。"

男子说："先生住在这里，过几天我来看你。"

女人说："天保佑你这好先生。"

那一对年青夫妇就走了。

独立在山脚小桥边的璜，因微风送来花香，他忽觉得这件事可留一种纪念，想到还拿在女人手中的一束花了，遥遥的说：

"慢点走，慢点走，把你们那一束花丢到地下，给了我。"

那女人笑着把花留在路旁，还在那里等候了璜一会，见璜不上来，那男子就自己往回路走，把花送来了。

人的影子失落到小竹丛后了。得了一把半枯的不知名的花的璜先生，坐到桥边，嗅着这曾经在年青妇人头上留过很希奇过去的花束，不可理解的心也为一种暧昧欲望轻轻摇动着。

他记起这一天来的一切事，觉得自己的世界真窄。倘若自己有这样的一个太太，他这时也将有一些看不见的危险伏在身边了，因此觉得住在这里是厌烦的地方了，地方风景虽美，乡下人与城市中人一样无味，他预备明后天进城。

　　自己有时常常觉得有两种笔调写文章，其一种，写乡下，则仿佛有与废名先生相似处。由自己说来，是受了废名先生的影响，但风致稍稍不同，因为用抒情诗的笔调写创作，是只有废名先生才能那种经济的。这一篇即又有这痕迹，读我的文章略多而又欢喜废名先生文章的人，他必能找出其相似中稍稍不同处的，这样文章在我是有两个月不曾写过了，添此一尾记自己这时的欣喜。时七月十四日，天热，住楼上一天只是流汗。甲辰记。

# 古代镜子的艺术

中国金工用青铜铸造镜子，约在春秋战国时期。多数镜子的背面，都有精美的装饰图案，从造型特征和艺术表现看，可以分成两类，代表两种不同风格：一种镜身比较厚实，边沿平齐，用蟠螭纹作图案主题，用浅浮雕、高浮雕和透空雕等技法处理的，图案花纹和河南新郑、辉县、山西李峪村及最近安徽寿县各地出土青铜器部分装饰花纹相近。有一种透空螭纹镜子，数量虽然不多，作法自成一个系统，产生时代可能早一些。另一种镜身材料极薄，边缘上卷，图案花纹分两层处理，一般是在精细地纹上再加各种主题浅浮雕，地纹或作涡漩云纹、几何纹及丝绸中的罗锦纹。主题装饰有代表性的，计有山字形矩纹、连续矩纹、菱形纹、连续菱纹、方胜格子嵌水仙花纹，黼绣云藻龙凤纹、长尾兽（#）纹，及反映当时细金工佩饰物各式花纹。这部分图案比前一部分有个基本不同处，是它和古代纺织物丝绸锦绣花纹发生密切联系，制作精美也达到了当时金铜工艺高峰，产生时代可能稍晚一些，先在淮河流域发现，通称"淮式镜"。建国后长沙战国楚墓中出土同类镜子格外多，才知道叫它作"楚式镜"比较正确。从现有材料分析，青铜镜子的发明，虽未必创自楚国，但是楚国铸镜工人，对于生产技术的进步提高和改进图案艺术的丰富多样化，无疑有过极大贡献。镜子埋藏在地下已经过二千三百余年，出土后还多保存得十分完整，镜面黑光如漆，可以照人。照西汉《淮南子》一书所说，是用"玄锡"作反光涂料，再用细毛呢摩擦的结果。后来磨镜药是用水银和锡粉作成的。经近人研究，玄锡就指这种水银混合剂。由此知道我国优秀冶金工人，战国时期就已经掌握了烧炼水银的新技术。这时期起始流行的鎏金技术，同样要利用水银才能完成。这些重要发现或发明，是中国冶金史和科学技术发明史一件重大事情。由于新的科学技术的应用，使得中国金工装饰艺术，因之更加显得华美和壮丽。当时特种加工镜子，还有涂朱绘彩的、用金银错镂镶嵌的，加玉背并镶嵌彩色琉璃的，都反映了这个伟大历史时期金铜工艺所达到的高度水平。

到汉代，青铜镜子应用范围日益广泛，图案花纹也不断丰富以新的内容，特别有代表性的如连续云藻纹镜，云藻多用双钩法处理，材料薄而卷边，还具楚式镜规格，大径在五寸以内，通常都认为是秦汉之际的制作。有的又在镜中作圆框或方框，加铸四字或十二字铭文："大富贵，宜酒食，乐无事，日有憙"是常见格式。或用"安乐未央"四字铭文，必横列一旁。

其次是种小型平边镜子，镜身稍微厚实，铜质泛黑，唯用"见日之光长毋相忘"八字作铭文，每字之间再用二、三种不同简单云样花式作成图案，字体方整犹如秦刻石。图案结构虽比较简单，铭文却提出一个问题，西汉初年社会，已起始用镜子作男女间爱情表记，生前相互赠送，作为纪念，死后埋入坟中，还有生死不忘意思。"破镜重圆"的传说，就在这个时期产生，比后来传述乐昌公主故事早七、八百年。又有大型日光镜，外缘加七言韵语，文如《长门赋》体裁，借形容镜子使用不时，作为爱情隔阂忧虑比喻。另有一种星云镜，用天文星象位置组成图案，或在中心镜钮部分作九曜七星，又把四围众星用云纹联系起来，形成一种云鸟图案。这都是西汉前期镜子。第三种是中型或大型四神规矩镜，用青龙、白虎、朱雀、玄武分布四方做主要装饰，上下各有规矩形，外缘另加各种带式装饰，如重复齿状纹、水波云纹、连续云藻纹、连续云中乌鹊夔凤纹，主题组织和边缘装饰结合，共同形成一种活泼而壮丽的画面。正如汉代一般工艺图案相似，在发展中起始见出神仙方士思想的侵入。这种镜子或创始于武帝刘彻时尚方官工，到王莽时代还普遍流行，是西汉中期到末叶官工镜子标准式样。有的在内外缘间还加铸年号、作者姓名和七言韵语，表示对于个人或家长平安幸福的愿望。最常用的是"尚方作竟真大巧，上有仙人不知老，渴饮玉泉饥食枣……"，和"新有善铜出丹阳，和以银锡清且明，巧工作之成文章，左龙右虎辟不祥"等语句。有些还说起购买的做生意凡事顺心能发大财。又有铭文说"铜以徐州为好，工以洛阳著名"。它的产生年代和图案铭刻反映的社会意识，因之也更加明确。第四种是大型"长宜子孙"、"长宜高官"铭文镜，字体作长脚花式篆，分布四周，美丽如图画。图案简朴，过去人认为是西汉早期制作，近年来多定作西汉末东汉初期成品。此外还有由四神规矩发展而成的神人龙虎镜、分段神相镜、"位至三公"八凤镜、"天王日月"神像镜、凸起鼍龙镜、西王母车马人物镜，可代表汉末过渡到魏晋时代的产品。八凤镜用平剔法，简化对称图案如剪纸，边缘或作阴刻小朵如意云，富于民间艺术风味。神仙龙虎镜，有的平面浮雕龙虎和西汉白虎、朱雀瓦当浮雕风格相同，形象特别矫健壮美。一般多用浅浮雕，是西汉以来技法。较晚又用圆浮雕法把龙虎简化，除头部其他全身都不显明，产生年代多在桓帝祠老子以后，有署建安年号的。神仙龙虎镜加"胡虏殄灭四夷服，多贺国家得安宁"等七言诗的，创始于西汉，汉魏之际还有摹仿。又有一种高圆浮雕鼍龙镜，龙身高低不一，在构图和表现技法上是新发展。特别引人注意的是西王母东王公车马神像镜，铜质精美，西王母蓬发戴胜，仪态端庄，旁有玉女侍立，间有仙人六博及毛民羽人竖蜻蜓表演杂技。主题图案组织变化丰富，浮雕技法也各具巧思。有的运用斜雕法，刻四马并行，拉车奔驰，珠帘绣幌，飘忽上举，形成纵深体积效果，作得十分生动，在中国雕刻艺术史上是新成就，后来昭陵六骏石刻及宋明剔红漆雕法，都受它的影响。这种镜子浙江绍兴一带出现最多，为研究汉代西王母传说流行时代和越巫关系问题，提供了重要线索。

又根据近年出土纪录，西汉以来还有鎏金、包金和漆背加彩画人物各种不同加工大型镜子产生。当时除尚方工官特别制作外，铸镜工艺在国内几个大商业城市，也已经成为一种专门手工业，长安、洛阳、西蜀、广陵都有专门名家，铸造各式镜子，罗列市上出售。许多镜子上的铭文，就把这些事情反映得清清楚楚。这些镜子当时不仅被当成高级美术商品流行全国，还远及西域各属及国外。近年在西北出土镜子，可根据它判断墓葬相对年代。在日本出土汉镜及汉式镜，又得以进一步证明中日两国间文化的交流，至晚在西汉就已开始，比《魏略》说的东汉晚期早过二百年。东汉末年到三国时期，还有一种铁制镶嵌金银花纹镜子，早见于曹操《上杂物疏》记载中。近年来这种镜子在国内也常有出土。镜钮扁平，图案花纹比较简质，和八凤镜风格相近，开启后来应用铁器错银技法。唯铁质入土容易氧化，完整的镜子保存不多。

晋、南北朝三百余年中，除神相龙虎镜、西王母镜，东晋时犹继续生产，此外还有"天王日月"铭文镜，边缘多用云凤纹处理，内缘铭文改成四言，如道士口诀律令。再晚一些又有分卦十二生肖四神镜、高浮雕四神镜、重轮双龙镜、簇六宝相花镜等等。后四种出现于六朝末陈、隋之际，唐代还流行。南北朝晚期镜子图案，逐渐使用写生花鸟作主题后，在技法表现上也有了改进和提高，花鸟浮雕有层次起伏，棱角分明，充满了一种温柔细致情感。主要生产地已明确属于扬州，可说明这阶段南方生产的发展和美术工艺的成就。

唐代物质文化反映于造型艺术各部门，都显得色调鲜明，组织完美，整体健康而活泼，充满着青春气息。镜子艺术的成就，同样给人这种深刻印象。镜身大部分比较厚实（特别是葡萄鸟兽花草镜），合金比例，银锡成分增多，因此颜色净白如银。造型也有了新变化。突破传统圆形的束缚，创造出各种花式镜。大型镜子直径大过一尺二寸，小型镜子仅如一般银币大小。并且起始创造有柄手镜。至于图案组织，无论用的是普通常见花鸟蜂蝶，还是想象传说中的珍禽瑞兽或神话故事、社会生活，表现方法都十分富于风趣人情，具有高度真实感。唐代海外交通范围极广，当时对外来文化也采取一种兼容并收的态度来丰富新的艺术创造内容，在音乐、歌舞、绘画、纺织图案、服装各方面影响都相当显著。镜子图案的主题和表现技法，同样反映出这种趋势。例如满地葡萄鸟兽花草镜、麒麟狮子镜、醉拂菻击拍鼓弄狮子镜、骑士玩波罗球镜、黑昆仑舞镜、太子玩莲镜，都可以显著见出融合外来文化的痕迹。前一种图案组织复杂而精密，用高浮雕技术处理，综合壮丽与秀美成一体，在表现技法中格外突出。后几种多用浅浮雕法，细腻利落，以善于布置见长，结构疏密恰到好处。极小镜面也留出一定空间，使得花鸟蜂蝶都若各有生态，彼此呼应，整体完美而和谐。

唐代统治者宣扬道教，神仙思想因之流行，在唐镜的图案上也得到各种不同的反映。例如嫦娥奔月镜、真子飞霜镜、王子晋吹笙引凤镜、仙真乘龙镜、水火八卦镜、海上三神山镜，图案组织都打破了传统的对称法，作成各种不同的新式样。唐代佛教盛行，艺术各方面都受影响，镜子图案除飞天频伽外，还有根据莲花太子经制作的太子玩莲图案，用一些胖娃娃做主题，旋绕于花枝间。子孙繁衍瓜瓞绵绵是一般人所希望，因此这个主题画在丝绸锦绣中加以发展，就成为富贵宜男百子锦。织成幛子被单，千年来还为人民熟习爱好。汉代铸镜作带勾多在五月五日，唐人习惯照旧，传说还得在扬子江中心着手，显然和方士炼丹有瓜葛牵连。又八月五日是唐玄宗生日，定名叫"千秋节"（又称千秋金鉴节），照社会习惯，到这一天全国都铸造镜子，当作礼物送人，庆祝长寿。唐镜中比较精美的鸾衔长绶镜、飞龙镜和特别加工精美的金银平脱花鸟镜、罗钿花鸟镜，多完成于开元天宝二十余年间，部分且为适应节令而产生。唐代社会重视门阀，名家世族，儿女婚姻必求门当户对，但是青年男女却乐于突破封建社会的束缚来满足恋爱热情。当时人常把它当作佳话奇闻，转成小说、诗歌的主题。镜子图案对于这一个问题虽少直接表现，但吹笙引凤、仙人乘龙、仙女跨鸾，以及各式花鸟镜子中㶉𪆟、鸳鸯、鹡鸰口衔同心结子相趁相逐形象及鱼水和谐、并蒂莲形象，却和诗歌形容恋爱幸福及爱情永不分离喻意相同。镜子铭文中，又常用北周庾子山五言诗及唐初人拟苏若兰织锦回文诗，借歌咏化妆镜中人影，对于女性美加以反复赞颂。

唐代特种加工镜子，计有金银平脱花鸟镜、罗钿花鸟镜、捶金银花鸟镜、彩漆绘嵌琉璃镜，这类具有高度艺术水平的镜子图案，有部分和一般镜子主题相同；有部分又因材料特性引起种种不同新变化，如像满地花罗钿镜子的成就，便是一个好例。这些镜子华美的装饰图案，在中国制镜工艺发展史上达到了一个新的高峰。

唐镜花样多，有代表性的可以归纳成四类：第一类宝相花图案，包括有写生大串枝、簇六规矩宝相、小簇草花、放射式宝相及交枝花五种。第二类珍禽奇兽花草图案，包括有小串枝花鸟、散装花鸟和对称花鸟等等；鸟兽虫鱼中有狮子、狻猊、天鹿、天马、鱼、龙、鹦鹉、鸳鸯、练鹊、孔雀、鸾凤、鹡鸰、蝴蝶、蜻蜓等等。第三类串枝葡萄鸟兽蜂蝶镜，包括方圆大小不同式样。第四类故事传说镜，包括各种人物故事，社会生活，如真子飞霜、嫦娥奔月、孔子问荣启期、俞伯牙钟子期、骑士打球射猎等等。特别重要部分是各种花鸟图案，可说总集当时工艺图案的大成。唐人已习惯采用生活中常见的花鸟蜂蝶作装饰图案，应用到镜子上时更加见得活泼生动（这是唐镜图案最值得我们学习的一点）。花鸟图案中如鸾衔绶带、雁衔威仪、鹊衔瑞草、俊鹘衔花各式样，又和唐代丝绸花纹关联密切。唐代官服彩绫，照制度应当是各按品级织成各种本色花鸟，妇女衣着则用染缬、刺绣、织锦及泥金绘画，表现彩色花鸟，使用图案和镜子花纹一脉相通，丝绸遗物不多，镜子图案却十分丰富，因此镜子图案为研究唐代丝绸提供了种种可靠材料。

唐镜在造型上的新成就，是创造了小型镜和各种花式镜，打破了旧格式，如银元大小贴金银花鸟镜，八棱、八弧、四方委角等花式镜等。

宋代镜子可分作两类：在我国青铜工艺史上应当占有一个特别位置的，

是部分缠枝花草官工镜。造型特征是镜身转薄，除方圆二式外，还有亚字形、钟形、鼎形及其他许多新式样出现。装饰花纹也打破了传统习惯，作成各种不同格式。新起的写生缠枝花，用浅细浮雕法处理，属于雕刻中"识文隐起"的作法。图案组织多弱枝细叶相互盘绕，形成迎风浥露效果。特别优秀作品，产生时代多属北宋晚期。宋人叙丝绸刺绣时喜说"生色花"，有时指彩色写生折枝串枝，有时又用作"活色生香"的形容词，一般素描浮雕花朵都可使用。这种"生色花"反映于镜中图案时，作风特别细致，只像是在浅浮雕上见到轻微凸起和一些点线的综合，可是依然生气充沛，具有高度现实感和韵律节奏感。这一类官工镜子，精极不免流于纤细，致后来难以为继。另有一类具有深厚民间艺术作风的，用粗线条表现，双鱼和凤穿牡丹两式有代表性，元明以来犹在民间流行。

  北宋在北方有契丹辽政权对峙，西北方面和西夏又连年用兵，因此铜禁极严，民间铸镜多刻上各州县检验铸造年月和地名，借此得知当时各县都有铸镜官匠。第二类镜子的创作，就完成于这种地方官工匠手中，文献和实物可以相互证明。

  青铜镜子的生产，虽早在二千三、四百年前，一直使用下来，到近二百年才逐渐由新起的玻璃镜子代替。如以镜子工艺美术而言，发展到宋代特种官工镜，已可说近于曲终雅奏。劳动人民的丰富智慧和技巧以及无穷无尽的创造力，随同社会发展变化，重点开始转移到新的烧瓷、雕漆、织金锦、刻丝等等其他工艺生产方面去了。青铜工艺虽然在若干部门还有不同程度的进展，例如宋代官制规定，还盛行金银加工的马鞍装具。最低品级官吏，都使用铁錾银鞍镫。铁兵器杂件也常错镂金银。宋宣和仿古铜器，在当时极受重视，制作精美的商周赝品，直到现代还能蒙蔽专家眼目。创造的也别有风格，不落俗套。南宋绍兴时姜娘子铸细锦地纹方炉，在青铜工艺品中还别具一格。不过制镜工艺事实上到南宋时已显明在衰落中，特别是在南方，已再不是工艺生产的重点。这时扬州等大都市的手工业多被战争破坏，原有旧镜多熔化改铸铜钱或供其他需要。一般家常镜子，重实用而不尚花纹。在湖州、饶州、临安闻名全国的"张家"、"马家"、"石家念二叔"等等店铺所作青铜照子，通常多素背无花，只在镜背部分留下个出售店铺图记。一般情况且就铜原料生产地区，由政府设"铸鉴局"监督，和铸钱局情形相似，用斤两计算成本，三百十文一斤。镜工艺术水平低落是必然的。私人铸造虽然还不断创造新样子，却受当时道学思想影响，形态别扭，纹样失调，越来越枯燥无味。如有些用钟或鼎炉式样，铸上八卦和"明心见性"语句的，在造型艺术处理上不免越来越庸俗。女真族在北方建立的金政权和南宋政权对峙，生产破坏极大，官私铸镜，虽还采用北宋串枝花草镜规模，此外也创造了些新式样，但就总的趋势说来，工艺上还是在日益下落中，少发展，少进步。

# 灯

因为有一个穿青衣服的女人，常到住处来，见到桌上的一个旧式煤油灯，擦得非常清洁，想知道这灯被主人重视的理由，屋主人就告给这青衣女人关于这个灯的故事。

两年前我就住到这里，在××教了一点书，仍然是这样两间小房子，前面办事后面睡觉，一个人住下来。那时正是五月间，不知为什么，住处的灯总非常容易失职。一到了晚间，或者刚刚把饭碗筷子摆上桌子，认清楚了菜蔬，灯忽然一熄，晚饭就吃不成了。有时是饭后正预备开始做一点事或看看书的时节，有时是有客人拿了什么问题同我来讨论的时节，就像有意捣乱那种神气，灯会忽然熄灭了。

这事情发生几几乎有半个月。有人责问过电灯公司，公司方面的答复，放到当地报纸上登载出来，情形仿佛完全由于天气，并不是公司的过失。所以小换钱铺子的洋烛，每包便忽然比上月贵了五个铜子。洋烛涨价这件事，是从照料我饮食的厨子方面知道的。这当家人对于上海商人故意居奇的行为，每到晚上为我把饭菜拿来，唯恐电灯熄灭，在预先就点上一支烛的情形下，总要同我说一次。

我的厨子是个非常忠诚的中年人。年纪很青的时节，就随同我的父亲到过西北东北，去过蒙古，上过四川。他一个人又走过云南广西，在家乡，又看守过我祖父的坟墓，很有些年月。上年随了北伐军队过山东，在济南眼见日本军队对于平民所施的暴行，那时他在七十一团一个连上作司务长，一个晚上被机关枪的威胁，胡胡涂涂走出了团部，把一切东西全损失了。人既空手回到南京，听熟人说我在这里住，就写了信来，说是愿意来侍候我。我回信告给他来玩玩很好，要找事做恐怕不行，我生活也非常简单。来玩玩，住些日子，想要回乡时，我或者能够设点法，买个车票。只是莫希望太大。到后人当真就来了。初次见到，一身灰色中山布军服，衣服又小又旧，好像还是三年前国民革命军初过湖南时节缝就的。一个巍然峨然的身体,就拘束到这军服中间,另外随身的就只一个小小包袱,一个热水瓶,一把牙刷,一双黄杨木筷子。热水瓶像千里镜那么佩到身边,牙刷是放在衣袋里,筷子仿照军营中老规矩插在包袱外面,所以我能够一望而知。这真是我日夜做梦的伙计!这个人,一切都使我满意,一切外表以及隐藏在这样外表下的一颗单纯优良的心,我不必和他说话也就全部都清楚了。

既来到了我这里,我们要谈的话可多了。从我祖父谈起,一直到我父亲同他说过的还未出世的孙子,他都想在一个时节里和我说到。他对于我家里的事永远不至于说厌,对于他自己的经历又永远不会说完。实在太动人了。请想想,一个差不多用脚走过半个中国的五十岁的人,看过庚子的变乱,看过辛亥革命,参加过革命北伐许多重要战争,跋涉过多少山水,吃过多少不同的饭,睡过多少异样的床,简直是一部永远翻看不完的名著!我的嗜好即刻就很深很深的染上了。只要一有空闲,我即刻就问他这样那样,只要问到,我得到的都是些十分动人的回答。

因为平常时节我的饮食是委托了房东娘姨包办的,十六块钱一个月,每天两顿,菜蔬总是任凭这江北妇人意思安排。这妇人看透了我的性格,知道我对于饭食不大苛刻,今天一碟大蚕豆,明天一碟小青蚶,到后天又是一碟蚕豆。总而言之,蚕豆同青蚶是少不了的好菜。另外则吃肉时无论如何总不至于忘记加一点儿糖,吃鱼多不用油煎,只放到饭上蒸蒸,就拿来加点酱油摆到桌子上。本来像做客的他,吃过两天空饭,到第三天实在看不惯,问我要了点钱。从我手上拿了十块钱后,先是不告我这钱的用处。到下午,把一切吃饭用的东西通统买来了。这事在先我一点不知道,一直到应当吃晚饭时节,这老兵,仍然是老兵打扮,恭恭敬敬的把所有由自己两手做成的饭菜,放到我那做事桌上来,笑眯眯的说这是自己试做的,而且声明以后也将这样做下去。从那人的风味上,从那菜饭的风味上,都使我对于军营生活生出一种眷念,就一面吃饭一面同他谈部队上事情。把饭吃过后,这司务长收拾了碗筷,回到灶房去。过不多久,我正坐在桌边凭借一支烛光看改从学校方面携回的卷子,忽然门一开,这老兵闪进来了,像本来原知道这不是军营,但因为电灯熄灭,房中代替的是烛光,坐在桌边的我,还不缺少一个连长的风度。这人恢复了童心,对我取了军中上士的规矩,喊了一声"报告",站在门边不动。"什么事情？"听我问他了，才走近我身边来，呈上一个单子，写了一篇日用账。原来这人是同我来算火食账的！我当时几几乎要生气骂他，可是望到这人的脸，想起司务长的职务，却只有笑了。"怎么这样同我麻烦？""我要弄明白好一点。我要你知道，自己做，我们两个人每月都用不到十六块钱。别人每天把你蚌壳吃，每天是过夜的饭，你还送十六块！""这样你不是太累了吗？""累！煮饭做菜难道是下河抬石头？你真是少爷！"望到这好人的脸，我无话可说了。我不答应是不行的。所以到后做饭做菜就派归这个老兵。

这老兵，到这都会上来，因为衣服太不相称，我预备为他缝一点衣，问他欢喜要什么样子，他总不做声。有一次，知道我得了一笔稿费，才问我要了二十块钱。到晚上，不知从什么地方买了两套呢布中山服，一双旧皮靴，还有刺马轮，把我看时非常满意。我说："你到这地方何必穿这个？你不是现役军官，也正像我一样，穿长还方便些。""我永远是军人。"我有一个军官厨子，这句话的来源是这样发生的。

电灯的熄灭，在先还只少许时间，一会儿就恢复了光明；到后来越加不成样子，所以每次吃饭都少不了一支烛。于是这老兵，不知从什么地方又买来了一个旧灯，擦得罩子非常清洁，把灯头剪成圆形，放到我桌子上来了。我明白了他的脾气，也不大好意思说上海用灯是愚蠢事情。电灯既然不大称职，有这个灯也真给了我不少方便。因为不愿意受那电灯时明时灭的作弄，索性把这灯放在桌上，到了夜里，望到那清莹透明的灯罩，以及从那里放散的薄明微黄的灯光，面前又站得是那古典风度的军人，总使我常常记起那些驻有一营人马的古庙，同小乡村的旅店，发生许多幻想。我是曾和那些东西太相熟，因为都市生活的缠缚，又太和那些世界离远了。我到了这些时候，不能不对于目下的生活，感到一点烦躁。这是什么生活呢？一天爬上讲台去，那么庄严，那么不儿戏，也同时是那么虚伪，站在那小四方讲台上，谈这个那个，说一些废话谎话，这本书上如此说，那本书上又如此说，说了一阵，自己仿佛受了催眠，渐渐觉得已把问题引到严重方面去，待听到下面什么声音一响，才憬然有所觉悟，再注意一下学生，才明白原来有几个快要在本学期终了就戴方帽儿的某君，已经伏在桌上打盹，这一来，头绪完全为这现象把它纷乱了。到了教员休息室里，一些有教养的绅士们，一得到机会，就是一句聪明询问："天气好，又有小说材料！"在他们自己，或者还非常得意，以为这是一种保持教授身分的雅谑,但是听到这些话,望望那些扁平的脸嘴,觉得同这些吃肉睡觉打哈哈的人物不能有所争持,只得认了输,一句话不说,走到外面长廊下去晒太阳。到了外面,又是一些学生,取包围声势走拢来,谈天气,谈这个那个。似乎我因为教了点文学课,就必得负一种义务,随时来报告作家们的轶事,文坛消息。他们似乎就听点这些空话,就算了解文学了。从学校返回家里,坐到满是稿件和新书新杂志的桌前,很努力的把桌面匀出一点空间,放下从学校带回的一束文章,一行一行的来过目。第一篇,五个"心灵儿为爱所碎",第二篇有了七个,第三篇是革命的了,有泪有血,仍然不缺少"爱"。把一堆文章看过一小部分,看看天气有夜下来的样子。弄堂对过王寡妇家中三个年青女儿,到时候照例把话匣子一开,意大利情歌一唱,我忽然感到小小冤屈,什么事也不能做了。觉得自己究竟还是从农村培养长大的人,现在所处的世界,仍然不是自己所习惯的世界。都会生活的厌倦,生存的厌倦,愿意同这世界一切好处离开,愿意再去做十四吊钱的屠税收捐员,坐到团防局,听为雨水汇成小潭的院中青蛙叫嚷,用夺金标笔写索靖《出师颂》同钟繇《宣示表》了。但是当我对到这煤油灯,当我在煤油灯不安定的光度下,望到那安详的和平的老兵的脸,望到那古典的家乡风味的略显弯曲的上身,我忘记了白日的辛苦,忘记了当前的混乱,转成为对于这个人的种种发生极大兴味了。

"怎么样?是不是懂得军歌呢?"我这样问他,同他开一点小小玩笑。

他就说:"怎么军人不懂军歌?我不懂洋歌。"

"不懂也很好。山歌懂不懂?"

"那看什么山歌。"

"难道山歌有两样山歌吗?'天上起云云重云','天上起云云起花',[①] 全是好山歌,我小时不明白。后来在游击支队司令杨处做小兵,生活太放肆了,每天吃我们说过的那种狗肉,唱我们现在说的这种山歌,真是小神仙。"

"杨嘛,一群专门欺压老百姓的土匪,什么小神仙!我们可不好意思唱那种山歌。一个正派革命军人,这样撒野,算是犯罪。"

"那我简直是罪恶滔天了。可是我很挂念家乡那些年青小伙子,新从父母

---

[①] 是两首凤凰山歌的第一句。

身边盘养大,不知这时节在这样好天气下,还会不会唱这种好听的山歌?"

"什么督办省长一来,好的都完了!好人同好风俗,都被一个不认识的运气带走了。就像这个灯,我上年同老爷到乡下去住,就全是用这样的灯。只有走路时还用粑粑灯。"

老兵在这些事情上,因为清油灯的消灭,有了使我们常常见到的乡绅一般的感慨了。

我们这样谈着,凭了这诱人的空气,诱人的声音,我正迷醉到一个古旧的世界里,非常感动。可是这老兵,总是听到外面楼廊房东主人的钟响了九下,即或是大声的叱他,要他坐到椅子上,把话继续谈下去也不行。一到了时候,很关心的看了看我的卧室,很有礼貌的行了个房中的军人礼,用着极其动人的神气,站在那椅子边告了辞,就走下楼到亭子间睡去了。这是为什么?他怕耽搁我的事情,恐我睡得太迟,所以明明白白有许多话他很欢喜谈,也必得留到第二天来继续。谈闲话总不过九点,竟是这个老兵的军法,一点不能通融。所以每当到他走去后,我常觉得有一些新的寂寞在心上一角,做事总不大能够安定。

因为当着我面前,这个老兵以他五十年吓人丰富的生活经验,消化入他的脑中,同我谈及一切,平常时节,对于用农村社会来写成的短篇小说,是我永远不缺少兴味的工作;但如今想要写一个短篇的短篇,也像是不好下笔了。我有什么方法可以把这个人的纯朴优美的灵魂,来安排到这纸上?望到这人的颜色,听到这人的声音,我感到我过去另外一时所写作的人生的平凡。我实在懂得太少了。单是那眼睛,带一点儿忧愁,同时或不缺少对于未来作一种极信托的乐观,看人时总像有什么言语要从那无睫毛的微褐的眼眶内流出,望着他一句话不说,或者是我们正谈到那些家乡战争,那些把好人家房子一把火烧掉,牵了农人母牛奏凯回营的战事,这老兵忽然想起了什么,不再说话了。我猜想他是要说一些话的,但言语在这老兵头脑中,好像不大够用,一到这些事情上,他便哑口了。他只望着我。或者他也能够明白我对于他的同意,所以后来他总是很温柔的也很妩媚的一笑,把头点点,就转移了一个方向,唱了一个四句头的山歌。他哪里料得到我在这些情形下所感到的动摇!我望着这老兵每个动作,就觉得看到了中国那些多数陌生朋友。他们是那么纯厚,同时又是那么正直。好像是把那最东方的古民族和平灵魂,为时代所带走，安置到这毫不相称的战乱世界里来，那种忧郁，那种拘束，把生活妥协到新的天地中，所做的梦，却永远是另一个天地的光与色，对于他，我简直要哭了。

有时，就因为这些感觉扰乱了我，我不免生了小小的气，似乎带了点埋怨神气，要他出去玩玩，不必尽呆在我房中。他就像一尾鱼那么悄悄的溜出去，一句话不说。看到那样子，我又有点不安，就问他，"是不是想看戏？"恐怕他没有钱了，就送了他两块钱，说明白这是可以拿去随意花到大世界或者什么舞台之类地方的。他仍然望了我一下，很不自然的做了一个笑样子，把钱拿到手上，走下楼去了。我晚上做事，常到十二点才上床，先是听到这老兵开了门出去，大约有十点多样子，又转来了。我以为若不是看过戏，一定也是喝了一点酒，或者照例在可以作赌博的事情上玩了一会，把钱用掉回来了，也就不去过问。谁知第二天，午饭就有了一钵清蒸母鸡上了桌子。对于这鸡的来源，我不敢询问。我们就相互交换了一个微笑。在这当儿我又从那褐色眼睛里看到流动了那种说不分明的言语。我只能说"大叔，你应当喝一杯，你不是很能够喝么？""已经买得了。这里的酒是火酒，亏我找了好多铺子，在虹口才找到了一家乡亲，得来那么一点点米酒。"仿佛先是不好意思劝我喝，听我说起酒，于是忙匆匆的走下楼去，把那个酒瓶拿来，用小杯子倒了半杯白酒，"你喝一点点，莫多吃。"本来不能喝酒不想喝酒的我，也不好意思拒绝这件事了。把酒喝下，接过了杯子，他自己又倒了小半杯，向口中一灌，抿抿嘴，对我笑了一会儿，一句话不说，又拿着瓶子下楼去了。第二天还是鸡，因为上海的鸡只须要一块钱一只。

学校的事这老兵士像是漠不关心的。他问我那些大学生将来做些什么事，是不是每人都去做县长。他又问我学校每月应当送我多少钱，这薪水是不是像军队请饷一样，一起了战争就受影响。他是另有用意的。他想知道学生是不是都去做县长，因为要明白我有多少门生是将来的知事老爷。他问欠薪不欠薪，因为要明白我究竟钱够不够用。他最关心的是我的生活。这好人，越来越不守本分，对于我的生活，先还是事事赞同，到后来，好像找出了许多责任，不拘是我愿不愿意，只要有机会，总就要谈到了。即或不像一些不懂事故的长辈那种偏见的批评，但对于那些问题，他的笑，他的无言语的轻轻叹息，都代表了他的态度，使我感受不安。我当然不好生他的气，我既不能把他踢下楼梯去，也不好意思骂他。他实在又并不加上多少意见，对于我的生活，他就只是反抗，就只是否认。对于我这样年龄，还不打量找寻一个太太，他比任何人皆感觉到不平。在先我只装做不懂他的意思，尽他去自言自语，每天只同他去讨论军中生活，以及各地各不相同的风俗习惯。到后他简直有点麻烦人了。并且那麻烦，又永远使人感到他是忠诚的。所以我只得告他，我是对于这件事实在毫无办法，因为做绅士的方便，我得不到，做学生的方便，我也得不到，目下不能注意这些空事情。我还以为同他这样明白一说，自然就凡事谅解，此后就再也不会受他的批评了。谁知因此一来更糟了。他仿佛把责任完全放在他自己身上去，从此对于和我来往的女人，都被他所注意了。每一个来我住处的女人，或者是朋友，或者是学生，在客人谈话中间，不待我的呼唤，总忽然见到他买了一些水果，把一个盘子装来，非常恭敬的送上，到后就站到门外楼梯口来听我们谈话。待我送客人下楼时，常常又见他故意装成在梯边找寻什么东西神情，目送客人出门。客人走去后，又装成无意思的样子，从我口中探寻这女人一切，且窥探我的意思。他并且不忘记对这客人的风度言语加以一种批评，常常引用他所知道的《麻衣相法》，论及什么女人多子，什么女人聪明贤惠，若不是看出我的厌烦，决不轻易把问题移开。他虽然这样关心这件事情，暗示了我什么女人多福，什么女人多寿，但他总还以为他用的计策非常高明。他以为这些关心是永远不会为我明白的。他并不是不懂得到他的地位。这些事在先我实在也是不曾注意到，不过稍稍长久一点，我可就看出这好管闲事的人，是如何把同我来往的女人加以分析了。对于这种行为，我既不能恨他，又不能向他解释，又不能同他好好商量，只有少同他谈到这些事情为好。

这老兵，在那单纯的正直的脑中，还不知为我设了多少法，出了多少主意，尽了帮助我得到一个女人的多少设计义务！他那欲望隐藏到心上，以为我完全不了解，其实我什么都懂。他不单是盼望他可以有一个机会，把他那从市上买来的呢布军服穿得整整齐齐，站到亚东饭店门前去为我结婚日子作"迎宾主事"，还非常愿意穿了军服，把我的小孩子，打扮得像一个将军的儿子，抱到公园中去玩！他在我身上，一定还做得最夸张的梦，梦到我带了妻儿，光荣，金钱，回转乡下去，他骑了一匹马最先进城。对于那些来迎接我的同乡亲戚朋友们，如何询问他，他又如何飞马的走去，一直跑到家里，禀告老太太，让一个小县城的人如何惊讶到这一次荣归！他这些好梦，四十余年前放到我的父亲身上，失败了，到后又放到我的哥哥兄弟身上，又失败了，如今是只有我可以安置他这可怜希望了。他那对于我们父兄如何从衰颓家声中爬起，恢复原来壮观的希望，在父亲方面受了非常的打击。父亲是回家了，眼看到那老主人，从西北，从外蒙带了因与马贼作战的腰痛，带了沙漠的荒凉，带了因频年争斗的衰老，回到家乡去作他那没没无闻①的上校军医正了。他又看到哥哥从东北，从那些军队生活中，得到奉天省人的粗豪，与黑龙江人的勇迈坚忍，从流浪中，得到了上海都市生活的嚣杂兴味，也转到家乡作画师去了。还有我的弟弟，这老兵认为同志却尚无机会见到的弟弟，从广东学校毕业后，用起码下级军官的名分，随军打岳州，打武昌，打南昌，打龙潭，在革命斗争血涡里转来转去，侥幸中的安全，引起了对生存深深的感喟，带了喊呼，奔突，死亡，腐烂，一时代人类活动兴奋高潮各种印象，也寂寞的回到家乡，在那参军闲散职分上过着休息的日子了。他如今只认为我这无用人，可以寄托他那最无私心最诚恳的希望。他以为我做的事比父兄们的都可以把它更夸张的排列到故乡人眼下，给那些人一些歆羡，一些惊讶，一些永远不会忘却的豪华光荣。

我在这样一个人面前，感到忧郁，也十分感到羞惭。因为那仿佛由自己脑中成立的海市蜃楼，而又在这奇幻景致中对于海市中人物的我的生活加以纯然天真的信仰，我不好意思把这老兵的梦戳破，也好像缺少那戳破这梦的权力了。

可是我将怎么来同这老兵安安静静生活下去？我做的事太同我这老家人的梦离远了。我简直怕见他了。我只告他，现在做点文章教点书，社会上对我如何好；在他那方面，又总是常常看到体面的有身分朋友同我来往，还有那更体面的精致如酥如奶作成的年青女人到我住处来，他知道许多关于我表面的生活，这些情形就坚固了他的好梦。他极力在那里忍耐，保持着他做仆人的身分，但越节制到自己，也就越容易对于我的孤单感到同情。这另一个世界长大的人，虽然有了五十多岁，完全不知道我们的世界是与他的世界两样。他没有料得到来我处的人，同我生活的距离是多远。他没有知道我写一

---

① 没没无闻，现为默默无闻。

个短篇小说，得费去多少精力。他没有知道我如何与女人疏隔，与生活幸福离开。他像许多人那样，看到了我的外表，他称赞我，也如一般人所加的赞美一样。以为我聪明，待人很好，以为我不应当太不讲究生活，疏忽了一身的康健。这个人，他还同意我的气概，以为这只是一个从军籍中出身才有的好气概！凡是这些他是在另一时用口用眼睛用行动都表示到了的。许多时候当在这个人面前时节，我觉得无一句话可说，若是必须要做些什么事，最相宜的，倒真是痛痛的打他一顿为好。

那时到我处来往次数最多的，是一个穿蓝衣服的女孩子，好像一年四季这人都是穿蓝颜色，也只有蓝色同这女人相称。这是我一个最熟的人，每次来总有很多话说，一则因为这女子是一个××分子，一则是这人常常拿了宣传文章来我处商量。因为这女人把我当成一个最可靠的朋友，我也无事不与她说到。我的老管家私下里注意了这女人许多日子，他看准了这个人一切同我相合。他一切同意。就因为一切同意，比一个做母亲的还细腻，每次当到这客人来到时，他总故意逗留在我房中，意思很愿意我向女人提到他。介绍一下。他又常常采用了那种学来的官家派头，在我面前问女人这样那样。我不好对于他这种兴味加以阻碍，自然同女人谈到他的生活，谈到他为人的正直，以及生活经验的丰富等等事情。渐渐的，时间一长，女人对于他自然也发生一种友谊了。可是这样一来，当他同我两个人在一块时，这老兵，这行伍中风霜冰雪死亡饥饿打就的结实的心，到我婚姻问题上，完全柔软如蜡了。他觉得我若是不打量同那蓝衣女人同住，简直就是一种罪过。他把这些意见带着了责备样子，很庄严的来同我讨论。

这老兵先是还不大好意思同女人谈话，女人问到这样那样，像请他学故事那么把生活经验告诉她听时，这老兵，总还用着略略拘束的神气，又似乎有点害羞，非常矜持的来同女人谈话。到后因为一熟习，竟同女人谈到我的生活来了！他要女人劝我做一个人，劝我少做点事，劝我稍稍顾全一点穿衣吃饭的绅士风度，劝我……虽然这些话谈及时，总是当我的面，却又取了一种在他以为是最好的体裁来提及的。他说的只是我家里父亲以前怎么样讲究排场，我弟兄又如何亲爱，为乡下人所敬重，母亲又如何贤慧温和。他实在正用了一种最笨的手段，暗示到女人应当明白做这人家的媳妇是如何相宜合算。提到这些时，因为那稍稍近于夸张处，这老兵虑及我的不高兴，一面谈说总是一面对我笑着，好像不许我开口。把话说完，看看女人，仿佛看清楚了女人已经为他一番话所动摇，把责任已尽，这人就非常满意，同我飞了一个眼风，奏凯似的橐橐走下楼预备点心水果去了。

他见我写信回到乡下去，总要问我，是不是告给了老太太有一个非常……的女人。他意思是非常"要好"非常"相称"这一类形容词。当发现我眉毛一皱，这老兵，就"吓、吓"的低低喊着，带着"这是笑话，也是好意，不要见怪"的要求神气，赶忙站远了一点，占据到屋角一隅去，好像怕我会要生气，当真动手攫了墨水瓶抛掷到他头上去。

然而另外任何时节，他是不会忘记谈到那蓝衣女子的。

在这些事上我有什么办法？我既然不能像我的弟弟那样，处置多嘴的副兵用马粪填口，又不能像我的父亲，用费话去支使他走路。我一见了这老兵就只有苦笑，听他谈到他自己生活同谈到我的希望，都完全是这个样子。这人并不是可以请求就能缄默的。就是口哑了，但那一举一动，他总不忘记使你看出他是在用一副善良的心为你打算一切。他不缺少一个戏子的天才，他的技巧，使我见到只有感动。

有一天，那个穿蓝衣的女人又来到我的住处，第一次我不在家，老兵同女人说了许多话。（从后来他的神气上，我知道他在和女人谈话时节，一定是用了一个对主人的恭敬而又亲切的态度应答着的。）因为恐怕我不能即刻回家，就走了。我回来时，老兵正同我讨论到女人，女人又来了。那时因为还没有吃晚饭，这老兵听说要招待这个女客了，显然十分高兴，走下楼去。到吃饭时，菜蔬排列到桌上，却有料想不到的丰盛。不知从什么地方学得了规矩，知道了女客不吃辣子，平素最欢喜用辣子的煎鱼，也做成甜醋的味道排上桌子了。

把饭吃过，这老兵不待呼唤，又去把苹果拿来，把茶杯倒满了，从酒精炉子烧好的开水，一切布置妥贴了，趑趄了好一会才走出去。他到楼下喝酒去了。他觉得非常快乐。他的梦展开在他眼前，一个主人，一个主妇，在酒杯中，他一定还看到他的小主人，穿了陆军制服，像在马路上所常常见到的小洋人，走路挺直，小小的皮靴套在白嫩的脚上，在他前面忙走。他就用一个军官的姿势，很有身分很尊贵的在后面慢慢跟着。他因为我这个客人的来临，把梦肆无忌惮的做下去了。可是，真可怜，来此的朋友，是告我她的爱人 W 君的情形，他们在下个月过北平去，他们将在北平结婚。无意中，这结婚两字，又为那尖耳朵老战马断章取义的听去，他自以为一切事果不出其所料，他相信这预兆，也非常相信这未来的事情。到女人走去，我正伏到桌子旁边，为这朋友的好消息感到喜悦，也感到一点应有的惆怅时节，喝了稍稍过量的酒的好人，一个红红的脸在我面前晃动了。

"大叔，今天你喝多了。你怎么忽然有这样好菜？客人说从没有吃过这样菜。"本来要笑的他，听到这个话，样子更像猫儿了。他说，"今天我快乐。"

我说："你应当快乐。"

他分辩，同我故意争持，"怎么叫做应当？我不明白！我从来没有今天快乐！我喝了半瓶白酒了！"

"明天又去买，多买一瓶存放身边，你到这里别的不有，酒总是应当要让你喝够量。"

"这样喝酒我从不曾有过。你说，我应当快乐，为什么应当！我常常是不快乐的！我想起老太爷，那种运气，快乐不来了。我想起大少爷，那种体格，也不能快乐了。我想起三少爷，我听人说到他一点儿，一个豹子，一个金钱豹，一个有脾气有作为的人，我要跟到他去革命打仗，我要跟他去冲锋，捏了枪，爬过障碍物，吼一声杀，把刺刀刬到北老胸膛里去。我要向他请教，手榴弹七秒钟的引线，应当如何抛去。但同他们在一处的都烂了，都埋成一堆。我听到人家说，四期黄埔军官在龙潭作战的，下级军官都烂了，都埋成一堆。两个月从那里过身，还有使人作呕臭气味。三少爷好运气，仍然能够骑马到黄罗寨打他的野猪，一个英雄！我不快乐，因为想起了他不作师长。你呢，我也不快乐。你身体多坏。你为什么不——"

"早睡点好不好？我要做点事情，我心里不大高兴。"

"你瞒我。你把我当外人。我耳朵是老马耳朵，听得懂得，我知道我要吃喜酒，你这些事都不愿意同我说，我明天回去了。"

"你究竟听到什么？有什么事说我瞒你？"

"我懂我懂，我求你——你还不知道我这时的心里，搞成一团像什么样子！"

说到这里，这老兵哭了。那么一个中年人，一个老军人，一个……他真像一个小孩子哭了。但我知道这哭是为欢喜而流泪的。他以为我快要和刚走去不久的女人结婚。他知道我终久不能瞒他，也不愿意瞒他。他知道还有许多事我都不能缺少他。他知道这事情不拘大小，要他尽力的地方很多。他有了一个女主人，从此他的梦更坚固更实在的在那单纯的心中展开，欢喜得非哭不可了。他这感情是我即刻就看清楚了的。他同时也告给我哭的理由了，一面忙匆匆的又像很害羞的用那有毛的大手掌拭他的眼泪，一面就问我是什么日子，是不是要到吴瞎子处去问问，也选择一下日子，从一点俗。

一切事皆使我哭笑两难。我不能打他骂他，他实在又不是完全吃醉了酒的人。他只顽固的相信我对于这事情不应当瞒他；还劝我打一个电报，把这件好事即刻通知七千里外的几个家中人。他称赞那女人，他告我白天就同女人谈了一些话，很懂得这女人一定会是老太太所欢喜的好媳妇。

我不得不把一切真实，在一种极安静的态度下为他说明。他望到我，把口张大着，听完我的解释，信任了我的话。后来看到他那颜色惨沮的样子，我不得不谎了他一下，又告他我另外有了一个女人，相貌性情都同这穿蓝衣的女人差不多。可是这老兵，只愿意相信我前面那一段说明，对于后一段，明白是我的谎话。我把话谈到末了，他毫不做声，那黄黄的小眼睛里，酿了满满的一泡眼泪，他又哭了。本来是非常强健的身体，到这时显出万分衰弱的神情了。

楼廊下的钟已经响了十点。

"你睡去，明天我们再谈好不好？"

听到我的请求，这老兵，忽然又像觉悟了自己的冒失，装成笑样子，自责似的说自己喝多点酒，就像颠子，且赌咒以后一定要戒酒。又问我明天欢喜吃鲫鱼不。我不做声。他懂得我心里难过处。他望到桌上那一个建漆盘子里面的苹果皮，拿了盘子，又取了鱼的溜势，溜了出去，悄悄的把门拉拢，一步一步走下楼梯去了。听到那衰弱的脚踏着楼梯的声音，我觉得非常悲哀。这老年人给我的一切印象，都使我对于人生多一个反省的机会，且使我感觉到人类的关系，在某一情况下，所谓人情的认识，全是酸辛，全是难于措置的纠葛。这人走后，听到响过十二点钟，我还没有睡觉，正思索到这些琐碎人情，失去了心上的平衡。忽然听到楼梯上有一种极轻的声音，走到了门口，我猜得着这必定是他又来扰我了。他一定是因为我的不睡觉，所以来督促我上床了，就赶忙把桌前的灯扭小，就只听到一个低低的叹息起自门外。我不好意思拒绝这老兵好意了,我说,"你睡吧。我事情已经做完,就要睡了。"外面没有声音,待一会儿我去开门,他已经早下楼去了。

经过这一次喜剧的排场,老兵性格完全变更了。他当真不再买酒吃了,问他为什么缘故,就只说上海商人不规矩,市上全是搀火酒的假货。他不再同我谈女人,女客来到我处,好像也不大有兴味加以注意了。他对我的工作,把往日的乐观成分抽去,从我的工作上看出我的苦闷。我不做声时,他不大敢同我说及生活上的希望了。他把自己的梦,安置到一个新的方向上来,却仿佛更大方更夸诞了一点,做出很高兴的样子。但心上那希望,似乎越缩越小得可怜了。他不再责备我必须储蓄点钱预备留给一个家庭支配,也不对于我的衣服缺少整洁加以非难了。

我们互相了解得多一点。我仍然是那么保持到一种同世界绝缘的寂寞生活,并不因为气候时间有所不同。在老兵那一方面,由于从我这里,他得到了一些本来不必得到的认识,那些破灭的梦,永远无法再用一个理由把它重新拼合成为全圆,老兵的寂寞,比我更可怜了。关于光明生活的估计,从前完全由他提出,我虽加以否认,也毫无办法挫折他的勇气。但后来,反而需要我来为他说明那些梦的根据,如何可以做到,如何可以满意,帮助他把梦继续来维持了。

但是那蓝衣女人,预备过北平结婚去了,到我住处来辞行。老兵听到女人又要到此吃饭,却只在平常饭菜上加了一样素菜,而且把菜拿来时节那种样子,真是使人不欢的样子。这情形只有我明白。不知为什么,我那时反而不缺少一点愉快,因为我看到这老兵,在他身上哀乐的认真。一些情感上的固执,绝对不放松,本来应当可怜他,也应当可怜自己;但本来就没有对那女人作另外打算,因为老兵胡涂的梦,几乎把我也引到烦恼里去,如今看到这难堪的脸嘴,我好像报了小小的仇,忘记自己应当同情他了。

从此蓝衣女人在我的书房绝了踪迹。而且更坏的是,两个青年男女,到天津都被捕了。我没有把这件事告过老兵,那老兵也从不曾问起过。我明白他不但有点恨那女人,而且也似乎有点恨我的。

本来答应同我在七月暑假时节,一块儿转回乡下去。因为我已经有八年不曾看过我那地方的天空,蹋过我那地方的泥土,他也有了六年没有回去了。可是到仅仅只有十八天要放假的六月初,福建方面起了战事,他要我送他点路费，说想到南京去玩玩。我看他脾气越来越沉静，不能使他快乐一点，并且每天到灶间去做菜做饭，又间或因为房东娘姨欢喜随手拖取东西，常常同那娘姨吵闹，我想就让他到南京去玩几天也好。可是这人一去就不回来了。我不愿意把他的故事结束到那战事里去。他并不死，如许多人一样，还是活着。还是做他的司务长，驻扎到一个古庙里，大清早就同连上的火夫上市镇去买菜，到相熟的米铺去谈谈天，再到河边去买柴，看看拢岸的商船。一到了夜里，就在一个子弹箱上，靠一盏满堂红灯照着，同排长什长算火食账，用草纸记下那数目，为一些小小数目上的错误赌发着各样的咒，睡到硬板子的高脚床上去，用棉絮包裹了全身，做梦就梦到同点验委员喝酒，或下乡去捉匪，过乡绅家吃蒸鹅。这人应当永远这样活到世界上，这人至少还能够在中国活二十年。所以他再不来信问候我，我总以为他还是活在这个世界上。

　　这就是我桌上有这样一盏灯的理由了。我欢喜这盏灯，经常还使用它。当我写到我所熟习的那个世界上一切时，当我愿意沉溺到那生活里面去时节，把电灯扭熄，燃好这盏灯，我的房子里一切便失去了原有的调子。我在灯光下总仿佛见到那老兵的红脸，还有那一身军服，一个古典的人，十八世纪的老管家——更使我不会忘记的，是从他小小眼睛里滚出的一切无声音的言语，对我的希望和抗议。

　　故事说完时，穿青衣服的女人，低低的叹了一声气，走到那桌子边旁去，用纤柔的手去摩娑那盏小灯。女人稍稍吃惊了，怎么两年来还有油？但主人是说过了的，因为在晚上，把灯燃好，就可在灯光下看到那个老行伍的声音颜色。女人好奇似的说到晚上要来试试看，是不是也可以看得出那司务长。显然的事，女人对于主人所说的那老兵，是完全中意了。

　　到了晚上，房间里，那旧洋灯果然放了薄薄光明。火头微微的动摇，发出低微的滋滋声音。用惯了五十支烛光的人，在这灯光下是自然会感到一种不同情调的。主人同穿青衣来客，把身体搁在两个小小圈椅里。主人又说起了那盏灯，且告女人，什么地方是那老兵所站的地方，老兵说话时是如何神气，这灯罩子在老兵手下又擦得如何透明清澈，桌上那时是如何混乱，……末了，他指点那蓝衣女人的坐处，恰恰正是这时她的坐处。

　　听到这个话的穿青衣女人，笑了笑，又复轻轻的叹着。过了好一会，忽然惋惜似的说：

"这人一定早死了！"

主人说，"是的，这人或许早死了，在我那些熟人心上，这人也死了的。但我猜想他还活在你的心上，他一定还那么可爱的活在你心上，是不是？"

"很可惜我见不着这个人。"

"他也应当很可惜不见你。"

"我愿意认识他，愿意同他谈谈话，愿意……"

"那有什么用处！不是因为见到，便反而会给许多人添麻烦么？"

女人觉得话说得稍过了头，有些事情应当红脸了。

于是两人在灯光中沉默下来。

另外一个晚上，那穿青衣的女人，忽然换了一件蓝色衣服来了。主人懂得这是为凑成那故事而来的，非常欢迎这种拜访。两人都像是这件事全为了使老兵快乐而做的，没有言语，年青人在一种小小惶恐情形中抱着接了吻。到后女人才觉得房中太明亮了点，问那个灯，今晚为什么不放在桌上。主人笑了。

"是嫌电灯光线太强么？"

"是要司务长看另外一个穿蓝衣服的人在你房里的情形。"

听到这个俏皮的言语，主人想下楼去取灯，女人问他：

"放在楼下么？"

"是在楼下的。"

"为什么又放到楼下去？"

"那是因为前晚上灯泡坏了不好做事，借他们楼下房东娘姨的。我再去拿来就是了。"

"是娘姨的灯吗？"

"不，我好像说过是一个老兵买的灯！"男子赶忙分辩，还说，"你知道这灯是老兵买的！"

"但那是你说的谎话！"

"若谎话比真实美丽……并且，穿蓝衣的人，如今不是有一个了么？"

女人承认，"穿蓝衣的虽有一个，但他将来也一定不让老兵快乐。"

"我完全同意你这个话。倘若真有这个老兵,实在不应当好了他。"

"真是一个坏人,原来说的全是空话!"

"可是有一个很关心他的听差,而且仅仅只把这听差的神气样子告给别人,就使人对于那主人感到兴味,十分同情,这坏人实在是……"

女人忍不住笑了。他们于是约定下个礼拜到苏州去,到南京去,男子还答应了女人,这旅行为的是探听那个老司务长的下落。